HEYNE

Das Buch

»Die Kunst des Matchmakens besteht darin, denjenigen Partner zu finden, den die Menschen brauchen, nicht zwangsläufig den, den sie wollen.«

Als Allie Malone von ihrem Vater gebeten wird, die Rolle der Matchmakerin für das jährliche Festival ihrer Heimatstadt Doolinvarna einzunehmen, ist sie zunächst überfordert. In dem kleinen irischen Dorf im County Clare war sie seit Jahren nicht mehr. Schmerzhafte Erinnerungen an vergangene Tage sind noch zu präsent, und eigentlich möchte sie mit ihrem Partner Giles bald in die USA auswandern und Irland ganz den Rücken kehren. Doch sie hat keine Wahl: Nur eine Malone kann als Matchmakerin Paare zusammenführen. Aber woher soll Allie wissen, welche Menschen gut harmonieren? Als sie auf den attraktiven Landarzt Jake trifft, gerät ihr Leben endgültig aus den Fugen, und Allie muss herausfinden, was Liebe wirklich bedeutet. Für das Matchmaking-Festival. Für ihren Vater. Und vor allem für sich selbst.

Die Autorin

Josie Donovan teilt sich mit ihrer Protagonistin Allie den Traum, am Meer zu leben – am liebsten in Irland. Bis es so weit ist, bewohnt sie ein Häuschen in den Bergen, zusammen mit Mann und Kindern und mehr Büchern, als sie jemals lesen kann. Wann immer sie Zeit hat, reist sie auf die Britischen Inseln, auf der Suche nach spannenden Schauplätzen und neuen Geschichten.

Mehr unter: www.josie-donovan.de

JOSIE DONOVAN

Irish Love

VOM GLÜCK GEKÜSST

ROMAN

WILHELM HEYNE VERLAG
MÜNCHEN

MIX
Papier | Fördert gute Waldnutzung
FSC® C014496

Penguin Random House Verlagsgruppe FSC® N001967

Originalausgabe 07/2024

Dieses Werk wurde vermittelt
durch die Michael Meller Literary Agency GmbH, München.
Redaktion: Eva Jaeschke
Umschlaggestaltung: Nele Schütz Design
unter Verwendung von Shutterstock.com (pashabo, Lekchalit)
und AdobeStock (michaeljung, Creative Station)
Satz: satz-bau Leingärtner, Nabburg
Druck und Bindung: GGP Media GmbH, Pößneck
Printed in Germany
ISBN: 978-3-453-42901-7

www.heyne.de

»Think you're escaping and run into yourself.
Longest way round is the shortest way home.«

James Joyce

Für meine Schwester Nicole

Das Doolinvarna Matchmaking-Festival

Zehn Jahre zuvor

»Winnie!«, rufe ich aus vollem Hals, um die Menschenmenge, die mich umgibt, zu übertönen.

»Was ist?«, ruft meine beste Freundin von der kleinen Tanzfläche, auf der sich die Leute stapeln, bestens gelaunt zurück. Ihr Gesicht ist knallrot und ihre weißblonden Haare kräuseln sich in der feuchten Hitze des Pubs. Seit dem frühen Abend tanzt sie zur Musik der *Jolly Fiddlers*, die sich regelrecht die Seele aus dem Leib spielen. Winnies Partner wechseln ständig, aber der letzte, ein gut gebauter, breitschultriger Polizeischüler namens Paul aus Ballyvaughan, weicht ihr jetzt schon eine ganze Weile nicht mehr von der Seite, und ich sehe ihr an, dass sie ihn richtig gut findet.

»Weißt du, wo Dad ist?«, rufe ich. »Er ist schon seit über einer halben Stunde weg!«

Ich halte an unserem Tisch die Stellung so gut ich kann, aber langsam werden die Leute richtig ungeduldig. Schließlich sind sie alle wegen meines Dads gekommen: Dem letzten Matchmaker in ganz Irland. Und jeder will in sein großes, schweres, in Rindsleder gebundenes Buch eingetragen werden – nur dann nämlich hat man die Chance, dass der Matchmaker jemand Passenden findet. Einen Partner, Seelenverwandten, im besten Fall die Liebe eines Lebens.

»Er ist kurz raus, telefonieren!«, ruft Winnie. »Steht glaub ich noch immer vor der Tür!«

Seltsam. Hier drin ist die Hölle los, und Dad steht draußen und telefoniert?

»Es geht gleich weiter«, versuche ich die Leute zu beschwichtigen, stehe auf und kämpfe mir einen Weg durch die Menschenmassen. Dabei fällt mein Blick auf Niall, den Pubbesitzer und Dads besten Freund, der hinter dem Tresen mit dem Bierzapfen kaum noch nachkommt. Über ihm hängt ein riesiges Plakat, das in pinken Buchstaben den Höhepunkt des Jahres verkündet: »THE DOOLINVARNA MATCHMAKING FESTIVAL«. Seine Frau Trish räumt im Akkord die Tische ab und macht dabei wie immer ein griesgrämiges Gesicht, obwohl sie doch froh sein müsste, dass das Pub an den Festivaltagen so gut besucht ist.

Endlich bin ich draußen im Freien. Wir haben Riesenglück mit dem Wetter, es ist ein lauer Spätsommerabend, wie es ihn nur selten gibt, hier, an der Westküste Irlands. Um mich herum wimmelt es nur so von ausgelassenen Besuchern, die die Hauptstraße entlangflanieren, lachen und miteinander schäkern. Wie jedes Jahr sind Tausende von Singles aus dem ganzen Land und auch von weiter weg nach Doolinvarna gekommen, in der Hoffnung, die große Liebe zu finden. Die grün-weiß-orangefarbenen Wimpel, mit denen wir das ganze Dorf geschmückt haben, flattern leicht im Abendwind, und vom Hafen her höre ich, wie die Möwen aufgeregt kreischen, weil sie heute wahrscheinlich so viele Essensreste erwischen wie sonst das ganze Jahr über nicht. Suchend blicke ich mich um, und schließlich sehe ich Dad, der nur ein paar Meter neben dem Eingang zum Pub steht. Er umklammert sein vorsintflutliches Nokia-Handy mit beiden Händen, sodass die Knöchel weiß hervortreten, und hält den Kopf gesenkt.

»Dad!« Schnell gehe ich zu ihm. »Was ist denn los? Wieso bist du hier draußen? Wenn wir nicht weitermachen, steigen uns die Leute gleich auf die Barrikaden!«

Dad hebt langsam den Kopf und sucht meinen Blick. Er sieht nicht gut aus. Gar nicht gut.

»Was ist los, Dad?«, frage ich noch einmal, und plötzlich überkommt mich ein unheilvolles Gefühl. »Ist etwas passiert?« Noch während ich den Satz ausspreche, bin ich mir sicher: Es *ist* etwas passiert.

»Dad!«, stoße ich hervor. »Los, sag schon!«

»Es ist …« Er wirkt plötzlich hilflos, so hilflos, wie ich ihn noch nie zuvor gesehen habe. »Deine Mum. Und Declan.«

»Was ist mit ihnen?« Die beiden sind heute Morgen zu den Irish Open nach Dublin gefahren. Mein Bruder Declan ist einer der besten Nachwuchstennisspieler des Landes, und wenn er morgen das Finale gewinnt, hat er die Chance, sich für die richtig großen, internationalen Turniere zu qualifizieren. Ich erkenne die Verzweiflung in Dads Augen und spüre Panik aufsteigen, wie ich sie noch nie zuvor gespürt habe. Enge erfüllt meinen Brustkorb, und ich glaube, keine Luft mehr zu bekommen. »Dad!« Ich packe ihn an der Schulter und schüttle ihn, doch ich bekomme keine Antwort. »Was ist mit ihnen?«

»Allie, sie … sie …« Er will weitersprechen, doch seine Stimme versagt.

Das Letzte, was ich sehe, ist Dads zu Tode betrübtes Gesicht, bevor sich alles um mich herum wie in einem Kaleidoskop zu drehen beginnt – der dumpfe Partylärm, der aus dem Pub nach draußen dringt, die johlenden Menschengruppen, die vorbeiziehen, der Geruch von Hot Dogs und Zuckerwatte.

Und dann wird es schwarz um mich herum.

Kapitel eins

London, heute

»Du musst jetzt ganz ruhig bleiben, Allie«, beschwört mich Winnie und schnauft dabei so heftig in den Hörer, dass sie genau das Gegenteil bewirkt.

»Was ist los?«, frage ich, und mein Blick wandert zu der Dame, die gerade die Rezeption ansteuert. Mich ansteuert. Und sicher im nächsten Moment eine Beschwerde über den mangelhaften Zimmerservice vorbringen will (wir können da wirklich noch Boden wettmachen, Giles hat deshalb schon mehrere Schulungen abhalten lassen, mit schmissigen Namen wie »Effektiv auf der Etage«).

»Versprichst du mir, nicht durchzudrehen?« Winnie hat sichtlich Mühe, selbst ruhig zu bleiben.

»Jetzt SAG schon!«, rufe ich fast durch den Hörer und ernte einen missbilligenden Blick von der Dame.

Winnie atmet tief durch. »Pat. Dein Dad. Er hatte einen Herzinfarkt.«

»Dad? Aber er … er lebt doch noch? Lebt er noch, Winnie?«

Meine Knie geben nach, und ich muss mich gegen das Rezeptionspult lehnen, um nicht zu Boden zu gehen.

»Ja, er lebt noch. Er ist notoperiert worden und liegt jetzt im Krankenhaus in Galway.«

»Er lebt noch«, sage ich mit zittriger Stimme und klammere mich an diese Worte. *Dad lebt.*

»Ja, aber es war verdammt knapp«, sagt Winnie tonlos. »Wenn Niall ihn nicht so schnell gefunden hätte …«

»Wo hat er ihn gefunden? Zu Hause?«

»Nein, auf der Toilette im Gemeindezentrum.«

»Auf der Toilette im Gemeindezentrum?«

»Nun ja, wir hatten gerade eine Sitzung. Wegen des Festivals …« Winnies Stimme verliert sich.

»Und dabei hatte er einen *Herzinfarkt*?«, frage ich ungläubig und werde augenblicklich wütend. Dieses vermaledeite Festival.

»Jap. Es ging ziemlich heiß her, Kelly und Mum waren mal wieder richtig in Fahrt, und du weißt, wie dein Dad ist … hat nicht viel gesagt, vermutlich alles in sich reingefressen …« Winnie klingt bekümmert. »Und dann wollten wir zuerst Jake anrufen …«

»Wer ist Jake?«

Sie ignoriert meine Frage. »Aber dann hat Kelly gemeint, dass wir besser gleich die Rettung holen, und das war goldrichtig. Wir waren gerade noch rechtzeitig dran. Ein paar Minuten später, und er wäre hopsgegangen, hat Dermot gesagt.«

»Wer ist denn jetzt schon wieder Dermot?«, frage ich kraftlos, obwohl es eigentlich gar keine Rolle spielt. Ich befinde mich gerade in einem luftleeren Raum, einem Vakuum, aus dem ich nicht raus kann. Es fühlt sich komplett surreal an.

»Der Notarzt«, sagt Winnie. »Ziemlich entspannter Typ, übrigens. Hatte noch sein Golfoutfit an, ist direkt vom Platz am Burren losgefahren.«

»Ich muss so schnell wie möglich zu Dad«, sage ich verzweifelt. »Ich rede mit Giles, er soll meine Schichten tauschen. Dann kann ich vielleicht schon morgen früh bei ihm sein.«

»Das wäre sicher gut, Allie«, sagt Winnie. »Aber mach dir inzwischen nicht zu viele Gedanken. Er wurde erfolgreich operiert und liegt auf der Intensivstation, ist aber stabil, und wir sind alle für ihn da. Aber das sind wir ja immer.«

Im Gegensatz zu seiner einzigen Tochter, die sich davongemacht hat.

Dieser Vorwurf existiert nur in meinem Kopf, aber er hallt so laut darin herum, als hätte Winnie ihn durchs Telefon gebrüllt.

Genau zehn Jahre ist es her, dass ich von einem Tag auf den anderen weg bin. Obwohl, Knall auf Fall stimmt nicht ganz. Ich hatte mir schon lange vorher ausgemalt, wie es wohl sein würde, wegzugehen, auszubrechen, aus meinem Leben dort, in dem Mum und Declan immer noch so präsent waren, an jedem einzelnen Tag, obwohl sie längst nicht mehr da waren. Ich wollte wissen, wie es sich anfühlt, wirklich und wahrhaftig ohne sie zu leben, wollte frei sein. Und darüber hab ich Dad einfach im Stich gelassen. Das nagende Schuldgefühl, das mich nie ganz verlässt, ist im Moment so stark geworden, dass es mich fast zerreißt.

Inzwischen hat sich die Dame vor mir zu einem regelrechten Berg an Frust und Ungeduld aufgebaut und nagelt mich mit ihrem Blick fest. Ich kann sie unmöglich länger ignorieren. »Winnie, ich muss Schluss machen. Ich meld mich bei dir.«

»Ist gut. Tschüss, Allie.«

»Tschüss.« Ich lege auf und wende mich meinem Gast zu. »Bitte, was kann ich für Sie tun?« Ich versuche, die Gedanken an meinen bewusstlosen Dad in einem grell beleuchteten OP beiseitezuschieben und lächle mein Gegenüber an.

Professionell bleiben ist das Wichtigste, sagt Giles immer. Der Gast darf nie merken, was gerade in einem vor sich geht.

»Die Klimaanlage in meinem Zimmer«, blafft sie. »Sie ist viel zu kühl eingestellt. Ich bekomme einen steifen Hals davon.«

»Sie können die Temperatur auf einer Fernbedienung selbst regulieren«, erkläre ich höflich und versuche, meine Gedanken im Zaum zu halten, was mir natürlich nicht gelingt. Dad hasst Krankenhäuser. Er war erst einmal länger dort, als er andauernd diese diffusen Bauchschmerzen hatte und ein paar Untersuchungen machen lassen musste (zum Glück nichts Ernstes, nur ein kleines Magengeschwür). Die Luft dort macht ihn nervös, und er vertritt fest die Ansicht, dass man Krankenhäuser kränker verlässt, als man sie betritt. Was doch sehr unfair gegenüber unseren Krankenhäusern ist.

Ach Dad, bitte halte durch.

»Und wo soll diese Fernbedienung bitte sein?« Die Frau beäugt mich misstrauisch, als hätte ich sie höchstpersönlich versteckt. »Ich hab nur die für den Fernseher gesehen. Oder ist das eines dieser multifunktionalen Dinger, die Jalousien und Beleuchtung und weiß der Kuckuck was auch noch mit regeln?«

»Vielleicht darf ich es Ihnen kurz zeigen?« Plötzlich steht Giles hinter mir. Er ist durch die Tür zum Backoffice, das direkt hinter der Rezeption liegt, getreten, und strahlt die Dame an.

»Giles Letherby, unser Hoteldirektor«, stelle ich ihn vor und muss trotz allem lächeln. Ich habe gar nicht gemerkt, dass er gekommen ist.

»Der Direktor … nun, wenn Sie Zeit hätten, das wäre natürlich … das wäre …« Die Dame gerät ins Stammeln und zeigt das erste Mal seit ihrem Erscheinen so etwas wie ein Lächeln.

Natürlich kriegt er sie, er kriegt jeden damit.

»Na dann kommen Sie mal mit.« Mit flinken Schritten umrundet er das Rezeptionspult und bietet der Dame galant seinen Arm. Während sie in Richtung Aufzug gehen, dreht er sich kurz um und zwinkert mir zu. Ich lächle schwach zurück, zu mehr bin im Moment nicht imstande.

Mich hat Giles auch gekriegt. Gleich, als er das erste Mal als frischgebackener Hoteldirektor durch die Drehtür des *Fairfax Clerkenwell Hotels* getreten ist, mit seinem entschlossenen Lächeln, und testweise nach einem Einzelzimmer gefragt hat. Ich wusste noch nicht, dass ich meinen neuen Chef vor mir hatte, war aber furchtbar nervös, weil dieser attraktive, verbindliche Mann, der sich später als Giles vorstellte, vor mir stand und habe mich pausenlos verhaspelt.

Er hat sich sofort in meine »frische irische Art« verliebt, sagt er immer (was genau er damit meint, hab ich noch nicht ganz herausgefunden. Will ich aber auch gar nicht.) Auf jeden Fall sind wir seitdem ein Paar. Giles Letherby, einer der vielversprechendsten Hotelmanager des Landes, und ich. Allie Malone, stellvertretende Leiterin des Rezeptionsteams im *Fairfax Clerkenwell Hotel* und ebenfalls aufstrebend. Vielleicht nicht ganz so wie Giles, aber er ist auch extrem ehrgeizig. Ich dagegen bin froh, wenn ich einen weiteren Tag mit unserer anspruchsvollen Klientel erfolgreich überstehe. Besonders heute, wo ich unmöglich mit meinen Gedanken noch bei etwas anderem sein kann als bei Dad.

Bitte, geh du nicht auch noch, Dad.

»Das ist gelebter Kundenservice, oder?« Fünf Minuten später tritt Giles wieder aus dem Fahrstuhl und lehnt sich mit einem Augenzwinkern über die Rezeption. »Sie spielt jetzt da oben sicher die nächsten zwei Stunden mit ihrer Klimaanlage herum, und du hast deine Ruhe.«

»Giles, Winnie hat angerufen.« Ich sehe ihn hilflos an. »Dad hatte einen Herzinfarkt.«

Giles macht ein erschrockenes Gesicht. »Oje, der arme Patrick!«

Mein Freund ist der einzige Mensch, der Dad bei seinem vollen Namen nennt. Das kommt vielleicht daher, dass er Dad bisher nur zweimal in seinem Leben gesehen hat. Immer zu Weihnachten besucht mich Dad in London und bleibt bis Neujahr. Giles hingegen verbringt die Weihnachtsfeiertage bei seiner Familie in Nottingham und stößt dann erst zu Neujahr wieder zu uns, meist, nachdem ich Dad zum Flughafen gebracht habe. Dad in London zu erleben, ist ungefähr so, wie einen Eisbären in der Sahara auszusetzen. Die Großstadt ist absolut feindlicher Lebensraum für ihn, und ich bin ihm sehr dankbar, dass er die Strapazen, die eine Reise hierher für ihn bedeuten, für mich in Kauf nimmt. Und dass ich dadurch nicht nach Hause fahren muss.

»Er wurde notoperiert und liegt jetzt auf der Intensivstation, aber er ist stabil«, wiederhole ich monoton das wenige, was Winnie mir berichtet hat.

»Natürlich musst du sofort zu ihm, Liebling.« Giles kommt zu mir hinter das Pult und nimmt mich in den Arm. Ich kuschle mich an seine Hemdbrust, atme sein Aftershave ein (er riecht wie immer nach Ginseng und Zitrone), und das beruhigt mich etwas.

»Ich könnte deine nächsten Schichten mit denen von Caterina tauschen …« Mit einer Hand greift er zur Tastatur und loggt sich in das Dienstplanprogramm ein. Er mustert die vielen bunten Balken. Jeder von uns hat seine eigene Balkenfarbe (ich bin grün, Caterina pink).

»Wann bist du wieder zurück? Übermorgen Abend?«

»Giles, mein Vater hatte gerade einen Herzinfarkt!« Ich starre ihn ungläubig an. »Zumindest übers Wochenende muss ich dortbleiben und mich um ihn kümmern!«

»Nun ja, er ist ja sicher noch länger im Krankenhaus und wird dort sicher bestens betreut ...«, sagt er abwesend, während er weiter auf den Bildschirm schaut, aber er korrigiert sich eilig, als er meinen Blick sieht. »Klar, entschuldige, das war gerade echt unsensibel von mir. Natürlich musst du ihm beistehen. Dann teile ich jemanden bis Mitte nächster Woche für dich ein? Wäre das okay? Und dann beginnt ja schon unser Urlaub.«

Ich nicke bloß. Emsig schiebt Giles die bunten Balken herum, bis alles zu seiner Zufriedenheit arrangiert ist.

»Gut, dann wäre das hiermit erledigt.« Er streichelt mir über den Rücken und sieht mich zerknirscht an. »Hör mal, das kommt jetzt wahrscheinlich so rüber, als wäre ich der unsensibelste Tropf weit und breit, aber ich hab den ganzen Tag so gut wie nichts gegessen. Was hältst du von Sushi heute Abend?« Das ist typisch Giles. Indem er einen Fehler freimütig zugibt, wirkt er allein dadurch schon wieder charmant. »Ich könnte uns was mitnehmen, muss noch nach Islington, und dann unterhalten wir uns in aller Ruhe über deinen Dad und was wir tun können, um ihm zu helfen. Ich hab von tollen Reha-Einrichtungen gehört, die auf Herzinfarktpatienten spezialisiert sind ...«

»Gern«, sage ich, obwohl mir im Moment gerade viel mehr nach einer Portion tröstlichem *Apple Crumble* wäre, als nach kaltem, rohem, in Algen gewickelten Fisch, und lasse mir von

Giles einen Abschiedskuss auf die Wange drücken. »Okay, bin um spätestens acht da. Du könntest den Sauvignon Blanc kühlstellen, der passt super zu Sushi.« Er sieht mich liebevoll an. »Und hey, mach dir nicht zu viele Sorgen um Patrick. Es wird sicher alles gut.«

Giles hat leicht reden. Für ihn scheint jede auch noch so große Schwierigkeit stets nur eine unangenehme Lappalie zu sein, die sich mit ein wenig Nachdenken und der Besonnenheit, die ihn auszeichnet, mühelos aus der Welt schaffen lässt. »Problemlösungskompetenz«, nennt er das schlicht. Wahrscheinlich sollte ich an meiner dringend arbeiten.

»Ich werd's versuchen.« Mehr als ein zaghaftes Lächeln bringe ich im Moment immer noch nicht zustande.

»Dann bis später.« Er drückt mir einen Kuss auf die Wange. »Und wie gesagt, versuch, nicht zu viel zu grübeln. Das bringt keinem was.«

»Ich versuch's«, rufe ich ihm nach. Giles ist schon so gut wie aus der Tür und ruft noch etwas zurück, aber meine Gedanken sind schon längst wieder bei Dad. Und in Doolinvarna.

Die Intensivstation liegt im dritten Stock des großen, langgestreckten Gebäudes des Universitätskrankenhauses von Galway.

»Ich habe gute Nachrichten für Sie, Ms. Malone. Wir konnten Ihren Vater bereits von der Intensivstation verlegen«, sagt Dr. Leila Sharif zu mir. Sie ist Dads behandelnde Ärztin, groß gewachsen, wunderschön und hat eine pechschwarze Lockenmähne, die einem Löwen alle Ehre machen würde. »Sie können gerne zu ihm, aber nicht zu lange, und bitte keine Themen, die ihn aufregen könnten.«

Ich nicke.

Dr. Sharif sieht mich ernst an. »Es ist ein überstrapazierter Spruch, aber Ihr Vater ist dem Tod gerade noch von der Schippe gesprungen. Es wird eine Weile dauern, bis er wieder der Alte ist, und dann muss er seinen Lebensstil ändern. *Radikal* ändern.«

Ich nicke wieder, während wir einen mit beigefarbenem Linoleum ausgelegten Gang entlanggehen, und stelle mir jetzt schon die Frage, wie irgendjemand meinen Dad dazu bewegen soll, seinen Lebensstil (der im Wesentlichen aus Sofasport und Wohlfühlessen – gehaltvoll, fettig, nicht die Bohne gesund – besteht) zu ändern, geschweige denn radikal.

»Ich lasse Sie dann mal allein, Ms. Malone.« Dr. Sharif lächelt mich an und klopft an die schwere Tür zu Dads Zimmer. Ich atme noch einmal tief durch, da öffnet uns auch schon ein streng aussehender Krankenpfleger. Er mustert mich von Kopf bis Fuß.

»Ich bin in ein paar Minuten wieder da«, sagt er, und es klingt mehr wie eine Drohung als eine Auskunft. Dann lässt er mich in den Raum und schließt die Tür hinter sich. Dad liegt in einem dieser multifunktionalen Krankenhausbetten, und sein Gesicht hat nicht die gewohnt rosig-frische Farbe, sondern ungefähr den gleichen bleichen Farbton wie die gestärkte Bettwäsche. Ich bin mir nicht ganz sicher, ob er wach ist oder schläft.

»Dad?«, frage ich vorsichtig.

Er öffnet die Augen ein Stück und streckt mir schwach eine Hand entgegen. »Allie-Schatz!« Es ist mehr ein Murmeln.

Ich setze mich auf den Hartplastikstuhl neben seinem Bett und bemühe mich, die vielen Schläuche, die in Dad rein- und rausführen, zu ignorieren. Schnell nehme ich seine Hand und drücke sie fest und bin erleichtert, dass er zumindest sonst ganz wie der alte Dad aussieht – ein stämmiger Bär mit grauem Vollbart und unzähligen Lachfalten um Augenwinkel und Mund.

»Ich bin so froh, dass du da bist!«, sagt er müde, aber er lächelt.

»Und *ich* bin erst froh, dass *du* noch da bist! Was machst du denn bloß für Sachen!« Ich muss mir Mühe geben, um nicht in Tränen auszubrechen.

Dad bemerkt es und streichelt beruhigend über meine Hand.

»Keine Sorge, Unkraut vergeht nicht.«

»So ein blöder Spruch …« Ich schüttle den Kopf. »Die Ärztin hat gesagt, es war verdammt knapp.«

Dad wirkt jetzt wacher. »Aber es ist gut ausgegangen. Pat Malone ist noch nicht bereit, abzutreten. Noch lange nicht.« Er versucht sich ein bisschen aufzurichten, aber die Schläuche behindern ihn dabei.

»Und du bist extra den ganzen weiten Weg aus London gekommen?« Dad sieht mich schuldbewusst an. »Nur meinetwegen?«

»Wegen wem denn sonst?« Ich blicke ihn liebevoll an.

»Konntest du denn einfach so von der Arbeit weg? Ihr habt doch immer so viel zu tun.«

»Mach dir darüber keine Gedanken«, sage ich. »Giles hat alles geregelt, ich kann ein paar Tage bleiben.«

Dads Gesicht erhellt sich kurz. »Das ist schön zu hören, mein Schatz. Wirklich schön. Und tut mir leid, dass ich solche Umstände mache.«

»Du machst keine Umstände, Dad. Ich hätte schon viel früher kommen sollen.«

Wir schweigen einen Moment lang, weil wir beide wissen, dass das stimmt.

»Weißt du, was mich an der ganzen Sache am meisten stört?«, beginnt Dad schließlich wieder zu sprechen. Seine Stimme gewinnt zunehmend an Kraft.

Ich schüttle den Kopf.

»Erstens, dass ich überhaupt hier bin. Wo doch jeder weiß …«

»…, dass man ein Krankenhaus kränker verlässt, als man es betritt«, beende ich seinen Satz und muss schmunzeln. »Dad, du bist wirklich unfair zu den Leuten hier. Dr. Sharif und ihr Team haben dir das Leben gerettet!«

»Ja, mag schon sein«, brummt Dad widerstrebend. »Aber noch mehr stört es mich, dass ich in der wichtigsten Zeit des Jahres wie ein gestrandeter Wal im Krankenhauskittel rumliege!«

»Dad …«

»Na, ist doch wahr! Hätte der verdammte Infarkt nicht zwei Wochen später kommen können?«

»Dad!«

»Da hätte ich mir auch eine andere Zeit zum Nichtstun aussuchen können. Mindestens vierzehn Tage muss ich noch hierbleiben … und danach wollen sie mich gleich in die Reha stecken.« Er verzieht das Gesicht. »Wo ich dann weiter faulenzen soll.«

»Eine Reha ist doch nicht faulenzen«, sage ich. »Du musst wieder fit werden, Dad, und endlich besser auf dich achten. Keine *Fish and Chips* bei Niall mehr. Die triefen vor Fett. Und kein Feierabend-Pint mehr. Weniger Rugby im Fernsehen, dafür echter Sport.«

»Niall hat schon längst keine fetttriefenden Fish and Chips mehr auf der Karte«, sagt Dad wehmütig.

»Echt?« Ich bin überrascht. Als ich weggegangen bin, bestand die Karte aus genau drei Gerichten, die *allesamt* vor Fett getrieft haben: Fish and Chips, Hamburger und Cheeseburger.

Dad schüttelt den Kopf. »Die Zeiten sind schon lange vorbei. Er macht sie jetzt in der Heißluftfritteuse. Das schmeckt man auch.«

»Aber siehst du, vielleicht darfst du die Fish and Chips dann weiterhin essen«, versuche ich ihn zu trösten. »Das wär doch mal was, ab und zu.«

Dad seufzt. »Wenn das Essen mein einziges Problem wäre … wie gesagt, das viel, *viel* größere Problem ist etwas anderes.«

Ich weiß, was jetzt kommt. Und sofort fühle ich die altbekannte Traurigkeit in mir aufsteigen, die mich stets begleitet, mal mehr, mal weniger. Nur in den besten Momenten gelingt es mir, sie vollkommen abzuschütteln, aber jetzt gerade ist sie präsenter denn je.

»Allie, es geht um das Festival.« Er sieht mich ernst an. »Ich kann unmöglich daran teilnehmen, sagt Dr. Sharif. Und schon gar nicht als Matchmaker. Viel zu viel Aufregung.«

»Natürlich kannst du das nicht«, sage ich mit Nachdruck. »Aber jeder wird das verstehen, Dad. Du hattest gerade einen Herzinfarkt. Niall kann das doch übernehmen. Oder jemand anderes.«

»Das geht nicht.« Dad schüttelt den Kopf. »Du erinnerst dich vielleicht nicht mehr daran … aber es gibt da eine ganz besondere Tradition.«

»Welche genau meinst du?«, versuche ich zu scherzen, denn das Festival besteht eigentlich hauptsächlich aus skurrilen Traditionen. Früher hat mir das alles Spaß gemacht. Jetzt finde ich es nur noch lächerlich. Und viel schlimmer: Die Erinnerung daran weckt Gefühle in mir, die lieber tief vergraben bleiben sollen.

Dad sieht mich ernst an. »Die wichtigste von allen. Und sie besagt, dass nur jemand aus *unserer* Familie, ein oder eine Malone, den Matchmaker machen kann.«

O nein. Darauf kann er unmöglich hinauswollen. Mein Magen verkrampft sich, aber ich lasse mir nichts anmerken.

»Dann kann vielleicht Onkel Lorcan einspringen?«, frage ich eilig, obwohl ich weiß, dass der Gedanke, meinen betagten Großonkel als Matchmaker einzusetzen, absurd ist.

»Onkel Lorcan?« Dad sieht mich mit einem etwas seltsamen Blick an. »Allie, Onkel Lorcan wird nächstes Jahr hundert. Er ist schon seit Jahren in einem Pflegeheim in Clifden und weiß nicht einmal mehr, wie er heißt!«

»Dann …«, fieberhaft durchforste ich mein Gehirn nach weiteren entfernten Verwandten. Das Problem dabei ist, dass Dads Verwandtschaft überschaubar ist. Er ist Einzelkind gewesen, seine Eltern sind schon lange tot und Declan …

»Wie gerne würde ich Declan fragen können«, sagt Dad mit brüchiger Stimme, wie immer, wenn er den Namen meines Bruders erwähnt. »Aber das geht nicht mehr.«

»Dad …« Schnell drücke ich seine Hand noch ein wenig fester. Ihn so zu sehen, bricht mir das Herz. Schon wieder, zum wahrscheinlich tausendsten Mal.

»Nein, Allie – meine einzige, letzte Chance, die bist du, mein Schatz.« Er drückt meine Hand ebenfalls. »Ich frage dich nicht gern, wirklich nicht, aber ich muss es tun.«

»Dad, ich weiß nicht, wie du dir das vorstellst«, sage ich so resolut wie möglich. »Ich will das nicht! Ich *kann* das doch auch gar nicht!«

»Du hast mir jahrelang dabei geholfen, Allie.«

»Das allein macht noch lange keinen guten Matchmaker aus!«

»Aber du trägst es in deinem Herzen.« Dad sieht mich liebevoll und zugleich mit festem Blick an. »Tief in dir hast du alles, was du brauchst, mein Mädchen. Das weiß ich. Und das ist das Allerwichtigste.«

»Dad, das kannst du nicht von mir verlangen.« Ich schüttle den Kopf.

»Wenn du es nicht machst, müssen wir das Festival absagen. Zum ersten Mal seit dem Zweiten Weltkrieg. Du weißt, was das für das Dorf bedeutet.« Er starrt ins Leere. »Und was es für mich bedeutet. Das Festival ist beinahe das Einzige, was mir geblieben ist.«

Ich winde mich innerlich. Ist das wirklich der richtige Zeitpunkt, um Dad von meinen Plänen zu erzählen? Hier, an seinem Krankenbett, einen Tag nachdem er einen Herzinfarkt hatte?

Keine Themen, die ihn aufregen könnten, hat Dr. Sharif gesagt. Gefährde ich Dads Heilungsprozess, wenn ich ausgerechnet jetzt damit rausrücke? Aber ich kann es ihm nicht länger verheimlichen. Ich muss es ihm endlich sagen, habe es schon viel zu lange herausgezögert.

»Es tut mir wirklich leid, Dad, aber ich kann nicht, selbst wenn ich wollte.«

»Warum nicht, Schatz?«

Ich atme tief durch. »Giles und ich wollen demnächst in die USA übersiedeln, nach Seattle.«

»Ach, wirklich?« Dad sieht mich überrascht an, überrascht und auch ein bisschen verletzt. »Davon höre ich heute zum ersten Mal! Warum hast du nichts erzählt?«

»Ich bin irgendwie noch nicht dazu gekommen«, druckse

ich herum. »Und ich wollte nichts sagen, solange es nicht spruchreif war.« Das stimmt nur bedingt. Der wahre Grund, wieso ich Dad gegenüber bisher nichts erwähnt habe, ist, dass ich Angst davor hatte, ihm zu sagen, dass zwischen ihm und seiner Tochter in Zukunft nicht nur eine schmale Meerenge, sondern ein ganzer Ozean liegen wird.

»Und jetzt ist es das?« Dad sieht mich mit einem seltsam neutralen Gesichtsausdruck an.

»So ziemlich.« Ich nicke. »Giles hat in Seattle einen Job als Regionalmanager angeboten bekommen, er betreut dann mehrere Hotels. Und ich darf ein Rezeptionsteam leiten. Mit der Aussicht auf mehr, falls ich mich bewähre.«

Nächste Woche schon fliegen wir los. Zuerst haben wir vierzehn Tage Urlaub, um uns alles anzusehen, eine Wohnung zu suchen und so weiter. Und dann treten wir unsere neuen Jobs an. Wir haben geplant, für mindestens ein paar Jahre drüben zu bleiben, vielleicht auch unser ganzes Leben lang. Wir ziehen in eine der hipsten Städte der USA! Wenn ich daran denke, durchfährt mich ein freudiger Schauer, selbst hier, im Krankenhaus. Aber ein bisschen fürchte ich mich auch und hoffe, dass sie nicht *zu* hip für mich ist. Ich halte mich selbst nämlich eher für einen normalen Typen (um nicht das Wort durchschnittlich gebrauchen zu müssen). Wahrscheinlich bin ich deshalb auch ganz froh, aus London wegzugehen. Ich bin voller Hoffnung dorthin gekommen, wollte es lieben, habe es wirklich probiert, aber irgendetwas an dieser rasanten, verzehrenden, sich im Sekundentakt ändernden Stadt überfordert mich permanent. Wahrscheinlich ist das kein Wunder, wenn man in einem Dorf mit nicht einmal fünfhundert Einwohnern aufgewachsen ist … Aber jetzt bloß nicht an früher denken. Es ist gut so, wie es ist. In London jagen mich zumindest keine dunklen Schatten aus der Vergangenheit. Und Seattle ist zwar auch groß, aber ich stelle mir das Leben in dieser Stadt im Westen der USA wesentlich entspannter vor. Giles war schon ein paarmal dort auf Urlaub, und er hat immer geschwärmt, wie lässig und relaxed alles sei. Keine britische Reserviertheit, kein kaltfeuchter Winternebel, und fast überall riecht man das Meer. Es wird bestimmt großartig.

Dad macht auf jeden Fall große Augen. »Ein eigenes Team leiten? In einem Hotel in Seattle? Oh, das ist großartig! Das freut mich für dich. Wirklich.« Er versucht zu lächeln, aber es gelingt ihm nicht so recht. »Und ob wir Weihnachten in London oder in Seattle feiern, macht ja auch keinen großen Unterschied mehr. Dann flieg ich eben ein paar Stündchen länger.« Er versucht schon wieder zu scherzen, obwohl ich merke, dass es ihn hart trifft, dass ich ihn vor vollendete Tatsachen stelle.

Eine Weile schweigen wir. Dann beginnt er zögerlich: »Ich weiß, es ist viel verlangt, unheimlich viel sogar ... aber könntet ihr diesen Flug nicht vielleicht um ein paar Tage nach hinten verschieben? Das Festival ist schon in zwei Wochen, und danach hättest du alle Zeit der Welt ...« Dads Blick ist jetzt flehend. »*Bitte*, Allie.«

»Es tut mir wirklich leid, Dad, aber ich kann das einfach nicht. Wirklich nicht«, höre ich mich hilflos sagen. »Es ist schon alles geplant, Giles und ich verbringen dort vorher unseren Urlaub, wir lernen den Vorstand und das Team kennen ...«

Dad schließt die Augen, und plötzlich fängt das kompliziert aussehende Gerät neben seinem Bett an zu piepsen und zu blinken. Keine fünf Sekunden später steht der Krankenpfleger wieder im Raum.

»Alles okay, Mr. Malone?«, fragt er und mustert mich streng. »Oder ist Ihnen Ihr Besuch zu anstrengend?«

Dad öffnet die Augen wieder und schüttelt den Kopf. »Ian, das ist meine Tochter Allie. Sie ist extra aus London gekommen!«

»Wie schön«, sagt Ian ungerührt. »Aber wenn sie den ganzen Großstadtstress mit in dieses Zimmer bringt, fährt sie besser gleich wieder zurück!«

Die Maschine blinkt und piepst immer noch. Ian tritt an sie heran und tippt auf ihr herum.

Dad sieht mich verzweifelt an. »Allie, Schatz, ich bitte dich!« Die Geräte blinken schneller.

»Ich glaube, dieser Besuch ist hiermit beendet«, sagt Ian resolut und bedeutet mir, aufzustehen.

»Überleg es dir wenigstens!« Dad lässt meine Hand nicht los, obwohl ich schon stehe. »Bitte!« Ich sehe seinen Blick, sein leichenblasses Gesicht, und das lässt mir keine Wahl.

»Okay, Dad, ich überleg's mir«, sage ich und bereue es bereits im selben Moment. Dads Miene jedoch erhellt sich schlagartig.

»Danke, Allie. Tausend Dank. Denk in Ruhe darüber nach, und dann sehen wir weiter.«

Ich nicke ebenfalls. »Gut. Ich such mir jetzt was zum Übernachten in der Nähe, und morgen komme ich dich wieder besuchen.«

Dad sieht mich erstaunt an. »Wieso schläfst du nicht zu Hause? Du könntest das Geld fürs Hotel sparen, und Winnie und die anderen würden sich sicher unheimlich freuen, dich zu sehen …« Er zögert. »Und so furchtbar kann es doch nicht sein, für ein paar Tage nach Hause zurückzukehren. Oder ist es das für dich, Allie? Furchtbar?«

Ich überlege einen Moment. Dann schüttle ich den Kopf. »Nein, Dad, es ist nicht furchtbar.« Zumindest rede ich mir das in diesem Moment ein, und weil ich Dad nicht noch mehr aufregen will. »Du hast recht. Ich hab Winnie ewig nicht mehr gesehen.« Das letzte Mal vor eineinhalb Jahren, als sie mich in London besucht hat. Ist das wirklich schon so lange her?

»Niall hat den Schlüssel für die Wohnung«, sagt Dad. »Geh einfach zu ihm in den Pub.«

»Okay. Dann bis morgen, Dad«, sage ich. »Und ruh dich schön aus inzwischen, hörst du?«

»Was soll ich denn auch sonst machen?« Er seufzt. »Bis morgen, mein Schatz.«

Ich winke ihm noch einmal zum Abschied, ehe Ian mir die Tür vor der Nase zuschlägt.

Kapitel zwei

Schon lange bevor ich es sehe, rieche ich es: das Meer. Das Fenster an meinem Sitzplatz im Bus ist einen Spalt geöffnet, und durch ihn dringt eine schwere, salzige Brise, mit einem Hauch von Torf. Vor ein paar Jahren war ich mit Giles auf den Lofoten. Dort hat es genauso gerochen, und für einen kurzen Moment hat mir das Heimweh fast die Luft abgeschnürt. Aber dann habe ich es sofort gezwungen, sich wieder aus dem Staub zu machen. Wieso sollte man auch Heimweh haben nach einem Ort, der einem den größten Schmerz seines Lebens gebracht hat?

Noch eine Biegung, dann kann ich sie sehen, das erste Mal seit über zehn Jahren: die Irische See. Es ist später Nachmittag, und die tiefstehende Sonne lässt die vielen Wellenkrönchen glitzern wie tausend Edelsteine. Mein Herz zieht sich zusammen, es verkrampft sich richtig. Ich liebe das Meer, unser Meer, und wenn ich etwas wirklich vermisst habe in der Stadt, dann waren es die Wellen, das Geräusch der Brandung, dieser einzigartige Geruch.

Von hier ab führt die Straße direkt an der Küste entlang, und ich kenne immer noch jeden Meter der Strecke, den der

Bus von Galway aus zurücklegt. Ich wundere mich, wie seltsam vertraut mir alles ist, obwohl ich so lange weg war, und obwohl ich so sehr versucht habe, es zu vergessen. Die üppigen Polster aus Heidekraut, die das satte Grün der fruchtbaren Weiden in prächtigen Rosa- und Violetttönen sprenkeln. Die mächtigen Felsbrocken, die schon seit Jahrmillionen diesen Teil der Küste prägen und ihr einen archaischen Ausdruck verleihen. Hie und da ein einsamer Weißdornbaum, der majestätisch aus der Weidelandschaft emporragt und in dem einer Legende nach zauberhafte Feenwesen wohnen. Und natürlich überall Schafe, kleine, pummelige Wollknäuel, die meisten cremeweiß, aber auch ein paar braune und schwarze Exemplare, die friedlich in der Spätsommersonne grasen. Einmal noch windet sich die Straße um einen Hügel. Und dann bin ich da.

Doolinvarna, County Clare. 425 Einwohner. Keine Bank, kein Postamt, kein Arzt. Dafür an die zwei Dutzend Fischer, noch mehr Schafbauern und Kellys Gemischtwarenladen an der Mole, vor dem der Bus jetzt hält. Ich nehme meinen Trolley und steige aus, nicht ohne mich herzlich vom Busfahrer zu verabschieden. In London würde man mich für eine Irre halten, aber hier ist das nun mal anders.

Neugierig sehe ich mich um. Auf den ersten Blick ist alles noch genau so, wie ich es in Erinnerung habe. Die kleine Hafenpromenade mit ihren windschiefen Häusern, die sich eng aneinanderschmiegen, als wollten sie sich bei dem scharfen Seewind, der hier so oft bläst, gegenseitig wärmen. Sie haben alle bunte Holzfassaden, die von der Sonne ausgebleicht sind. Vom Hafen weg, an dem jeden Vormittag die Fischerboote anlegen, führt die Hauptstraße mit den unzähligen Schlaglöchern. Rudy Hayes, der seit einer gefühlten Ewigkeit der

Bürgermeister von Doolinvarna ist, wollte sie eigentlich schon seit ebenso langer Zeit neu asphaltieren lassen.

Aber als ich genauer hinsehe, bemerke ich, dass der Musikladen, in dem Winnie und ich immer die neuesten CDs gekauft haben, jetzt ein Geschäft für kuschelig-warme Aran-Pullover, die so typisch für diesen Landstrich sind, beherbergt und das Fischgeschäft von Kyle MacLachlan, aus dem es immer schon aus hundert Metern Entfernung nach nicht mehr ganz taufrischem Fisch gerochen hat, ist nun ein wirklich niedlich aussehendes Café.

Aber Kelly, die gerade aus ihrem Laden gestürmt kommt, ist noch ganz die Alte. »Alliiiieee!«, kreischt sie und breitet die Arme aus. »Du bist es wirklich!«

»Hey, Kelly«, sage ich überrumpelt und lasse mich von ihr drücken. Sie ist stark parfümiert, riecht nach Lavendel und Moschus und trägt einen blitzblauen, wallenden Kaftan, der nur über dem üppigen Busen und der ausladenden Hüfte spannt. Sie ist ungeheuer weiblich, ein wahrer Berg von Weiblichkeit, umrahmt von feuerrot gefärbtem Haar. Kelly gehört nicht nur der Gemischtwarenladen, sie ist auch so etwas wie die inoffizielle Bürgermeisterin von Doolinvarna. Sie hat Rudy nie in seinem Amt herausgefordert, weil sie jeden Winter in Alicante verbringt (wo sie Gerüchten nach nicht nur einen, sondern sogar *zwei* glutäugige spanische Lover unterhält, beide deutlich jünger als sie selbst) und auch überhaupt keine Lust hat auf »den ganzen Papierkram, mit dem sich Rudy herumschlagen muss«, aber ich gehe jede Wette ein, dass sie eine Wahl haushoch gewinnen würde.

Als sie mich wieder loslässt, strahlt sie über das ganze Gesicht. »Hey, Leute! Ratet mal, wer hier ist!«, ruft sie.

»Kelly, bitte …« versuche ich sie aufzuhalten, aber sie ist nicht zu bremsen.

»Allie ist wieder da! Allie Malone!« Sofort stecken ein paar Leute ihre Köpfe aus den Fenstern der umliegenden Häuser und rufen ebenfalls »Hallo, Allie!« und: »Schön, dass du wieder da bist!«

»Weißt du, wie lange wir darauf gewartet haben, dass du zurückkommst?«, fragt Kelly aufgeregt. »Viel, *viel* zu lange!« Sie mustert mich mit ihren stark geschminkten, jadegrünen Katzenaugen. »Aber jetzt bist du ja wieder hier, und genau zum richtigen Zeitpunkt. Warst du schon bei Pat? Natürlich warst du schon bei ihm. Wie lange bleibst du?«

»Ich geh erst mal zu Niall den Schlüssel holen«, antworte ich ausweichend, überfordert von Kellys Redeschwall, und deute die Straße hinunter zum Pub.

»Mach das. Du kommst einfach später auf ein Pläuschchen vorbei.« Walkürenhaft schreitet Kelly zurück in ihren Laden.

Ich biege in die Straße, die zu Dads Wohnung führt, ab, grüße Sam, unseren schon bei meiner Abreise tatterigen Nachbarn, der ebenfalls aus seinem Fenster hervorlugt und noch viel tatteriger wirkt, und betrete dann den Pub. Über dem Tresen prangt bereits das riesige Plakat, das ich noch gut in Erinnerung habe. Es ist schon ziemlich vergilbt, die Buchstaben sind mehr rosarot als pink, und das alte Datum wurde einfach überklebt. Bestimmt ist es immer noch dasselbe, das vor zehn Jahren auch schon hier hing. Der Gedanke stimmt mich melancholisch. So viel ist passiert in all den Jahren, und doch scheint die Zeit manchmal stillzustehen.

»Allie«, begrüßt mich Niall, und hebt dafür nur kurz den Kopf, als sei ich gestern erst das letzte Mal hier gewesen. »Schön, dich wiederzusehen.« An ihm sind die letzten zehn

Jahre ebenfalls nicht spurlos vorübergegangen. Er trägt jetzt einen Vollbart wie Dad, dafür sind die Haare auf seinem Kopf merklich weniger und grau geworden. Ob die tiefen Falten, die sich auf seiner Stirn eingegraben haben, von den ständigen Kabbeleien mit seiner Frau Trish kommen (die wirklich anstrengend sein kann) oder von den unzähligen Stunden, die er hier hinter dem Tresen verbracht hat, ist schwer zu sagen.

Auch das Pub sieht verändert aus. Der dicke Dunst, der früher in der Luft waberte, ist verschwunden, die Stühle und Sitzbänke wurden neu gepolstert und das Holz der dunklen Eichenvertäfelung sandgestrahlt. Es hat jetzt einen freundlichen beigefarbenen Ton.

»Wie geht's ihm?«, fragt Niall, während er ein Bierglas trockenwischt. »Pat?«

»So weit ganz gut.« Ich nicke. »Er ist nicht mehr auf der Intensivstation, aber es wird natürlich noch dauern, bis er sich ganz erholt hat.«

Niall stellt das Glas beiseite und nimmt sich das nächste vor. »Ich werd dann mal vorbeischauen die nächsten Tage.«

»Darüber würde er sich sicher freuen«, sage ich freundlich.

Die meisten, die Niall nicht gut kennen, glauben, er sei ein ziemlicher Griesgram. Aber Niall ist eine Seele von Mensch, nur gut verpackt unter einer dicken Schicht Bärbeißigkeit.

»Dad hat gesagt, du hast den Schlüssel für unsere Wohnung?«

»Jap.« Er dreht sich um und öffnet einen der Schränke hinter sich.

»Sieht schick aus.« Ich deute auf die deutlich hellere Vertäfelung.

»Dachte, ist mal Zeit für was Neues«, sagt Niall knapp.

»Wirklich schick«, wiederhole ich. Er reicht mir den Schlüssel über den Tresen. »Danke, Niall.«

»Nichts zu danken. Wenn du Hunger hast, komm rüber. Ich mach jetzt alles in der Heißluftfritteuse, ist gesünder.«

»Mach ich.« Ich muss lächeln. »Bis dann.«

Dads Wohnung liegt schräg gegenüber vom Pub, direkt über der alten Postfiliale. Dad ist Briefträger, und das schon seit über fünfunddreißig Jahren. Deswegen hat er auch diese Wohnung bekommen, als er damals, frisch verheiratet, den Dienst angetreten hat. Mum hat sich in ihr nie richtig wohlgefühlt. »Sie ist zu klein für uns vier«, hat sie sich in regelmäßigen Abständen bei Dad beschwert. »Die Kinder haben ein eigenes Zimmer, was willst du mehr?«, hat er dann geantwortet und sich mit der Zeitung an den Küchentisch gesetzt. Dad war immer ein bescheidener Mensch und hat nie verstanden, wieso jemand hoch hinaus wollte. Ob er es wohl irgendwann bereut hat, dass er »seinen Hintern nicht hochgekriegt hat«, wie Mum es einmal formulierte? Ich habe ihn bis jetzt nicht danach gefragt. Mich auf jeden Fall hat es nie gestört, dass wir ein genügsames Leben führten; Declan dagegen schon eher.

Inzwischen hat Doolinvarna schon lange kein eigenes Postamt mehr, die Räume im Erdgeschoss stehen leer, und Dad muss jeden Tag zwanzig Minuten nach Ballyvaughan fahren, um dort die Post für Doolinvarna abzuholen.

Erschöpft steige ich die Stufen in den ersten Stock hinauf und sperre die Wohnungstür auf. Dad muss sie geölt haben, denn sie quietscht nicht mehr. Sofort bemerke ich, dass er seit meinem Weggang sonst nicht viel verändert hat. In der Küche hängen immer noch die altmodische Veilchentapete und die lindgrünen Laura-Ashley-Vorhänge, die Mum unbedingt haben wollte. Im Wohnzimmer fläzt sich der Flokati mit seinen verfilzten Fransen vor der Couch aus abgenutztem Kunstleder, und sogar die Zierkissen darauf, pfirsichfarben und kleinkariert, sind dieselben. Nur der Fernseher ist neu, und davor steht ein ebenfalls recht neu wirkendes, cognacfarbenes Ungetüm von einem Sessel. Hier sitzt Dad wahrscheinlich jeden Abend und schaut sein geliebtes Rugby.

Die Wohnung ist nicht groß, aber gemütlich. Küche, Wohnzimmer, ein Schlafzimmer und Bad hier im ersten Stock und zwei Mansardenzimmer im Dachgeschoss. Während ich meinen Trolley die schmalen, steilen Stufen hochhieve, denke ich daran, wie oft Declan und ich hier rauf- und runtergesaust sind. Einmal ist er von der obersten Stufe heruntergefallen und musst mit drei Stichen am Kinn genäht werden. Die Narbe hat er als Teenager immer noch gehabt. Auf dem Treppenabsatz führt eine Tür nach links und eine nach rechts. Mein Zimmer ist das rechte. Ich öffne die Tür, stelle den Trolley neben das Bett und lasse mich darauf fallen. Für einen Moment schließe ich die Augen. Ich wusste nicht, dass es mich so viel Kraft kosten würde, hierher zurückzukommen. Eine Weile liege ich einfach da und lausche in die Stille hinein. Unten von der Straße kann ich gedämpfte Schritte und Stimmen hören. Und kreischende Möwen, die bestimmt gerade ein einlaufendes Fischerboot umkreisen, in der Hoffnung auf Futter. Wie lange habe ich dieses Geräusch nicht mehr gehört.

Ich muss kurz eingedöst sein, denn ich schrecke hoch, als jemand unten an der Tür läutet und nach mir ruft. »Allie? Allie, bist du da?«

Ich kann es bis hier oben hören, weil die Wände so dünn sind. Schnell springe ich auf, hechte die Treppen hinunter und öffne die Eingangstür. Vor mir steht Winnie, eine selig strahlende Winnie McLaughlin.

»Allie!«, ruft sie und umarmt mich ebenfalls, nicht minder stürmisch als Kelly zuvor. »Wie schön, dass du gekommen bist!«

»Oh, ich freu mich so, dich zu sehen!«, sage ich aufrichtig. Winnie ist meine allerbeste Freundin, wir kennen uns schon ewig, und es tut mir im Herzen weh, dass wir uns so selten sehen, seit ich weg bin. Sie sieht gut aus, wie immer. Winnie ist eine wahre Amazone, muskulös und kräftig, fast eins neunzig groß, mit langen, glatten, weißblonden Haaren, die ihr ein nordisches Aussehen verleihen. Ihre Entschlossenheit und Energie springen einem aus ihrem Gesicht beinahe entgegen, und wenn jemand auf die Idee kommt, sich mit ihr anzulegen, bereut er das meistens schnell.

Sie nimmt mein Gesicht zwischen ihre großen, überraschend feingliedrigen Hände. »Lass dich anschauen. Sind das neue Strähnen? Und der Haarschnitt? Ist der auch neu? Oh, du siehst so nach Großstadt aus!« Wie immer, wenn sie aufgeregt ist, stellt sie tausend Fragen fast gleichzeitig.

»Ich wollte mir gerade Tee machen«, sage ich und deute Richtung Herd. »Willst du auch eine Tasse?«

»Oh, super, gerne!« Winnie lässt mein Gesicht los, marschiert in die Küche, schnappt sich einen der wackeligen weiß lackierten Holzstühle und setzt sich an den alten Resopaltisch. Er hat viele Schrammen, und Declan und ich haben gerne Sachen in das Holz geritzt, als wir noch Kinder waren. Mein Bruder hat sich an allem Möglichen versucht: an Totenköpfen, Piratenflaggen und auch Tennisschlägern. Ich dagegen habe mit dem harten Bleistift aus der Krimskrams-Schublade am liebsten unsere Initialen verewigt: *D+A, A+D.*

Ich versuche nicht allzu oft daran zu denken, an unsere wunderbare, unbeschwerte Kindheit, die für mich noch immer nach den Zimtschnecken duftet, die wir so oft an diesem Tisch gegessen haben. Mum war weiß Gott keine begnadete Köchin, sie hat auch nicht sonderlich gern gebacken, aber ihre Zimtschnecken waren einfach unvergleichlich. Schnell fülle ich den Teekessel mit Wasser und setze ihn auf. Winnie hat inzwischen ihr Kinn auf die Hände gestützt und mustert mich aufmerksam.

»Wie geht's dir? Wie geht's Pat? Schon etwas besser, hab ich gehört?«

Ich nicke. »Er ist schwach, aber sie haben ihn auf die Station verlegen können.«

Winnie atmet erleichtert aus. »Ah, da bin ich froh. Wir haben uns riesige Sorgen um ihn gemacht.«

»Es sieht den Umständen entsprechend gut aus, hat die Ärztin gesagt. Nur muss er sich unbedingt schonen, und er muss in die Reha.«

Winnie nickt. »Mit einem Infarkt ist nicht zu spaßen. Er soll es mal ganz langsam angehen lassen.«

Ich nehme das kochende Wasser vom Herd und stelle zwei Tassen auf den Tisch. Teebeutel finde ich, wo sie immer schon waren: in der alten, zerkratzten *O'Neills Shamrock Shortbread*-Dose im Schrank über dem Dunstabzug.

Dann gebe ich einen Teebeutel in jede Tasse und fülle das Wasser ein. Ich stelle eine Tasse vor Winnie und setze mich.

»Erzähl mal, wie geht's dir?«, fragt sie mich. »Und Giles?«

Ich nicke. »Uns geht's gut, danke. Giles hat mächtig viel zu tun, wie immer. Deswegen konnte er auch nicht mitkommen«, füge ich eilig hinzu.

»Ist doch klar«, nickt Winnie verständnisvoll. »Es war ja auch alles so plötzlich …«

»Und bei euch?«, frage ich zurück. »Was ist bei euch los?«

Winnie winkt ab und verdreht die Augen. »Frag besser nicht. In der Schule drehen die Kids gerade komplett durch, die sind in der vierten echt schon richtig pubertär. Kannst du das glauben? Zehn Jahre und in der Pubertät! Wir waren da doch mindestens dreizehn, vierzehn. Und zu Hause … was soll ich sagen. Paul arbeitet wahnsinnig viel zurzeit, ich hab auch einiges um die Ohren, und manchmal hab ich den Eindruck, dass wir eher nebeneinander als miteinander leben.« Winnie seufzt. »Aber wenn man so lange zusammen ist, ist es wohl klar, dass man auf Sparflamme kocht und nicht mehr auf einem heiß lodernden Strohfeuer. Er trinkt nicht, spielt nicht, geht höchstens einmal die Woche ins Pub und kocht die besten Enchiladas, die du jemals gegessen hast, also müsste ich wohl eigentlich zufrieden sein.« Sie grinst, aber ich glaube, hinter ihrer Flapsigkeit eine Spur traurigen Ernsts zu erkennen.

»Da hast du vermutlich recht.« Ich nicke. Ein bisschen lassen mich ihre Worte auch an Giles und mich denken. Auch bei uns ist die erste Verliebtheit, in der wir kaum die Finger voneinander lassen konnten, mittlerweile vorüber. Aber ich meine – wem geht es denn anders? Ich kenne niemanden, der nach ein paar Jahren Partnerschaft noch täglich zwischen den Laken herumturnt oder sich ständig gegenseitig anschmachtet und händchenhaltend durch die Straßen spaziert. Außerdem liebe ich das Beständige an unserer Beziehung. Und ich liebe Giles. Er würde mich niemals im Stich lassen und er ist immer verlässlich und aufmerksam. Und wir haben ein wahnsinnig aufregendes und spannendes Abenteuer vor uns, von dem ich insgeheim hoffe, dass es auch unserer Beziehung ein wenig frischen Wind einhauchen wird.

»Seattle?« Winnie macht große Augen, als ich ihr davon berichte. »Das ist ja cool! Wurde da nicht Starbucks erfunden?«

»Genau«, sage ich, ein kleines bisschen stolz auf unsere neue Heimat. »Und die ganzen Tech-Konzerne, die haben da auch ihren Hauptsitz.«

Winnie seufzt. »Das klingt super. Ich werde richtig neidisch.«

»Obwohl ich natürlich nicht weiß, ob ich Dad jetzt hier allein lassen kann.« Ich nehme einen Schluck Tee. »Ich meine, richtig *hier* bin ich ja sonst auch nicht, aber London liegt eine Flugstunde entfernt und Seattle über zehn …«

Winnie schüttelt den Kopf. »Allein wird Pat nie sein, dafür sorgen wir schon. Aber ich verstehe, was du meinst.« Sie runzelt die Stirn. »Du weißt ja, Mum hatte letztes Jahr diese komischen Gallensteine, die ihr fast gefährlich geworden wären, und da überlegt man dann schon, wie lange sie's noch machen und so …«

Wir schweigen einen Moment lang. Ich sehe Gwendolyn, Winnies Mum, vor mir und kann mir nicht vorstellen, dass sie jemals von der Bühne des Lebens, die sie mit Inbrunst ausfüllt, abtreten wird.

»Da ist noch was …«, beginne ich zögerlich. »Dad hat mich gefragt, ob ich dieses Jahr seine Rolle als Matchmaker übernehmen kann.«

Winnie sieht nicht im Geringsten erstaunt aus. »Und? Was meinst du?«

»Wieso bist du nicht überrascht?«, frage ich, und dann mit einem Anflug Misstrauen: »Habt ihr das etwa schon hinter meinem Rücken besprochen?«

Sie geht nicht auf meinen Vorwurf ein. »Also, machst du's?«

Ich zucke mit den Schultern. »Du weißt, was ich vom Festival halte. Und ich könnte das doch auch gar nicht. Die Leute würden mich für eine Hochstaplerin halten. Ich *wohne* nicht mal hier.«

»Nicht mehr«, korrigiert Winnie mich. »Aber du bist original aus Doolinvarna. Einhundert Prozent original. Und wenn du erst mal in Fahrt gekommen bist, werden dich die Leute als Matchmaker lieben.«

Ich lächle schief. »Nett, dass du das sagst. Ich halte es für eine Schnapsidee, um ehrlich zu sein. Aber ich habe Dad versprochen, es mir zu überlegen.« Ich seufze. »Du hättest ihn mal sehen sollen, zuerst hat er sich fast gar nicht getraut zu fragen, und dann, als ich ablehnen wollte, hat das Gerät neben seinem Bett angefangen zu tuten und zu blinken ...«

Wenn ich nur daran denke, wird mir wieder ganz anders. Wenn Dad gestorben wäre, wenn er wirklich gestorben wäre, dann hätte ich auch noch den Rest meiner Familie verloren. Dad ist der Einzige, der mir geblieben ist.

Winnie lehnt sich vor. »Dann bleibt dir eigentlich gar nichts anderes übrig, als es zu machen, oder?« Bilde ich mir das ein, oder klingt sie gerade eine Spur hinterlistig?

»Ich weiß nicht«, sage ich und trinke noch einen Schluck Tee.

»Aber du überlegst es dir.«

»Hab ich doch gerade gesagt«, entgegne ich ein wenig gereizt. »Wobei es eigentlich das Letzte ist, was ich tun möchte.«

»Gut, dann sag ich dir jetzt einfach die Wahrheit.« Winnie atmet tief durch. »Wir hatten gestern eine außerordentliche Komiteesitzung. Und sie haben mich geschickt, um dich zu überzeugen.«

»Wie bitte?« Ich sehe sie ungläubig an.

»Na, dass du es machst.«

»Ihr wusstet alle schon, dass Dad mich fragen würde?«

»Na ja«, druckst sie herum. »Wir haben es vermutet, es war ja auch das einzig Naheliegende.« Sie lässt den Löffel in ihrer Tasse kreisen und vermeidet es, mich anzusehen. »Und möglicherweise hat Pat vorhin Niall geschrieben, dass er dich gefragt hat.«

»Das ist ein Komplott!«, sage ich entrüstet. »Ihr habt euch alle gegen mich verbündet!«

»Aber doch nicht *gegen* dich, Allie«, widerspricht Winnie. »Wir wollen einfach nur, dass das Festival stattfinden kann. Und das geht dieses Jahr nun mal unmöglich ohne dich!« Winnie macht eine energische Geste mit der Hand. »Kein Festival ohne Matchmaker! So sind die Regeln.«

»Ihr solltet dringend mal euer Veranstaltungskonzept überdenken«, versuche ich zu scherzen, aber dann bemerke ich Winnies Blick.

»Ist es wirklich so furchtbar für dich, wieder hier zu sein?«, fragt sie. »Oder liegt es an uns? Bedeuten wir dir gar nichts mehr?«

»Das ist es doch nicht!« Ich sehe sie bestürzt an. »Natürlich bedeutet ihr mir etwas, du sowieso, aber … du weißt, wieso ich von hier weg bin. Wieso es wichtig für mich war, vielleicht überlebenswichtig.«

Das ist nicht übertrieben. Ich war damals so verzweifelt, ich hatte das Gefühl, keine Sekunde länger in Doolinvarna bleiben zu können, dem Ort, an dem mich alles an Mum und Declan erinnerte. Alles, was mir früher Heimat war, alles Vertraute und Bekannte, engte mich plötzlich ein, raubte mir die Luft zum Atmen. Und ich habe sie nicht ertragen können, die gut gemeinten Hilfsangebote, die Tuscheleien hinter meinem Rücken, die mitleidigen Blicke. Ich verstehe bis heute nicht, wie Dad das ausgehalten hat.

»Ich weiß, Allie.« Winnie berührt sachte meinen Arm. »Wir alle wissen das. Aber es würde vor allem deinem Dad unglaublich viel bedeuten, wenn du seine Aufgabe übernimmst.« Sie sieht mich ernst an. »Wir haben den Eindruck, das Festival ist zu seinem Lebensinhalt geworden, seit der Sache mit Gloria und Declan. Seit du weg bist.« Sie schluckt. »Es hat ihn buchstäblich am Leben gehalten die letzten Jahre. Und damit will ich dir auf keinen Fall ein schlechtes Gewissen machen, wirklich nicht. Aber ich glaube, es ist für ihn fast noch wichtiger als für uns alle, dass das Festival stattfindet.« Winnie zögert einen Moment. »Und vielleicht ist es auch an der Zeit, dass du dich mit Doolinvarna versöhnst. Es ist alles so lange her. Hier ist schließlich immer noch dein Zuhause.«

»Ja. Nein. Vielleicht. Keine Ahnung.« Ich bin immer noch sauer auf sie. Meine beste Freundin fällt mir in den Rücken! Gleichzeitig spüre ich, dass sie im Grunde recht hat. Und dass mir eigentlich keine Wahl bleibt, ob ich will oder nicht.

»Überleg's dir. Bitte. Denk in Ruhe darüber nach.«

Ich erwidere nichts.

»Es wäre ja auch nur für zwei Wochen«, fügt sie hinzu. »Zwei Wochen, und dann kannst du nach Seattle fliegen und mit deinem Giles Flat Whites unter der Space Needle schlürfen.«

Ich sehe Winnie misstrauisch an. »Wieso zwei Wochen? *Falls* ich den Posten übernehmen sollte, dann erklärt mir Dad alles, ich bin pünktlich zum Festivalwochenende hier und genauso pünktlich wieder weg. Und aus allem anderen halte ich mich komplett raus.«

Winnie will etwas einwenden, überlegt es sich dann aber anders. »Okay«, sagt sie bloß.

»Aber wie gesagt, ich habe mich noch nicht entschieden«, füge ich etwas stur hinzu.

»Okay«, sagt sie wieder und klingt jetzt versöhnlicher. Sie merkt wohl, dass es besser ist, wenn sie mich nicht weiter drängt.

»Treffen wir uns später noch? Auf einen Willkommens-Drink bei Niall?«

Ich nicke. »Gerne. Kommt Paul auch? Ich würde ihn echt gerne wiedersehen!«

Paul und Winnie haben sich an jenem schicksalhaften Festivaltag vor zehn Jahren kennengelernt und sind quasi seitdem ein Paar. Zu meiner Beschämung muss ich sagen, dass ich ihn in all der Zeit nicht oft getroffen habe und deswegen auch kaum kenne. Ab und zu läuft er durchs Bild, wenn ich mit Winnie videochatte, daher weiß ich, dass er inzwischen einen Vollbart hat, und natürlich erzählt sie mir einiges über ihn, aber das ist auch schon alles.

Winnie schüttelt den Kopf. »Paul kann leider nicht. Wie gesagt, er muss ziemlich viel arbeiten zurzeit. Aber passt dir gegen acht? Ich hol dich ab.«

Ich begleite sie noch zur Tür, räume die Tassen in den Geschirrspüler und rufe dann Giles an, aber er geht nicht ran. Wahrscheinlich ist er gerade in irgendeinem Meeting.

Ich wünsche mir plötzlich nichts sehnlicher, als seine tiefe, wohlklingende Stimme zu hören. So gerne würde ich mit ihm darüber reden, wie es sich für mich anfühlt, wieder hier zu sein. Obwohl ich nicht ganz sicher bin, ob er mich verstehen würde; Giles ist nicht der Typ für Sentimentalitäten. Er ist in Nottingham aufgewachsen, in einer rundum harmonischen Familie, hatte aber keinerlei Probleme damit, zuerst für sein Studium nach Leeds und später für seinen Job nach London zu gehen. Das ist es, was uns unterscheidet. Giles ist nicht weggelaufen, war noch nie auf der Flucht vor irgendetwas.

Er ist aus freien Stücken gegangen, aufgrund einer fundierten, nüchternen Entscheidung, so wie er alle wichtigen Entscheidungen in seinem Leben trifft. Und bis jetzt ist er nicht schlecht damit gefahren, mein Giles.

Wieder allein in der Wohnung, tigere ich noch ein bisschen durch die Zimmer. Ich beziehe mein Bett mit der verwaschenen bonbonrosa Bettwäsche, die ich in einer Kommode finde, und packe halbherzig meinen Koffer aus.

Doch etwas lässt mir keine Ruhe. Ich laufe wieder nach unten, ins Wohnzimmer. Hier, in der altmodischen Vitrine aus Eiche und Bleiglas, hier muss es stehen. Ich öffne die Vitrinentür und tatsächlich – da ist es, an seinem angestammten Platz: das Buch des Matchmakers.

Ehrfürchtig nehme ich es in die Hand und klappe es vorsichtig auf. Es ist eines von Dads wichtigsten Besitztümern, und ich kann mich gut daran erinnern, wie er es an verregneten Sonntagnachmittagen herausgeholt und darin geblättert hat. Ich habe ihm dabei oft über die Schulter gesehen und war überrascht über die detaillierten, oft auch lustigen Anmerkungen, die er notiert hat, in seiner winzig kleinen, akkuraten Handschrift.

»Mag keine braunhaarigen Männer«, stand da, oder »liebt Greyhounds und filterlose Zigaretten«. Aber auch Profunderes: »Will eine Großfamilie gründen«, und sehr, sehr oft: »Hat eine Farm und sucht eine Frau, die mit anpackt«. Dad steckt immer viel Herzblut darein, Paare zu finden, die zusammenpassen, und es ist ihm auch so manches Mal gelungen, wie die zahlreichen Dankesnachrichten bezeugen, die er in einem separaten Ordner gesammelt hat. Sogar ein Babyfoto ist mit drin, von einem Paar, das Dad zusammengeführt und das seinen Jungen nach ihm benannt hat (der kleine Pat muss jetzt um die zwanzig sein). Das Matchmaking-Buch ist alt, es stammt noch von meinem Großvater, der natürlich ebenfalls Matchmaker war. Er hatte sogar eine noch höhere Erfolgsquote als Dad, aber das waren andere Zeiten, pflegte Dad immer zu sagen, und es war noch nicht selbstverständlich, dass jeder seine Partnerwahl so frei treffen konnte wie heute. Auch mein Urgroßvater war Matchmaker, davor mein Ur-Urgroßvater, und wahrscheinlich auch noch die Generationen davor (vor 1850 ist aber nichts überliefert, deswegen sind wir uns nicht ganz sicher).

Ich kann mir aber vorstellen, dass sich all diese nicht mehr unter uns weilenden Herrschaften vor Schreck im Grab umdrehen würden, wenn sie wüssten, dass ihre komplett unwissende Ahnin demnächst das gewichtige Erbe der Malones antreten soll. Der Gedanke macht mir Angst. Kann ich der Verantwortung, die mit dieser Aufgabe einhergeht, überhaupt jemals gerecht werden? Oder bin ich wieder eine riesige Enttäuschung für Dad? Ich stelle das Buch zurück in die Vitrine, und da ich ahne, vorerst keine Antwort auf diese Fragen zu finden, werfe ich mich in Dads (wirklich ausgesprochen gemütlichen) Fernsehsessel und gucke mir ganze drei uralte Folgen von *The Clinic* an, weil es auch irgendwie gerade passt. Und während Dr. Dan Woodhouse wieder einmal in letzter Minute einem Patienten das Leben rettet, frage ich mich, ob Winnie womöglich recht hat. Doolinvarna war achtzehn Jahre lang mein Zuhause. Vielleicht sollte ich mich endlich meiner Verantwortung stellen, und vor allem: Nicht länger davonlaufen.

Ian mag mich nicht, das merke ich sofort. »Ihr Vater hatte eine sehr unruhige Nacht«, sagt er ohne eine Begrüßung, als er mich am nächsten Vormittag vor Dads Zimmer abfängt.

»Er hat im Schlaf mehrere Male etwas von einem Festival gerufen. Wissen Sie, was er damit meint?«

»Vielleicht«, sage ich abweisend. »Kann ich jetzt rein?«

»Ms. Malone.« Seine Stimme duldet keinen Widerspruch. »Ich hoffe, Sie sind sich der Situation Ihres Vaters bewusst. Was er jetzt braucht, ist Ruhe, absolute Ruhe und keine Aufregung jeglicher Art.«

»Ich weiß«, nicke ich brav. Er mustert mich noch einmal misstrauisch, dann tritt er widerwillig einen Schritt beiseite und ich öffne die Tür zu Dads Zimmer.

»Allie-Schatz!« Dad ist wach. »Wie schön, dass du wieder da bist!«

Ich nehme mir den Stuhl und setze mich an sein Bett.

»Und, hast du es dir überlegt?« Er bemüht sich, es zu verbergen, aber ich merke, dass er aufgeregt ist.

In der Tat habe ich es mir überlegt. Den ganzen Abend, im Pub, mit Winnie (sie hat sich wirklich zusammenreißen müssen, um das Thema nicht wieder anzuschneiden), und fast die ganze Nacht hindurch. Hin und her, bis ich ganz schwindlig im Kopf geworden bin. Ich habe ungefähr tausend Argumente dagegen gefunden und fast kein einziges dafür, aber ich weiß, dass es nicht anders geht. Ich muss es tun, für Dad, damit er schnell wieder gesund wird. Also atme ich tief durch. »Ich mach's. Okay? Ich mach es. Für dich.«

»Wirklich, Allie?« Seine Gesichtsfarbe kommt mir augenblicklich weniger fahl vor und er beginnt zu strahlen. »Ich danke dir von ganzem Herzen, mein Mädchen.«

»Ist schon gut, Dad«, sage ich und seufze. »Du lässt mir ja auch keine andere Wahl.« Ich beuge mich zu ihm vor. »Aber dafür versprichst *du* mir auch etwas. Und zwar, dass du dich vollkommen darauf konzentrierst, gesund zu werden. Du machst das ganze Programm mit, die Reha, alles.«

Dad nickt eifrig.

»Und es bedeutet nichts für die Zukunft. Ich springe für dich am Festivalwochenende ein, und dann bin ich wieder weg und lebe mein eigenes Leben weiter.«

Mein sorgfältig konstruiertes Leben abseits von Doolinvarna. Mit Giles, der mir Sicherheit gibt. Mit meiner Arbeit, in der ich aufgehe. Mit tausend Dingen, die mich ablenken und mich nicht an die Vergangenheit denken lassen.

»Natürlich, Schatz.« Dad nickt wieder. »Nur dieses Wochenende.« Er zögert. »Und eventuell ein paar Tage davor.«

»Was soll das denn heißen, Dad?«

»Na ja«, druckst er herum. »Ich habe das vielleicht noch nicht erwähnt, aber ich bin seit zwei Jahren auch der Vorsitzende des Festivalkomitees.«

»Nein, das hast du noch nicht erwähnt.« Ich bemühe mich, den Unmut in meiner Stimme so gut wie möglich zu verbergen. Ian steht nämlich draußen auf dem Gang und lauscht an der Tür, die einen Spalt offen steht.

»Tja, dann hab ich das wohl vergessen«, sagt Dad mit einer Unschuldsmiene, die ich ihm überhaupt nicht abkaufe.

»Dad, du hast gesagt, ich soll dich drei Tage lang vertreten. Du hast mir *nicht* gesagt, dass ich das Festival mitorganisieren muss!«

»Dann hättest du doch gleich Nein gesagt!«, verteidigt er sich.

»Seit wann bist du überhaupt der Vorsitzende?« Ich sehe ihn stirnrunzelnd an. »Du hast doch als Matchmaker mehr als genug zu tun!«

Das stimmt wirklich. Die Aufgabe als Matchmaker umfasst wesentlich mehr, als bloß irgendwelche Namen in das

Buch einzutragen. Man muss den Leuten zuhören, ihre Sehnsüchte, Träume und Ängste verstehen und dann versuchen, zwei Personen zu finden, die sich wie Puzzlestücke ergänzen. Dafür braucht man eine hervorragende Menschenkenntnis, Einfühlungsvermögen, Intuition. Paare zusammenzuführen, ist eine Kunst.

»Ich weiß auch nicht.« Dad klingt verzagt. »Im Lauf der Jahre haben sich die Aufgaben immer mehr zu mir verlagert … und dann hab ich eben den Vorsitz auch noch übernommen. Aber es ist reine Formsache, ich habe schon mit Niall und Kelly telefoniert«, fügt er schnell hinzu. »Du bist die Vorsitzende und behältst das Ganze einfach ein bisschen im Auge. Sie kümmern sich um die eigentliche Durchführung.«

»Aha«, mache ich misstrauisch. »Ich behalte es einfach ein bisschen im Auge? Und wie soll ich das von London aus bewerkstelligen?«

»Nun ja.« Dad sieht mich verlegen an. »Natürlich würde es nicht schaden, wenn du vor Ort wärst …«

»Und weiter?«

»Und bei den Sitzungen dabei wärst, und hie und da ein wenig mithelfen könntest.« Dad errötet, weil er genau weiß, dass es damit sicher *nicht* getan ist. »Vor allem geht es auch darum, ausgleichend zu wirken und alles … zusammenzuhalten. Ich will jetzt keine Namen nennen, aber einige im Komitee schießen ab und zu ein wenig über das Ziel hinaus.«

»Nein, sag bloß«, sage ich. »Kann ich mir gar nicht vorstellen!«

»Aber im Großen und Ganzen steht das Festival bereits so gut wie auf den Beinen«, übergeht Dad meinen Einwand. »Sind nur noch Kleinigkeiten, die gemacht werden müssen.«

»Ach, Dad, ich weiß nicht.« Wieso habe ich überhaupt zugesagt? Das Ganze ist eine hirnrissige Idee. »Ich kann doch nicht einfach herkommen, drei Tage lang die leidenschaftliche Matchmakerin spielen und dann auch noch den Vorsitz übernehmen. Noch dazu, wo ich wirklich gar nichts mit dem Festival anfangen kann.«

»Früher hast du was damit anfangen können«, erinnert Dad mich.

Er hat recht. Früher habe ich das wirklich, war sogar mit Feuereifer jedes Jahr dabei. Aber seitdem ist viel passiert. »Darum geht es doch gar nicht«, wehre ich halbherzig ab.

»Doch, Allie, genau darum geht es!« Dad versucht, sich in seinem Bett aufzurichten, aber es will ihm nicht gelingen. »Dieses Festival ist so wichtig für Doolinvarna, für die Menschen dort. Du nimmst ihnen ein Stück Identität, wenn es nicht stattfindet. Wirklich. Ein Stück ihrer Seele.«

Ich finde es ein bisschen unfair von ihm, mir diese ganze Verantwortung aufzubürden.

»Du hast doch gesagt, dass du Urlaub hast«, fängt er wieder an. »Es ist wirklich unheimlich viel verlangt, das weiß ich, aber vielleicht kannst du den hier verbringen? Das ganze Dorf wäre dir ewig dankbar!«

»Dad, ich kann die Reise nach Seattle nicht einfach so verschieben«, sage ich, zunehmend hilflos. »Und dann kommt noch dazu, dass ich auf keinen Fall für länger hierbleiben will.« Ich traue mich nicht, Dad bei diesem Satz in die Augen zu sehen, aber ich möchte ehrlich zu ihm sein. »Ich bin nur deinetwegen hergekommen.«

»Wir in Doolinvarna sind nicht so übel, wie du meinst, Allie«, sagt Dad leise, und er klingt dabei eine Spur verletzt.

»Um euch geht es dabei doch gar nicht«, erwidere ich und streiche ihm zärtlich über den Arm. »Und um dich am allerwenigsten, das weißt du, Dad.« Ich atme tief durch. »Es geht darum, dass mein Leben jetzt in London stattfindet. Und bald in den Staaten. Ich habe mit Doolinvarna vor langer Zeit abgeschlossen, und das hat mir unglaublich gutgetan.«

»Ich weiß, Kind.« Dad lächelt traurig. »Ich frage mich nur manchmal, ob es auch anders hätte sein können. Ob wir es nicht zusammen geschafft hätten, wenn du geblieben wärst.« Er blickt ins Leere. »Wenn ich nicht so in meinem eigenen Kummer versunken wäre.«

Ich schüttle heftig den Kopf. »Dad, ich wäre sowieso gegangen. Du trägst überhaupt keine Schuld daran.«

Dad lächelt schwach. »Danke, dass du das sagst. Die meiste Zeit über weiß ich auch, dass es so ist. Ich hätte dich niemals aufhalten können, wollte es auch gar nicht. Aber manchmal denke ich eben darüber nach, was anders hätte laufen können. Und manchmal vermisse ich mein Allie-Kind einfach nur ganz schrecklich.« Er hat nun Tränen in den Augen. »Mein anderes Kind natürlich auch, aber das ist ja zwecklos.«

»Ach, Dad«, sage ich, nehme seine kalte Hand, und meine Augen werden ebenfalls feucht.

Eine Weile schweigen wir, ich halte nur seine Hand, ganz fest, und dann wird mir klar, dass ich keine andere Wahl habe. Ich wusste es gestern schon, aber heute bin ich mir ganz sicher. Ich muss hierbleiben, die Leitung des Festkomitees übernehmen, Dad bestmöglich vertreten. Ich werde die Matchmakerin auf dem Festival sein, und damit die Familientradition fortführen. Das bin ich Dad schuldig.

Kapitel drei

Zu sagen, ich hätte vergessen, wie schön es hier ist, wäre gelogen. Fast jeden Tag in London habe ich daran gedacht, auch wenn ich es nicht wollte, und noch viel häufiger davon geträumt.

Ich bin noch ein bisschen bei Dad geblieben und dann wieder zurück nach Doolinvarna gefahren. Gleich heute Nachmittag ist meine erste Sitzung mit dem Festivalkomitee. Ich hatte das Gefühl, dringend etwas frische Luft zu brauchen, bevor ich mich dem Wahnsinn, der mich dort sicher erwartet, stelle. Also bin ich einfach losgelaufen, über Felder und Wiesen, über Zäune geklettert und über die vielen niedrigen Steinmauern gestiegen, welche die Weiden seit Jahrhunderten begrenzen, bis vor zu den Klippen zwischen Doolinvarna und Ballyvaughan. Hier ist die Küste wunderschön, unberührt und wild. Papageientaucher nutzen die schroffen, steil ins Meer abfallenden Felsen als Brutplatz, und majestätische Seeadler ziehen ihre Kreise weit oben am Himmel. Wenn man Glück hat, sieht man ab und zu sogar einen Delfin in hohem Bogen aus den Wellen springen und wieder hineintauchen. Und stellt man sich nah genug an die Klippen, spritzt die Gischt bis zu einem hoch. Ein Gefühl der absoluten Freiheit.

Hier war ich früher schon gern. Meistens ist kein Mensch unterwegs und man wird vom Wind, der vom offenen Meer heranbläst, umweht. Ich habe mir immer vorgestellt, wie er den amerikanischen Kontinent verlässt, Tausende von Meilen über die See zieht und erst wieder hier in Irland auf Land trifft, wo er seine ganze Kraft entfaltet.

Ich bin nicht gerade froh, zurück zu sein, aber ich merke ganz deutlich, dass sich etwas in mir regt, etwas, das seit Langem verbuddelt war unter einer dicken Schicht aus Schmerz und Verdrängung. Eine ungewohnte Melancholie steigt in mir auf, während ich auf die See hinausblicke, die aber durch das Klingeln meines Telefons jäh vertrieben wird. Es ist Giles! Ich habe ein paarmal versucht ihn zu erreichen, aber er ist nicht drangegangen. Schnell nehme ich das Gespräch an.

»Giles? Giles, hörst du mich?« Ich muss rufen, weil der Wind so laut ist. Gleichzeitig drehe ich mich um und gehe zügig wieder zurück landeinwärts. Die schmalen Trampelpfade sind noch ziemlich matschig, weil es heute Nacht geschüttet hat, und bei jedem größeren Stein muss ich aufpassen, damit ich nicht ausrutsche.

»Allie?« Giles klingt wahnsinnig weit entfernt, als spräche er von einem anderen Planeten.

»Giles, der Empfang hier ist ziemlich schlecht!«, rufe ich. »Hörst du mich?«

»Ja, ich hör dich!« Giles ruft jetzt ebenfalls, obwohl er ja gar nicht müsste. »Wie geht es dir, Schatz? Alles klar bei dir da drüben?«

»Giles, ich muss dir was sagen.« Ich habe hin und her überlegt und mich dann dazu entschlossen, nicht lange um den heißen Brei herumzureden, auch wenn es mir schwerfällt, ihm zu eröffnen, dass ich vorerst in Doolinvarna bleibe. Und sich damit unser gemeinsamer Neuanfang in den USA verzögert.

»Das hört sich jetzt vielleicht seltsam an und kommt ziemlich plötzlich, aber ich muss für ein Weilchen hierbleiben.« Ich halte unbewusst den Atem an, weil ich etwas Bammel vor seiner Reaktion habe.

»Wie bitte?«, ruft Giles. »Ich hab dich nicht richtig verstanden. Was musst du?«

»Ich muss für eine Weile hier in Irland bleiben!«, rufe ich ins Telefon. »Wie soll ich dir das am besten erklären …« Ich bleibe stehen und versuche, mit meiner Hand das Handymikrofon gegen den Wind abzuschirmen. »Es gibt hier eine Veranstaltung, die mein Dad immer mitorganisiert. Ich muss für ihn einspringen.«

»Was für eine Veranstaltung?«

»Es ist eine Art … Traditionsveranstaltung. Ein traditionelles Dorffest«, fasele ich, weil es mir plötzlich irgendwie unangenehm ist, ihm zu sagen, dass wir ein Partnersuch-Festival veranstalten. Ich bin mir sicher, Giles würde das ziemlich lächerlich finden.

»Aha«, macht er, und ich merke, dass ihn meine Antwort nicht ganz zufriedenstellt. »Und wann findet dieses traditionelle Dorffest statt?« Er klingt leicht ungehalten, und ich kann es ihm nicht verübeln.

»In zwei Wochen«, antworte ich kleinlaut.

»In zwei Wochen«, wiederholt Giles langsam und scheint nachzudenken. »Aber wie soll denn das zeitlich klappen, wenn wir schon kommende Woche nach Seattle fliegen?«

Ich schlucke. »Das ist das Nächste, was ich mit dir besprechen wollte. Ich weiß, es ist wahnsinnig viel verlangt, aber können wir die Reise vielleicht verschieben? Nur ein bisschen?«

»Sei mir nicht böse, Allie, aber wie stellst du dir das denn vor?« Giles bemüht sich, ruhig zu bleiben, aber ich merke, dass er langsam aufgebracht ist, was ich absolut verstehen kann. »Die Flüge sind gebucht, die Termine mit den amerikanischen Vorstandsmitgliedern stehen alle fest! Das kannst du doch nicht wirklich ernst meinen!«

Ich seufze. »Ich wünschte, es wäre so. Und ich weiß, es ist echt schwer zu verstehen, aber ich habe keine andere Wahl.«

Giles atmet hörbar aus. »Wir können die Reise unmöglich verschieben, Allie. Was soll der Vorstand sonst von mir denken? Von uns? Weißt du, was das für einen Eindruck macht? Außerdem müssen wir doch die Wohnungen besichtigen, und es ist unser Jahresurlaub.«

Natürlich hat er recht – alles wird verdammt knapp, wenn ich die nächsten zwei Wochen in Doolinvarna bleibe. Eigentlich hatten wir geplant, in Ruhe eine Wohnung zu mieten und noch ein paar Tage Urlaub zu machen, bevor wir wieder zurückfliegen würden, um unseren Umzug in die Wege zu leiten und Giles' jetzige Wohnung dem Nachmieter zu übergeben. Und um dann, am Monatsersten, in unseren neuen Jobs anzufangen.

»Dann flieg du allein voraus«, sage ich ergeben. »Flieg rüber, sprich mit ihnen, sieh dir alles an. Such ein Appartement aus, ich vertraue dir komplett.«

Giles seufzt. »Der Vorstand will doch auch mit dir vorab sprechen, Allie, und vor allem wollen sie dich persönlich kennenlernen.« Ich sehe ihn förmlich vor mir, wie er sorgenvoll seine Stirn in Falten legt, was ihn gleich ein paar Jahre älter, aber interessanterweise nicht unattraktiver wirken lässt.

»Ich glaube nicht, dass sich der Vorstand in den USA besonders für eine einfache Rezeptionsleiterin interessiert.«

Tut er in England nämlich auch nicht, möchte ich noch hinzufügen. Ich wette, die auf der Vorstandsetage wissen nicht mal, wie ich heiße. Nicht, dass mir das viel ausmachen würde. Ich bin ganz zufrieden damit, in der zweiten Reihe zu stehen. Das Rampenlicht überlasse ich lieber Giles.

»Aber wir hatten uns doch schon so gefreut, alles gemeinsam zu erkunden. Und ich will gar nicht allein eine Wohnung aussuchen. Es soll doch unser gemeinsames neues Zuhause werden.« Giles klingt so verzagt, dass ich mich richtig schlecht fühle.

»Ich weiß«, sage ich leise und bin auf einmal traurig. Es scheint, als ob mich die Vergangenheit just in dem Moment einholt, in dem ich endgültig ein neues Leben beginnen will. Wer hat noch mal gesagt, dass man vor nichts im Leben davonlaufen kann? Dieser Jemand hat verdammt recht.

»Ich dachte, Seattle ist dir genauso wichtig wie mir«, fängt Giles wieder an. »Und jetzt bleibst du lieber in einem Kaff in Irland, über das du, wenn ich dich daran erinnern darf, die meiste Zeit nicht mal *sprechen* willst.«

»Von bleiben *wollen* kann gar keine Rede sein«, rufe ich verzweifelt. »Aber ich muss! Ich muss einfach. Ich mache es für Dad. Und Seattle ist mir genauso wichtig wie dir, wirklich«, beteuere ich. »Es tut mir so wahnsinnig leid, dass ich damit unsere Pläne ruiniere.«

»Wieso musst eigentlich gerade du für Patrick einspringen?«, fragt Giles. »Kann denn das niemand anderes übernehmen?«

»Leider nicht«, erwidere ich matt. »Nur jemand aus unserer Familie. Ist auch so ein Traditionsding.« Kurz blitzt die Erinnerung an meinen Bruder Declan auf. Eigentlich sollte *er* hier sein und Dads Job übernehmen, und neben der altbekannten

Traurigkeit spüre ich auch einen Funken Groll, dass jetzt ich hier stehen und meinem Freund erklären muss, dass unser gemeinsamer Neustart ins Wasser fällt.

Einen Moment herrscht Stille auf der anderen Seite. »Ich kann dich nicht mehr umstimmen, oder?«, fragt er schließlich.

»Ich fürchte nicht.« Ich schlucke. »Es geht nicht anders, so sehr ich mir das auch wünsche. Und das tue ich wirklich«, sage ich mit Nachdruck. »Nichts würde ich lieber tun, als mit dir nächste Woche in dem Flieger zu sitzen.«

Wieder sagt Giles eine Weile nichts. Dann seufzt er. »Nun, wenn es sich wirklich absolut nicht ändern lässt, dann machen wir es am besten so, wie du es vorgeschlagen hast. Ich fliege allein hin, check alles, treffe den Vorstand und vertröste sie. Und wenn diese komische Veranstaltung vorbei ist, kommst du nach.«

»Ich habe noch Resturlaub«, erkläre ich, erleichtert, dass er ein Einsehen hat. »Den könnte ich für die paar Tage nehmen, und dann fängt sowieso mein normaler Urlaub an.«

»Mach dir darum keine Gedanken«, sagt Giles etwas barsch. »Ich kümmere mich darum.«

»Danke, Giles«, sage ich aus tiefstem Herzen und halte kurz inne. »Danke, dass du dich darum kümmerst, und dass du es mir nicht noch schwerer machst, als es ohnehin für mich ist.«

»Schon gut«, sagt er, jetzt versöhnlicher. »Obwohl ich es ehrlich gesagt ziemlich blöd finde, in unserem Urlaub allein zu sein. Den Urlaub, den wir eigentlich auf einem Segelboot im Hafen von Seattle verbringen wollten. Und in coolen Designerrestaurants, bevor du der Gesellschaft von irgendwelchen irischen Schafbauern den Vorzug gegeben hast.« Er bemüht sich, scherzhaft zu klingen, aber ich merke genau, dass er enttäuscht ist.

»Wir holen das alles so bald wie möglich nach, versprochen«, beteuere ich. »Und ich freue mich jetzt schon wahnsinnig darauf.«

»Ich mich auch«, sagt Giles. Ich bemerke die Sehnsucht in seiner Stimme, nur ganz kurz, bevor er einen gespielt strengen Ton anschlägt. »Dir ist aber schon klar, Miss Malone, dass ich dann ordentlich was gut bei dir habe, oder?«

»Auf jeden Fall«, bekräftige ich. »Unheimlich viel. Aber ich werde mich zu revanchieren wissen.«

Giles lacht. »In Ordnung. Ich lass mir was einfallen. So ein Transatlantikflug ist lang. Viel Zeit, um sich Gedanken zu machen.«

»Wenn du ihn nicht wieder komplett verpennst«, ziehe ich ihn auf. Giles schläft grundsätzlich wie ein Baby auf Reisen, im Flieger, in Bussen und Zügen genauso wie im Auto auf dem Beifahrersitz. Noch so eine Eigenschaft, um die ich ihn beneide. Ich würde nicht mal in den komfortablen Liegesesseln der Business Class ein Auge zumachen können.

Giles lacht wieder. »Wahrscheinlich. Hör mal, ich muss jetzt wieder. Wir haben gleich Teamsitzung.«

»Klar«, sage ich und bemühe mich, nicht enttäuscht zu klingen. Gerne hätte ich noch länger mit ihm geredet. »Ich meld mich wieder. Bis dann.«

»Mach's gut, Allie. Und pass auf dich auf.«

»Du auch!«, kann ich gerade noch sagen, da ist er schon weg.

Ich stecke das Handy zurück in die Tasche meiner Windjacke und seufze. Ich stapfe wieder los, in düstere Gedanken versunken. Von wegen gemeinsam Flat Whites schlürfen. Bei meinem Glück ist sicher eines der Vorstandsmitglieder eine intelligente und witzige Wonderwoman mit Endlosbeinen, die total auf meinen Giles abfährt. Nicht, dass ich mir diesbezüglich allzu viele Sorgen machen müsste. »Du bist doch mein Galway-Girl«, sagt er immer, obwohl ich gar nicht aus Galway stamme, wenn er merkt, dass die zahlreichen Flirts in seine Richtung mir wieder einmal Sorgen machen. Irgendwie beruhigend für jemanden wie mich, die sich sowieso die meiste Zeit fragt, womit sie einen Traummann wie Giles verdient hat, und überhaupt …

»Aaaaaah!« Plötzlich verliere ich den Boden unter den Füßen, und im nächsten Moment liege ich mit der gesamten linken Körperhälfte im torfig riechenden Morast.

Nur ein Moment Unaufmerksamkeit hat gereicht, und schon bin ich über eine der Steinmauern gestolpert und hineingefallen in einen kleinen, aber tiefen Graben direkt hinter der Mauer. Eine Weile liege ich einfach so da, im Dreck. Mein linker Fuß schmerzt höllisch, und meine Schulter, auf die ich mit voller Wucht aufgeprallt bin, nicht minder. Wie in Zeitlupe richte ich mich so gut es geht auf und lehne mich mit dem Oberkörper gegen die Mauer. Danach muss ich mich ausruhen, so mühsam ist jede Bewegung. Wahrscheinlich ist dieses Missgeschick ein übles Vorzeichen für meinen Aufenthalt in Doolinvarna. Ein Vorbote des Unglücks, das mir hier noch droht. Vielleicht sollte ich einfach umgehend wieder abreisen, so wie es geplant war. Ich bin den Tränen nahe. Verdammte Steinmauern! Verdammter Morast! Verdammtes irisches Kaff!

Schließlich dämmert mir, dass sich an meiner misslichen Lage nichts ändern wird, wenn ich bloß Flüche zum Himmel schicke, und ziehe mit der rechten Hand mein Handy aus der Jackentasche. Gott sei Dank hat es durch den Sturz nichts abbekommen. Ich rufe Winnie an.

»Allie?« Zum Glück hebt sie sofort ab. »Was ist los? Ich bin noch in der Schule!«

»Winnie!«, rufe ich erleichtert. »Wie gut, dass du drangehst! Hör zu, ich war spazieren, bei den Klippen, und dann bin ich über diese blöde Steinmauer gestolpert und jetzt tut mein Fuß so furchtbar weh …« Ich traue mich gar nicht, meine Hose hochzuschieben und ihn anzusehen. »Er ist sicher verstaucht, wenn nichts Schlimmeres, und meine Schulter auch. Ich komm hier auf keinen Fall selbst weg.«

»O, du Arme, das klingt richtig übel!« Ich sehe Winnies vor Schreck geweitete Augen buchstäblich vor mir. »Wo genau bist du?«

»Bei den Klippen, ein Stück landeinwärts.« Ich kneife die Augen zusammen und versuche, mich zu orientieren. »In der Nähe der O'Malley-Farm.«

»Okay, wir machen es folgendermaßen«, sagt sie entschlossen. »Du sendest mir deinen genauen Standort, und ich rufe Jake an, okay?«

»Welchen Jake?«, frage ich verdutzt. »Winnie?« Aber schon ist sie weg. Ich gebe ihr meine Position durch und bin dann kurz davor, wirklich loszuheulen. Mein Fuß tut höllisch weh, die Schulter schmerzt, mein Freund fliegt allein nach Seattle und ich muss in einer knappen Stunde bei einer bescheuerten Sitzung sein für ein dämliches Festival, bei dem ich nie wieder dabei sein wollte. Ich will mich gerade vollends meinem Selbstmitleid ergeben, als mein Handy anfängt zu summen. Winnie!

»Allie, du hast ein Riesenglück«, beginnt sie atemlos. »Jake ist gerade ganz in der Nähe, er holt einen anderen Patienten ab.«

»Dann ist dieser Jake also Arzt?«, frage ich schnell nach, bevor sie wieder auflegt.

»Ja, was denn sonst?« Winnie klingt eine Spur ungeduldig. »Ich hab ihm deinen Standort geschickt. Da müsste etwa hundert Meter von dir entfernt ein Feldweg sein. Meinst du, du schaffst es dorthin?«

Ich schüttle den Kopf. »Auf keinen Fall. Ich glaube, ich kann keinen einzigen Schritt machen.«

»Gut, dann wird Jake dich holen kommen«, sagt Winnie. »Halte durch, er wird bald bei dir sein! Ich muss jetzt wieder, bin nur kurz rausgegangen, und meine Klasse ist knapp vor dem Durchdrehen!« In der Tat sind apokalyptische Laute im Hintergrund zu hören.

»Okay, bye«, schaffe ich es gerade noch zu sagen, dann ist sie wieder weg.

Nach zwanzig Minuten sitze ich immerhin ungelenk an die Steinmauer gelehnt. Inzwischen habe ich meine Hose doch ein Stück hochgeschoben, nur so weit, um zu sehen, dass mein Fuß inzwischen blau-violett angelaufen und doppelt so dick ist wie der rechte. Trübsinnig starre ich auf ein paar Schafe, die auf dem gegenüberliegenden Feld grasen. Ab und zu hebt eines von ihnen den Kopf und mustert mich träge, bevor es weiterfrisst.

Plötzlich sehe ich einen schwarzen Pickup näherkommen, der einen Viehtransporter angehängt hat. Er hält am Ende des Feldwegs, und dann steigt ein großer, dunkelhaariger Mann in einem moosfarbenen Aran-Pullover und einer derben Arbeitshose aus. Mit raschen, ausladenden Schritten kommt er auf mich zu.

»Du bist Allie, nehme ich an?«, sagt er, als er mich schließlich erreicht. Das Erste, was mir auffällt, ist sein vertrauenerweckender Blick aus dunkelbraunen Augen, die von feinen Lachfältchen umgeben sind.

»Ja«, sage ich und versuche zu lächeln. »Und du bist Jake?«

»Genau der.« Er geht in die Hocke und mustert mich aufmerksam. »Du schaust ja ziemlich lädiert aus. Was ist passiert?« Er trägt einen Siebentagebart, der ihn im Gegensatz zu vielen anderen Männern aber nicht ungepflegt, sondern kernig aussehen lässt. Seine braunen Haare stehen hie und da widerspenstig ab. Er wirkt aber auch nicht wie jemand, der sich sonderlich darum bemüht, sie zu bändigen. Alles an ihm strahlt eine erdige Männlichkeit aus.

»Ich bin über die Steinmauer gestolpert und in den Graben gefallen«, sage ich. »Und jetzt tut mein Fuß weh und die Schulter auch.«

Jake verzieht das Gesicht. »Oh, da hattest du aber ziemlich Pech. Darf ich es mir mal anschauen?«

Ich nicke, und während er noch näherkommt, wird mir peinlich bewusst, wie ich wohl aussehen muss. Ich bin komplett verschwitzt, meine Haare hängen wirr um mein Gesicht und von meinem Sturz ist meine gesamte linke Körperhälfte, einschließlich meines Gesichts, dreckverschmiert.

Vorsichtig schiebt er mein Hosenbein ein Stück hoch und tastet dann meinen verletzten Fuß ab. »Hm, nach einer Fraktur sieht es nicht aus«, murmelt Jake. »Ich würde ihn mir trotzdem gern in der Praxis ansehen und eventuell röntgen. Darf ich mal?« Er deutet auf meine Schulter. Ich nicke. Er gibt sich wirklich Mühe, vorsichtig zu sein, aber der geringste Druck schmerzt höllisch. »Das tut ziemlich weh, oder?«, fragt er mitfühlend.

»Ja, ziemlich.« Ich nicke tapfer.

Er tastet weiter meine Schulter ab. »Ausgerenkt ist sie schon mal nicht, und das ist gut«, erklärt er schließlich nüchtern. »Aber wahrscheinlich ist sie geprellt.«

Jake mustert noch einmal meinen Knöchel. »Kannst du mit dem anderen Fuß auftreten?«

»Ich weiß nicht«, sage ich unsicher. Schon beim Gedanken daran, überhaupt auftreten zu müssen, wird mir fast schlecht. »Wenn es sein muss, wird es schon gehen …«

»Weißt du was?« Er sieht mich entschlossen an. »Ich trag dich rüber, wenn dir das recht ist. Ist am einfachsten.«

»Okay«, erwidere ich unsicher, und da hat Jake auch schon seinen Arm um meine Taille geschlungen und mich vorsichtig, aber entschieden hochgehoben.

Es fühlt sich seltsam an, einem wildfremden Mann so nahe zu sein. Ich will ihn nicht anstarren, aber das fällt mir schwer, mit meinem Gesicht so nahe an seinem. Er hat ein markantes Profil, von der Seite betrachtet, mit einer charakterstarken Nase und einem entschlossenen Kinn. Ich wette, wenn er will, kann er ganz schön stur sein. Auch um seinen Mund zeichnen sich feine Lachfältchen ab. Und er riecht ziemlich gut, nach Natur, frischer Luft und Seife.

»So, da wären wir.« Er setzt mich vor dem Pickup ab, öffnet die Beifahrertür und hebt mich dann vorsichtig hinein. Aus dem Anhänger blökt es leise.

»Da ist ein anderer Patient von mir drinnen«, sagt Jake verschmitzt. »Aber keine Sorge, du bist vor ihm dran.«

»Okay«, erwidere ich leicht irritiert.

»Es hat nur was am Huf, das kann ich mir auch später anschauen«, erklärt Jake, während er auf dem Fahrersitz Platz nimmt und den Wagen startet.

»Fein«, sage ich unverbindlich und versuche mir meine Verwirrung nicht anmerken zu lassen.

»Was hast du denn hier draußen auf den Weiden gemacht?«, fragt Jake jetzt, während er sich auf die Straße konzentriert. »Schafe wirst du von London aus ja wohl nicht halten, oder?«

Überrascht sehe ich ihn an. »Woher weißt du, dass ich in London lebe?«

Jake grinst. »Hier erfährt man alles über jeden, ob man will oder nicht. Ein kurzer Einkauf bei Kelly reicht, und schon bist du mit dem neusten Dorfklatsch versorgt.« Sein Gesichtsausdruck wird ernst. »Du bist wegen deines Dads hier, oder? Pat? Wegen seines Herzinfarkts?«

Er sieht mich kurz von der Seite an, und sein Blick ist mitfühlend.

»Ja, das stimmt.« Unbehaglich rutsche ich auf dem Beifahrersitz hin und her. »Und du?«, frage ich schließlich zurück. »Dich hab ich hier noch nie gesehen.«

»Ich bin auch noch nicht so lange da.« Er heftet den Blick auf ein paar Kühe, die ziemlich nah am Wegrand stehen, und hält den Wagen an.

»Na, geht ihr nun rüber oder nicht?«, ruft er ihnen durch das offene Fahrerfenster zu. Sie grasen friedlich weiter.

»Gut, dann nicht.« Belustigt legt er wieder den Gang ein und fährt langsam weiter.

»Wie gesagt, ich bin noch nicht lange hier«, nimmt er unser Gespräch wieder auf. »Erst seit einem knappen Jahr. Aber einen Teil meiner Wurzeln habe ich hier. Meine Mutter stammt aus Doolinvarna.«

Ich sehe ihn überrascht an.

»Wir haben nie hier gewohnt«, fügt er erklärend hinzu. »Sie ist mit ihren Eltern in die Staaten ausgewandert, als sie noch ein Kind war, und ich bin in den USA geboren, genauer gesagt in Boston.«

Das erklärt seinen Akzent. Mir ist gleich aufgefallen, dass

er ein wenig anders klingt als die Leute hier, eine Spur härter, rollender, und dennoch vertraut.

»… Aber Mum hat unentwegt von Irland erzählt, wir waren auch ein paarmal zu Besuch, in den Sommerferien, und das hat mir immer super gefallen. Und als ich vor einiger Zeit einen Tapetenwechsel wollte, war hier eine Stelle als Tierarzt frei.«

»Als Tierarzt«, wiederhole ich unsicher.

»Jap.« Jake nickt. »Und da dachte ich, das ist eine gute Gelegenheit, mich mit meinen irischen Wurzeln vertraut zu machen.«

»Und du bist einfach so hergezogen?«, frage ich überrascht. »Hat dich denn nichts drüben gehalten?«

Jake bekommt einen abweisenden Blick. »Nein, da hat mich nichts mehr gehalten«, sagt er und verfällt dann in Schweigen.

Habe ich etwas Falsches gesagt? Es bleibt keine Zeit, lange darüber nachzudenken. Wir sind inzwischen wieder Richtung Dorf gefahren, aber kurz vorher auf einen Feldweg abgebogen und jetzt unterwegs zur ehemaligen Praxis von Dr. Longbottom. Ein weißes, langgestrecktes Gebäude. Früher war es eine Krankenstation, die von Klosterschwestern betrieben, aber in den 1970ern aufgegeben wurde, soweit ich weiß.

»Außerdem surfe ich leidenschaftlich gerne«, reißt mich Jake aus meinen Gedanken. »Das war auch ein Grund, herzuziehen«, fügt er erklärend hinzu, als er meinen verständnislosen Blick sieht. »Nach Doolinvarna. Wegen der Spots.«

»Ach so, ja, die Spots.« Ich muss mich zusammenreißen, sonst meint er noch, ich wäre schwer von Begriff. An der Küste von Doolinvarna gibt es mehrere gute Surfspots, die noch echte Geheimtipps sind. Und früher gab es hier eine echt coole lokale Community.

Inzwischen hat Jake vor dem Gebäude gehalten und den Motor abgestellt. Ein Mann, neben dem ein schwarz-weißgefleckter Border Collie sitzt, winkt uns schon von Weitem zu.

»Jake!«, ruft er uns ohne weitere Begrüßung entgegen. Er kommt mir bekannt vor. Ich glaube, es ist der Besitzer der Kilkenny-Farm ganz am westlichen Ortsrand von Doolinvarna. »Rusty kriegt doch heute seine Tollwutimpfung, und ich hab nicht den ganzen Tag Zeit. Erna fängt gleich an zu kalben, hat die Frau gesagt.«

»Sorry, dass du warten musstest, Horan. Mir ist ein Notfall dazwischengekommen.« Jake wirft mir einen entschuldigenden Blick zu. »Würde es dir etwas ausmachen? Es ist nur eine schnelle Spritze, dann bin ich sofort wieder bei dir.«

»Klar doch«, krächze ich. »Mach ruhig.«

Während Jake und Horan gefolgt von dem Collie ins Haus gehen, bekomme ich ein mulmiges Gefühl. Ich meine, Jake wirkt wirklich in Ordnung und auch durchaus kompetent, aber ein *Tierarzt,* der auch *Menschen* behandelt? Da hört der Spaß bei mir auf. Ich ruf jetzt sofort noch mal Winnie an, sie soll mich nach Ballyvaughan fahren, zu einem richtigen Arzt. Eilig tippe ich auf ihre Nummer, aber es geht nur die Mobilbox dran.

»So, bereit?« Ich zucke zusammen, als Jake plötzlich wieder vor mir steht. Er trägt jetzt einen weißen Arztkittel und hat einen Rollstuhl dabei.

»Ich weiß nicht recht«, druckse ich herum. »Sooo weh tut der Fuß gar nicht mehr. Und die Schulter auch nicht.«

»Hast du Angst vor Arztpraxen?«, fragt er mitfühlend. »Oder dass es schmerzt, wenn ich den Fuß behandle? Ich bin ganz vorsichtig, versprochen.«

Ich sehe immer wieder verstohlen auf mein Handy. Warum meldet sich Winnie nicht?

»Könntest du mich … könntest du mich vielleicht zurück ins Dorf fahren? Nach Hause?« Ich habe zwar keine Ahnung, wie ich die Treppen bis zu Dads Wohnung hochkommen soll, aber notfalls setze ich mich zu Niall in den Pub. Und rufe von dort aus am besten gleich einen Krankenwagen.

»In deinem Zustand?« Jake legt den Kopf schief. »Nur ungern. So kann ich dich schlecht wieder gehen lassen. Das würde gegen jedes medizinische Ethos verstoßen. Wenn wir den Fuß und die Schulter jetzt nicht behandeln, werden sie morgen noch viel stärker schmerzen.«

»Na gut«, sage ich matt. »Dann los.«

Jake nickt und hebt mich vorsichtig in den Rollstuhl. Noch nie in meinem Leben habe ich mich jemandem so ausgeliefert gefühlt. Seine Arme sind muskulös und kräftig, aber er ist äußerst behutsam. Langsam schiebt er mich über die gepflasterte Einfahrt Richtung Eingang.

Auf dem Schild neben der Eingangstür steht: *»Jacob O'Callaghan M.A., Veterinär«*, und darunter seine Telefonnummer. Der endgültige Beweis. Ich mache mich schon auf das Schlimmste gefasst, aber Jake schiebt mich an der Tür vorbei.

»Geht's nicht da rein?«, frage ich verwundert und deute hinter mich.

»Da?«, Jake klingt ebenfalls verwundert. »Das ist die Tierarztpraxis.«

Ich schlucke. »Ja eben. Das ist doch deine Praxis, oder?«

»Ja, aber …« Jake bleibt stehen und tritt einen Schritt vor, damit ich sein Gesicht sehen kann. »Jetzt wird mir alles klar«, sagt er langsam. »Du denkst … du denkst, ich wäre Tierarzt.«

Ich nicke.

»Und dass ich auch Menschen behandele. Als Tierarzt.«

Ich nicke wieder und fühle mich richtig elend dabei.

Er legt den Kopf schief. »Es ist ja im Grunde auch kaum ein Unterschied, ob ein Patient zwei, vier oder mehr Beine hat. Die Probleme sind in etwa die gleichen, nicht wahr?«

»Ich … ich weiß nicht«, stammle ich. »Wahrscheinlich?«

Jake bekommt einen seltsamen Gesichtsausdruck, und dann fängt er schallend an zu lachen. »Das ist … das ist ja zum Schreien!« Er hält sich die Seiten. »Was hat denn Winnie gesagt, was ich bin?«

Ich zucke mit den Schultern. »Sie hat immer nur gesagt, Jake kommt vorbei, und dass du vorher einen anderen Patienten abgeholt hast. Das Schaf«, füge ich kleinlaut hinzu.

Er kriegt sich gar nicht mehr ein vor lauter Lachen. »Und dann lasse ich dich hier vor der Tierarztpraxis sitzen und warten, weil ich vorher noch einem Border Collie eine Tollwutspritze verpasse.«

»Aber du *bist* doch Tierarzt, oder? Steht da auf dem Schild!«, bringe ich zu meiner Verteidigung hervor. Ich verstehe überhaupt nicht mehr, was hier abläuft.

Jake gluckst immer noch. »Ja, ich bin Tierarzt.«

»Na eben.« Ich sehe ihn hilflos an.

»Ich bin Tierarzt«, wiederholt er und muss schon wieder losprusten. »Aber ich bin *auch* Allgemeinmediziner. Für Menschen.« Das letzte Wort betont er überdeutlich.

Überrascht sehe ich ihn an. »Du bist *beides*?«

»Ja, ich bin beides. Dieses Detail hat Winnie wohl vergessen zu erwähnen.«

»Das hat sie wohl«, murmele ich. Er ist beides? Wie kann jemand Arzt und gleichzeitig Tierarzt sein!?!

»Das heißt, du bist ein … ein richtiger Allgemeinmediziner? Mit Diplom und so?« Ich fühle ich saudämlich bei der Frage, aber ich muss auf Nummer sicher gehen.

»Jap. Zu einhundert Prozent echt.« Er wischt sich Lachtränen aus den Augen. »Und das Diplom kann ich dir gerne zeigen.«

Ich weiß nicht, was ich sagen soll, während er meinen Rollstuhl weiterschiebt, bis zur Hinterseite des Hauses. Hier gibt es noch einen Eingang, neben dem ein anderes Schild hängt. *»Dr. Jacob O'Callaghan, M.D., Allgemeinmedizin und Notarzt«* steht darauf, und wieder seine Telefonnummer darunter.

»Das ist jetzt die richtige Tür«, sagt Jake belustigt. Wir betreten das Gebäude und stehen in einem freundlichen, mintfarbenen, vollkommen tierfreien Wartezimmer. Jake schiebt mich weiter in einen der Behandlungsräume.

»Ich habe zuerst Human- und dann Veterinärmedizin studiert«, erklärt er. »Mich hat es schon immer interessiert, anderen zu helfen, egal, ob Mensch oder Tier.«

»Und dann hast du einfach *beides* gemacht?«, frage ich verblüfft. »Ich meine, so ein Medizinstudium ist doch nicht ohne?« Ich kann mich nur zu gut an Thomas O'Leary erinnern, einen Mitschüler, der ebenfalls Arzt werden wollte und allein für das erste Examen fast fünf Jahre lang gebraucht hat – zwei Jahre länger, als dafür veranschlagt waren.

Jake zuckt mit den Schultern. »Manchmal war es natürlich schon mühsam, aber wenn man sich für etwas wirklich begeistert, macht es meistens einfach nur Spaß.« Er grinst, während er mich vorsichtig aus dem Rollstuhl hebt und auf die Behandlungsliege setzt. »Und außerdem gibt es wirklich einige Überschneidungen bei Mensch und Tier. Nur ein kleiner Scherz«, sagt er eilig, als er mein Gesicht sieht. Er holt einige Tupfer und Mullbinden aus einem Wandschrank.

»Da oben ist übrigens das Diplom.« Er deutet auf die gegenüberliegende Wand, an der eine förmlich wirkende Urkunde hängt, und grinst wieder. »Offiziell erworben an der Medizinischen Fakultät der Universität von Boston.« Dann sieht er sich meinen Knöchel an und tastet ihn noch einmal vorsichtig ab. »Ich glaube, ich brauche ihn nicht zu röntgen. Er ist übel verstaucht, aber der Bänderapparat scheint intakt zu sein, und es ist auch nichts gebrochen.« Er lächelt mir aufmunternd zu, reinigt die Haut mit einer dezent duftenden Waschlotion, trägt eine dicke Schicht Gel auf, das sofort angenehm kühlt, und verbindet mir den Knöchel mit raschen, geschickten Bewegungen.

»Aber ein bisschen ungewöhnlich ist es schon, dass jemand beide Berufe gleichzeitig ausübt, oder nicht?«, frage ich. »Zumindest hab ich noch nie sowas gehört.«

»Da hast du wahrscheinlich recht.« Jake grinst. »Aber gleich nachdem ich hier angefangen habe, habe ich mitbekommen, dass Doolinvarna dringend auch einen Allgemeinmediziner brauchte. Und da ich als Tierarzt für den Ort sowieso nicht voll ausgelastet war, hab ich mir gedacht, warum nicht beides kombinieren und Mensch *und* Tier helfen? Jetzt zu deiner Schulter«, wechselt er abrupt das Thema. »Ich bewege sie einmal durch, damit ich sehe, ob alles intakt ist, und dann gebe ich auch hier noch was Kühlendes drauf. Damit sollten wir die Schwellung schnell in den Griff bekommen, okay?«

»Klingt gut.« Ich lächle so lange, bis Jake mein Schultergelenk ziemlich stark in sämtliche Richtungen dreht. Dann verreibt er das Gel, und mit Erstaunen stelle ich fest, dass der stechende Schmerz schnell nachlässt.

»So, und damit wären wir schon fertig.« Er räumt das Gel weg und inspiziert noch einmal den Verband am Fuß.

»Du müsstest ihn morgen oder übermorgen wechseln. Hast du Verbandsmaterial und Kühlgel zu Hause?«

Ich hebe unsicher die Schultern. »Ich müsste nachsehen, ich wohne ja bei Dad …«

Jake nickt. »Sag jederzeit Bescheid oder komm einfach vorbei, wenn du was brauchst.«

Er mustert mein Gesicht eingehend, was mir ein bisschen unangenehm ist.

»Das klingt jetzt vielleicht blöd«, sagt er. »Aber darf ich dir vielleicht noch den Dreck aus dem Gesicht wischen? Du hast Morast auf deiner Wange.«

»Das wäre sehr nett«, erwidere ich etwas verlegen.

Jake holt ein paar Feuchttücher. »Du warst schon lange nicht mehr hier, oder?«, sagt er beiläufig, während er versucht, den Dreck von meiner Haut zu wischen. Er muss ziemlich rubbeln, denn der Morast ist schon eingetrocknet. »In Doolinvarna, meine ich.«

Ich schüttle den Kopf. »Seit über zehn Jahren nicht mehr. Wie gesagt, ich lebe jetzt in London.«

»London«, wiederholt er nachdenklich. »Ich hatte da mal eine Fortbildung für ein paar Wochen, und es ist eine großartige Stadt, aber auch sehr …« Er überlegt, sucht nach dem richtigen Ausdruck. »Unübersichtlich.«

»Das stimmt!«, sage ich. »Man fühlt sich oft wie eine Ameise. Oder eine Amöbe. Unter Millionen anderen Amöben.«

»Im Gegensatz zu hier«, erklärt Jake trocken und wirft die schmutzigen Feuchttücher in den Mülleimer. »Hier bist du ein

Elefant. Oder ein Einhorn, wenn du von so weit herkommst wie ich.«

Ich muss lachen.

»Willst du vielleicht noch einen Kaffee? Einen Tee?«, fragt er. »Oder einen Whiskey gegen den Schreck?«

»Nein danke.« Ich schüttle den Kopf. »Aber es wäre sehr nett, wenn du mich zurück ins Dorf bringen könntest. Die Komiteesitzung für das Festival beginnt gleich, und zu Fuß schaffe ich es wohl nicht mehr rechtzeitig.«

Ich deute scherzhaft auf den Knöchel, der immer noch ziemlich wehtut, auch wenn er jetzt, fein säuberlich verpackt unter einer dicken Mullschicht, schon viel ansehnlicher aussieht.

»*Du* bist im Komitee für das Matchmaking-Festival?« Jake sieht jetzt ehrlich überrascht aus.

»Gezwungenermaßen«, antworte ich. »Dad hat den Vorsitz, und da er noch im Krankenhaus ist, übernehme ich seine Aufgaben.«

Jake grinst. »Na dann viel Spaß! Diese Sitzungen stelle ich mir durchaus amüsant vor.«

»Ich mir eher nicht.« Ich lächle etwas gezwungen.

Jake holt ein Glas Wasser und eine Packung Tabletten. »Das sind Schmerztabletten, die auch gegen die Schwellung helfen.« Er drückt eine Tablette aus dem Blister und gibt sie mir zusammen mit dem Glas. »Nimm noch eine vor dem Schlafengehen und vielleicht wieder morgen früh, je nachdem, wie stark die Schmerzen dann noch sind.«

»Danke, werd ich machen«, sage ich und spüle die Tablette mit einem Schluck Wasser hinunter. »Könnten wir dann bitte los? Die Sitzung beginnt gleich.«

Als ich auf Jake gestützt langsam zurück zum Auto humple,

tönt uns ein lautes, klägliches »Mäh!« aus dem Anhänger entgegen.

»Das Schaf!«, ruft Jake entgeistert. »Ich hab das Schaf vergessen!«

Wir sehen uns an und müssen lachen. »Warte kurz, ich bring es noch schnell auf die Weide, das arme Ding.« Jake deutet auf ein Stück umzäuntes Grasland neben der Praxis, wo schon ein kaffeebrauner Wallach friedlich vor sich hin grast.

Die Fahrt ins Dorf ist nur kurz, und schon nach ein paar Minuten hält Jake vor dem Gemeindezentrum. »So, da wären wir.«

»Danke noch mal«, sage ich verlegen. »Ohne dich würde ich immer noch da draußen rumliegen. Wahrscheinlich hätten mich schon die Schafe angeknabbert.«

Jake lacht. »Was für ein Glück, dass die meisten Schafe leidenschaftliche Vegetarier sind.«

»Ein Riesenglück.« Ich lache ebenfalls.

Jake steigt aus. »Warte, ich helfe dir noch rein.«

Gerade, als er die Beifahrertür öffnet, steckt Winnie ihren Kopf aus der Eingangstür des Gemeindezentrums. »Allie, da bist du ja!«, ruft sie und kommt die Treppen heruntergestürmt. »Es tut mir so leid! Ich hatte keinen Akku mehr! Wie geht's dir?«

»So halbwegs«, sage ich.

Jake hat mir inzwischen geholfen, auszusteigen.

»Das sieht ja übel aus!« Winnie mustert mit großen Augen den dicken Verband an meinem Fuß. »Wie hast du denn das bloß angestellt?«

»Sie hatte wirklich Pech«, sagt Jake, und ich finde es irgendwie süß, dass er mich verteidigt. »Sei vorsichtig mit ihrer Schulter«, weist er Winnie an und hakt mich links unter.

Winnie nimmt mich sachte am rechten Arm, und so humple ich auf sie gestützt die Treppen hinauf, direkt in den großen Sitzungssaal.

Es sind schon alle da: Kelly, Winnies Mum Gwen, Rudy, unser Bürgermeister, Niall und außerdem eine Frau Ende vierzig, die ich noch nie zuvor gesehen habe. Sie trägt unzählige Glasketten um den Hals und ist in eine weit geschnittene Batikbluse gekleidet, hat wirres, strähniges Haar und einen leicht entrückten Blick. Sie erinnert mich an Professor Trelawney aus *Harry Potter*.

Als mich die anderen sehen, beginnt sofort ein lautes Stimmengewirr.

»Allie, Liebes, was machst du denn für Sachen!« »Wie siehst du denn aus? Alles in Ordnung?« Gwen und Kelly bombardieren mich mit Fragen, während Niall besorgt vor sich hin brummt.

Ich werfe einen Gruß in die Runde, beteure mehrmals, dass mir nichts Schlimmes zugestoßen ist, und dann bugsiert mich Jake auch schon sanft auf einen Stuhl. »Es wäre gut, wenn du den Fuß noch so lange wie möglich hochlagern würdest«, sagt er und rückt einen zweiten Stuhl für mein Bein zurecht. »Und später dann kühlen.« Dann nickt er mir zu und verlässt den Raum. Ich habe den Eindruck, dass er es dabei recht eilig hat.

»Danke noch mal«, rufe ich ihm hinterher und meine schon, dass er es nicht mehr gehört hat, aber da dreht er sich in der Tür um. »Keine Ursache.« Er grinst. »Und das nächste Mal komme ich ohne Viehtransporter. Versprochen.«

Ich grinse ebenfalls und blicke ihm noch kurz hinterher.

»Können wir anfangen?«, fragt Kelly, die als Einzige an einem Tischende sitzt, und alle hören auf zu reden.

Ich war so lange weg, aber auf einmal kann ich die altbekannte Mischung aus Nervosität, Aufregung und Energie, die in der Zeit vor dem Festival immer in der Luft liegt, wieder spüren. Und es mischt sich noch ein anderes, vages Gefühl hinzu, dass ich nicht ganz deuten kann. Ist es vielleicht so etwas … wie ein kleines bisschen Vorfreude?

Kapitel vier

Auf dem Tisch vor uns stehen Teller mit selbst gebackenem Shortbread, altmodische Tassen mit einem violetten Blümchenmuster, die Gwen von zu Hause mitgebracht hat, und Kaffee und Tee in Thermoskannen. Gwen schenkt jedem ein, Kelly reicht den Teller mit Shortbread herum und dann beginnt auch schon meine erste Sitzung.

»Liebes Festkomitee …«, beginnt Kelly feierlich. »Der plötzliche Ausfall, den wir durch Pats Herzinfarkt erleiden mussten, ist durch die Ankunft unserer lieben Allie«, sie nickt mir zu, »zur Gänze kompensiert. Herzlich willkommen zurück, Liebes!«

Die anderen geben zustimmende Laute von sich.

»Danke«, sage ich höflich.

»Das Festival beginnt in nicht einmal zwei Wochen«, fährt Kelly fort. »Und wir müssen uns jetzt wirklich ranhalten. Ich hab mir überlegt«, an dieser Stelle rückt sie ihre auffällige Brille in Schmetterlingsform zurecht, die sie, soweit ich weiß, nur zum Lesen braucht und sonst meidet wie der Teufel das Weihwasser, »ob es nicht eine gute Idee wäre, wenn ich weiterhin den Vorsitz des Komitees behalte. Ich habe ihn vorübergehend übernommen, als Pat ins Krankenhaus eingeliefert wurde«, fügt sie an mich gewandt hinzu. »Da du dir ja sicher erst einen Überblick verschaffen musst, Allie, und vielleicht auch gar nicht über die nötige Zeit verfügst ...«

»Sicher nicht, Kelly«, fällt ihr da Gwen ins Wort. »Das würde dir so passen, dir den Vorsitz unter den Nagel zu reißen.« Sie sieht entschlossen in die Runde. »Wenn, dann würde wohl eher ich ihn übernehmen. Ich bin Schriftführerin und habe die Finanzen unter Kontrolle, traue ich mich zu behaupten.«

»Du?«, Kelly sieht sie ungläubig an. »Eher lernen unsere Schafe hier Flamenco tanzen, als dass *du* den Vorsitz übernimmst, meine Gute.«

»Ich wäre froh, wenn jemand anderes den Vorsitz übernimmt«, sage ich schnell. »Ich meine, ich bin ganz neu im Team und muss mich erst mit dieser ganzen Matchmaking-Sache vertraut machen ...«

Winnie schüttelt neben mir fast unmerklich den Kopf.

»Da hört ihr es«, sagt Kelly siegessicher. »Allie sagt selbst, dass es das Vernünftigste ist, wenn jemand mit Erfahrung den Vorsitz übernimmt. Und da ich die Erfahrenste von allen bin ...«

Sofort hagelt es Protest von allen Seiten: »Niall ist genauso lange im Komitee wie du!« – »Gwen hat letztes Jahr die Tanzabende wirklich effizient organisiert!« – »Wir *alle* haben die Erfahrung ... außer Guinevere vielleicht ...«

»Siehst du, was ich meine?«, raunt mir Winnie zu. »Sie geraten alle total außer Kontrolle, wenn man sie an der Macht auch nur *schnuppern* lässt. Dein Vater hatte sie immer super im Griff.«

»Und jetzt soll ich das tun?«, stöhne ich leise. »Das ist ein einziger Albtraum!«

»Ach was.« Winnie macht eine unwirsche Geste. »Sie müssen dich akzeptieren, du bist eine Malone. Sei einfach bestimmt und lass dich nicht unterkriegen.«

»Ich als Bürgermeister bin solche Positionen gewohnt und springe gern ein, falls Not am Mann ist«, meldet nun auch noch Rudy seine Führungsansprüche an.

»Allie soll es übernehmen«, sagt plötzlich Niall, der die ganze Zeit über nur stumm dagesessen hat. »Sie ist anstelle von Pat hier, und Pat hat nun mal den Vorsitz.«

Gwen und Kelly wollen beide noch etwas erwidern, aber sie überlegen es sich anders. So war das immer schon mit Niall. Er sagt nie viel, aber wenn, dann hat sein Wort Gewicht.

»Gut«, sage ich etwas unsicher. Aber was hat Winnie gleich noch gemeint? Ich bin eine Malone. Sie werden mich respektieren. »Dann mach ich es. Den Vorsitz, meine ich. Ich übernehme den Vorsitz.« Winnie nickt mir aufmunternd zu, und ich straffe unwillkürlich die Schultern.

»Prima«, sagt Winnie fröhlich. »Dann ist das geklärt. Können wir anfangen? Mum, du schreibst wie immer das Protokoll, oder?«

Ich sehe, dass sich Gwen arg zusammenreißen muss. »Sicher«, murmelt sie schließlich und nimmt den mit Strasssteinchen besetzten Kugelschreiber, der neben ihren Unterlagen liegt, zur Hand.

»Gut, welche Punkte stehen heute alle auf der Tagesordnung?«, frage ich etwas bestimmter. Ich soll den Vorsitz machen, gut, dann mache ich den Vorsitz. Ich bin schon so tief in der Sache drinnen, dann will ich es wenigstens ordentlich machen und Dad keine Schande bereiten.

Kelly zückt eine umfangreich aussehende Liste. »Ich hoffe,

das ist in Ordnung für dich, Allie, wenn ich gleich loslege, aber ich habe mir einige Sachen notiert.«

»Natürlich.« Ich nicke. »Schieß los.«

»Wir müssen zum Beispiel klären, ob die Schanklizenzen für die Imbissstände erneuert werden müssen. Bisher waren sie immer für zwei Jahre gültig, aber es hat da eine Gesetzesnovelle gegeben, hab ich gehört.«

»Ist hiermit geklärt«, sagt Rudy gemütlich und hört einen Moment lang auf, auf seinem Shortbread herumzukauen. Sein Hemd spannt ziemlich über dem Bauch, und ich habe vorhin gemerkt, dass er heimlich den obersten Knopf seiner Hose aufgemacht hat, so viel Shortbread hat er schon verdrückt. »Ich bin sozusagen das entscheidende Organ, und ich stelle sie einfach für die letztjährigen Standbetreiber wieder aus.«

»Geht denn das so einfach?«, frage ich verwundert.

Rudy zwinkert. »So lange keiner von der Verwaltung aus Dublin herkommt und explizit nachfragt, schon.« Er notiert sich etwas. »Haben wir bei den Ständen jemand Neuen dabei?«

»Nein, alles beim Alten.« Kelly blättert rasch einige Unterlagen durch und runzelt die Stirn. »Das heißt, fast alles. Algen-Joe hat sich wieder gemeldet. Ihr wisst schon, weswegen.«

Alle stöhnen auf.

»Algen-Joe?«, flüstere ich Winnie zu. »Wer soll denn das sein?«

»Na, Joe, der immer die Krabben gefischt hat«, flüstert sie zurück.

»Krabben-Joe?«

»Jepp«, Winnie nickt.

»Seit wann ist er *Algen*-Joe?«, frage ich verwundert.

»Seit er sich auf den Verkauf von Algen spezialisiert hat«,

antwortet Kelly jetzt, die unser Geflüster anscheinend mitgehört hat. »Er ist ständig unterwegs, um sie von den Felsen zu pflücken und ganz besessen von der Idee, damit reich zu werden.«

»Du weißt schon, all diese Veganer stehen total auf Algen«, fügt Winnie hinzu.

»Algen sind aber auch wirklich gesund«, wirft Professor Trelawney, oder besser gesagt, Guinevere ein. Dabei fällt mir auf, dass sie einen leicht amerikanischen Akzent hat. »Unglaublich viele Vitamine und Spurenelemente.«

»Und er hat wie schon letztes Jahr die Anfrage für einen eigenen Algen-Stand gestellt«, fährt Kelly fort, ohne Guineveres Kommentar Beachtung zu schenken.

Gwen verdreht die Augen. »Wer redet ihm diese Schnapsidee endlich aus? Er soll gefälligst wieder seine Krabbenbrötchen machen, die mochten die Leute wenigstens.«

»Wieso lassen wir ihn nicht mal was Neues probieren?«, frage ich nichtsahnend in die Runde. Nur zu gut kann ich mich daran erinnern, wie wir uns früher mit Joes leckeren Krabbenbrötchen bei jedem Matchmaking-Festival den Bauch vollgeschlagen und natürlich auch prompt verdorben haben. Ich ernte verhaltenes Gelächter.

»Erstens ist Joe wahnsinnig kompliziert, es war mit dem Krabbenstand schon schwer genug, und zweitens ist sein Sushi grauenhaft.« Winnie schüttelt sich. »Er wickelt die Algen um ein Stück rohen Aal und nennt es ›Irish Sushi‹, aber es schmeckt einfach nur widerlich.«

Kelly verdreht die Augen und ich kichere.

»Also sind wir uns einig, dass wir Joes Antrag ablehnen?« Sie blickt fragend in die Runde. Alle nicken, außer Guinevere, die der Algenidee anscheinend etwas abgewinnen kann.

»Gut. Dann muss es ihm nur noch jemand beibringen, aber bitte mit Fingerspitzengefühl. Wir wollen schließlich, dass er wieder wie gewohnt die Krabbenbrötchen macht.« Kelly lässt ihren Blick in die Runde schweifen. »Niall, willst du mit ihm reden? Er kommt doch manchmal zu dir in den Pub?«

Niall sieht sie ausdruckslos an. »Bevor ich Joe eine Abfuhr erteile und mir dann wieder ewig sein Gekeife am Tresen anhören muss, fress ich lieber eine ganze Wagenladung von seinem Sushi-Zeugs.«

Kelly bedenkt ihn mit einem Seitenblick, der ihn eindeutig als etwas zwischen Schlappschwanz und Verräter klassifiziert, und schaut dann mich an. »Allie! Du könntest das doch machen! Dir gegenüber ist er sicher unvoreingenommen!«

»Muss das sein?«, frage ich etwas gequält. Ich bin sicher, Joe schmeckt die Nachricht, dass er sein Irish Sushi nicht machen darf, gar nicht.

»Ich komme mit«, bietet Winnie ihre Hilfe an. »Zu zweit werden wir es wohl schaffen, ihn um den Finger zu wickeln.«

Ich sehe sie zweifelnd an, aber sie scheint das Ganze gelassen zu sehen.

Kelly macht eine zustimmende Kopfbewegung, blickt auf ihre Liste und hakt den Punkt offensichtlich ab. Dann sieht sie wieder auf. »Gwen, kannst du uns einen Überblick geben, wie es um den Ticketverkauf steht?«

Gwen stöbert emsig in den vielen Zetteln, die vor ihr auf dem Tisch liegen. »Mit Stand heute sind etwa vierhundertfünfzig Tickets verkauft. Die Leute aus der Umgebung kommen ja immer kurzfristig, wir rechnen also noch mit erheblich mehr Besuchern.«

Allseits beifälliges Gemurmel.

»Die Zimmer in den umliegenden Hotels sind natürlich alle längst reserviert, und wir haben bereits etliche Buchungen.«

»Sehr gut.« Kelly hakt wieder etwas auf ihrer Liste ab.

»Es gibt allerdings noch ein kleines Problem mit Alistair Desmond«, fährt Gwen fort. »Er hat die Zimmerpreise im *Grantchester* kurzfristig erhöht, wodurch die Marge bei unseren Festivalpackages wirklich sehr gering ausfällt.« Gwen zieht eine ausgedruckte Tabellenkalkulation aus ihrem Stapel. »Wir reden hier über einen Betrag im niedrigen zweistelligen Eurobereich. Im sehr niedrigen.«

Ich sehe sie überrascht an.

»Man sollte noch einmal mit ihm sprechen, schließlich macht er auch ohne Preiserhöhung ein gutes Geschäft am Festivalwochenende. Und wir garantieren ihm seit Jahren seine Auslastung in einer ansonsten schwachen Saisonzeit.«

Kelly nickt grimmig. »Der alte Gauner soll nicht meinen, dass er uns in letzter Sekunde einfach so eine Preiserhöhung reindrücken kann.«

»Ich glaube, das können wir ganz entspannt sehen«, bringe ich mich ein, und habe das erste Mal das Gefühl, hilfreich sein zu können. Das ist mein Metier, hier kenne ich mich aus. »Ihr habt doch sicher genau vertraglich festgelegt, zu welchen Tarifen ihr die Zimmer für die Packages einbuchen könnt.«

»Ähm, ja. Nein. Leider nicht, Allie.« Gwen vermeidet es, mir in die Augen zu sehen. »Wir haben überhaupt keinen schriftlichen Vertrag mit Alistair Desmond, nur eine mündliche Abmachung. Die bisher immer vollkommen ausreichend war«, schiebt sie schnell hinterher, als sie mein entsetztes Gesicht sieht.

»Ihr habt *nichts* Schriftliches?«, frage ich, nur um sicherzugehen, dass kein Missverständnis vorliegt.

Gwen und Kelly wechseln betretene Blicke. »Du kennst doch deinen Dad, Allie«, sagt Kelly schließlich. »Er hatte die Vereinbarung mit Alistair Desmond seit über zwanzig Jahren und nicht im Traum daran gedacht, dass der einmal sein Wort brechen könnte.«

»Pat war einfach immer von der Handschlagqualität der Desmonds überzeugt«, sagt Gwen vorsichtig.

»Ach, Dad«, seufze ich. Was muss er auch immer so vertrauensselig sein!

»Jemand muss auf jeden Fall rauf zu ihm und noch einmal mit ihm sprechen«, sagt Kelly bestimmt. »Allie, bist du nicht mit Rory Desmond zur Schule gegangen?«

»Ja, aber ich hab ihn seit dem Abschluss nicht mehr gesehen«, wende ich ein, und weil ich Winnie nicht in die Pfanne hauen will, verkneife ich mir zu sagen, dass sie ja auch mit ihm zur Schule gegangen ist. Aber Winnie und Rory, das ist wahrscheinlich keine gute Idee. Die beiden konnten sich noch nie leiden, und schon gar nicht, seit Winnie bei einer seiner Partys, zu der sie übrigens gar nicht eingeladen war, eine ganze Flasche Champagner geleert und ihm danach auf einen Perserteppich gekotzt hat.

Kelly winkt ab. »Das macht doch nichts. Frischt einfach ein paar gemeinsame Schulerinnerungen auf. Er freut sich sicher, dich zu sehen.«

»Aber seinen Vater kenne ich gar nicht!« Ich kann mich nur daran erinnern, dass Alistair Desmond immer schon ein ziemlich Furcht einflößender Mann war und ich überhaupt keine Lust habe, ihm allein gegenüberzutreten.

»Du bist doch im Hotelgewerbe, oder nicht?«, Kelly blickt mich etwas ungeduldig an. »Und du bist Pats Tochter. Pat war der Einzige, der im guten Einvernehmen mit ihm stand. Wenn ihn jemand umstimmen kann, dann du.« Die anderen nicken eifrig zu Kellys Worten, alle außer Winnie.

Irgendwie habe ich gerade ganz stark das Gefühl, zum zweiten Mal den Schwarzen Peter gezogen zu haben. Aber gut, ich habe nun mal den Vorsitz inne, also muss ich mich auch unangenehmen Aufgaben stellen.

»Ich kann's ja mal versuchen«, sage ich widerstrebend. Dabei hasse ich Verhandlungen. Ich sei immer viel zu defensiv, sagt Giles. Selbst wenn es nur darum geht, was wir am Wochenende machen, ziehe ich meistens den Kürzeren. Ich weiß ja selbst, dass ich mir ein dickeres Fell zulegen müsste und bei Verhandlungen auch mal unnachgiebig sein darf. Aber das fällt mir verdammt schwer.

Jetzt räuspert sich Guinevere schon wieder, dieses Mal so laut, dass Rudy, der sich schon wieder ein Stück Shortbread in den Mund schiebt, zusammenzuckt und sich dabei fast verschluckt.

»Ja, Guinevere?«, fragt Kelly gereizt, weil sie das Geräusper schlecht übergehen kann. »Möchtest du etwas sagen?«

»Ich wollte nur noch einmal meine Idee zu einem neuen Programmpunkt vorbringen«, sagt sie in ihrer hohen, beinahe ätherischen Stimme. »Zu *meinem* neuen Programmpunkt … falls er nicht sowieso auf deiner Liste steht.«

»Worum geht's dabei?«, frage ich interessiert, während mir Winnie nicht gerade zimperlich gegen das Bein tritt.

Guinevere aber rückt ihre Glasperlen zurecht und strahlt mich an. »Eigentlich sind es zwei Punkte, die ich ja schon mehrmals vorbringen wollte und dabei leider einfach übergangen wurde …«

Gwen und Kelly werfen sich vielsagende Blicke zu.

»Worum geht's?«, frage ich noch einmal und lächle sie

ermutigend an. Jede Meinung sollte gehört werden. Die Entscheidung liegt dann immer noch bei dir, sagt Giles immer. Er ist wirklich ein guter Chef, mein Giles, denke ich mit einem Anflug von Wehmut. Und jetzt ist er so weit weg, und ich sitze hier in der irischen Provinz, mit machthungrigen Ladenbesitzerinnen und Shortbread verschlingenden Bürgermeistern.

Guinevere beugt sich in meine Richtung. »Angesichts der exzellenten kosmischen Planetenkonstellation am Wochenende des Festivals wäre es jammerschade, wenn ich es *nicht* machen könnte.«

»Sag endlich, worum's geht«, brummt Niall.

Guinevere wirft ihm einen beleidigten Blick zu. »Ich möchte gerne einen interkosmischen Erfahrungsworkshop veranstalten.«

»Hat das was mit einem Teleskop zu tun?«, fragt Rudy und nickt eifrig.

»Astrologie, nicht Astronomie, Rudy«, sagt Kelly unwirsch. Ich sehe ihr deutlich an, dass Guinevere ihr ziemlich auf die Nerven geht, und es scheint Gwen, die vorgibt, in ihre Zahlentabellen vertieft zu sein, und Niall, der abwechselnd Guinevere und dem fast leeren Teller mit Shortbread düstere Blicke zuwirft, genauso zu gehen.

»Und was genau soll bei diesem Workshop passieren?«, hake ich höflich nach.

»Die wenigsten Leute wissen um ihre kosmische Konstellation, um den Einfluss der Planeten auf ihr Leben«, führt Guinevere aus. »Und ich würde sie gerne darin einführen. Im Detail müsste ich mir das natürlich erst überlegen, aber …«

»Dafür ist es viel zu spät«, schneidet ihr Kelly das Wort ab. »Das gesamte Programm steht bereits seit Wochen, und das wüsstest du auch, wenn du einfach mal bei den Sitzungen *zuhören* würdest, Guinevere.«

Guinevere sieht sie beleidigt an.

»Und deine zweite Idee?«, frage ich rasch.

»Es kümmert euch ja sowieso nicht«, sagt sie schmollend.

»Da könntest du verdammt recht haben, Schätzchen«, sagt Kelly.

Ich werfe ihr einen warnenden Blick zu. »Natürlich interessiert es uns.«

»Sie ist zwar längst nicht so gut wie meine erste Idee, aber ich könnte auch einen Tantra-Workshop anbieten«, sagt Guinevere gedehnt. »Seine ureigene tantrische Magie in Erfahrung zu bringen, ist immerhin etwas gänzlich Neues für die meisten …«

»Du willst auf unserem Festival einen Sex-Workshop anbieten?«, fragt Gwen schockiert.

Kelly wirkt auf einmal recht interessiert, ebenso Rudy, der sich gespannt vorlehnt, aber Gwen schüttelt energisch den Kopf.

»Das passt nicht zu unserem Festival. Bei uns geht es um die wahre Liebe, nicht um Sex.«

»Hängt das eine mit dem anderen nicht manchmal aufs Angenehmste zusammen?«, traut sich Rudy einzuwerfen, wofür er einen missbilligenden Blick von Gwen kassiert.

Guinevere seufzt. »Da sieht man wieder einmal, dass die meisten keine Vorstellung davon haben, was die tantrische Lehre überhaupt bedeutet.«

»Ich kann es mir eigentlich recht lebhaft vorstellen.« Rudy ist kurz davor, loszukichern. Er kann wirklich kindisch sein.

»Bei Tantra geht es nicht vorrangig um Sex, sondern um die Entdeckung der eigenen körperlichen Sinnlichkeit«, erklärt Guinevere würdevoll.

»Na ja, um Sex eigentlich schon auch, oder?«, Kelly stützt das Kinn auf die verschränkten Hände. »Ich hatte da mal ein denkwürdiges Erlebnis mit einem Fliesenleger aus Madrid, der …«

»So genau wollen wir das alles gar nicht wissen«, schneidet ihr Gwen das Wort ab und wird puterrot dabei. Kelly und Rudy werfen sich vielsagende Blicke zu.

»Wenn euch das zu gewagt ist, kann ich auch Tarotkarten legen.« Guinevere zuckt mit den Schultern. »Das mögen die Leute immer.«

»Und was kommt dann als Nächstes?«, meldet sich wieder einmal Niall zu Wort. Ich sehe, dass es in ihm brodelt. »Bonbonrosa verkleidete Zuckerwatteverkäufer? Ein Zauberer, der Kaninchen aus einem Zylinder zieht? Wir sind eine irische Traditionsveranstaltung und keine verdammte Kirmes!«

»Aber eine Viehschau und ein Rugbyturnier, bei dem sich alle gegenseitig die Köpfe einschlagen, was wohl das Gegenteil von Romantik bedeutet, das passt?«, fragt Guinevere ziemlich eingeschnappt.

»Ja, das passt allerdings!« Jetzt ist Niall endgültig auf hundertachtzig. »Weil das hier verdammt noch mal Tradition hat!«

Ich sehe ihn überrascht an. So habe ich Niall noch nie erlebt. Guinevere hat aber auch etwas an sich, das einen ganz wuschig machen kann. Jetzt schmollt sie endgültig. Sie presst die Lippen zusammen und verschränkt die Arme vor der Brust. Im Raum herrscht Schweigen.

»Vielen Dank für deine … interessanten Vorschläge, Guinevere«, sage ich, um die Wogen wieder etwas zu glätten. »Ich bin eindeutig dafür, dass wir alle in Ruhe darüber nachdenken, und falls es jetzt zu spät sein sollte, werden wir deine Ideen auf jeden Fall für nächstes Jahr in Betracht ziehen.«

Und ich hoffe, dass Dad mich nicht dafür erwürgt. Ich bin mir sicher, dass auch er keinen von Guineveres Vorschlägen wirklich gutgeheißen hätte.

»Können wir dann weitermachen?«, fragt Gwen vorsichtig, und die nächste Dreiviertelstunde diskutieren wir darüber, ob wir für die große Party am Samstagabend zusätzliche Security-Leute brauchen oder ob die Jungs vom Fischereiverein das im Griff haben (anscheinend gab es letztes Jahr ein ziemliches Gerangel) und darüber, was man unternehmen könnte, um den Alkoholkonsum auf der Teenie-Tanzparty auf ein Minimum zu beschränken (vergebene Liebesmüh, meiner Meinung nach). Zu gut kann ich mich daran erinnern, wie Winnie und ich unseren ersten Rausch bei einer solchen Gelegenheit hatten. Uns war nach drei Gläsern Cider speiübel, und Winnie musste bei mir übernachten, weil sie es nicht mehr bis nach Hause geschafft hätte. Mum war alles andere als begeistert, und Declan hat sich noch Tage später über uns lustig gemacht.

Ach, Declan.

Ich bekomme noch ein paar weitere Aufgaben aufgehalst, die Dad anscheinend auch immer übernommen hat, und nach geschlagenen zwei Stunden ist meine erste Sitzung mit dem Festkomitee beendet.

»Wieso ist Guinevere überhaupt dabei?«, frage ich Winnie wenig später, als ich auf sie gestützt die Treppe hinunterhumple. Die anderen sind schon weg. »Es wirkt so, als ob sie allen nur auf die Nerven gehen würde.«

»Ganz ehrlich? Ich glaube, sie hat deinem Dad einfach leidgetan. Er hat mitbekommen, wie sie vergeblich versucht hat, sich in die Dorfgemeinschaft zu integrieren; und die aus den anderen Vereinen waren wirklich nicht sehr nett zu ihr. Die Theatergruppe wollte sie nicht, die Fischerfrauen auch nicht, die Country Dance-Gruppe schon gar nicht ...« Winnie zuckt mit den Schultern. »Außerdem findet sie das Festival wirklich gut, glaube ich. Auch wenn Niall abstreitet, dass sie den tieferen Sinn dahinter versteht. Und ich glaube, dass sie selber auch auf der Suche nach einem Mann ist«, sagt Winnie. »Sie hat da mal sowas erwähnt.«

»Also ist sie nicht vergeben?«, frage ich.

Winnie schüttelt den Kopf. »Und den Mann, der es länger mit Guinevere aushält, den möchte ich mal sehen.«

»Nun, gegen ihre tantrischen Fähigkeiten im Bett werden vermutlich die wenigsten etwas einzuwenden haben«, sage ich und wir müssen beide kichern. »Wie kommt sie überhaupt hierher?«

»Keine Ahnung.« Winnie zuckt wieder mit den Schultern. »Wir wissen nur, dass sie eigentlich aus San Francisco stammt oder zumindest zuletzt dort gewohnt hat. Vor etwa einem halben Jahr ist sie dann plötzlich hier aufgetaucht. Zu Mum hat sie mal gesagt, die besondere kosmische Energie von Doolinvarna hätte sie angezogen. Sie ist oft bei den alten Druidenkreisen oben im Burren unterwegs. Veranstaltet da auch Workshops. So, und jetzt bring ich dich nach Hause«, sagt sie, öffnet die Tür ihres weinroten Peugeot und hilft mir, einzusteigen. »Willst du dich ein bisschen hinlegen? Du *solltest* dich ein bisschen hinlegen, du bist ganz blass um die Nasenspitze.«

»Ich glaube, das wäre tatsächlich eine gute Idee«, sage ich, und während ich ungeschickt einsteige, merke ich, dass ich mich ziemlich schlapp fühle. »Jake hat mir Schmerztabletten gegeben, die wirken ziemlich stark. Ich nehm sonst nie was.«

»Jake ist super, oder?«, fragt Winnie, während sie den Wagen startet und rückwärts ausparkt. Sie ist eine hervorragende

Autofahrerin und muss dafür nicht einmal richtig in den Rückspiegel schauen. »Und du hattest dermaßen Glück, dass er gerade in der Nähe war!«

»Es wäre nett gewesen, wenn du mir gesagt hättest, dass er nicht nur menschliche Patienten behandelt«, sage ich. »Ich hab geglaubt, er sei ein Tierarzt, der sich auch um Menschen kümmert, weil es doch keinen anderen Arzt hier gibt.«

»Was?« Winnie runzelt die Stirn. »Wie kommst du denn auf sowas?«

»Na, weil er das Schaf im Transporter hatte! Und als wir zu seiner Praxis kamen, hat er zuerst einen Hund gegen Tollwut geimpft!«

Winnie prustet los, und ich muss plötzlich auch laut lachen. »Es war dermaßen peinlich!«

»Allie, du bist einfach einmalig«, wiehert Winnie vergnügt. »Tut mir leid, dass ich dich nicht vorher aufgeklärt habe. Aber ich dachte, du weißt, dass ich dich nur in die besten Hände gebe!«

»So sicher war ich mir da nicht mehr«, sage ich in komischer Verzweiflung. »Und Jake wird sich vermutlich noch in hundert Jahren über mich totlachen.«

»Ach was.« Winnie winkt ab. »So ein Typ ist er nicht. Ganz im Gegenteil. Er ist einfach großartig, finde ich. Als Arzt und als Mensch. Und wir haben ein Riesenglück, dass er hier ist. Ich meine – Arzt *und* Tierarzt? Wie klug kann man sein?«

Das sagt gerade Winnie, die Superschlaue, die ihr Lehramtsstudium an einer der renommiertesten Unis Irlands in Rekordzeit heruntergebrochen hat, und das mit einem Spitzenexamen.

»Echt ein Glück, dass er gerade hierhergekommen ist«, sage ich nachdenklich. »Aber er hat mir erzählt, dass seine Mutter aus der Gegend stammt und er in den Sommerferien ein paarmal da war. Kannst du dich an ihn erinnern?«

»Nö.« Winnie schüttelt den Kopf. »Aber er ist ja auch ein bisschen älter als wir, den hatten wir damals wahrscheinlich nicht auf dem Radar.«

»Wahrscheinlich nicht«, stimme ich zu, obwohl es mir schwerfällt zu glauben, dass uns ein süßer Junge, der er sicher war, nicht aufgefallen wäre. Wir hatten damals einen ziemlichen guten Blick für süße Jungs, was auch kein Wunder war bei der spärlichen Auswahl in Doolinvarna.

»Auf jeden Fall bin ich mir nicht sicher, ob ein paar glückliche Kindheitserinnerungen den Ausschlag dafür gegeben haben, dass er hergekommen ist.« Winnie zieht eine Augenbraue hoch. »Ich hab gehört, dass er eine ziemlich üble Trennung hinter sich haben soll. Und dass er deswegen regelrecht aus Amerika geflüchtet ist.«

»Oh«, sage ich mitfühlend. »Echt blöd.«

»Das muss eine richtig dumme Gans gewesen sein. Ich meine, wer lässt schon jemanden wie Jake einfach gehen?« Winnie schüttelt den Kopf.

»Schwer vorstellbar«, muss ich zugeben, obwohl ich ihn gar nicht richtig kenne. Aber Jake wirkt … wie einer von den Guten, den richtig Guten.

»Wo wohnt er eigentlich?«, frage ich. »Wie Dr. Longbottom über der Praxis?«

Winnie nickt. »Kelly hat gesagt, Jake hat erst mal ordentlich ausmisten müssen, der Arme, weil Dr. Longbottom ein kleiner Messie war. Und er hatte zwei Zwergpinscher und drei Katzen, die auch nicht gerade stubenrein waren, wenn du verstehst, was ich meine.«

Ich verziehe das Gesicht. »Klingt nach viel Arbeit.«

Winnie nickt. »Eher war es eine Komplettrenovierung. Aber Jake hat das anscheinend toll hingekriegt. Es ist jetzt alles ganz schlicht und modern, viel Weiß, aber trotzdem gemütlich. Ich war noch nie da, aber Paul hat mal irgendeinen Unfallbericht bei ihm abgeholt und es gesehen.«

Inzwischen sind wir angekommen und Winnie hilft mir noch die Treppen zur Wohnung hinauf. »So, jetzt gleich brav hinlegen.« Gebieterisch deutet sie auf die Couch. »Wenn du Hunger hast, sag Bescheid, dann bringt dir Niall was rauf.«

»Okay, danke«, sage ich, mache noch die Tür hinter Winnie zu, lege mich folgsam auf die Couch und schalte den Fernseher ein. Es läuft wieder *The Clinic*. Ich bin ziemlich auf den Geschmack gekommen mit dieser Serie, muss ich zugeben. Es ist aber auch wirklich erstaunlich, welche dramatischen Entwicklungen sich in einer stinknormalen Dubliner Klinik abspielen können. Ich muss grinsen, denn trotz aller Dramatik: Einen Allgemeinmediziner, der auch Tieren hilft – den gibt es nur in Doolinvarna.

Kapitel fünf

Es hat nicht nur Nachteile, wieder hier zu sein, denke ich, als ich in meinem uralten Oversize-Abi-Shirt im Batiklook, das ich in meinem Kleiderschrank gefunden habe, am Küchentisch sitze. Ich habe herrlich geschlafen, weil es hier angenehm kühl ist (anders als in Giles' schlecht gedämmter Dachgeschosswohnung, in der die Luft oft vor Hitze steht). Als ich aufgewacht bin, habe ich als Erstes die Wellen gehört, die heute mit ziemlicher Wucht an die Hafenmauer klatschen. Ein Geräusch, das ich immer schon geliebt und, wenn ich ehrlich bin, in London schmerzlich vermisst habe. Vielleicht finden wir in Seattle auch ein Apartment nah am Wasser. Womöglich war es aber auch bloß die Schmerztablette, die mich gut schlafen ließ, kommt mir in den Sinn, während ich mein Porridge löffle – mit geriebenem Apfel und Haselnüssen, so wie ihn Dad früher auch immer für uns gemacht hat. Eine Portion für Declan, eine für mich. Jeden Tag, außer sonntags, da gab es Pancakes.

Heute steht ziemlich viel auf dem Programm. Ich muss zu Alistair Desmond und mit ihm über die gestiegenen Zimmerpreise verhandeln (allein beim Gedanken daran muss ich mich zwingen, mein Porridge weiterzuessen, ohne dass sich mir der Magen umdreht), und dann soll ich vorher noch mit Winnie zu Algen-Joe und ihm klarmachen, dass das mit seinem Sushi-Stand während des Festivals nichts wird. Wenn er allerdings immer noch so miesepetrig ist wie früher, dann wird auch das alles andere als ein Spaß.

Ich sinniere gerade darüber, was ich wohl am besten zu ihm sagen könnte, ohne ihm zu sehr auf den Schlips zu treten, als es plötzlich an der Tür klingelt. Verwundert blicke ich auf die Küchenuhr. Es ist kurz nach zehn, und Winnie wollte erst um elf da sein. Ist bei ihr eine Schulstunde ausgefallen?

»Na, du bist aber früh dran!« Gut gelaunt öffne ich die Wohnungstür und schrecke im selben Moment zurück, denn vor mir steht nicht Winnie, sondern Jake.

»Hi«, sagt er, etwas überrumpelt. »Ich war in der Gegend und wollte nach dir, ich meine, nach deinem Fuß sehen. Und nach deiner Schulter. Deinem allgemeinen Wohlbefinden, sozusagen, wenn das nicht komisch klingt.« Er lacht verlegen und ich bemerke, dass sein Blick an meinem ausgeleierten Batikshirt hängengeblieben ist.

»Oh, entschuldige, ich hab Winnie erwartet«, sage ich, werde ebenfalls verlegen und überlege kurz, ob es wohl blöd aussieht, wenn ich mich schnell umziehen gehe. Da ich aber derzeit eine halbe Ewigkeit brauche, um die steilen Treppen hochzukommen, beschließe ich, es sein zu lassen. »Aber echt nett von dir, dass du vorbeischaust! Machst du immer Hausbesuche?«

»Nur in dringenden Fällen, und dazu zähle ich dich zurzeit eindeutig.« Jake hat sich wieder gefangen und grinst. »Und da du ja nicht mal sicher warst, ob ihr Verbandsmaterial zu Hause habt ...« Er hält seine Arzttasche hoch, eine altmodische aus braunem Leder und mit Schnappverschluss, wie bei *Der Doktor und das liebe Vieh*, und trägt wie gestern schon ein Outfit, das ihn überhaupt nicht wie einen Arzt wirken lässt. Mit dem grün-weiß-karierten Holzfällerhemd und der kuschelig aussehenden Teddyfellweste darüber sieht er eher aus, als würde er gleich im Wald Bäume hacken gehen.

Offenbar habe ich Jake etwas zu eindringlich gemustert, denn er sieht betreten an sich herunter. »Findest du es zu leger? Ich steh überhaupt nicht auf diese typische Hosen-Poloshirt-Arztkittel-Kombi außerhalb der Praxis …«

»Nein, es sieht gut aus. Ich meine, äh, vollkommen in Ordnung«, beeile ich mich zu sagen, und dann fällt mir auf, dass Jake immer noch vor der Tür steht. »Komm doch rein!«, füge ich also rasch hinzu und sehe mich genauso schnell um. Seit meiner Ankunft ist es hier definitiv chaotischer, aber ich hatte gestern nicht die Kraft, auch noch aufzuräumen.

Jake betritt die Küche und schließt die Tür hinter sich. »Wie geht's dir?«, fragt er mit prüfendem Blick.

»Schon besser, danke«, antworte ich. »Aber ich habe heute sicherheitshalber noch eine Schmerztablette genommen.«

»Okay.« Jake nickt. »Dann schau ich mir jetzt deinen Fuß an.« Er deutet auf einen der Küchenstühle. »Setzt du dich mal kurz hin?«

Folgsam nehme ich Platz. Sein Blick fällt auf den Tisch, wo meine halb leer gegessene Porridge-Schale steht. »Oh, warst du noch beim Frühstücken?«, fragt er verwundert. »Tut mir leid, wenn ich zu früh aufgekreuzt bin …«

»Kein Problem«, sage ich schnell. »War fast fertig. Hab ewig lange geschlafen, die Tablette gestern hat mich anscheinend ziemlich ausgeknockt.«

»Oh, ja, wenn man sonst selten was nimmt, dann können

die ziemlich reinhauen.« Jake beginnt vorsichtig, den Verband abzuwickeln. »Sieht schon viel besser aus«, meint er zufrieden. »Siehst du, die Schwellung ist ziemlich zurückgegangen.«

»Es fühlt sich auch besser an«, sage ich.

Jake nickt. »Übertreib es aber in den nächsten Tagen nicht.« Er hebt scherzhaft den Zeigefinger. »Und auf keinen Fall irgendwelche abenteuerlichen Spaziergänge querfeldein.« Dann öffnet er seine Tasche und holt Verbandsmaterial und Salbe heraus. »Ich mach dir jetzt noch mal einen neuen, und dann kannst du ihn morgen abnehmen und brauchst keinen mehr.« Kunstfertig verstreicht er zuerst wieder etwas Gel auf meinen Knöchel und legt dann einen neuen Verband an. »So, das wäre erledigt. Und was macht die Schulter?«

»Auch schon viel besser«, sage ich, und ziehe zum Beweis mein Shirt ein Stück runter. Mein wirklich hässliches, absolut nicht vorzeigbares Shirt, wie mir jetzt gerade wieder bewusst wird. Gestern Morast, heute verwaschenes Nachthemd – Jake muss denken, dass ich den Vogelscheuchen-Look voll draufhabe. Er konzentriert sich aber ganz auf meine Schulter und tastet sie vorsichtig ab. »Sieht gut aus«, murmelt er. »Aber mach auch hier in den nächsten Tag eher vorsichtig. Hast du sie gestern noch gekühlt?«

Ich nicke (im Gefrierschrank habe ich nur eine Packung Tiefkühlerbsen gefunden, aber die hab ich brav aufgelegt) und schiebe mein Shirt wieder hoch. Jake sieht mich interessiert an. »Wie war eigentlich deine erste Sitzung gestern? Mit dem Komitee?«

»Öhm, ganz okay für den Anfang«, sage ich, und erwähne dabei nicht, dass ich mit Aufgaben für die ganze Woche eingedeckt bin, von denen mich mindestens die Hälfte heillos überfordern wird. »Aber ist schon ein bunter Haufen, dieses Komitee. Gut, dass Winnie auch dabei ist.«

Jake lacht. »Das kann ich mir lebhaft vorstellen.« Er packt seine Arzttasche wieder zusammen, und dabei rutscht sein Ärmel ein Stück hoch. »Was ist denn da passiert?«, frage ich erschrocken. Jakes halber Unterarm ist verbunden. Das war er gestern noch nicht, da bin ich mir ganz sicher.

»Ich war heute früh surfen«, sagt er, fast entschuldigend. »Bevor ich die Praxis aufgesperrt hab.« Er verzieht das Gesicht. »Aber war ziemlich rau draußen, hohe Wellen, eine starke Brandung. Beim Rausgehen hab ich mich dann ordentlich am Board aufgeschürft.«

»Oh, das klingt nicht gut«, sage ich bedauernd.

»Halb so wild.« Er winkt ab und grinst. »Und es ist ziemlich praktisch, wenn man sich selbst verarzten kann.«

»Aber es muss großartig sein da draußen«, sage ich und kann die Sehnsucht in meiner Stimme kaum verbergen. Nur Wellen, Wasser und Wind, dein Board und du. Ich kann mir kaum etwas Schöneres vorstellen.

Jake nickt. »Das ist es wirklich. Und ich kenne nichts anderes, bei dem ich so gut den Kopf freikriege. Von einfach allem.« Kurz wird sein Blick abwesend, und mir kommt plötzlich der Gedanke, dass nicht nur ich mich mit komplizierten Dingen in meinem Leben auseinandersetzen muss.

»Willst du vielleicht eine Tasse Tee?«, frage ich eilig, weil ich plötzlich das Gefühl habe, dass es nett wäre, wenn Jake noch ein bisschen bleibt und weiter vom Surfen erzählt.

»Tut mir leid, ich muss weiter.« Schon hat er sich wieder gefangen und sieht aus, als ob er es wirklich bedauern würde. »Der nächste Patient wartet.«

»Einer mit zwei oder vier Beinen?« Ich grinse.

Jake lacht. »Einer mit zwei Beinen. Frank MacAllister hat starke Arthritis, und ich habe ihm versprochen, vorbeizuschauen und ihm eine Spritze zu geben.«

»Der alte Frank und ich. Das sind die Leute, mit denen du deine Vormittage vergeudest«, sage ich scherzhaft.

Er lacht wieder. »Also, wie schon gesagt, versuch heute noch, dich zu schonen, und geh es dann langsam an, okay?«

»In Ordnung«, antworte ich folgsam, obwohl ich genau weiß, dass ich das gar nicht *kann* bei all den Aufgaben, die auf mich warten.

Jake steht bereits in der Tür, aber dann dreht er sich noch mal um. »Wenn dein Fuß wieder ganz in Ordnung ist, vielleicht hast du mal Lust, mitzukommen?« Plötzlich wirkt er wieder etwas verlegen. »Zum Surfen, meine ich. Wir könnten dir ein Board ausleihen, dann kannst du es einfach ausprobieren.«

Ich sehe ihn überrascht an.

»Ich bin immer allein da draußen«, erklärt er. »Ist manchmal ein bisschen langweilig.«

»Früher waren da einige Leute«, sage ich. Bilder tauchen vor mir auf, von Ryan, Sam und Katie, von Eve und Tom. Sie waren ständig draußen auf dem Wasser oder am Strand, mit ihren abgewetzten Boards, Waschbrettbäuchen und sonnengebleichten Haaren. Sie waren ein bisschen strange, haben ziemlich viel gekifft, aber vor allem waren sie begnadete Surfer. Und ich weiß noch genau, wie ich sie um ihre Freiheit beneidet habe.

»Bis jetzt hab ich niemand anderen gefunden, der auch surft.« Er zuckt mit den Schultern. »Von den Jüngeren sind viele anscheinend weggezogen, oder sie sind inzwischen einfach zu alt und gehen jetzt wandern. Oder spielen Golf.«

»Kann man zum Surfen jemals zu alt sein?«, frage ich mehr mich selbst.

»Eigentlich nicht«, sagt Jake. »Im Gegenteil, Surfen ist nämlich das ideale Balance- und Stabilitätstraining für den Sehnen-Bänder-Apparat und viele verschiedene Muskelgruppen.«

»Aber wenn einer richtig hart ins Wasser fällt?«, frage ich.

»Das wäre dann weniger ideal«, gibt Jake zu und grinst. »Wobei, dann hab ich wieder mehr in der Praxis zu tun. Auch nicht schlecht.«

»Du züchtest dir also deine eigene Kundschaft heran, indem du sie zum Surfen schickst«, sage ich mit gespielter Empörung. »Ist es das, was du unter dem hippokratischen Eid verstehst?«

»Tierärzte müssen keinen hippokratischen Eid ablegen«, sagt Jake und wir müssen beide lachen.

»Also, kommst du mit?«, fragt er noch mal. »Wenn du es nicht unprofessionell von mir findest, dass ich dich frage.«

»Gerne!«, sage ich schnell. »Aber wieso soll das unprofessionell sein?«

»Na, weil ich dich behandelt habe und wir damit in einer Arzt-Patientinnen-Beziehung stehen«, erklärt er leicht verlegen.

»Die Behandlung ist doch hiermit beendet«, sage ich. »Und du nimmst mich lediglich zum Surfen mit. Das äußerst gut für meinen anscheinend geschwächten Sehnen-Bänder-Apparat ist.«

Jake sieht erleichtert aus. »Genau! Weißt du, ich glaube, man wird mit der Zeit etwas komisch. Ich hab ständig das Gefühl, ich müsste aufpassen, keine … Grenzen zu überschreiten. Und in einem so kleinen Dorf nehmen die Leute alles noch einmal genauer.«

Da hat er allerdings recht. Man ist ständig unter Beobachtung, und jeder weiß alles über jeden, ob man es will oder nicht. Nach der Champagnersache bei Rorys Party zum Beispiel wusste schon am nächsten Morgen jeder Bescheid, Gwen hatte es erfahren, als sie beim Bäcker Brötchen holen ging, was für Winnie und Gwen ziemlich unangenehm war. Einer der Gründe, warum London trotz allem ein guter Platz zum Leben ist: Dort kann man täglich Hunderten, Tausenden von Menschen begegnen, ohne mit einem einzigen auch nur mehr als ein paar Worte zu wechseln, geschweige denn Privates von sich preisgeben zu müssen. Und das ist genau das, was ich wollte. Was ich brauchte.

»Zu tragisch sollte man es dann aber auch nicht sehen«, sage ich. »Und wir machen ja bei Gott nichts Verbotenes.«

Jake lächelt. »Das stimmt. Also dann, wir sehen uns.«

»Wir sehen uns«, rufe ich ihm nach und bin auf einmal richtig gut gelaunt.

Dass ich noch ein ganzes Stück von einem wilden Ritt auf den Wellen entfernt bin, merke ich sofort, als ich eine halbe Stunde später gemeinsam mit Winnie das Haus verlasse. Der Knöchel zickt ordentlich, und das schon nach den ersten hundert Metern.

»Bist du bereit?«, fragt Winnie, als wir uns dem Hafen nähern. »Und vergiss nicht, wir brauchen den Krabbenbrötchenstand unbedingt!«

Schon von Weitem sehen wir Joe, wie er auf der Kaimauer sitzt und eines seiner Netze flickt.

»Hallo, Joe«, begrüßt ihn Winnie.

Er blickt auf. »McLaughlin. Kommst du, um mir zu sagen,

wo ich meinen Sushi-Stand aufbauen kann?« Er schaut uns verschlagen aus seinen verschwollenen Augen an.

»Nein, eigentlich nicht«, antwortet Winnie gewohnt direkt. »Aber du erinnerst dich sicher noch an Allie. Sie hat die Leitung des Festkomitees übernommen.«

»Die kleine Malone, sieh mal einer an.« Jetzt fixiert Joe mich mit seinem unangenehmen Blick. »Hast dich lange nicht mehr hier blicken lassen!«

»Ich vertrete Dad, weil er doch im Krankenhaus ist«, erkläre ich und lächle brav. »Und ich wollte gerade sagen, wie gut ich mich an deine köstlichen Krabbenbrötchen erinnern kann!« Das war eine sehr elegante Überleitung, finde ich. Stolz blinzle ich Winnie zu.

Joe scheint davon nicht beeindruckt zu sein. »Ich habe euch schon gesagt, dass ich diese ewigen Krabbenbrötchen satthabe. Ich will meinen Sushi-Stand.« Jetzt verengen sich seine Augen zu Schlitzen. »Oder fürchtet sich Niall vielleicht vor zu starker Konkurrenz? Seit er alles in dieser albernen Luftfritteuse macht, rennen ihm wohl die Leute weg, hä?«

»Darum geht es überhaupt nicht«, sagt Winnie. »Und wir sind sicher, dass dein Sushi durchaus seine … Qualitäten hat. Aber das Festival ist nun mal keine Zeit für Experimente. Außerdem ist Sushi roher Fisch, und das ist hygienisch gesehen an einem Festivalstand recht heikel …«

»Willst du damit andeuten, dass ich nicht sauber arbeite?« Die Augenschlitze werden noch schmaler.

»Ich glaube, das wollte Winnie auf gar keinen Fall«, beeile ich mich einzuwerfen. »Wir wissen nur, dass die Krabbenbrötchen ein absoluter Publikumsrenner sind, und es wäre sehr schade, wenn sie nicht mehr angeboten würden.«

»Ist das alles?«, fragt Joe unfreundlich.

»Im Wesentlichen, ja!« Ich lächle ihn zaghaft an.

»Gut, dann noch mal im Klartext«, schnarrt er. »Ich mach mein Sushi, und sonst gar nix. Und ihr müsst mir einen Stand geben, sonst mache ich Rudy die Hölle heiß. Der sitzt doch auch bei euch im Komitee. Und er weiß, dass ich einiges bei ihm guthabe.«

Winnie runzelt die Stirn. »Was meinst du damit?«

Algen-Joe grinst verschlagen. »Das müsst ihr ihn schon selber fragen, unseren sauberen Herrn Bürgermeister.« Damit wendet er sich demonstrativ wieder seinen Netzen zu.

Ich will noch etwas sagen, aber Winnie winkt ab. »Gut, wir melden uns dann bei dir, Joe«, sagt sie in einem neutralen Tonfall und bedeutet mir, mitzukommen.

»Wieso geben wir ihm nicht einfach seinen Stand, dann haben wir vor ihm Ruhe!«, flüstere ich, während wir uns von ihm entfernen.

Winnie sieht mich entrüstet an. »Allie, wir können uns doch nicht von ihm erpressen lassen!«

»Vielleicht ist ein bisschen Abwechslung ja wirklich ganz gut«, wende ich ein. »Den Hot Dog-Stand gibt's schon ewig, die Burger und Fish and Chips ebenso und den Stand mit dem Süßkram auch.«

»Du hast dieses Algenzeugs noch nicht probiert«, sagt Winnie düster. »Es schmeckt wirklich ekelhaft.«

»Aber wieso lassen wir es ihn nicht einfach einmal machen?«, beharre ich. »Wenn er nichts verkauft, ist es doch sein eigenes Problem, und dann wird ihm ganz von selber klar, dass seine Idee nicht so genial ist, wie er denkt.«

»Du bist die Chefin.« Winnie zuckt mit den Schultern. »Wenn du meinst, gib ihm seinen Stand, aber ich kann dir jetzt schon sagen, dass das ein Fiasko wird. Und wir brauchen jemand anderen, der die Krabbenbrötchen macht, sonst laufen die Leute Sturm. Ich weiß von einem fünfzig Mann starken Bowlingverein aus Leeds, der nur wegen der Brötchen hierherkommt.«

»Denken wir einfach noch mal darüber nach«, sage ich versöhnlich. »Mehr verlange ich gar nicht.«

»Aber nicht zu lange, das Festival beginnt in zehn Tagen.« Winnie tippt demonstrativ auf ihre Armbanduhr. »Und die Zeit verrinnt geradezu.«

»In Ordnung. Ich muss jetzt weiter, zu den Desmonds. Hast du vielleicht Lust, mitzukommen?«, frage ich, obwohl ich mir die Antwort schon denken kann.

»Ich? Mit zu den Desmonds?« Winnie verdreht die Augen. »Auf gar keinen Fall.«

»Gut, dann mache ich es eben allein.« Ich seufze, weil ich keine Ahnung habe, wie ich das Gespräch mit Alistair Desmond beginnen soll.

»Tut mir echt leid, Allie, aber ich wäre wohl auch kaum eine Hilfe.« Sie hebt entschuldigend die Schultern. »Aber ruf mich danach an, okay?«

»In Ordnung.« Damit verabschiede ich mich von Winnie und hole Dads betagten Ford aus der Garage. Er ruckelt und zuckelt ein bisschen, als ich ihn starte, aber dann läuft er rund. Ich bin schon lange nicht mehr Auto gefahren. Gut, dass hier auf den Straßen so wenig los ist.

Die Desmonds waren immer schon anders als alle anderen Leute in Doolinvarna. Sie blieben stets für sich, auf ihrem feudalen Landsitz auf dem Hügel. Außerhalb der Schule war Rory nie irgendwo zu sehen. Rorys Mutter ist schon früh gestorben, und Dad hat einmal erzählt, dass sie eine sehr nette und zugängliche Person gewesen sei, aber Alistair Desmond hatte nie irgendwelche Bestrebungen, sich mit seinem Sohn unter das Dorfvolk zu mischen.

Ich war schon öfters im Haus der Desmonds, früher. Rory hat ab und zu Partys veranstaltet, um sich beliebter zu machen, aber die wurden meistens erst dann interessant, wenn die wilden Jungs aus Gleninagh zu späterer Stunde die Feier stürmten. Wir sind nur hingegangen, weil es da Champagner gegeben hat und wir noch nie im Leben etwas anderes getrunken hatten als Fusel-Cider, Guinness und billigen Supermarktsekt.

Rory war anders als wir, ein Außenseiter, bei Weitem nicht nur aufgrund der biederen, überhaupt nicht seinem Alter entsprechenden Kleidung (Hemden in seltsamen Farben, ausgebeulte Anzughosen, polierte Lederschuhe). Er lief die meiste Zeit mit einer mürrischen Miene herum, und hinzukam, dass er nicht sonderlich nett war. Einmal hat er Jennifer Connelly verpetzt, weil sie hinter der Turnhalle gekifft hat. Sie wäre fast von der Schule geflogen. Damit war er endgültig bei uns allen unten durch, da haben auch seine Partys nicht mehr geholfen.

All das geht mir durch den Kopf, während ich zum Hotel der Desmonds, das etwas außerhalb des Ortes liegt, fahre. Das *Grantchester* ist ein wuchtiger, schmuckloser Kasten. Ich stelle Dads Ford auf dem großen Parkplatz hinter dem Gebäude ab, betrete dann die dunkle, mit Eichenholz vertäfelte Lobby, und sofort spüre ich das vertraute Kribbeln im Bauch. Immer, wenn ich in ein Hotel komme, geht augenblicklich mein Hotel-Radar an. Ich *muss* mir einfach alles genau ansehen.

Die doppelflügelige Eingangstür wurde gerade geputzt – *hier kommt man gerne rein.*

Ein maßgefertigtes Rezeptionspult aus massiver Kastanie – *macht einen soliden Eindruck.*

Keine frischen Blumen an der Rezeption – *großer Fehler, den viele machen. Es wirkt sparsam oder im schlechtesten Fall knausrig.*

Die Messingklingel auf dem Rezeptionspult glänzt – *hier legt man Wert auf Details. Außer bei Blumen.*

Ich fühle mich augenblicklich entspannter. Das hier ist mein Revier. Ich liebe Hotels, habe sie schon immer geliebt. Und immer wenn mein Radar anspringt, notiere ich mir gedanklich, was ich in meinem eigenen Hotel anders machen würde.

Nicht, dass ich es für realistisch halte, jemals eines zu besitzen, und schon gar nicht ein so pompöses wie das Grantchester. Aber vielleicht ein kleines, feines Bed and Breakfast? Mit ein paar Zimmern, nichts Großartiges, gerade so groß, dass man fast alles selber machen kann. Man würde jeden Tag Kontakt mit den Gästen haben, sie fragen, wie ihr Tag war, und ihnen Empfehlungen für Ausflüge geben. Das stelle ich mir schön vor, erfüllend. Aber natürlich ist es das Eine, davon zu träumen, und das Andere, es wirklich in die Realität umzusetzen. Ich habe es einmal zum Spaß grob durchgerechnet, mit Giles, als wir schon ein paar Gläser Cabernet Sauvignon geleert hatten, und wir sind einhellig zu dem Schluss gekommen, dass man wahnsinnig sein müsste, um bei den herrschenden Marktbedingungen ein eigenes B&B zu eröffnen. Aber trotzdem – ganz tief in meinem Inneren lebt der Traum weiter und meldet sich in Momenten wie diesen.

»Guten Tag«, sage ich, als ich vor dem Empfangsmitarbeiter stehe. Er trägt kein Namensschild. Das würde Giles gar nicht gefallen. »Die Empfangsmitarbeiter sind die Visitenkarte eines jeden Hauses«, pflegt er immer zu sagen, und jedes Mal, wenn er das tut, verspüre ich den Drang, meine Bluse auf etwaige Fussel zu kontrollieren oder den Rock unauffällig zurechtzuzupfen.

»Ich würde gerne Mr. Desmond sprechen, Mr. Alistair Desmond.«

Neben mir lehnt ein Mann in einem dunkelgrünen, auffällig karierten Tweed-Anzug und blättert die Tageszeitung durch. Er hat sein Gesicht abgewandt, sodass ich nur den karierten Rücken sehe.

»Haben Sie einen Termin, Miss?«, fragt der namenlose Empfangsmitarbeiter höflich.

»Nicht direkt«, antworte ich zögerlich. »Aber es wäre recht dringend.«

Plötzlich dreht sich der Tweed-Anzug um. »Allie?«, fragt er. »Allie Malone?«

Überrascht mustere ich das schmale Gesicht mit der markanten, gebogenen Nase und den ebenso markanten, buschigen Augenbrauen. Es kommt mir bekannt vor, aber ich brauche einen Moment. »Rory!«, rufe ich schließlich erstaunt. »Ich hätte dich fast nicht wiedererkannt!«

»So geht's den Leuten öfter.« Er lächelt schief. »Weiß gar nicht, warum.«

Rory Desmond! Ich betrachte ihn noch einmal genauer. Sein Haar ist gut geschnitten und wirkt viel gepflegter als früher. Der Tweed-Anzug mag zwar ein eigenwilliges Muster haben, aber er sitzt perfekt, keine Spur von sackartigen Klamotten mehr. Ich würde Rory nicht gerade als attraktiv bezeichnen, aber er sieht definitiv interessant aus.

»Ich hab dich hier ewig nicht mehr gesehen«, sagt er und mustert mich aufmerksam. »Du lebst in London, oder? Das haben sogar wir in unserer Enklave mitgekriegt.«

»Genau. Dad hatte einen Herzinfarkt und ist im Krankenhaus. Ich vertrete ihn beim diesjährigen Matchmaking-Festival«, trage ich den inzwischen gewohnten Text vor.

»Oh, das tut mir leid, mit deinem Dad. Hoffentlich ist er auf dem Wege der Besserung?« Rory hat sich schon früher seltsam gewählt ausgedrückt. Jetzt, da er erwachsen ist, wirkt es nicht mehr so skurril wie zu Schulzeiten.

Ich nicke. »Ja danke, er wird schon wieder. Arbeitest du auch hier? Ich meine, im Hotel?«

Rory verzieht das Gesicht. »Sagen wir mal so: Vater will, dass ich mitarbeite und das Desmond-Erbe eines Tages übernehme, tut sich gleichzeitig aber extrem schwer, etwas aus der Hand zu geben. Ich bin also sein Mädchen für alles, das Vater mal beerben wird, vorausgesetzt, er beschließt nicht, alles einer Veteranenorganisation zu vermachen.«

Ich lächle höflich, weil ich nicht ganz einschätzen kann, ob das ironisch gemeint ist oder nicht. »Weißt du, wo ich ihn finde? Und meinst du, er hätte kurz Zeit für mich?«

Der Empfangsmitarbeiter will gerade etwas einwenden, aber Rory winkt ab. »Komm mit.«

Ich folge ihm einen langen Gang entlang in den hinteren Teil des Gebäudes. Rory klopft an eine Tür mit schweren Messingbeschlägen.

»Herein«, ertönt es nach einigen Augenblicken ziemlich unwirsch von drinnen.

Rory öffnet die Tür und lässt mir den Vortritt. »Vater, dürfen wir dich kurz stören? Das ist Allie Malone, sie möchte etwas wegen des Matchmaking-Festivals mit dir besprechen.«

Alistair Desmond sieht noch genauso aus, wie ich ihn von den wenigen Begegnungen in meiner Jugend in Erinnerung habe. Er hat dunkles, kurz geschnittenes Haar, ein glattes, bartloses Gesicht und einen eindringlichen Blick, der von seinem Gegenüber absoluten Respekt einfordert.

Er sieht uns ungehalten an. »Normalerweise kommt immer Pat Malone, wenn es um das Festival geht.«

»Allie ist Pat Malones Tochter, Vater«, sagt Rory offensichtlich peinlich berührt. »Wir sind zusammen zur Schule gegangen. Pat Malone hatte einen Herzinfarkt und liegt im Krankenhaus.«

»Oh, wie bedauerlich«, sagt Mr. Desmond, aber ich kann dabei keinen Funken Mitgefühl in seinem Gesicht erkennen. »Richten Sie ihm meine besten Genesungswünsche aus.«

»Danke«, sage ich. »Weshalb ich hier bin …« Ich bin mir nicht sicher, ob ich weitersprechen soll, weil Mr. Desmond bereits wieder die Unterlagen auf seinem Schreibtisch durchsieht, aber Rory nickt mir ermutigend zu.

»Es geht um die kurzfristige Preiserhöhung für die Hotelzimmer. Die Preise für unsere Festivalpackages sind schon lange im Voraus kalkuliert und sehr knapp berechnet.« Ich blicke ihn verlegen an, weil ich weiß, dass es nicht sein Problem ist, wenn wir falsch kalkulieren. »Und wenn Sie jetzt die Preise erhöhen, sozusagen in letzter Minute, dann wird es für uns unrentabel, das Package überhaupt anzubieten.«

Alistair Desmond mustert mich zum ersten Mal mit einem Hauch von Interesse. »Kommen Sie aus der Branche?«

»Ich arbeite in einem Hotel in London«, sage ich bescheiden. »Und ich helfe dem Hotelmanager bei den Preiskalkulationen.« Giles sagt immer, ich sei ein wahrer Rechenfuchs. Ich kann wirklich gut mit Zahlen umgehen, und mir fallen Fehler sofort auf.

Mr. Desmond faltet die Hände zusammen. »Gut, dann

können wir auch wie Profis miteinander reden. Ihre Margen sind mir egal, es ist nicht mein Problem, wenn Sie zu knapp kalkulieren. Ich weiß, dass ich die Zimmer dieses Jahr für den höheren Tarif wegbekomme, und wenn Sie damit nicht einverstanden sind, müssen Sie das Kontingent freigeben und ich belege die Zimmer anderweitig. An jenem Wochenende hat eine große Reisegruppe aus Londonderry angefragt, mit der ich die Zimmer locker voll bekomme. Wissenschaftler. Erforschen anscheinend die Moosarten im Burren.« Er macht eine wegwerfende Geste, als wären solche Forschungen reine Idiotie. »Aber sie bleiben von Mittwoch bis Sonntag, und die Festivalgäste reisen immer erst am Freitag an.«

»Aber wir brauchen die Zimmer«, sage ich und bemühe mich, die Erregung in meiner Stimme zu verbergen. »So kurz vor Veranstaltungsbeginn sind doch schon viele fest an die Festivalteilnehmer vergeben!«

Mr. Desmond sieht mich mit einem unangenehmen Lächeln an.

»Sehen Sie? Es wäre für uns beide äußerst unangenehm, wenn wir unsere Kooperation beenden müssten.«

»Ist das Ihr letztes Wort?« Meine Stimme zittert stärker, als ich will.

»Das ist es. Sagen Sie mir einfach, wie Sie sich entschieden haben.« Mit diesen Worten bin ich offensichtlich entlassen. Rory will noch etwas sagen, lässt es dann aber.

»Gut, dann auf Wiedersehen, Mr. Desmond«, bringe ich gerade noch heraus, bevor wir den Rückzug antreten.

Schweigend gehen wir den langen, dunklen Gang zurück in die Lobby.

»Tut mir leid, dass es nicht besser gelaufen ist«, sagt Rory. »Nicht umsonst laufen unsere Hotels so gut. Vater ist, wenn es ums Geschäftliche geht, einfach knallhart.« Er hält kurz inne. »Und sonst eigentlich auch.«

»Schon in Ordnung«, sage ich viel leichtherziger, als mir zumute ist. »Wir werden eine Lösung finden.«

Rory sieht mich zweifelnd an. »Ich kann gerne noch mal mit Vater sprechen. Ob es viel bringen wird, weiß ich allerdings nicht.«

Überrascht sehe ich ihn an. »Danke, das wäre ... das wäre sehr freundlich von dir«, sage ich. So nett habe ich ihn nicht in Erinnerung.

Rory nickt. »Kein Problem. Versuchen kann ich's ja. Ich sag dir dann Bescheid, ja? Wie kann ich dich erreichen?«

Ich gebe ihm meine Handynummer und er begleitet mich nach draußen.

»Es hat mich gefreut, dich wiederzusehen, Allie Malone«, sagt er und hält mir die Autotür auf. Es ist eine ungeheuer altmodische Geste, aber irgendwie passt sie zu ihm.

»Mich auch.« Ich lächle ihn an, und während ich das Auto starte, frage ich mich, ob wir Rory Desmond wohl immer falsch eingeschätzt haben.

Gleichzeitig muss ich mir Mühe geben, nicht wütend auf Dad zu sein. Ich hätte große Lust, ihn sofort anzurufen und ihm eine Standpauke zu halten. Wie konnte er nur so gutgläubig sein und keinen Vertrag mit Alistair Desmond aufsetzen? Ich muss wirklich ein ernstes Wörtchen mit ihm reden, Herzinfarkt hin oder her.

Als ich wenig später den Ford in der Garage parke und dann die Treppen zu unserer Wohnung hochsteige, merke ich, wie mein Knöchel sich leise, aber bestimmt bemerkbar macht. Ich sollte meinen Fuß wieder für eine Weile hochlagern und etwas ausruhen, wenn ich bald surfen gehen will. Und das will ich unbedingt. Ich kann ihn schon fast unter mir spüren, den leichten, schaukelnden Wellengang des Ozeans, während ich den perfekten Moment abwarte, mich auf mein Board schwinge und dann …

Meine Tagträumereien nehmen ein jähes Ende, als ich ein verhutzeltes Männlein um die siebzig auf dem Treppenabsatz vor unserer Wohnung sitzen sehe. Er trägt braun-beige karierte Hosen und eine Baskenmütze über dem faltigen Gesicht. Neben ihm steht eine wuchtige, altmodische Ledertasche, und ich will mir gar nicht vorstellen, wie er die allein hier raufgeschleppt hat. Er sieht ziemlich erschöpft aus.

»Möchten Sie zu mir?«, frage ich verunsichert. Ich habe keine Ahnung, wer das ist. Plötzlich fällt mir etwas ein. »Ach, Sie wollen sicher zu Mary Ashton, zwei Häuser weiter? In das Bed and Breakfast?«

Schon früher haben Pensionsgäste oft das Haus von Mary mit unserem verwechselt, weil sie beide fast dieselbe Fassadenfarbe haben (ein hübsches Kobaltblau). Sie hat zwar ein auffälliges neues Schild montiert, aber es scheint nicht viel gebracht zu haben.

»Mary? Welche Mary?« Der Mann sieht mich verwirrt an. »Ich möchte zu Pat. Patrick Malone. Er wohnt doch noch hier? Oder ist er etwa …« Plötzlich bekommt er einen erschrockenen Gesichtsausdruck. »Er ist doch nicht etwa verstorben?«

»Nein, nein«, beeile ich mich zu versichern. »Er wohnt noch hier. Er ist nur vorübergehend weg, im Krankenhaus, weil er einen Herzinfarkt hatte. Aber es geht ihm schon wieder viel besser«, füge ich beruhigend hinzu.

»Gott sei Lob und Dank!« Das Männlein wirkt erleichtert. »Mit Herzinfarkten ist nicht zu spaßen. Ich hatte selbst zwei, und beim letzten habe ich schon die Engel singen hören. Aber der da oben hatte anscheinend noch etwas anderes für mich auf dem Plan.« Er deutet Richtung Himmel.

Ich gebe mir einen Ruck. »Ich bin Allie, Pats Tochter«, sage ich und strecke die Hand aus.

Die Miene des alten Mannes erhellt sich augenblicklich. »Pats Tochter! Dass ich nicht von selbst darauf gekommen bin! Pat hat immer so viel von Ihnen erzählt! Sie leben in London, nicht wahr?« Er erhebt sich und schüttelt mir die Hand.

»Das stimmt!« Jetzt bin ich ernsthaft überrascht. Woher weiß er das? »Und wer sind Sie, wenn ich fragen darf?«

»Oh, entschuldigen Sie, wie unhöflich von mir«, meint er schuldbewusst. »Ich habe mich noch gar nicht vorgestellt, nicht wahr. Mein Name ist Fred Walsh, ich komme aus Donegal und bin wegen des Matchmaking-Festivals hier. Und bitte nennen Sie mich einfach Fred.«

»Das Festival beginnt aber erst in knapp zwei Wochen«, sage ich verwundert. Hat sich der alte Herr womöglich im Datum geirrt? Doch mit dieser Annahme liege ich anscheinend falsch.

»Jaja, das weiß ich!«, sagt er resolut. »Aber ich helfe doch mit, alles vorzubereiten!«

»Sie helfen mit? Bei der Organisation des Festivals?«

Fred nickt stolz. »Schon seit über zehn Jahren, seit meiner Pensionierung.« Er hüstelt verlegen. »Und ich habe immer bei Pat übernachtet. Er war so nett, mir ein Zimmer zu überlassen.«

»Wie bitte?«, frage ich entsetzt. Dad hat ihn hier *übernachten* lassen?

Er tritt verlegen von einem Bein aufs andere. »Ich will nicht unverschämt sein, aber dürfte ich vielleicht kurz Ihre Toilette benutzen? Ich bin schon ziemlich lange unterwegs und mein alter Beutel hält nicht mehr so lange dicht …«

»Aber natürlich«, sage ich und sperre schnell die Wohnungstür auf. »Das Bad ist hier gleich rechts.«

»Ich weiß.« Fred bedenkt mich mit einem scheuen Blick, ehe er seine Tasche nimmt und die Wohnung betritt.

»Lassen Sie sich ruhig Zeit. Ich bin gleich wieder da«, sage ich. Schnell schlage ich die Tür hinter mir zu und überlege einen klitzekleinen Moment, ob ich einen wildfremden Mann allein in unserer Wohnung lassen kann. Aber Fred hat harmlos ausgesehen, also riskiere ich es. Hektisch wähle ich Dads Nummer. Es läutet, aber niemand geht ran. »Komm schon, Dad«, beschwöre ich ihn. Doch nichts, nur die Mobilbox. Okay. Dann runter zu Kelly. Wenn Fred die Wahrheit sagt, kennt sie ihn bestimmt oder hat zumindest schon mal von ihm gehört.

Zwei Minuten später betrete ich ihren Laden, etwas außer Atem, weil ich, so schnell es mit meinem verstauchten Knöchel möglich war, gelaufen bin. Rasch schaue ich mich um. Niemand zu sehen. Ich war vorgestern schon einmal hier, ein bisschen was einkaufen, und bin immer wieder überrascht, wie Kelly es schafft, so viele verschiedene Dinge auf so kleinem Raum unterzubringen. Man muss sich ziemlich vorsichtig durch die engen Gänge bewegen, um nichts umzustoßen, aber wenn man genauer hinsieht, erkennt man, dass alles seine Ordnung hat. Sie hat anscheinend umgeräumt, und nun gibt es ein neues Mini-Kühlregal, hauptsächlich gefüllt mit lokal produziertem Käse, Butter und Joghurt. An einem Eisenhaken baumelt ein riesiges Stück Schinken und darunter liegen Schafswurstkränze und große Cheddar-Blöcke. Sogar Regenschirme und Südwester kann man bei

Kelly kaufen, ebenso Hochglanzmagazine, Kartenspiele oder Dosenöffner, und (für sehr optimistische Gemüter) Strandmatten und Sonnencreme. Für Großeinkäufe fahren die meisten in den *Tesco* in Ballyvaughan, aber dort bekommt man weder den neuen Dorfklatsch serviert noch den selbstgebackenen Kirschstreuselkuchen von Erna Macintosh, den sie jeden Freitag blechweise hierher liefert und der immer sofort weg ist. Genau deshalb ist Kellys Laden nach wie vor für die meisten Bewohner von Doolinvarna ein unverzichtbarer Bestandteil ihres Lebens.

»Kelly?«, rufe ich. »Bist du da?«

»Hallo!« Ein Mann, etwas jünger als ich, tritt hinter dem Regal mit Konserven hervor und grinst mich an.

»Hallo!«, sage ich und mustere ihn überrascht. Erstens wusste ich nicht, dass Kelly überhaupt jemanden beschäftigt außer Betty, die schon lange im Ruhestand sein muss und aushilfsweise da ist. Und dann haben zwar viele Londoner eine dunkle Hautfarbe, doch hier, in der tiefsten irischen Provinz, ist es nicht gerade ein alltäglicher Anblick.

»Ich bin Tobi. Tobi Okeke.« Er hält eine Dose mit Baked Beans in der Hand und stellt sie ins Regal, um mir die Hand zu schütteln. »Und du musst Allie sein. Die Matchmaking-Prinzessin.«

Ich muss lachen. »So hat mich bis jetzt noch niemand genannt.«

Er beugt sich verschwörerisch zu mir. »Alle im Laden reden über dich. Aber keine Sorge, die allermeisten sind dir wohlgesonnen.«

»Tobi!«, ruft es aus dem Lager, das nur durch einen regenbogenfarbenen Fransenvorhang vom Laden getrennt ist. »Wo in aller Welt hast du den Serranoschinken hingeräumt?«

»Das ganze Stück hängt draußen und der abgepackte ist hinten rechts im mittleren Regal des Kühlraums, da erreichst du ihn leichter«, ruft Tobi gut gelaunt zurück.

»Ich hab das Lager ein bisschen umorganisiert, weißt du«, erklärt er jetzt wieder zu mir gewandt. »Kelly hat sich noch nicht daran gewöhnt, aber es ist ein gutes System. Sie musste sich so oft bücken und strecken für die Sachen, die sich gut verkaufen. Jetzt nicht mehr.«

»Dann hast du sicher auch hier im Laden alles so toll eingeräumt? Wie lange bist du denn schon hier?«, frage ich erstaunt.

»In Irland, in Doolinvarna oder in Kellys Laden?« Tobi sieht amüsiert aus.

»Ich meinte im Laden«, sage ich schnell und hoffe, dass meine Frage nicht unsensibel rüberkam.

»Seit etwa vier Monaten.« Tobi fängt wieder an, Dosen zu stapeln. »Ich war vorher in Dublin, aber das wurde mir zu turbulent. Die Stimmung dort ist zurzeit oft etwas ... rau für jemanden wie mich. Hab was Ruhigeres gesucht. Außerdem gibt es dort keine bezahlbaren Wohnungen.«

»Und wie bist du ausgerechnet auf Doolinvarna gekommen?«, frage ich interessiert.

»Ich hab den Bus an die Westküste genommen und bin einfach alles abgefahren.« Er zuckt mit den Schultern. »Der Ort war mir egal, aber ich wollte am Meer wohnen, das hab ich zu Hause nämlich auch. Und Doolinvarna hat mir gleich gefallen.« Er macht eine nachdenkliche Pause. »Das ist eine meiner Stärken, würde ich sagen, dass ich recht flexibel bin.« Er grinst. »Und natürlich bin ich der weltbeste Regaleinräumer, nicht wahr, Kelly?«, ruft er über die Schulter nach hinten.

Kelly steckt ihre rote Mähne durch den Vorhang. »Was hast du gesagt? Sicher wieder nur Unsinn.« Ihre Worte klingen barsch, doch sie lächelt Tobi dabei an. Sie mag ihn, das merke ich sofort. Dann sieht sie mich. »Dachte ich mir doch, dass ich dich höre, Allie. Was brauchst du? Findest du dich zurecht?«

Plötzlich fällt mir wieder ein, wieso ich eigentlich gekommen bin. »Kelly, kennst du einen Fred Walsh? Um die siebzig, aus Donegal?«, frage ich rasch.

»Oh, ja aber sicher kenne ich Fred«, antwortet sie vergnügt. Plötzlich verändert sich ihr Gesichtsausdruck und sie sieht mich erschrocken an. »Himmel, Herr und Donner! Sag nicht, er ist hier!«

Ich nicke. »Er geht gerade in unserer Wohnung aufs Klo.«

»Wir haben ihn komplett vergessen!«, ruft sie und faltet theatralisch die Hände vor der Brust. »Wie konnte das nur passieren? Und dir haben wir auch nicht Bescheid gesagt!«

»Was meinst du, ihr habt ihn vergessen?«, frage ich ratlos. »Und stimmt es, dass er während des Festivals seit Jahren bei Dad unterkommt?«

Kelly seufzt. »Ja, das stimmt. Er ist so eine treue Seele und wirklich fleißig, aber er ist auch Mindestpensionär, und Pat war so nett und hat ihn immer bei sich aufgenommen.«

»Und was soll ich jetzt machen?«, frage ich leicht panisch. »Ich kann doch nicht einfach einen Wildfremden bei mir übernachten lassen!«

»Nein, natürlich nicht … das kann man unmöglich von dir verlangen …«, sagt Kelly mehr zu sich selbst als zu mir. »Herrje, dass wir nicht früher daran gedacht haben! Der Arme …« Sie schüttelt bekümmert den Kopf. »Es wird sicher schwierig für ihn, jetzt noch etwas zu finden, so knapp vor Festivalbeginn.«

Sie kramt ihr Handy hervor. »Probier's mal bei den O'Malleys. Ich schick dir die Nummer. Suze hat so eine kleine Abstellkammer, die sie manchmal auch als Einzelzimmer vermietet. Ist zwar scheußlich bei ihr, und sie ist eine richtige Trutsche, aber dafür verlangt sie nicht allzu viel, und Fred wäre ja nur zum Übernachten dort. Und sonst müssen wir es in Ballyvaughan probieren, vielleicht ist da noch was frei ...«

Die O'Malleys? Irmgard O'Malley war mit mir in der Grundschule, und ich kann mich daran erinnern, dass ihre Mutter immer einen sauertöpfischen Ausdruck mit sich spazieren trug wie andere ihre Handtasche.

»Okay, danke«, sage ich. »Ich muss jetzt zurück.« Ich wende mich um Richtung Ausgang.

»Mach dir keine Sorgen, Liebes«, ruft mir Kelly hinterher. »Fred ist wirklich ein Schatz!«

Das mag sein, denke ich grimmig, als ich zurückhumple. Aber ich bin fest entschlossen, ihm sofort ein Zimmer zu suchen. Ich bringe bereits genug Opfer für dieses Festival, ich muss doch wirklich nicht auch noch einen Gast auf Herbergssuche bei mir aufnehmen!

»So, da bin ich wieder.« Ich lächle ihn an, etwas außer Atem. Fred steht mit brav gefalteten Händen neben dem Küchentisch.

Ich räuspere mich. »Kelly hat mir eine Telefonnummer gegeben, die O'Malleys haben anscheinend noch ein kleines Einzelzimmer, das sie gelegentlich an Gäste vermieten. Ich kann gern dort für Sie anrufen.«

»Oh, das wäre zu freundlich! Wissen Sie, mein Budget ist sehr knapp bemessen, ich fürchte, die Pensionen sind um diese Zeit alle schon längst ausgebucht und ein Hotel kann ich mir unmöglich leisten ...« Fred sieht so verloren aus, dass ich ihn am liebsten in die Arme schließen würde.

»Setzen Sie sich doch«, sage ich. »Möchten Sie vielleicht eine Tasse Tee?«

»Nein danke, aber ein Glas Wasser wäre ganz wunderbar«, krächzt er. Schnell stelle ich ihm ein Glas hin, bevor ich schweren Herzens die Nummer der O'Malleys wähle.

»Susan O'Malley?« Sofort erkenne ich die scharfe, unfreundliche Stimme von Irmgards Mutter wieder.

»Guten Tag, Ms. O'Malley, hier ist Allie Malone, die Tochter von Pat Malone«, stelle ich mich artig vor. »Ich suche noch ein Zimmer für einen Gast während des Festivals und habe gehört, dass Sie ein kleines Einzelzimmer freihaben? Es wäre ab sofort bis zum Ende des Festivals.«

Fred hebt die Hand. »Eigentlich bleibe ich immer noch ein paar Tage länger, um beim Aufräumen zu helfen«, flüstert er.

»Fürs Festival? Jetzt, in nicht einmal zwei Wochen?« Sie klingt ziemlich ungehalten.

»Ja, für das diesjährige Festival«, sage ich. »Und für ein paar Tage danach. Insgesamt also für etwa zweieinhalb Wochen. Es handelt sich bei dem Gast um einen freiwilligen Helfer.«

»Einen freiwilligen Helfer? Sie erwarten aber hoffentlich nicht, dass er umsonst bei uns nächtigt!« Ms. O'Malleys Stimme ist voller Argwohn.

»Nein, natürlich nicht«, sage ich eilig. »Er würde ganz normal bezahlen. Vielleicht können Sie ja einen kleinen Rabatt einräumen, weil er so lange bleibt …«

»Rabatt?« Sie schnaubt spöttisch. »Das wäre ja noch schöner! Hundertzwanzig Euro kostet das Zimmer pro Nacht. Ohne Frühstück. Zuzüglich Ortstaxe.«

»Wie viel?«, frage ich entgeistert.

»Festivalzuschlag«, meint sie, und ihr unverschämter Unterton entgeht mir dabei nicht. »Das kassieren doch alle anderen auch.«

»Mir persönlich ist niemand bekannt, der einen derartigen Zuschlag verlangt«, bleibe ich betont höflich. Außer natürlich der gerissene Mr. Desmond, aber das werde ich gerade dieser Ziege nicht auf die Nase binden.

»Das ist mir egal, ich verlange ihn eben. Zu zahlen im Voraus. Und ich hoffe, Sie wollen mir nicht so einen Partyfritzen andrehen, der dann mitten in der Nacht besoffen heimkommt und alle aufweckt? So einen hatten wir schon mal, und da spiel ich garantiert nicht noch einmal mit!«

»Der Gast ist schon in einem … reiferen Alter«, sage ich und werfe Fred einen Seitenblick zu. »Ich glaube kaum, dass er sich die halbe Nacht um die Ohren schlagen wird.«

»Einen alten Knacker können wir erst recht nicht gebrauchen!«, ruft sie erbost ins Telefon. »Der fällt am Ende die Treppe runter, bricht sich das Genick und verklagt uns dann auch noch!«

»Wenn er sich das Genick bricht, wird er Sie wohl kaum mehr verklagen können«, sage ich so kühl wie möglich. Im selben Moment ist mein Entschluss gefasst. Zu so jemandem kann ich den armen Fred unmöglich schicken! »Vielen Dank, aber wir werden uns nach einer anderen Übernachtungsmöglichkeit umsehen. Auf Wiederhören.«

»Dann lassen Sie's bleiben!« Ms. O'Malley legt, ohne sich zu verabschieden, auf.

»Und?« Fred sieht mich gespannt an. »Nichts mehr frei?«

»Nichts Passendes«, schwindle ich. »Leider nicht.«

Fred scheint wirklich nett zu sein, und Dad kennt ihn. Außerdem sieht er richtig bedauernswert aus, wie er so dasteht, mit seiner zerbeulten Tasche neben sich. Also gebe ich mir einen letzten Ruck. »Aber wissen Sie was? Sie können hier schlafen. Sie sind ein Freund von Dad, und wenn Sie mithelfen, das Festival zu organisieren, gehören Sie ja quasi zum Team!«

»Das ist zu freundlich von Ihnen, Miss Malone.« Fred lächelt mich schüchtern an. »Aber ich kann Ihnen unmöglich zumuten, so lange Ihre Wohnung mit mir zu teilen.« Er überlegt. »Vor zehn Jahren, als ich Pat noch nicht kannte, haben sie mir mal ein Feldbett im Büro des Schulwarts aufgestellt. Vielleicht könnten wir das wieder organisieren?«

Ich schüttle den Kopf. »Sie können wirklich gerne hierbleiben. Ich weiß, dass Dad sich freuen würde.«

Fred sieht erleichtert aus. »Nun, wenn Sie sich wirklich sicher sind ... ich bin auch ein recht angenehmer Gast, glaube ich, und verhalte mich so unauffällig wie möglich. Sie werden gar nicht bemerken, dass ich da bin.« Seine Worte werden von einem treuherzigen Gesichtsausdruck begleitet.

Ich muss lächeln. »Das glaube ich Ihnen. Also, wie sollen wir es machen? Wo haben Sie denn normalerweise geschlafen?«

»Ihr Vater hat mir immer sein Schlafzimmer überlassen, wegen der Treppen ... und weil das Badezimmer in der Nacht nicht so weit entfernt ist, Sie wissen schon.« Fred hüstelt verlegen.

»Natürlich«, beeile ich mich zu sagen. »Dann machen wir es doch wieder so! Sie nehmen Dads Zimmer, und ich schlafe oben.«

Noch während ich spreche, frage ich mich, ob ich eigentlich noch ganz bei Verstand bin. Quartiere ich gerade ernsthaft einen wildfremden Siebzigjährigen im Schlafzimmer meines Vaters ein? Wie bin ich überhaupt in diese absurde Situation gekommen?

Ich hoffe sehr, dass Dad meine Opfer zu schätzen weiß. Und sobald dieses Kasperletheater hier vorbei ist, bin ich wieder weg und zurück in meinem alten, komfortablen Leben, in dem es zwar vielleicht einige Baustellen und ungelöste Probleme gibt, aber ganz gewiss keine unbekannten pensionierten Mitbewohner.

»Eines sollten Sie noch wissen«, sagt Fred jetzt. »Ich stehe gern zeitig auf, und ich habe Pat und mir immer das Frühstück zubereitet. Gerne würde ich diese Tradition fortführen, wenn ich darf.« Er sieht schüchtern zu Boden. »Man hat mir einmal gesagt, ich sei ein recht passabler Frühstückskoch. Sie müssen mir nur verraten, was Sie gern mögen, dann steht es morgens auf dem Tisch.«

»Danke, das wäre wirklich nett«, erwidere ich überrascht. Vielleicht ist es doch nicht ganz so übel, eine WG auf Zeit mit einem Rentner zu gründen.

»Ihr Vater hatte immer am liebsten das Full Irish Breakfast. Mit allem Drum und Dran, Speck, Würstchen, Eiern und Blutwurst, genau wie ich.« Er setzt eine vielsagende Miene auf. »Das perfekte Frühstück für Herzinfarktpatienten.« Wir müssen beide kichern.

»Ich besuche gleich morgen früh Dad wieder und erzähle ihm, dass Sie hier sind«, sage ich. »Das freut ihn bestimmt.« Und bei der Gelegenheit werde ich Dad gleich fragen, welche Überraschungen noch auf mich warten.

Fred nickt. »Richten Sie ihm bitte meine besten Grüße aus. Er soll sich schonen und ja nicht zu früh wieder in den Ring steigen. So ein Herzinfarkt ist keine leichte Nummer, und er wird uns doch wohl noch ein paar Jährchen hier unten auf die Nerven gehen wollen.« Dazu macht er so ein drolliges Gesicht, dass ich wieder kichern muss.

»Ich hoffe, Ihr Freund wird nicht eifersüchtig, wenn Sie ab sofort einen Mitbewohner haben?« Er zwinkert spitzbübisch und plötzlich kann ich mir gut vorstellen, dass er damit in früheren Jahren sicher das eine oder andere Mädchenherz für sich gewonnen hat. »Sie haben doch bestimmt einen Freund, als die hübsche, junge Dame, die Sie sind?« Ich blicke in sein gutmütiges Gesicht, und plötzlich fällt mir ein, dass ich mich seit dem Telefonat bei den Klippen nicht mehr bei Giles gemeldet habe. Ich muss ihn gleich nachher anrufen. Überhaupt, Giles. Ich hoffe, er ist mir nicht böse, dass ich ihn quasi im Stich gelassen habe. Aber ich bin fest entschlossen, es wiedergutzumachen, sobald wir drüben sind, in den USA, in unserem neuen Leben.

Fred scheint zu bemerken, dass ich mit meinen Gedanken woanders bin, denn er räuspert sich, bevor er weiterspricht. »Darf ich Ihnen vielleicht das Du anbieten?« Er streckt mir die Hand entgegen. »Ich finde es seltsam, die Tochter meines lieben Pat zu siezen. Ich bin Fred.«

»Aber sicher!« Ich schüttle seine Hand. »Es ist schön, dass du gekommen bist, Fred.«

Und während ich die Worte ausspreche, merke ich plötzlich, dass sie stimmen. Trotz allem – ich freue mich, und vor allem bin ich auf einmal richtig gespannt darauf, was die nächsten Tage noch so mit sich bringen werden.

Kapitel sechs

Irgendwo muss er doch noch sein … Ich kämpfe mich gerade durch die Untiefen meines alten Kleiderschrankes. Unglaublich, dass Dad alle meine Sachen aufbewahrt hat! Schließlich finde ich ihn, ganz hinten, zwischen einem vergilbten Schlafsack und löchriger Bettwäsche: Meinen alten Neoprenanzug. Ich packe ihn zusammen mit Füßlingen in meinen Rucksack und nehme mir eine Thermoskanne Tee mit, zum Aufwärmen für danach, denn im Moment wird der Atlantik wohl nur um die vierzehn, fünfzehn Grad haben.

Ich werfe den Rucksack auf den Beifahrersitz von Dads Ford, starte den Motor und gebe die Standortdaten, die Jake mir geschickt hat, in mein Handy ein. Natürlich kenne ich sie, diese Stelle, aber ich hatte sie überhaupt nicht mehr auf dem Radar. Nach etwa zehn Minuten Fahrt erreiche ich die ungewöhnlich breite und halbmondförmig geschwungene Bucht. Dicke Büschel von Strandhafer wachsen dort, wo die grasgrünen Weiden in feinkörnigen Sand übergehen. Ich sehe, dass Jake seinen Pickup am Straßenrand geparkt hat, stelle den Ford daneben ab und gehe dann den kleinen Trampelpfad entlang, der von der Straße zum Wasser führt. Ein paar Schafe grasen auf dem Hügel oberhalb des Strands und sehen gemächlich kauend dabei zu, wie Jake gerade in seinen Neoprenanzug steigt. Als ich am Strand anlange, steht er mit freiem Oberkörper da, und im Gegensatz zu den Schafen macht mich das irgendwie verlegen. Ich versuche, ihm nur ins Gesicht zu schauen, und nicht etwa auf seine muskulöse Brust oder die sehnigen, kräftigen Arme.

»Hi«, begrüßt er mich und hält mir einen schwarzen Neoprenanzug entgegen. »Hier, der müsste dir passen.«

»Danke, ich hab meinen eigenen dabei.« Ich öffne den Rucksack und hole ihn heraus.

»Du hast einen eigenen Neo?«, fragt mich Jake erstaunt, während er in die Ärmel schlüpft und den Reißverschluss hochzieht.

»Wir hatten noch einen zu Hause rumliegen.« Ohne eine weitere Erklärung ziehe ich mich bis auf den alten Badeanzug aus, den ich ebenfalls im Kleiderschrank gefunden habe, und lege dann den Anzug an. Er passt noch, hat an Bauch und Hintern sogar etwas Luft, weil ich, seit ich in London bin, an Gewicht verloren habe (mehr Stress, weniger frittiertes Essen). Jake beugt sich gerade nach vorne, um die Fußleine seines Boards zu entwirren. Er sieht, wie ich unmöglich *nicht* bemerken kann, richtig gut in seinem Neopren aus. Jeder Muskel zeichnet sich gut sichtbar unter dem enganliegenden Anzug ab. Schnell rufe ich mir ein Bild von Giles aus unserem letzten Strandurlaub ins Gedächtnis. Er hat dort seine neue, knappe Badehose von Armani getragen (die ich zwar ein bisschen gigolohaft gefunden habe, aber Giles kann sich eine solche Badehose leisten) und wirklich fabelhaft darin ausgesehen. Sämtliche Frauen am Strand haben sich nach ihm umgedreht, und in jenen Momenten wurde mir wieder einmal mehr bewusst, welch ein Glück ich habe, dass Giles Letherby mit mir zusammen sein will.

»Woher hast du eigentlich das Board?« Mir fällt erst jetzt, nachdem Jake mir ein pastellgrünes Longboard für Anfänger überreicht, ein, dass es im Umkreis von fünfzehn Meilen keinen einzigen Surfshop gibt. Oder zumindest gegeben hat, damals, vor zehn Jahren.

»Aus Ballyvaughan«, sagt Jake und grinst. »Der Besitzer ist ein bisschen schräg, er backt wohl in seinem Hinterzimmer Hanfkekse, aber sonst gibt es ja in der Nähe keinen Laden und er hat echt gutes Material.«

Ich nehme das Board und will es mir unter die Achsel klemmen, doch Jake hebt die Hand. »Zuerst die Basics«, sagt er und rückt sich sein Board im Sand zurecht. »Also: Rauspaddeln, abwarten, aufstehen, Surfposition einnehmen. Wir üben das am besten ein paarmal hier auf dem Trockenen.«

Er legt sich auf das Board, fängt an mit den Armen zu paddeln und bedeutet mir, es ihm nachzumachen. Folgsam lege ich mich ebenfalls auf mein Brett und ahme seine Bewegungen nach.

»Sehr gut!«, sagt Jake. »Und jetzt, schau her. Wenn deine Welle da ist, drehst du das Board Richtung Strand, drückst deinen Oberkörper mit den Armen hoch, winkelst ein Bein an und ziehst das andere nach vorne durch. Dann musst du nur noch die Balance finden, aber halte den Schwerpunkt auf jeden Fall tief.« Er macht es vor und auch ich probiere es ein paarmal.

»So weit alles klar?«, fragt Jake schließlich, nachdem er noch erklärt hat, wie ich die Wellen am besten einschätzen kann und wann der richtige Zeitpunkt ist, um aufzustehen.

»Ich denke schon«, antworte ich unschuldig.

»Es wird wahrscheinlich eine Weile dauern, bis du deine erste Welle reitest.« Er grinst. »Ich habe echt lange gebraucht, bis ich so weit war«, gibt er zu. »Und auch dann hat es alles andere als gut ausgesehen. Aber es macht einfach riesigen Spaß, auch nur auf dem Wasser zu sein und die Wellen zu spüren.« Er sieht mich fragend an. »Also, willst du noch ein bisschen an Land üben oder lieber rein ins Wasser?«

»Ich glaube, ich probier das Ganze einfach gleich im Wasser«, sage ich und muss mir ein kleines Grinsen verkneifen. »Da lernt man vermutlich am schnellsten.«

»Das stimmt.« Er kneift die Augen zusammen und sieht hinaus aufs Meer. »Die Wellen sind heute perfekt für Anfänger, siehst du? Sie rollen gleichmäßig landeinwärts und sind nicht zu hoch. Also – versuch's mal, und wenn du Hilfe brauchst, gib mir ein Zeichen!« Er klemmt sich sein Board unter den Arm, läuft in die Wellen und legt sich auf das Brett. Ich tue es ihm gleich, und sobald ich die erste Welle durchtauche, erinnert sich mein Körper wieder an alles, an jede kleinste Bewegung. Konzentriert paddle ich ein Stück hinaus und versuche dabei, den Schwung der Wellen mitzunehmen, nicht gegen sie anzukämpfen. Als ich weit genug draußen bin, muss ich nicht lange warten, denn ich habe meine erste Welle sofort gefunden. Schnell drehe ich das Board Richtung Strand, mache noch zwei, drei Züge, bis ich spüre, dass der richtige Zeitpunkt gekommen ist, und bringe mich dann in Position. Ich erwische die Welle ziemlich gut und reite sie ein ganzes Stück weit, bevor ich das Gleichgewicht verliere und in die Brandung eintauche, mit glückseliger Miene. Einen Moment lang sehe ich nur Wasser und wolkenverhangenen Himmel, dann Jakes ungläubiges Gesicht, nur wenige Meter von mir entfernt. Er schaut mich vollkommen verblüfft an, aber ich habe mich schon umgedreht und starte wieder los.

Jake hatte recht, der Spot ist wirklich gut. Wir sind früher immer an einem Strand ein Stück weiter nördlich gewesen. Hier scheint es, als ob die Wellen gleichmäßiger am Ufer brechen würden und sie eine größere Kraft entwickeln könnten. Dafür war an unserem alten Spot mehr los. Es kamen viele Surfer von der gesamten Westküste dorthin, und oft haben wir ein Lagerfeuer am Strand gemacht und saßen noch bis spät in die Nacht zusammen.

Jake und ich reiten eine Welle nach der anderen, der Wind wird stärker, die Höhe der Wellen nimmt zu. Schließlich wird es mir zu intensiv; ich habe schon seit über einem Jahrzehnt auf keinem Board mehr gestanden, und das spüre ich nun. Ich nehme eine letzte, ziemlich geniale Welle, trage dann mein Board zurück an den Strand und lasse mich in den weichen Sand fallen. Ich bin fix und fertig. Das Salzwasser brennt auf meinen vom Wind rau gewordenen Lippen; Arme und Beine spüre ich kaum noch. Doch das macht mir gerade überhaupt nichts aus. Stattdessen frage ich mich: Wie habe ich auf das alles nur so lange verzichten können?

»Wieso hast du mir nicht gesagt, dass du surfen kannst?«, ruft Jake mir entgegen, als er gleich darauf zurück an den Strand kommt und sich ebenfalls völlig geschafft neben mich fallen lässt.

»Du hast nicht gefragt!« Ich grinse, weil ich wusste, dass er überrascht sein würde. Ich bewege meinen Fuß probeweise und kreise mit den Schultern. Glücklicherweise tut nichts mehr weh, trotz der Beanspruchung.

»Der Hammer!« Jake kriegt sich gar nicht ein vor lauter Begeisterung. »Du bist ja sogar richtig gut!«

»Du bist aber auch nicht schlecht«, sage ich ehrlich. Jake ist kraftvoll und elegant auf dem Brett und alles, was er tut, sieht einfach aus.

»Du schlägst mich um Längen«, sagt Jake. »Und ich veranstalte hier ein albernes Trockentraining und will dir erklären, wie alles funktioniert.« Er verzieht das Gesicht. »Ich komme mir vor wie der letzte Idiot!«

»Ach was«, winke ich ab. »Außerdem war ich mir auch gar nicht sicher, ob ich noch alles draufhabe. Schließlich war ich seit über zehn Jahren nicht mehr auf dem Wasser.«

»Seit über zehn Jahren?« Jake starrt mich ungläubig an. »Wieso nicht?«

»Auf der Themse surft es sich schlecht«, weiche ich scherzhaft aus.

»Warst du denn in der Zeit nie zu Hause?« Sein Blick ist verständnislos.

Ich schüttle den Kopf. »Eigentlich nicht, nein. Hatte immer viel um die Ohren.«

»Und du hast das Surfen nicht vermisst?« Jake sieht mich neugierig an. »Ich würde sterben, wenn ich so lange nicht auf einem Brett stehen könnte.«

»Wenn ich ehrlich bin, schon«, gebe ich zu und blicke nachdenklich hinaus aufs Meer. Früher, in meiner Teenie-Zeit, hat mein Leben quasi aus Surfen bestanden, vor allem in den Sommerferien. Ich war bei fast jedem Wind und Wetter auf dem Wasser, außer bei Sturm, und selbst dann habe ich noch sehnsuchtsvoll aus dem Fenster geblickt und konnte es kaum erwarten, wieder rauszukommen.

»Na, ziehst du wieder mit deinen Schmalspur-Surfbuddies los?«, hat mir Declan oft nachgerufen, halb scherzhaft, halb im Ernst, wenn ich mit dem Board unter dem Arm losgeradelt bin. Declan hat sich nie etwas aus dem Wellenreiten gemacht, was wahrscheinlich daran lag, dass er kein Talent dafür hatte. Wir waren am Anfang ein paarmal zusammen surfen, aber als er merkte, dass ich es schnell beherrschte, während er sich ziemlich abplagen musste, verlor er bald das Interesse.

Mum sagte nie etwas, aber sie sah mich und mein Brett immer auf eine Weise an, wie sie Declan und seine Tennistasche nie angesehen hätte, und ich wusste genau, was sie dachte: Tennis ist ein Sport für Gewinner, Surfen etwas für Verlierer. Für Mum waren nämlich nur Dinge oder Tätigkeiten, die mit Prestige einhergingen, erstrebenswert. Ich kann mich noch gut daran erinnern, wie sie monatelang auf eine Tasche von Moschino aus dem Outletcenter gespart hatte und sie dann bei jeder Gelegenheit stolz präsentierte. Schon damals konnte ich das absolut nicht nachvollziehen, während Declan mit seinem ersten selbst verdienten Geld ebenfalls shoppen ging: Ein marineblaues Shirt von Lacoste. Vielleicht war das Surfen die einzige Form des Protests, an der ich mich versuchte, während ich mich gleichzeitig verzweifelt bemühte, mich in die Welt einzufügen, die Mum vorschwebte und in die Declan scheinbar perfekt passte.

All das geht mir durch den Kopf, während wir aus unseren Neoprenanzügen schlüpfen und trockene Sachen anziehen.

»Willst du Tee?«, fragt Jake jetzt und reißt mich damit aus den Gedanken.

»Gern.« Ich nicke dankbar. Unsere Lippen sind schon ganz blau vor Kälte. Jake schenkt mir dampfenden Tee aus einer Thermoskanne ein, und er hat auch eine Packung Hobnobs mitgebracht, die wir jetzt hungrig verschlingen. Zum Glück legt sich der Wind allmählich, und es blitzt immer öfter die Sonne zwischen den Wolken hervor.

»M-hm«, macht Jake. Er liegt jetzt mit geschlossenen Augen da und lässt sich von der Sonne wärmen.

Ich lehne mich ebenfalls zurück in den weichen Sand. »Es ist einfach herrlich hier«, sage ich aus tiefstem Herzen. »Ich hatte fast vergessen, wie herrlich.«

Eine Weile ist nur das Kreischen der Möwen über uns, das gleichmäßige Rauschen der Brandung und dazwischen ab und zu ein leises Blöken zu hören.

»Allie, darf ich dich etwas fragen?«, sagt Jake plötzlich.

»Sicher.« Ich habe die Augen ebenfalls zu und döse beinahe weg.

»Wahrscheinlich geht es mich überhaupt nichts an, aber ... wieso warst du so lange aus Doolinvarna weg?«

Ich öffne die Augen und sehe ihn überrascht an.

»Ich frage mich das schon die ganze Zeit, ehrlich gesagt«, fährt er fort. »Ich meine, es sieht so aus, als wärst du perfekt in die Dorfgemeinschaft integriert. Du bist im Komitee für das Matchmaking-Festival, dein Dad und deine beste Freundin leben hier. Du sitzt im Pub bei Niall, gehst gerne querfeldein spazieren. Du liebst das Surfen, du magst es hier doch, oder?«

Ich richte mich auf und weiß einen Moment lang nicht, was ich antworten soll. »Ja, schon«, sage ich schließlich. »Doch, eigentlich mag ich es, hier zu sein.«

»Dann verstehe ich nicht ganz ...«, Jake zögert. »Wieso bist du damals weggegangen? Und nie mehr hier gewesen?«

Für eine Weile herrscht Schweigen zwischen uns. Ich suche nach einer passenden Antwort, aber mir will nichts Rechtes einfallen. Wie soll ich ihm erklären, was damals passiert ist?

Schließlich unterbricht Jake die Stille. »War es ... war es wegen deiner Mutter? Und deinem Bruder?« Sein Blick ist mitfühlend.

Erschrocken sehe ich ihn an. »Woher weißt du von ihnen?«

»Kelly hat da mal am Rande was erwähnt …« Er sieht mir in die Augen. »Aber eigentlich weiß ich gar nichts, nur, dass alle hier im Dorf vermeiden, über die beiden zu sprechen.«

Wieder schweigen wir.

»Willst du mir erzählen, was passiert ist?«, fragt er schließlich. »Wenn ich dir damit nicht zu nahe trete?«

Ich kämpfe mit mir. Bin ich schon bereit dafür? Ich habe so lange nicht mehr über sie gesprochen, und jedes Mal, wenn ich es getan habe, hat das eine Kaskade an schmerzlichen Gefühlen ausgelöst. Aber Jake hat etwas Vertrauenerweckendes an sich, sodass mir die Entscheidung auf einmal ganz leichtfällt. Ich glaube, ich möchte ihm die Wahrheit erzählen.

»Ja, es war wegen Mum«, sage ich also. »Und Declan.«

»Was ist passiert?«, fragt Jake leise.

Ich schlucke. »Es war am ersten Abend des Matchmaking-Festivals. Mum und Declan sind am Vortag zu einem Tennisturnier nach Dublin gefahren.« Ich spüre einen dicken Kloß im Hals. »Aber die beiden … sie sind … sie sind nicht mehr zurückgekommen. Sind einfach abgehauen.«

»Was?« Jake starrt mich zuerst ungläubig an, dann zeichnet sich Verwirrung auf seinem Gesicht ab. »Die beiden *leben?* Nachdem, wie sich hier jeder benimmt … Ich dachte …«

»Du dachtest, sie seien tot«, vollende ich seinen Satz.

»Ehrlich gesagt, ja.« Jake nickt. »Jeder im Dorf redet so von ihnen.«

»Für Dad und mich hat es sich auch so angefühlt, als wären sie gestorben.« Ich habe Mühe, gefasst zu bleiben. Jake erwidert nichts, er sieht mich wieder nur anteilnehmend an, und das gibt mir den Raum, weiterzusprechen.

»Sie waren einfach weg. Declan hat das Turnier in Dublin

gespielt, danach sind sie in die Staaten geflogen und er ist an eine dieser Tennisakademien gegangen. Sie sind nicht mehr zurückgekommen. Nie wieder.« Inzwischen bebe ich, denn der ganze Schmerz, den ich damals empfunden habe, an jenem schicksalhaften Abend beim Matchmaking-Festival, kommt mit einem Schwall wieder hoch und droht, mich zu überrollen, wie eine Monsterwelle, der ich nur ohnmächtig gegenüberstehen kann, unfähig, ihr auch nur das Geringste entgegenzusetzen. »Mum hat sich nicht mal von mir verabschiedet«, sage ich mit rauer Stimme. Jakes Augen sind voller Mitgefühl, nicht Mitleid, ich kenne den Unterschied inzwischen ziemlich gut. Eines von beiden steht nämlich immer in den Gesichtern der Leute, wenn sie von dieser Geschichte erfahren.

»Das war sicher schlimm für euch«, sagt er leise.

»Es war ziemlich schlimm, ja.« Ohne dass ich etwas dagegen tun kann, füllen sich meine Augen mit Tränen. »Ehrlich gesagt, war es einfach nur furchtbar. Ich war neunzehn, bei Weitem noch nicht erwachsen. Ich hätte meine Mutter dringend gebraucht. Und dann war sie einfach weg.«

Jake rückt etwas näher und legt behutsam seine Hand auf meinen Arm. »Das klingt, als sei sie ein ziemlich hartherziger Typ. Ich meine, eine Mutter, die ihre Tochter und ihren Mann einfach im Stich lässt …«

»Sie konnte … kompromisslos sein, das schon«, sage ich. »Aber in unserer Kindheit war sie für uns da, und sie hat sich gut um uns gekümmert. Nur als Declan mit dem Tennisspielen begonnen hat, da hat sich ihre ganze Energie immer mehr auf ihn konzentriert.« Mein Herz verkrampft sich, wann immer ich zurück an diese Zeit denke. Natürlich, es war toll, mitzuerleben, wie mein Bruder immer erfolgreicher wurde, und ich habe mich für ihn gefreut. Aber gleichzeitig spürte ich instinktiv, dass mich jeder seiner Erfolge weiter von ihm und Mum entfernte, als würden die beiden gemeinsam in ein Schiff steigen, das für Dad und mich bald unerreichbar weit weg wäre.

»Wahrscheinlich war ihr unser Leben hier in Doolinvarna einfach zu eintönig.« Ich lächle schief, obwohl mir gar nicht danach zumute ist. »Und Declans Karriere schien ihr wohl die Eintrittskarte in ein spannenderes Leben.« Das Lächeln auf meinem Gesicht verblasst. Was Mum mir damals angetan hat, ist eine Kränkung, die ich ein Leben lang mit mir herumtragen werde. Und ich kann nicht anders, als sie dafür zu hassen.

»Und dein Bruder?«, fragt Jake jetzt nachdenklich. »Hat er sich denn nie gemeldet?«

»Declan? Er war besessen von dem Traum, Tennisprofi zu werden, und hat darüber alles andere geopfert.« Ich zucke mit den Schultern. »Auch Dad und mich. Wahrscheinlich waren wir für ihn einfach nur ein lästiger Klotz am Bein. Dad wäre nie mit in die Staaten gegangen.«

Jake sieht mich aufmerksam an. So schwer es mir erst gefallen ist, darüber zu reden, tut es jetzt richtig gut, all das loszuwerden, also spreche ich weiter: »Am Anfang haben sie sich ein paarmal gemeldet, aber ich hatte keine Lust, mit Mum zu reden. Mit Declan hatte ich noch eine Weile losen Kontakt, aber zuletzt waren es nur noch kurze Nachrichten zu Weihnachten und an meinem Geburtstag.« Und sogar den hat er in den letzten Jahren vergessen. Mein Bruder, dem ich früher so nahestand.

Jake schaut aufs Meer hinaus. »Hat es sich gelohnt für Declan?«, sagt er schließlich. »Ich meine, hat er seinen Traum verwirklicht?«

Ich lächle freudlos. »Er hat ein paar Challenger-Turniere gewonnen, was ich so mitgekriegt hab. Keine Ahnung, ob er damit zufrieden ist. Früher hat er immer gemeint, bevor er nicht ein Grand-Slam-Turnier gewinnt, ist noch gar nichts erreicht.«

Jake pfeift durch die Zähne. »Dann ist er ja wirklich ehrgeizig, dein Bruder.«

Das kann man wohl laut sagen. Declan ist der ehrgeizigste Mensch, den ich kenne, und damit genau Mums Kragenweite. Im Gegensatz zu mir. Ich habe oft darüber nachgedacht in den letzten Jahren und bin zu dem Schluss gekommen, dass ich Mum mit meiner Mittelmäßigkeit einfach nicht genug war. Ich war ihr zu wenig attraktiv, zu wenig ehrgeizig, nicht erfolgversprechend genug. Genau wie Dad. Wir passten nicht in ihren Plan vom Leben – im Gegensatz zu meinem Bruder.

»Aber genug von mir«, sage ich, um das Thema zu wechseln. »Ich hab gerade einen richtigen Seelenstriptease vor dir hingelegt, jetzt bist du dran.« Ich versuche, wieder einen leichteren Ton in unsere Unterhaltung zu bekommen. »Wieso bist du hergekommen? Wirklich nur wegen des Jobs?«

Jake lacht, aber ich sehe, dass ein Funken Traurigkeit in seinen Augen liegt. »Meine Geschichte ist nur halb so dramatisch wie deine. Eigentlich langweilig.«

»Das ist sie bestimmt nicht.« Ich stütze das Kinn auf meine Hand. »Ich hör dir zu.«

»Also gut.« Jake wuschelt sich durch die Haare, die noch leicht feucht sind. »Aber nur die Kurzversion, okay? Ich will dich wirklich nicht langweilen.« Er atmet durch. »Eigentlich wollte ich für ein Jahr nach Afrika gehen. Für Ärzte ohne Grenzen.«

»Oh, das ist großartig«, sage ich mit aufrichtiger Bewunderung.

Jake lächelt schief. »Danke.«

»Aber du bist dann nicht gefahren.«

Jake schüttelt den Kopf. »Nein, bin ich nicht. Ist was dazwischengekommen.«

»Und du willst nicht erzählen, was?« Ich blicke ihn forschend an.

»Nicht hier, nicht jetzt.« Jake hält kurz inne. »Wie gesagt, heute gibt's die Kurzversion.«

»Hm«, mache ich und nehme mir noch einen Keks. »Das war ja dann wirklich eine äußerst kurze Kurzversion.«

Jake muss wieder lachen, aber dieses Mal kommt es von Herzen. Er greift ebenfalls nach einem Keks und dann knabbern wir einträchtig auf ihnen herum. Wir reden nicht mehr viel, aber es fühlt sich nicht unangenehm an, sondern … ja, als ob es vollkommen in Ordnung wäre.

Schließlich stelle ich bei einem Blick auf mein Handy überrascht fest, dass es bereits nach fünf ist. Ich bin tiefenentspannt, und zum ersten Mal seit Langem fühle ich mich richtig glücklich. Nicht nur zufrieden oder auf angenehme Weise geschafft von einem erfolgreichen Tag, nein: wirklich und wahrhaftig glücklich.

»Das war ein richtig schöner Nachmittag, Allie Malone«, sagt Jake, nachdem wir unsere Sachen zusammengepackt haben und langsam zurück zu unseren Autos gehen.

»Ja, war es wirklich.« Ich lächle. Es war unbeschreiblich, wieder auf dem Board zu stehen, die Elemente zu spüren, den Wind, die Wellen, sich eins zu fühlen mit dem Ozean. Und es tat wirklich gut, mit Jake zu reden. Es war schmerzhaft, ja, aber zum ersten Mal hat es keinen kilometertiefen Krater in mein

Herz gehauen, an Mum und Declan auch nur zu denken. Und irgendwie fühle ich mich jetzt ein bisschen … leichter. Sie ist ganz ungewohnt, diese Leichtigkeit, denn als ich Giles einmal davon erzählt habe, hatte ich das Gefühl, ihm einen Makel aus meiner Vergangenheit preiszugeben, was mir ungeheuer schwergefallen war, vor allem aus Angst, ihn abzuschrecken. Doch eben mit Jake – nichts davon.

»Wiederholen wir das mal?« Jake sieht mich ein wenig verlegen an. »Würde mich echt freuen.«

»Klar!« Ich merke, dass es mich auch freuen würde. Richtig freuen.

»Also dann, wir sehen uns!« Jake lächelt mir noch einmal zu, bevor er in seinen Jeep steigt und den Motor startet.

Gerade öffne ich ebenfalls die Wagentür, da fällt mein Blick auf etwas, was ich meine, auch vom Wasser aus flüchtig gesehen zu haben. Ich kneife die Augen zusammen. Es ist ein großes Steinhaus, granitgrau und ziemlich heruntergekommen, soweit ich das von hier aus beurteilen kann. Es steht zwei-, dreihundert Meter oberhalb des Strands auf einer kleinen Anhöhe. Wem es wohl gehören mag? Ist es der alte Hof von den Limbeys? Aber müsste der nicht etwas weiter westlich liegen? Wie gebannt starre ich auf das Gebäude. Von dort oben muss man einen sagenhaften Blick auf die Bucht und das Meer haben. Keine Nachbarn weit und breit. Keine lärmende Straße, die vorbeiführt. Nur Ruhe, Natur und wilde Küste. Eine perfekte Lage.

Langsam steige ich ein und starte den Ford. Der Gedanke an das verfallene Haus lässt mich die ganze Heimfahrt über nicht los, und erst als ich in unsere Straße einbiege und das Auto in der Garage parke, fällt mir siedend heiß etwas ein.

Ich sollte mich dringend mal wieder bei Giles melden. Wir

haben kurz telefoniert, bevor er nach Seattle geflogen ist, aber außer einer knappen Nachricht, dass die Reise gut verlaufen ist, und einem nächtlichen Schnappschuss von der Skyline, habe ich nichts mehr von ihm gehört.

Ich klingle an der Tür, aber Fred ist nicht da. Also krame ich den Schlüssel heraus, sperre die Wohnungstür auf und gehe rauf in mein Zimmer. Ich schnappe mir mein Handy, lasse mich auf mein Bett fallen und rufe Giles mit FaceTime an.

»Hey, Babe.« Es dauert ein wenig, doch dann erscheint er auf dem Bildschirm. »Wie geht's dir, meine Süße?« Er liegt noch im Bett, offensichtlich einem Kingsize-Modell, das mit teuer aussehender, reinweißer Bettwäsche bezogen ist. Sein blonder Haarschopf ist zerzaust und sein Blick ziemlich verschlafen.

»Wie spät ist es bei dir?«, frage ich und blicke auf die Uhr. »Hab ich dich geweckt?«

»Nein, bin gerade aufgewacht. Hier ist es kurz vor acht.« Er gähnt noch einmal und reibt sich die Augen. »Bin gestern recht spät zurück ins Hotel, war noch mit den Jungs vom Vorstand was trinken.« Seine Stimme klingt etwas belegt, wie immer, wenn er am Vorabend ein bisschen mehr als nur ein Glas getrunken hat.

»Die Jungs vom Vorstand?«, frage ich. »Das klingt, als ob du dich schon ziemlich gut mit ihnen verstehst.«

»Ich will jetzt nicht zu dick auftragen, aber ich glaube, sie lieben mich bereits.« Er grinst spitzbübisch, und einmal mehr bewundere ich ihn für sein müheloses Selbstbewusstsein. »Und dich hab ich ihnen auch schon schmackhaft gemacht. Sie freuen sich wahnsinnig darauf, das Galway Girl mit dem niedlichen Akzent kennenzulernen.«

»Ich bin aber nicht aus Galway«, sage ich. »Und meinen

Akzent habe ich doch hoffentlich inzwischen einigermaßen kultiviert.«

Giles lacht lauthals auf und fährt sich durch das verstrubbelte Haar, was ungeheuer süß aussieht. »Ach was, das kommt hier drüben wahnsinnig gut an, Allie! Die Hälfte der Vorstandsleute hat selbst Wurzeln in Irland und sie wollen unbedingt mit dir sprechen. Die ›irische Elfe‹ hat dich sogar einer scherzhaft genannt.«

»Na, Elfe ist ja noch in Ordnung. Solange sie keine *cailleach* erwarten«, scherze ich.

»Eine was?« Er sieht verständnislos in die Kamera.

»Eine cailleach, eine irische Wetterhexe, Giles«, erkläre ich und werde mir einmal mehr bewusst, wie wenig er eigentlich über meine irischen Wurzeln weiß.

»Noch nie gehört. Aber ich schreib mir das gleich auf, das wird ihnen gefallen.« Er beugt sich zu dem Nachttisch neben dem Bett und schnappt sich Notizblock und Kugelschreiber. »Kannst du das mal buchstabieren?«

»Du ziehst dort aber keine irische Folklore-Show ab, oder?«, frage ich halb scherzhaft, halb misstrauisch. Das würde mir gerade noch fehlen.

»I wo!«, entgegnet Giles leichthin. »Ich will sie einfach nur beeindrucken.« Sein Gesicht wird ernst. »Und ehrlich gesagt, muss ich auch ein bisschen Boden für dich gutmachen. Dass du nicht hier bist, ist gar nicht gut angekommen.«

»Tut mir leid, wenn du meinetwegen Unannehmlichkeiten hast«, sage ich und fühle mich augenblicklich wieder schuldbewusst, weil ich unsere gemeinsame Reise abgesagt habe.

»Es geht dabei nicht um mich, Allie«, erwidert Giles mit Nachdruck. »Wenn, dann verbaust du *dir* deine Karrierechancen. Hier drüben ist Einsatz gefragt, *commitment*, noch mehr als bei uns. Dafür kann es dann umso steiler nach oben gehen.«

Wie steil will ich denn überhaupt nach oben? Und wollten wir nicht eigentlich nach Seattle, weil das Leben dort entspannter ist als in London? Sollte es nicht ein Neuanfang werden, vor allem für unsere ein wenig zur Routine gewordene Beziehung? Und wird sich irgendetwas ändern, wenn wir beide am Ende noch mehr arbeiten? Wie aus dem Nichts schießt mir eine Frage nach der anderen durch den Kopf, und sie hinterlassen alle ein mulmiges Gefühl.

»Ich habe mich gefragt, Allie, ob du nicht doch noch nachkommen könntest«, höre ich Giles sagen. »Dieses Dorffest findet doch erst übernächstes Wochenende statt. Überlass die Organisation jemand anderem, delegiere das, flieg her und dann bist du rechtzeitig zu deiner Veranstaltung wieder da.« Giles spricht damit genau jene Gedanken aus, die ich zunächst auch hatte. »Dein Vater muss doch eine Vertretung im Ort haben.«

Ich weiß, dass es komplett überflüssig ist, ihm zu erklären, was passieren würde, wenn Kelly oder Gwen den Vorsitz übernehmen würden. Deshalb schüttle ich nur den Kopf. »Nein, hat er nicht. Zumindest keine adäquate. Ich werde hier wirklich gebraucht, Giles.«

»In den letzten zehn Jahren haben sie doch auch ganz gut auf dich verzichten können, oder?«, hält Giles dagegen. »War nicht böse gemeint«, versichert er schnell, weil er wohl sieht, dass mich sein Kommentar trifft. »Ich finde einfach, dass du deine Prioritäten noch mal überdenken solltest.«

»Das habe ich bereits getan, und ich finde, meine oberste Priorität ist es, jetzt für meinen Dad da zu sein.«

»Und darüber eine riesige Karrierechance zu opfern.«

»Du hast gesagt, es ist in Ordnung, wenn ich nachkomme!«, sage ich etwas ungehalten.

»Ja, aber nur, weil ich dir hier den Rücken freihalte«, entgegnet Giles hitzig. »Was übrigens nicht gerade angenehm ist!«

»Ich denke, du versteht dich so toll mit dem Vorstand«, halte ich dagegen. »Da wird es wohl kein Problem sein, ihnen das Galway Girl weiterhin schmackhaft zu machen!« Das klingt patziger, als ich es beabsichtigt hatte.

»Mach dich nicht lustig über mich.« Ich merke, dass ich Giles mit meiner Bemerkung verletzt habe.

»Tut mir leid«, lenke ich ein. »Es ist nur … ich hab dir erklärt, wieso ich hier sein muss, und es ist echt schwer, wenn du das nicht verstehst.«

Einen Moment herrscht Stille und ich betrachte das Bild an der Wand hinter Giles – ein Kunstdruck von Monet. Ein Bild, wie es wahrscheinlich in Tausenden von Hotelzimmern hängt, x-beliebig, austauschbar. Wenn ich ein eigenes Hotel hätte, würde ich nur Originale aufhängen, von noch unbekannten heimischen Künstlerinnen und Künstlern. Unwillkürlich taucht wieder das verfallene Gebäude vor meinem inneren Auge auf. Diese Lage, diese Aussicht … daraus könnte man etwas Großartiges machen.

Giles starrt an mir vorbei ins Leere. »Ich weiß, Allie«, sagt er schließlich und sieht mich wieder an. »Ich verstehe ja auch, dass du für Patrick da sein willst. Was ich nicht verstehe, ist, wieso genau du ihn bei diesem Dorffest vertreten musst.«

Ich erwidere nichts darauf, und die Stille zwischen uns dehnt sich aus, wird immer länger. Sie wird seltsam, so, als ob wir uns nichts mehr zu sagen hätten.

»Na ja, sieht wohl ganz danach aus, als müsste ich hier noch länger auf dich verzichten.« Giles lächelt schief. »Aber schau dir Seattle wenigstens mal an.« Er steht auf, stellt sein Handy auf die Rückkamera um und auf meinem Display tauchen plötzlich Wolkenkratzer auf, umgeben von Nebelschwaden, und in der Ferne entdecke ich auch die Space Needle.

»Einfach gigantisch, oder?«, sagt Giles begeistert.

»Total!« Ich bemühe mich, halbwegs enthusiastisch zu klingen. Denn ehrlich gesagt bin ich etwas enttäuscht. Bleigraue Hochhäuser und gesichtslose Glasfassaden, so weit das Auge reicht.

»Heute ist es ein bisschen bewölkt«, sagt Giles. »Ist hier anscheinend öfters so. Und es regnet recht häufig. Zumindest vom Wetter her wird es für uns also keine große Umstellung, oder?« Er lacht.

»Nein, wirklich nicht.« Halbherzig stimme ich in sein Lachen ein. Dann herrscht wieder diese merkwürdige Stille zwischen uns.

»Was machst du eigentlich sonst so, wenn du nicht mit den Vorbereitungen für dieses Fest beschäftigt bist?« Giles ist sichtlich bemüht, unser Gespräch am Laufen zu halten.

»Ich war surfen«, erzähle ich, etwas zögerlich. »Bin gerade zurückgekommen. Gibt echt ein paar coole Spots hier.«

»Du kannst surfen?« Er sieht mich überrascht an. »Seit wann das denn?«

»Öhm, schon ewig. Als ich noch hier war, war ich oft mit dem Board draußen. Aber seitdem nicht mehr«, sage ich ausweichend.

»Dieses Doolinvarna scheint ja voller Überraschungen zu stecken. Oder besser gesagt, du steckst voller Überraschungen, seit du dort bist.« Ich kann seinen Tonfall nicht ganz deuten.

»Ach, sobald ich zurück bin in London, bin ich wieder ganz die Alte«, erkläre ich leichthin, obwohl mich der leise Gedanke beschleicht, dass es eventuell gar nicht so leicht werden wird, diesen neuen alten Teil von mir wieder abzulegen wie einen verschlissenen Pullover.

»Ich freu mich auf die alte Allie.« Giles lächelt. »Und ich vermisse mein Galway Girl hier. So sehr.«

»Ich vermisse dich auch«, sage ich und verzichte um des Friedens willen darauf, ihm noch einmal zu erklären, dass ich nicht aus Galway stamme. Außerdem habe ich ein schlechtes Gewissen, weil ich, seit ich hier bin, ehrlich gesagt nicht so viel an ihn gedacht habe wie sonst.

Giles verzieht das Gesicht. »Hör mal, ich muss mich ein bisschen beeilen. Hab gleich einen Termin für eine Wohnungsbesichtigung. In der Nähe des Hafens.«

»Oh, wirklich?« Meine Laune hellt sich etwas auf. Am Hafen zu wohnen, das wäre doch cool.

Giles nickt. »Ja, und die Beschreibung klingt wirklich gut. Ich schick dir dann ein paar Fotos rüber. Hören wir uns morgen wieder?«

»Na klar«, sage ich. »Dann mach's gut, und such uns eine schöne Wohnung aus.«

»Mach's auch gut, meine kleine Wetterhexe.« Giles lächelt und schickt mir einen Luftkuss. »Bis dann.« Und schon ist sein Gesicht vom Bildschirm verschwunden.

Gedankenverloren stehe ich wenige Minuten später unter der Dusche und lasse das warme, leicht nach Torf riechende Wasser über meinen Körper laufen. Das Gespräch eben hat einen schalen Geschmack in meinem Mund hinterlassen. Klar, ich hab mich gefreut, Giles zu sehen, aber irgendwie war die Stimmung zwischen uns echt seltsam. Außerdem haben sich in meinem Kopf diese Fragen festgesetzt, die ich unmöglich ignorieren kann, so sehr ich mich auch bemühe. Ist es wirklich mein Traum, in Seattle zu leben? Ich meine, Glasfassaden, Großstadtlärm und schlechtes Wetter haben mich schon in London nicht glücklich gemacht. Was, wenn es dort dasselbe ist? Und dann, Doolinvarna. Mit jedem Tag, den ich länger hier bin, fühle ich mich wohler und merke, wie sehr ich mein Zuhause vermisst habe. Was, wenn Doolinvarna nicht nur in meiner Vergangenheit, sondern auch in meiner Zukunft eine Rolle spielen könnte? Eine Möglichkeit, die ich in den letzten zehn Jahren kein einziges Mal auch nur erwogen habe. Doch jetzt ist sie mir auf einmal in den Sinn gekommen, und ich habe das Gefühl, sie ist gekommen, um zu bleiben.

Kapitel sieben

»Es war richtig von dir, Fred aufzunehmen«, sagt Dad, als ich ihn am nächsten Tag wieder im Krankenhaus besuche. Ich hab ihm schon gestern am Telefon davon erzählt und ein Foto von Fred und mir geschickt, wie wir zusammen am Küchentisch sitzen.

»Über dem ganzen Schlamassel hier hab ich komplett vergessen, dass er kommt.« Dad schüttelt den Kopf, als könne er nicht glauben, dass eine Lappalie wie ein Herzinfarkt ihn etwas dermaßen Wichtiges vergessen ließ. »Du musst wissen, Fred reist seit über fünfzig Jahren wegen des Festivals nach Doolinvarna.«

»So lange schon?« Ich sehe Dad erstaunt an.

Er nickt. »Fred hat damals wohl jemand sehr Besonderen kennengelernt, und seitdem wartet er darauf, dass seine große Liebe zurückkommt. Aber er wird dir seine Geschichte sicher einmal selbst erzählen.« Dad lächelt. »Und seit ein paar Jahren hilft er auch beim Festival mit. Er ist wirklich eine treue Seele, und du wirst sehen, du bemerkst ihn gar nicht. Ein unglaublich höflicher und hilfsbereiter Mensch.«

»Das hab ich schon festgestellt. Und kochen kann er auch«,

ergänze ich. »Richtig gut sogar! Gestern hat er Blaubeerpfannkuchen gemacht, die waren einfach köstlich.«

»Warte erst, bis er richtig loslegt.« Dad gluckst. »Freds Full Irish Breakfast – das ist was, sag ich dir!« Er bekommt einen glasigen Blick und seufzt. »Wird wohl nicht mehr oft vorkommen, dass ich das serviert bekomme. Zu viele gesättigte Fettsäuren. Heute war zum ersten Mal der Ernährungsberater da«, fügt er erklärend hinzu, als er meinen erstaunten Blick bemerkt. »Ich glaube, mir wird erst nach und nach klar, wie sehr mein Leben sich in Zukunft verändern muss.« Er schluckt. »Wird sicher nicht einfach, aber was soll man machen. Bin ja heilfroh, dass ich überhaupt noch da bin.«

»Ich auch«, sage ich und nehme seine Hand.

»Sie verlegen mich übrigens schon nächste Woche in die Rehaklinik nach Munster«, sagt Dad unvermittelt.

»Nächste Woche?« Ich blicke ihn erstaunt an. »Wollten sie damit nicht noch eine Weile warten?« So hat es mir Dad zumindest bei unserem letzten Telefonat gesagt.

»Ursprünglich schon.« Dad nickt. »Aber anscheinend findet Dr. Sharif, dass ich bereit für die Reha bin.«

»Aber das ist doch großartig!«, sage ich erfreut. »Das heißt, deine Genesung verläuft optimal!«

»Scheint wohl der Fall zu sein.« Ich merke, dass Dad nicht restlos überzeugt ist. »Eigentlich dachte ich, ich könnte vorher mal kurz daheim vorbeischauen, wie es so läuft …« Er sieht mich unschuldig an.

»Untersteh dich!«, sage ich. »Du würdest garantiert sofort den nächsten Herzinfarkt bekommen.«

»Wieso? Läuft etwas nicht nach Plan?« Dad sieht alarmiert aus. »Das würdest du mir doch sagen, nicht wahr?«

Vor meinem Besuch habe ich genau abgewogen, wie viel

ich meinem Vater von den Problemen rund um das Festival zumuten kann, und bin zu dem Schluss gekommen, dass ich es bei homöopathischen Dosen belasse.

»Nein, nein, alles gut. Wir haben alles im Griff, Dad!« Ich versuche, überzeugter zu wirken, als ich es bin, und nicht an Alistair Desmond, den Stand von Algen-Joe oder den ominösen Astrologie-Workshop zu denken. Auch nicht an die sprunghaft gestiegenen Kosten für das Security-Personal, von denen Gwen berichtet hat, oder den Anruf der Band, die Samstagabend auftreten soll – ihr Drummer hat sich einen Handwurzelknochen gebrochen und sie suchen noch Ersatz.

Ich scheine halbwegs glaubwürdig sein, denn Dad sinkt erleichtert in sein Kopfkissen zurück. »Das wollte ich hören. Aber Kelly und Gwen kriegen sich bestimmt oft in die Haare?«

Ich muss an die gestrige Sitzung denken, als sich die beiden beinahe gegenseitig mit ihren Klemmbrettern eins übergezogen hätten. »Nö. Ist alles ziemlich entspannt«, schwindle ich. »Ein paar kleinere Reibereien, aber das ist doch ganz normal, so kurz vor dem Start.«

»Ach ja«, seufzt Dad, richtig wehmütig. »Die Uhr tickt. Die Nerven liegen blank. Es geht in den Endspurt – wie ich das alles vermisse!«

»Nächstes Jahr bist du wieder voll im Einsatz«, tröste ich ihn. »Ganz sicher. Aber nur, wenn du jetzt Ruhe gibst und dich voll und ganz darauf konzentrierst, gesund zu werden.«

Dad seufzt. »Na gut. Aber könntest du mir wenigstens die Protokolle der letzten Sitzungen bei Gelegenheit vorbeibringen? Nur so, zum Schmökern?« Dad hat wieder seine Unschuldsmiene aufgesetzt, aber ich durchschaue ihn sofort.

»Damit du dann vom Krankenbett aus deine Anweisungen erteilen kannst?« Ich blicke ihn streng an. »Vergiss es!«

»Ich will sie doch nur lesen, Allie«, sagt Dad ungeduldig. »Ausrichten kann ich von hier aus sowieso nichts.«

»Ich glaube nicht, dass dir das guttut«, erwidere ich bestimmt. »Du steigerst dich dann wieder rein und schwups! Ist der zweite Infarkt da.«

Dad seufzt. »Na gut. Aber du versprichst, mir alles Wichtige zu berichten, in Ordnung?«

»Sicher«, sage ich. Nachher werde ich dem Heiligen Patrick eine Kerze in der Spitalskapelle anzünden müssen, als Buße für meine Schwindeleien. Aber ich mache es ja nur, um Dad zu schonen, also wird er schon Erbarmen mit mir haben. »Auf jeden Fall.«

»Danke, mein Mädchen.« Dad wirkt erleichtert. »Und jetzt erzähl, was machst du sonst so? Hast du dich schon wieder ein bisschen zu Hause eingelebt?«

Ich zögere einen Moment, weil ich nicht genau weiß, was ich darauf antworten soll. »Eigentlich ist es gar nicht so übel, wieder hier zu sein. Manchmal sogar ganz schön«, sage ich schließlich vorsichtig.

Dad lächelt. »Das freut mich, wirklich.«

Bevor die Stimmung zu sentimental wird, spreche ich schnell weiter. »Was ich noch fragen wollte – hast du eigentlich mein altes Board behalten? Mein Surfboard, meine ich? Ich war neulich in der Garage und konnte es nicht finden.«

»Dein Surfboard? Willst du denn etwa wieder aufs Wasser?« Dad sieht mich forschend an.

Ich werde etwas verlegen. »Ehrlich gesagt war ich schon wieder draußen, mit einem geliehenen Brett. Und da ist mir wieder eingefallen, dass mein altes noch irgendwo sein müsste.« Das ist nur die halbe Wahrheit. Natürlich habe ich die ganze Zeit an mein geliebtes neonorangefarbenes Board mit dem knallpinken Zickzackmuster denken müssen. Mein Board und ich, wir waren einfach unzertrennlich. Dad wollte mir sogar eine Wandhalterung in mein Zimmer schrauben, damit ich es immer bei mir haben konnte. Aber Mum war dagegen. »Damit noch die Wand einbricht«, hat sie moniert. »So stabil ist dieses Haus bei Gott nicht, Patrick.« Und damit gleich wieder ihre Kritik an diesem in ihren Augen zu bescheidenen Zuhause geübt. Also stand das Board in der Garage, aber auf einem Ehrenplatz, gleich neben dem Ford.

Ein Lächeln breitet sich auf Dads Gesicht aus. »Natürlich hab ich es aufbewahrt, was denkst du denn? Es ist noch in der Garage, aber ganz hinten, neben diesem uralten Moped, das ich schon längst restaurieren wollte.« Er hält einen Moment inne. »Vielleicht mach ich das, wenn ich wieder gesund bin. Das Moped herrichten, meine ich.«

»Das klingt doch nach einem wunderbaren Projekt«, ermutige ich ihn. Ein bisschen in der Werkstatt herumzuschrauben, tut sicher gut. Eine sinnvolle, aber vollkommen ungefährliche Beschäftigung.

»Und dann könnte ich damit kleinere Touren unternehmen, entlang der Küste«, fährt Dad fort. »Oder ich fahre den ganzen Wild Atlantic Way ab.« Seine Augen beginnen zu leuchten. »Davon hab ich immer schon geträumt.«

Jetzt gefällt mir das Projekt schon weniger. Dad mit einem altersschwachen Moped unterwegs auf den Küstenstraßen mit ihren Haarnadelkurven? »Jetzt werd erst mal wieder ganz gesund.« Ich tätschle seinen Arm. »Alles andere hat Zeit.«

Dad nickt. »Du hast recht.«

Plötzlich fällt mir wieder etwas ein. »Weißt du, wem der alte Hof über dieser Bucht gehört?« Ich krame mein Handy heraus und zeige ihm die Koordinaten.

»Sicher.« Dad nickt. »Das ist der Hof von Hetty Lancaster.«

»Hetty Lancaster?« Ich runzle die Stirn. »Noch nie von ihr gehört.«

»Sie ist vor drei, vier Jahren gestorben«, sagt er bedauernd. »Sie wurde über neunzig und hat fast bis zuletzt allein dort gelebt. Na ja, es war dann schon alles ein bisschen ... verwahrlost. Und in den vergangenen Wintern scheint noch einmal einiges kaputtgegangen zu sein.«

»Hatte sie Kinder? Oder wem gehört der Hof jetzt?«, frage ich und merke, dass ich auf einmal richtig aufgeregt werde.

»Keine Ahnung.« Dad zuckt mit den Schultern. »Kinder hatte sie auf jeden Fall keine, verheiratet war sie auch nie. Ich glaube, es gibt ein paar entfernte Verwandte. Frag am besten Niall oder Kelly, die könnten es wissen.« Jetzt mustert mich Dad aufmerksam. »Wieso interessiert dich das überhaupt?«

»Ach, nur so«, antworte ich schnell. Schließlich bin ich mir selbst noch nicht ganz darüber im Klaren, was mich so an diesem verfallenen Gebäude fasziniert.

Da öffnet sich die Tür und Ian lugt herein. »Besuchszeit ist vorbei«, schnarrt er.

»Ach, schon?« Dad sieht enttäuscht auf die Uhr.

»Wenn Ihr Fräulein Tochter erst zwanzig Minuten vor Ende der Besuchszeit zu erscheinen beliebt, ja.« Ian zieht eine Augenbraue hoch.

Entschuldigend hebe ich die Hände. »Ich wusste nicht, dass das so streng gehandhabt wird.«

»Dann wissen Sie es jetzt«, entgegnet er ungerührt und starrt mich mit einem derart stechenden Blick an, dass ich mich genötigt fühle, meinen Platz zu räumen.

»Wir sehen uns übermorgen, Dad«, sage ich betont gelassen.

»Und dann komme ich ganz früh, um die gesamte Dauer der Besuchszeit auszuschöpfen.«

Ian verdreht die Augen.

»Bloß keine Umstände, Allie-Kind«, winkt Dad ab. »Sieh lieber zu, dass alles beim Festival glattläuft. Das ist jetzt das Allerwichtigste.«

Ich beuge mich zu ihm hinunter, um ihm einen Abschiedskuss zu geben.

»Bin ich froh, wenn sie mich verlegen und ich diesen Gefängniswärter los bin«, flüstert er und verzieht das Gesicht.

Ich muss kichern. »Bis dann, Dad.«

Die ganze Rückfahrt über muss ich an den Hof von Hetty Lancaster denken. Ich höre genau in mich hinein, und dann weiß ich, wieso er mich so fasziniert. Es wäre der ideale Platz für ein Bed and Breakfast.

Mein Bed and Breakfast.

»Sollten wir nicht langsam da sein?«, ruft Winnie, die wacker hinter mir herstapft. Es schüttet, und der schmale Pfad, den wir entlanggehen, besteht halb aus Morast. »Gut, dass wir die Gummistiefel anhaben.«

Wir sind unterwegs auf einer Mission. Der Gedanke an den Bauernhof lässt mich einfach nicht mehr los. Ich habe letzte Nacht sogar davon geträumt und deshalb Winnie gefragt, ob wir gleich heute Nachmittag hinfahren. Beziehungsweise hingehen, denn die Straße endete ungefähr eineinhalb Kilometer hinter uns und wir mussten Winnies Peugeot stehen lassen. Und jetzt wandern wir hier an den Klippen entlang und müssen verdammt aufpassen, dass wir nicht zu nah an die Kante kommen, was durch den starken Regen, der uns die Sicht vernebelt, nicht gerade erleichtert wird.

»Es muss gleich hinter diesem Hügel liegen.« Ich werfe noch einmal einen kurzen Blick auf mein Mobiltelefon und stecke es dann schnell wieder weg, bevor das Display vom Regen klatschnass wird. Ich habe eine Offline-Karte des Gebiets heruntergeladen, weil der Empfang hier draußen oft miserabel ist, und checke noch einmal die Koordinaten. Doch, wir müssten bald da sein. Und tatsächlich: Wir erklimmen den Hügel vor uns und sehen dann hinunter auf die Bucht, wo Jake und ich surfen waren. Und darüber thront, etwa zweihundert Meter von uns entfernt, das verfallene Steinhaus.

»Oh, wow«, ruft Winnie, als wir uns dem Gebäude nähern. »Was für eine Aussicht man von hier aus hat! Was für eine Lage!«

»Die Lage ist einfach nur perfekt«, sage ich, mehr zu mir selbst. Mehr als perfekt. Wie schon vermutet, hat man einen unvergleichlichen Blick auf die Bucht, die umliegende Küste und den Ozean.

»Boah, aber es ist eine richtige Bruchbude«, staunt Winnie, als wir näherkommen. Sie hat recht, stelle ich bestürzt fest, als ich das Gebäude begutachte. Das Glas der Fenster ist großteils zerbrochen, im Dach klaffen riesige Löcher, in die es ungehindert hineinregnet, und die alten Steinmauern scheinen zwar Wind und Wetter noch zu trotzen, sind aber rissig und teilweise richtig schief. Das Haus sieht von Nahem wirklich schauderhaft aus, wie ein urzeitlicher Koloss aus Granit, der sich den Elementen längst willenlos ergeben hat.

Der Regen lässt allmählich nach, aber der Wind pfeift uns immer noch um die Ohren und rüttelt an den klapprigen Fensterläden, von denen die meisten schiefhängen. Das ganze Haus wirkt irgendwie traurig, verloren und vergessen, hier draußen, am Ende der Welt.

Und trotzdem – plötzlich sehe ich alles vor mir: lauter kleine, lauschige Gästezimmer mit Alkoven und direktem Meerblick im Obergeschoss. Darunter ein großer, luftiger Frühstücksraum, mit Panoramafenstern und einem Wandregal mit Brettspielen für gesellige Abende. Picknicktische und Liegestühle auf der Wiese vor dem Haus. Ich kann mir alles so klar vorstellen, dass ich fast glaube zu halluzinieren. Und die Lage hoch über der Irischen See, diese Sicht, diese Einsamkeit, all das ist einfach großartig!

Ich kann nicht anders, als mein Handy zu zücken, ein Foto zu machen und es Giles zu schicken. *Der perfekte Standort für ruhesuchende Gäste!*, schreibe ich darunter. *Was meinst du?*

»Von dieser Seite aus scheint es einen Fahrweg zu geben«, ruft Winnie, die gerade um das Haus herumwandert. »Ist aber ziemlich zugewachsen.«

»Immerhin gibt es eine Zufahrt«, sage ich, in Gedanken noch bei der SMS, und stecke das Handy wieder ein. Sicher wird es ein Traum bleiben. Selbst wenn wir in Erfahrung bringen würden, wem das Haus jetzt gehört, müsste es erst zum Verkauf stehen – und von welchem Geld sollte ich es dann kaufen? Und doch: Es ist, als ob mein Herz mich hierhergeführt hätte und plötzlich ruhiger schlägt, weil es gefunden hat, was es immer suchte.

Ich gehe ebenfalls zur Rückseite des Gebäudes, und erst jetzt bemerke ich, dass hinter dem Haus noch eine verfallene Scheune steht. Die könnte man für Veranstaltungen nutzen, für Geburtstage, Taufen oder kleine Hochzeiten. Ich kann die glücklichen Paare bereits sehen, wie sie sich im Garten unter einer Efeugirlande das Ja-Wort geben und später drinnen zu den Klängen einer Folkband tanzen. Wieder muss ich an Giles denken. Würde er hier heiraten wollen?

Würde ich ihn hier heiraten wollen? Überhaupt, heiraten. Bis jetzt war das nie ein Thema für uns. Ist es seltsam, dass es nach über sieben Jahren Beziehung noch nie zur Sprache kam?

»Ich finde, nicht«, meint Winnie lapidar, als wir wenig später den schmalen Pfad zurückwandern und ich meinen Gedanken von zuvor laut ausspreche. Der Regen hat zum Glück nachgelassen, sodass wir relativ zügig vorankommen.

»Wie ist es bei Paul und dir?«, frage ich. »Habt ihr denn nie darüber geredet? Oder hat er dir etwa schon einen Antrag gemacht?«

Winnie dreht sich zu mir um. »Wenn ich jemanden heiraten will, dann frage ich ihn schon selber.«

»Ja, aber …«, setze ich wieder an, werde jedoch sofort von einem barschen »Nix, aber!« unterbrochen.

Ich lasse nicht locker. »Kommt es mir nur so vor, oder bist du in letzter Zeit ein kleines bisschen empfindlich, wenn es um dich und Paul geht?«

Der Gedanke ist mir ein paarmal gekommen, seit ich in Doolinvarna bin, und dass Winnie jetzt so schroff reagiert, bestätigt meinen Verdacht.

»Wie kommst du auf so einen Blödsinn?« Energisch stapft sie weiter.

»Bleib doch mal stehen!«, beharre ich. »Warum sagst du mir nicht, was bei euch los ist?«

Sie bleibt tatsächlich stehen und sieht mich an. »Also gut. Wenn ich ehrlich sein soll: Ich bin mir manchmal nicht mehr sicher, ob ich wirklich noch mit Paul zusammen sein will. Das ist es.« Sie begleitet ihre Worte mit einem Schulterzucken, das wohl Gleichgültigkeit ausdrücken soll, aber ich sehe, dass es ihr alles andere als egal ist.

Ich blicke Winnie überrascht an. »Du hast nie gesagt, dass du unglücklich …«

»Unglücklich ist das falsche Wort«, unterbricht sie mich. »Es ist eher … ach, ich weiß auch nicht. Vergiss einfach, was ich gesagt habe.«

Ich mustere sie besorgt. Ich kenne Winnie schon fast mein ganzes Leben lang, und nur selten habe ich meine beste Freundin so innerlich zerrissen erlebt. Winnie weiß normalerweise ganz genau, was sie will. »Wenn du trotzdem mal darüber reden willst, bin ich jederzeit für dich da«, sage ich. »Aber das weißt du ja.«

»Danke, Allie«, sagt Winnie leise, und für einen kleinen Moment bekommt ihre harte Schale einen Knacks. Dann jedoch dreht sie sich abrupt um und geht weiter. »Dann müssen wir jetzt nur noch herausfinden, wem dieses Prachtstück von einem Bauernhof gehört!«, sagt sie betont munter.

Ich steige auf ihren Themenwechsel ein. »Dad hat mir geraten, Niall oder Kelly zu fragen.«

»Gute Idee«, nickt Winnie. »Oder Mum, die kriegt sowas meistens auch mit.« Sie mustert mich kurz von der Seite. »Und du könntest dir wirklich vorstellen, in Doolinvarna ein B&B zu eröffnen?« Ich habe ihr bei der Hinfahrt erzählt, wieso ich den Bauernhof unbedingt sehen muss, und sie war sofort begeistert.

»Keine Ahnung«, sage ich ehrlich. »Vielleicht ist es auch nur ein Hirngespinst.«

Eines steht auf jeden Fall fest. Ich kann meine Gedanken nicht mehr von dem Hof loseisen. So etwas habe ich noch nie zuvor erlebt – dass ein Ort eine solche Wirkung auf mich hat.

»Ich muss noch zu Kelly, was zu essen kaufen«, sage ich, als Winnie in die Hafenstraße einbiegt. Sie hält vor dem Laden.

»Und ich muss noch mal in die Schule.« Winnie starrt auf ihr Handy und tippt dann eilig eine kurze Nachricht. »Sehen wir uns morgen? Bei der Sitzung?«

»Wir sehen uns morgen.« Ich nicke und steige aus. »Danke fürs Fahren.«

»Keine Ursache. Und, Allie?« Sie sieht von ihrem Handy auf und grinst. »Ich finde das mit dem B&B wirklich eine fabelhafte Idee.«

Ich will gerade die Tür zu Kellys Laden öffnen, als ich plötzlich jemanden rufen höre.

»Hallo! Huhu!« Ich sehe niemanden auf der Straße, bis auf eine Gestalt, die an einen überlebensgroßen Papagei erinnert. Und da außer uns niemand hier ist, meint der Papagei wohl mich. Die Gestalt kommt näher und ich erkenne, dass es sich dabei um eine ältere Dame handelt.

»Miss Malone, wie gut, dass ich Sie treffe!« Keuchend bleibt sie vor mir stehen und ich muss mir wirklich Mühe geben, um mein Erstaunen zu verbergen. Sie hat ondulierte, platinblonde Haare, ist stark geschminkt, mit irisierendem Lidschatten und kirschroten Lippen, trägt einen sonnengelben Overall, der ihre Korpulenz betont, und um den Hals eine scharlachrote Federboa, wie eine dieser Hollywooddiven aus den Fünfzigerjahren.

»Kennen wir uns irgendwoher?«, frage ich vorsichtig. Vielleicht hat sie einmal im Fairfax Hotel gewohnt und ich erinnere mich nur nicht an sie? Aber was würde ein Gast aus dem Fairfax ausgerechnet hier in Doolinvarna machen? Und außerdem: Eine solch extravagante Person hätte ich ziemlich sicher nicht vergessen.

»Noch nicht, aber dieser unglückliche Zustand ist hiermit behoben.« Sie hält mir eine Hand mit sorgfältig manikürten, himmelblauen Kunstnägeln entgegen. »Ernestine Fitzgerald

Delroy aus Houston, Texas. Sehr erfreut! Und nennen Sie mich bitte Ernestine, alles andere lässt mich furchtbar alt wirken. Am besten, wir duzen uns.«

»Ich bin Allie Malone«, sage ich vollkommen verdattert, und schüttle ihre Rechte, wobei mich die Spitzen der Kunstnägel piksen. Schnell lasse ich die Hand wieder los.

»Ich weiß, wer du bist«, sagt sie unverblümt. »Als ich erfahren habe, dass Pat im Krankenhaus liegt, habe ich mich natürlich gleich nach seinem Vertreter erkundigt.«

»Nach seinem Vertreter?« Ich muss ein ziemlich dämliches Gesicht machen, denn sie fühlt sich bemüßigt, mir eine Erklärung zu liefern.

»Ich bin Stammgast beim Festival. Komme seit fast zehn Jahren her.« Sie sieht sich begeistert um. »Ist ja auch wirklich schnuckelig hier. Dieses Dorf. Und die ulkigen Leute. Einfach schnuckelig.«

Ich nicke und versuche, mir ein Lachen zu verkneifen. In ihrem Aufzug, in dem sie auch zum Karneval gehen könnte, die Bewohner von Doolinvarna als ulkig zu bezeichnen, kommt einer unfreiwilligen Ironie gleich.

Jetzt wedelt sie ungeduldig mit der Hand. »Aber was ich eigentlich fragen wollte: Hättest du vielleicht ein paar Minütchen Zeit, um mit mir vorab meine Kriterien durchzugehen?« Sie zieht ein bonbonrosafarbenes Notizbuch aus einer Tasche ihres Overalls. »Dauert auch gar nicht lange.«

»Welche Liste?«, frage ich erstaunt.

»Na, die Liste!«, wiederholt sie etwas ungeduldig. »Meine Vorabliste für das Matchmaking!«

»Sie haben eine Vorabliste?«, frage ich und komme mir langsam etwas dusselig vor. »Aber der Matchmaker liefert die passenden Vorschläge doch während des Festivals!«

»Man merkt, dass du es das erste Mal machst.« Ein Anflug von Mitleid breitet sich auf ihrem Gesicht aus. »Pat hat sich meine Liste immer im Vorfeld mit mir angesehen.« Sie wedelt mit dem Notizbuch. »Weißt du, während des Festivals hat der Matchmaker immer so schrecklich viel zu tun, und deshalb habe ich es mir angewöhnt, schon vorher anzureisen und meine Liste mit Pat zu besprechen, damit er, sobald das Festival anfängt, auch ganz genau weiß, wonach er für mich suchen soll!«

»Aha«, mache ich bloß. Ich soll jetzt schon anfangen, ein Match für sie zu suchen? Steht das in meiner Tätigkeitsbeschreibung?

»Das tut es allerdings«, sagt Kelly düster, während sie eine Kiste Bier für meinen Nachbarn Sam über das Band zieht. Ich bin zu ihr in den Laden geflüchtet, nachdem mir Ernestine das Versprechen abgerungen hat, mich in den nächsten Tagen mir ihr im Pub zusammenzusetzen. »Dein Vater hat ihre beknackte Liste tatsächlich jedes Mal vorher mit ihr durchgeackert.«

»Und er hat nie jemand Passenden gefunden?«

Kelly sieht mich bedeutungsschwer an. »Wenn bei all den Kriterien noch ein einziger Mann in ganz Irland übrigbleiben würde, wäre das schon ein Wunder! Sie ist extrem wählerisch, unsere Wildwest-Lady.«

»Wieso hat Dad da mitgespielt?«, frage ich. »Ich meine, er ist ein wirklich geduldiger und gutmütiger Mensch, aber irgendwo muss doch auch seine Gutmütigkeit Grenzen haben!«

»Bei Ernestine Delroy sind diese Grenzen überaus weit gefasst.« Kelly begleitet ihre Worte mit einem vielsagenden Blick.

»Und warum?«

Sie sieht sich schnell im Laden um und fährt dann im Flüsterton fort. »Ich sag's dir, aber du darfst es niemandem verraten.«

Ich nicke, gespannt, was jetzt kommt.

»Ernestine Delroy lässt uns jedes Jahr einen ordentlichen Batzen Kohle für das Festival da. Sie hat drei Ehemänner überlebt, besitzt eine gigantische Rinderfarm in Texas und Geld wie Heu. Sie will aber als Spenderin anonym bleiben, und deshalb weiß keiner davon, außer Pat und mir. Und Gwen, weil sie die Buchhaltung macht.«

»Und deshalb müssen wir springen, wenn sie etwas will?«, frage ich stirnrunzelnd.

»Nenn es, wie du willst.« Kelly spricht jetzt wieder in normaler Lautstärke. »Aber es wäre auf jeden Fall gut, wenn sie sich während ihres Aufenthalts hier rundum wohlfühlt – wenn du verstehst, was ich meine.«

»Ich hab ihr eh gesagt, dass ich die Liste mit ihr durchgehe.« Ich seufze.

»Du lernst schnell. Braves Mädchen.« Kelly zwinkert mir zu. »Ist das alles, Sam?« Diese Frage geht an meinen Nachbarn. Sam nickt und kramt etwas Kleingeld hervor. »Passt so.«

»Danke. Aber kipp dir nicht wieder alles auf einmal hinter die Binde!«, ruft sie ihm hinterher, während er seine Bierkiste schultert und zum Ausgang schlurft. Kelly sieht ihm nach und schüttelt den Kopf. »Bei Sam merkt man das Alter auch immer mehr, aber bei wem tut man das nicht, nicht wahr?«

»Bei dir ganz gewiss nicht!« Tobi steckt den Kopf hinter dem Obstregal hervor und grinst.

»Na hör sich einer diesen Schleimer an!«, sagt Kelly kopfschüttelnd. »Mit hanebüchenen Komplimenten hat man mich noch nie gekriegt. Husch, husch, weitermachen!«

»Alles klar, Chefin!« Tobis Kopf verschwindet wieder und man hört wie er Obstkisten aufeinanderstapelt.

»Du findest dich zurecht, Allie?« Kelly scheint zu vergessen, dass ich seit meiner Ankunft schon ein paarmal hier war.

»Sicher«, entgegne ich und schnappe mir einen der Einkaufskörbe. Ich biege gerade in den Gang ein, in dem die Nudeln stehen, und überlege, was uns Fred heute Abend Leckeres zaubern könnte (wir haben einen Deal: Ich kaufe ein und er kocht). Dabei stolpere ich beinahe über jemanden. Jemanden, den ich kenne.

»Jake!«, rufe ich überrascht.

»Oh, hallo, Allie!«, Jake kniet vor dem Regal und sieht aus, als hätte ich ihn bei etwas ertappt. Schnell steht er auf.

»Tut mir leid, dass ich dich fast über den Haufen gerannt hab«, sage ich. »Hab dich gar nicht gesehen.«

»Tja, bin ja selbst schuld, wenn ich am Boden rumlungere.« Mir fällt auf, dass sein Gesicht ziemlich rot angelaufen ist.

»Und was hast du da unten gemacht?«, frage ich verdutzt.

»Oh, ich hab grade darüber nachgedacht, ob ich lieber Spaghetti oder Tagliatelle nehmen soll.« Er deutet auf zwei verschiedene Packungen Nudeln. Er trägt wieder sein Holzfällerhemd, Jeans und eine Weste, und seine Haare sind wie immer richtig süß verwuschelt.

»Kommt ganz darauf an, welche Sauce du dazu machen willst.« Ich werde ebenfalls verlegen. Er muss doch schon hier gewesen sein, seit ich hereingekommen bin, und sicher hat er auch mein Gespräch mit Kelly gehört; so groß ist der Laden nicht. Warum hat er sich dann nicht früher bemerkbar gemacht? Fast kommt es mir so vor, als hätte er sich absichtlich vor mir versteckt. Aber warum in aller Welt sollte er das tun?

»Ach, darüber hab ich mir noch gar keine Gedanken gemacht.« Er kratzt sich am Kopf. »Vielleicht esse ich einfach ganz was anderes.«

»Die Würstchen wären im Angebot! Drei Packungen zum Preis von zwei!« Tobi lugt wieder hinter dem Regal hervor und grinst. »Allerdings sind das dann insgesamt achtzehn Würstchen. Ein bisschen viel für eine Person.« Er überlegt. »Oder hast du vielleicht eine Tiefkühltruhe? Würstchen kann man super einfrieren!«

»Nein, leider nicht«, antwortet Jake und ich habe das Gefühl, dass er am liebsten so schnell wie möglich wegwill. »Ich nehm einfach einen Laib Brot und etwas Käse, glaube ich.«

»Für Samstag haben sie richtig guten Wind vorhergesagt«, sage ich schnell. »Hättest du Lust?«

»Samstag?« Jake sieht mich fahrig an. »Ähm, ja. Das heißt, ich muss mal in meinen Terminkalender schauen. Aber ich glaube, es ginge.«

»Okay, dann sag mir einfach Bescheid.« Ich weiß nicht, wieso, aber Jakes Benehmen macht mich plötzlich auch richtig nervös.

»Wozu braucht ihr denn guten Wind?« Neugierig sieht Tobi uns an. »Lasst ihr Drachen steigen oder so was?«

»Nein.« Lachend schüttle ich den Kopf. »Wir gehen surfen, wellenreiten, besser gesagt.«

Tobi macht große Augen. »Ich wusste gar nicht, dass man das hier machen kann.«

»Doch, eigentlich gibt es ganz gute Spots in der Gegend. Komm doch mit, wenn du Lust hast«, bietet Jake eilig an. Wieso nur habe ich das Gefühl, dass heute irgendwas nicht mit ihm stimmt?

»Nein, danke«, lehnt Tobi ab. »Für mich ist das nichts. Hab lieber festen Boden unter den Füßen.«

»Tobi! Würdest du die Güte besitzen und mit dem Einräumen weitermachen, wenn du deine Freizeitplanung abgeschlossen hast?«, tönt es von der Kasse herüber. »Aye-Aye, Chefin!«, ruft Tobi zurück und grinst uns an. »Wie ihr seht, werde ich hier an der straffen Leine gehalten.« Damit verschwindet er wieder und gleich darauf hört man Konservendosen klappern.

»Also, wir sehen uns.« Jake nickt mir zu und macht sich dann fluchtartig auf den Weg zur Kasse. Er hat nun weder Nudeln noch Brot oder Käse in der Hand, bemerke ich, nur eine Flasche Duschgel und ein Netz Zitronen, das schon in seinem Einkaufskorb lag. Rasch legt er seine magere Beute auf das Band, bezahlt und verlässt den Laden, ohne sich noch einmal umzudrehen.

Immer noch verwirrt von der seltsamen Begegnung, suche ich meine Sachen zusammen und gehe dann ebenfalls zu Kelly an die Kasse.

»Wirklich nett, unser Jake, oder?« Kelly klimpert unschuldig mit den Wimpern.

»Wir gehen nur zusammen surfen«, nehme ich ihr jeglichen Wind sofort aus den Segeln. »Keine große Sache.«

»Natürlich nicht.« Kelly zwinkert mir zu. »Und was dein Freund in London nicht weiß ...«

»Da ist nichts«, sage ich. »Rein gar nichts.«

Kelly erwidert nichts mehr darauf, sondern zieht nur mit vielsagendem Blick meine Einkäufe über den Scanner. »Dann wären das 26 Euro und fünfzig Cent. Ach, lass die Cent stecken.«

Ich bezahle und Kelly packt mir inzwischen alles in meine Baumwolltasche.

»Danke, Kelly.« Ich nehme die Tasche. »Wir sehen uns

morgen.« Ich bin schon fast aus der Tür, als mir wieder einfällt, was ich sie noch fragen wollte.

»Weißt du eigentlich, wem der alte Bauernhof von Hetty Lancaster jetzt gehört? Der über dem Strand?«

»Der Hof von Hetty?« Kelly runzelt die Stirn. »Keine Ahnung, wer ihn geerbt hat. Hetty hatte keine Kinder, soweit ich weiß …« Sie mustert mich plötzlich interessiert. »Aber wieso willst du das überhaupt wissen?«

»Ach, nur so«, murmle ich beiläufig. Wenn ich Kelly von meinem Traum mit dem B&B erzähle, meinem äußerst vagen Traum, dann weiß es spätestens am Nachmittag der ganze Ort. Und dafür sind meine Pläne noch viel zu unausgereift.

Als ich den Laden verlasse, sehe ich, dass Jakes Jeep schräg gegenüber parkt. Jake sitzt hinter dem Steuer, aber er hat den Motor noch nicht gestartet. Stattdessen starrt er geradeaus und schüttelt den Kopf, aber er scheint mich nicht zu bemerken. Ich wundere mich immer noch über sein Verhalten gerade. Wollte er nicht, dass ich ihn sehe? Aber warum bloß? Das Ganze ergibt für mich keinen Sinn. Jedenfalls, auch wenn er sich heute komisch benommen hat – ich freue mich schon riesig darauf, wenn wir das nächste Mal surfen gehen, denke ich mir, während ich die Straße zu unserer Wohnung entlangtrotte. Und ich würde gern mal in den Surfshop in Ballyvaughan. Mein Neopren ist nicht mehr der neuste und wenn ich in Zukunft wieder öfters surfen gehe … unwillkürlich halte ich inne. Damit ich öfters surfen gehen könnte, müsste ich hierbleiben. Will ich das? Es ist das erste Mal, dass ich mich das bewusst frage. Will ich etwa in Doolinvarna bleiben? Noch vor einer Woche wollte ich nicht mal einen Fuß in dieses Dorf setzen – und jetzt? Kann sich in so kurzer Zeit so vieles grundlegend geändert haben?

»Dinge ändern sich andauernd«, sagt Fred wenig später, während er meine Einkäufe inspiziert. »Manche langsamer, manche schneller. Du solltest aber niemals ein schlechtes Gewissen haben, wenn sich etwas ändert, denn Stillstand bedeutet Tod.«

Ich liebe die Küchengespräche mit Fred. Er ist ein unerschöpflicher Quell an Lebensweisheiten, weisen, humorvollen und solchen, die klingen, als stammten sie aus einem Küchenkalender. »Erwartest du eine Hungersnot?« Er deutet auf den riesigen Sack Kartoffeln, den ich mitgebracht habe.

Ich lache. »Nein, aber sie waren im Angebot und ich dachte, die halten doch ein bisschen.«

»Hast recht.« Fred nickt. »Dann werde ich mir mal was Leckeres überlegen. Vielleicht ein Kartoffelgratin?«

»Klingt super.«

Wir verstauen gemeinsam die Einkäufe und dann macht Fred uns Tee. Ich deute auf die noch warmen Scones, die auf der Anrichte stehen. »Hast du die gebacken?«

Fred nickt. »Nimm dir ruhig einen.«

»Wahrscheinlich ist es eine komplett hirnrissige Idee«, sage ich wenig später, als wir am Küchentisch sitzen. Ich bin inzwischen schon bei meinem dritten Scone angelangt; sie sind einfach zu köstlich. Ich habe ihm von dem verfallenen Bauernhof erzählt und von meinem Traum. »Wie sollte ich es jemals schaffen, ein Haus zu renovieren? Es grenzt geradezu an Wahnsinn.« Alles, was ich diesbezüglich an Erfahrung vorweisen kann, ist, dass ich sämtliche Staffeln von *Room to Improve* gesehen und während meiner Ausbildung in London mein WG-Zimmer selbst gestrichen habe (in einem scheußlichen Zitronengelb).

»Sag das nicht, Allie«, wendet Fred bedächtig ein. »Tatkraft und Elan können eine Menge wettmachen. Und Erfahrung, die bekommt man bei einem solchen Projekt jeden Tag frei Haus mitgeliefert.«

»Ich bräuchte wahrscheinlich ein halbes Jahrhundert, bis ich genug Erfahrung gesammelt hätte«, sage ich trocken. »Und selbst wenn ich es irgendwie hinkriegen würde – eigentlich habe ich ganz andere Pläne«, hole ich mich selbst auf den Boden der Tatsachen zurück. »Ich wandere doch mit Giles in die Staaten aus.«

»Das hast du erzählt, ja.« Fred nickt.

»Ich gehe mit Giles nach Seattle«, sage ich mehr zu mir selbst als zu Fred.

Er erwidert nichts darauf, sondern nimmt sich noch einen Scone und bestreicht ihn dick mit Marmelade.

»Weißt du, Allie, ich habe einen Freund in Donegal«, beginnt er schließlich unvermittelt. »Mein Nachbar. Zeit seines Lebens dachte er, dass er keine Scones mag. Weil seine Frau sie auch nicht mochte. Voriges Jahr ist sie gestorben und sie hatten eine gute Ehe. Aber kannst du dir vorstellen, was er herausgefunden hat, nachdem sie nicht mehr da war? Dass er Scones nicht nur mag, sondern liebt! Er hat sie probiert und er ist ganz verrückt nach ihnen. Bäckt sich jede Woche welche.« Fred deutet auf das Gebäck vor uns. »Das Rezept ist von ihm. Er war so lange in einer Beziehung, dass er gar nicht mehr wusste, was er selbst wollte. Ich spreche nicht aus eigener Erfahrung, aber ich glaube, man muss aufpassen, dass man mit der Zeit nicht miteinander verschmilzt. Und man sollte sich hin und wieder fragen, ob die Träume und Wünsche, die man hat, noch die eigenen sind.« Er stellt seine Teetasse mit Nachdruck ab. »Denn eins darf man nie: Seine eigenen Träume und Wünsche aus den Augen verlieren.«

Lange nachdem Fred die letzten Krümel vom Küchentisch gefegt und alles in die Geschirrspülmaschine geräumt hat (er ist wirklich wie eine gute Fee im Haushalt, und nicht nur deswegen bereue ich es keine Sekunde lang, dass ich ihn aufgenommen habe), hallen seine Worte noch in mir nach. Ist es mein Traum, nach Seattle zu gehen? Ist es wirklich mein eigener Traum? Oder ist es bloß der von Giles, und ich habe ihn, ohne lange darüber nachzudenken, übernommen? Plötzlich bin ich mir nicht mehr sicher, und das macht mir Angst.

Kapitel acht

Niall, meine Pommes bitte ohne Essig!«, ruft Winnie, damit Niall sie in der Küche, die durch eine Schwingtür vom Barraum getrennt ist, auch hört.

»Ist gut«, kommt ein Brummen zurück, und wenig später taucht er mit zwei monströsen Portionen dampfenden Fish and Chips auf.

Winnie und ich haben uns vor der Komiteesitzung zum Mittagessen verabredet, und als Niall mir einen der Teller vor die Nase stellt, merke ich erst, was für einen Hunger ich habe.

»Also, meine Liebe«, beginnt Winnie, nachdem sie ein paar Pommes gleichzeitig in ihren Mund befördert hat. Anscheinend ist sie auch ziemlich hungrig. »Ich habe eine gute und eine schlechte Nachricht für dich.«

»Schieß los«, sage ich und muss aufpassen, damit ich mir an dem heißen Fisch nicht die Zunge verbrenne.

»Ich weiß jetzt, wem der alte Bauernhof über der Bucht gehört. Dein Bauernhof.«

»Echt jetzt?« Ich sehe sie erstaunt an. »Los, sag schon, wer ist es?«

»Damit kommen wir auch schon zum schlechten Teil«, sagt Winnie und nimmt sich noch eine Pommes, die sie vorher genüsslich in den Berg Ketchup auf ihrem Tellerrand tunkt. »Er gehört Joe.«

»Joe?« Entgeistert lasse ich die Gabel sinken. »Aber nicht etwa Algen-Joe?«

Winnie nickt. »Doch, leider, genau dem. Er ist der Neffe von Hetty Lancaster.«

Ich stöhne. »Na, den brauch ich ja gar nicht erst zu fragen.«

»Echt ziemlich blöd …« Winnie zuckt mit den Schultern. »Vielleicht wartest du, bis ein bisschen Gras über die ganze Krabbenbrötchen-Sache gewachsen ist? Wobei, die Leute sagen, dass Joe ein Elefantengedächtnis hat …«

»So viel Zeit hätte ich sowieso nicht.« Ich stecke mir gedankenverloren den Bissen Fisch in den Mund. Es schmeckt überraschend gut, weniger fettig als gewohnt. »Na ja, wahrscheinlich ist das ein Zeichen, dass ich einfach nach Seattle gehen sollte. Ganz nach Plan.«

»Ganz nach Plan«, wiederholt Winnie. »Über diesen Plan habe ich seltsamerweise recht wenig gehört seit deiner Ankunft.« Sie legt den Kopf schief. »Auch nichts über deinen Giles. Dafür eine ganze Menge über einen gewissen Arzt Schrägstrich Tierarzt, mit dem du, wie mir scheint, ganz gern Zeit verbringst.«

Ich kann doch jetzt nicht rot werden! Wo sind wir denn, in der Grundschule? »Ach, Jake«, sage ich wegwerfend.

»Ja, Jake« wiederholt Winnie und grinst. »Der übrigens auch recht begeistert von dir zu sein scheint.«

»Wieso?« Winnies Ton lässt mich hellhörig werden. »Hat er etwas über mich gesagt?«

»Würde dich das denn interessieren, Miss Seattle?« Winnie

kann manchmal wirklich gemein sein. Aber den Gefallen tue ich ihr nicht. »Nö, überhaupt nicht«, entgegne ich deshalb so gleichgültig wie möglich.

Winnie grinst immer noch. »Dachte ich mir. Übrigens, hast du eigentlich was beim alten Desmond erreicht?«

»Leider nicht.« Ich seufze. »Er beharrt auf seinen Preisen, und wir können überhaupt nichts dagegen machen.«

»Er ist eben ein Stinkstiefel, genau wie sein Sohn«, sagt Winnie grimmig. »Was war da anderes zu erwarten.«

»Ich fand Rory neulich eigentlich ganz nett«, sage ich nachdenklich. »Überhaupt nicht mehr so seltsam wie früher. Und er hat es sicher auch nicht leicht, mit diesem Vater.«

»Na ja, ich hab ihn schon ziemlich lange nicht mehr gesehen«, räumt Winnie ein. »Vielleicht hat er ja noch die Kurve gekriegt, im Gegensatz zum alten Desmond.« Sie stützt das Kinn auf die Hände. »Aber was machen wir denn jetzt mit den Hotelzimmern?«

»Wir müssen entweder auf sein Angebot eingehen oder irgendwo schnell Ersatz finden.« Ich zucke mit den Schultern. »Andere Möglichkeiten sehe ich keine.« Mein Blick fällt auf die Wanduhr. Gleich beginnt die Komiteesitzung. »Wie wär's mit einem schnellen Espresso?«

»Hier? Fehlanzeige.« Winnie grinst. »Niall, wieso servierst du eigentlich immer noch keinen Kaffee?«, ruft sie nach hinten in die Küche. »Das wäre super!«

Niall kommt zu uns an den Tisch. »Jetzt habe ich das ganze Pub sandstrahlen lassen und diese verdammte Heißluftfritteuse angeschafft«, knurrt er. »Rauchen darf man auch nicht mehr. Und damit ist mal genug mit den Änderungen. Wenn ihr Kaffee trinken wollt, fahrt nach Ballyvaughan oder geht einfach zu euch nach Hause.«

»Nichts für ungut, Niall«, besänftigt Winnie ihn, während sie netterweise für uns beide bezahlt. »Und mir schmecken die Heißluftfritten übrigens richtig gut.«

»Mir auch«, pflichte ich ihr schnell bei.

»Na dann bin ich ja froh«, brummt Niall.

Winnie und ich wechseln einen amüsierten Blick. »Und Dad wird sich auch freuen, wenn er weiterhin ab und zu bei dir essen kann«, sage ich und ernte dafür einen geringfügig freundlicheren Blick, bevor Niall wieder in die Küche verschwindet.

»Wir sehen uns dann gleich bei der Sitzung, ja?«, ruft Winnie ihm nach. Ein Brummen kommt als Antwort, und Winnie und ich gehen los, um Fred abzuholen, der, sobald wir den Sitzungssaal betreten, von allen Seiten herzlich begrüßt wird.

»Wie schön, dass du wieder zu den Truppen gestoßen bist, Fred!«, sagt Kelly kernig, während Niall ihm auf die Schulter klopft und Gwen ihm den besten Platz direkt vor dem Shortbread-Teller anbietet. Fred strahlt und ich kann nicht anders, als mich für ihn zu freuen.

»Ich würde sagen, wir legen dann auch gleich los.« Kelly wirft einen Blick auf ihre Uhr mit dem Fake-Krokoleder-Armband. »Ich bekomme nachher noch eine Lieferung aus Spanien.« Irgendwie ist sie immer noch diejenige, die den Sitzungen vorsteht, aber das macht mir nichts aus, schließlich habe ich auch so genug um die Ohren.

»Hört, hört«, bemerkt Gwen etwas spitz. »Ist der Lieferant etwa wieder dieser Armando mit dem hübschen Hinterteil?«

»Der mit dem hübschen Hintern ist Jorge, der Weinlieferant, Schätzchen«, kontert Kelly. »Armando bringt den Schinken.« Sie lächelt anzüglich. »Aber auch sein Hinterteil kann sich sehen lassen.«

»Wie schön, dass so viele Lieferanten den Weg zu dir persönlich bis nach Irland finden, Kelly.« Rudy grinst. »Ich möchte gern mal wissen, wie du das anstellst. Bei mir kommt nicht mal mein eigener Parteivorstand aus Dublin vorbei.«

»Wahrscheinlich liegt es daran, dass es bei Kelly meistens etwas mehr zu holen gibt als bloß den nächsten Auftrag«, flüstert Winnie und zieht vielsagend ihre Augenbraue hoch. »Wenn du verstehst, was ich meine.« Ich kichere. Kellys Appetit auf Männer war immer schon legendär, aber dass sie neuerdings sogar ihre Lieferanten vernascht, ist mir neu.

»Armando ist auch nicht nur ein Lieferant«, sagt Kelly, als hätte sie meine Gedanken gelesen. »Er ist ein langjähriger … Freund.«

»Bettgefährte, meint sie wohl«, nuschelt Rudy unüberhörbar.

»Und wenn es so wäre?« Kelly sieht ihn von oben herab an. »Dann geht es dich auch überhaupt nichts an, Rudy Hayes. Kümmere dich lieber um deinen eigenen Kram.«

»Jawohl, Käpt'n!« Rudy tut so, als würde er vor Kelly salutieren.

»Können wir jetzt endlich zur Tagesordnung übergehen?«, brummt Niall, dem die Frotzelei zwischen den beiden sichtlich auf die Nerven geht. »Muss zurück in den Pub.«

»Darf ich anfangen?« Guinevere hebt entschlossen die Hand. »Ich weiß, ich bin mit meinem Astrologie-Workshop nicht gerade auf Begeisterung gestoßen, aber die planetarische Konstellation am Festivalwochenende ist einfach zu perfekt, um diese Gelegenheit verstreichen zu lassen. Deshalb habe ich ein Konzept erstellt.« Feierlich überreicht sie Kelly einen Schnellhefter. Kelly wirft einen kurzen Blick hinein und lässt ihn dann herumwandern. Rudy reicht ihn sofort weiter, während Gwen zumindest den Anschein erweckt, den Inhalt zu lesen. Als ich an der Reihe bin, blättere ich interessiert die Seiten durch. Guinevere hat sich wirklich Mühe gegeben; sie hat himmelblaues Papier für ihr Layout verwendet und alles mit kleinen Sternen und Planetenstickern verziert. Wenn ich es richtig verstehe, will sie einen Workshop anbieten, bei dem man … ja was eigentlich?

»Ich zeige den Menschen, wie sie ihre kosmische Energie im Einklang mit ihren Planeten fokussieren können, um Erfolg in der Liebe zu haben«, wiederholt Guinevere geduldig, als Winnie meine Frage Sekunden später laut ausspricht. »Und wie ich euch bereits erläutert habe, stehen Venus und Mars, die beiden mächtigsten Liebesplaneten, zum Zeitpunkt des Festivals in einer äußerst günstigen Konstellation zueinander, was einen idealen Nährboden für romantische Begegnungen schafft …«

»Jaja, Männer sind vom Mars und Frauen von der Venus, das wissen wir schon«, kommentiert Rudy belustigt. »Was dann auch schon ziemlich alle Probleme zwischen den Geschlechtern erklären dürfte.«

»… und damit auch bei der Partnersuche sehr hilfreich sein kann«, fährt Guinevere fort, ohne Rudy zu beachten. »Was ja bekanntermaßen das Ziel dieses Festivals ist. Nämlich einen Partner zu finden.«

»Na ja, den meisten reicht es, wenn sie einfach ein Wochenende ordentlich Spaß haben«, meint Rudy, verstummt aber sofort, als er einen bitterbösen Blick von Gwen kassiert.

Guinevere sieht auf einmal unglücklich aus. »Ich glaube, ihr versteht das alles nicht ganz … Was ich meine, ist etwas komplett anderes …« Sie weiß augenscheinlich nicht mehr weiter und tut mir plötzlich leid. Also nehme ich meinen Mut zusammen und hebe die Stimme. »Ich finde, Guinevere hat sich eine Chance verdient. Sie hat ein Konzept vorgelegt …«

»Das ist doch kein Konzept, sondern reiner Humbug«, murmelt Niall.

»Sie hat einen ordentlichen Plan aufgestellt«, beharre ich, »und ich finde, sie soll es ausprobieren dürfen.«

Alle sehen mich erstaunt an, einschließlich Guinevere selbst.

»Du solltest es machen, Guinevere«, wiederhole ich mit fester Stimme. »Wir können ruhig mal was Neues probieren. Dad würde das sicher auch wollen.«

Ich sehe genau, dass Kelly etwas auf der Zunge brennt, aber sie reißt sich zusammen.

»Und wo genau soll dieses Spektakel stattfinden?«, meldet sich jetzt Rudy zu Wort. »Wir haben so schon Platzmangel.«

»Der kleine Raum neben dem Gemeindesaal wäre am Freitag nach dem Céilis-Workshop noch für zwei Stunden frei«, sagt Winnie, die sich den Programmablauf von Gwen geschnappt hat und darin blättert.

Sofort entbrennt eine allgemeine Diskussion.

»Aber dann müssten wir alles ab- und dann wieder aufbauen.« – »Zu zeitaufwendig!« – »Die Stepptanz-Leute haben da drin immer ihre Garderobe für die Bühnenshow, die können nicht einfach ihre Sachen wegräumen.« – »Und danach baut gleich die Liveband ihre Instrumente auf, die brauchen einen Raum nebenan!«

Guinevere sackt immer mehr in sich zusammen, während es mir so vorkommt, als würde jeder nur nach einem Grund suchen, ihren Workshop zu verhindern. Plötzlich habe ich einen Geistesblitz. »Wir könnten das leerstehende Postamt herrichten«, sage ich. »Unter unserer Wohnung. Dad hat noch einen Schlüssel, soweit ich weiß.«

»Das alte Postamt?« Kelly sieht mich an, als ob ich nicht ganz dicht wäre. »Dürfen wir denn das überhaupt so mir nichts, dir nichts benutzen?«

»In den letzten zehn Jahren war kein einziges Mal jemand von der Post da, also werden sie sich in den nächsten sieben Tagen auch nicht darum kümmern.« Rudy zuckt mit den Schultern. »Ich wette, die in Dublin wissen nicht mal mehr, dass es in Doolinvarna überhaupt noch ein Postamt gibt.«

»Wenn ich das richtig verstehe, macht Guinevere doch Einzelberatungen«, sage ich. Guinevere nickt. »Sie braucht also nicht viel Platz, und das Postamt liegt im Zentrum der Festivalaktivitäten. Wenn wir es ein bisschen entrümpeln und saubermachen …«

»Ich könnte den Raum dekorieren«, sagt Fred eifrig. »Wir könnten Planeten aus Pappmaché basteln, ein Leintuch als Himmel aufhängen und so weiter.«

Guinevere bekommt glänzende Augen. »Das wäre einfach großartig!«

Kelly wirkt immer noch nicht überzeugt. »Ist das nicht zu viel, was wir uns da zusätzlich aufhalsen? Es ist nur noch eine Woche bis zum Festival und wir haben alle weiß Gott genug zu tun …«

»Außer mir«, sagt Fred. »Ich kann die Vorbereitungen gerne übernehmen.«

»Ich habe auch noch zeitliche Reserven«, schaltet sich Guinevere schnell ein. »Und es wäre einfach großartig, wenn ich meinen Workshop abhalten dürfte.«

»Gut, wenn du meinst, dass wir es verantworten können, Allie.« Kelly legt den Kopf schief. Ich nicke beherzt. »Du bist die Vorsitzende. Und es soll keiner sagen, dass wir Neuem gegenüber nicht aufgeschlossen wären.« Sie seufzt. »Gwen, notierst du Guineveres Workshop als zusätzlichen Programmpunkt?«

Gwen nickt und kritzelt etwas auf ihren Notizblock. Guinevere strahlt Fred und mich an, und wir lächeln beide zurück.

»Gut, was haben wir als Nächstes?«, fragt Kelly in Respekt heischendem Tonfall.

»Ich war im *Grantchester*, wegen der erhöhten Zimmerpreise«, berichte ich. »Aber Mr. Desmond rückt keinen Cent von seinen Preisvorstellungen ab.«

»Das heißt, uns sind die Hände gebunden, Allie?«, hakt Gwen nach. »Und wir müssen Alistairs Wucherpreise schlucken?«

Ich zucke mit den Schultern. »Sieht ganz danach aus.«

»Friss oder stirb, genauso sieht's aus!« Kelly schnaubt vor Wut. »Wenn ich diesen Bandido in die Finger kriege, der kann was erleben!«

»Es ist sein gutes Recht, die Preise nach seinem eigenen Ermessen oder der aktuellen Auftragslage festzulegen«, sage ich matt. »Man nennt das Yield Management. Und wie wir schon feststellen mussten, gibt es leider keine schriftliche Abmachung.«

»Und was sollen wir jetzt machen?« Gwen blickt ratlos in die Runde.

»Ich könnte versuchen, einen Kompromiss mit ihm zu vereinbaren«, schlage ich vor. »Die bis jetzt gebuchten Zimmer sollten auf jeden Fall zu dem Preis bestehen bleiben, den wir ausgehandelt haben. Das federt die Kosten für uns zumindest ein wenig ab. Die restlichen werden wir wohl oder übel zum neuen, teureren Tarif nehmen müssen, außer, wir schaffen es, noch auf die Schnelle andere Unterkünfte zu finden.«

»Das glaube ich kaum«, sagt Gwen. »Die Desmonds haben mit ihren drei großen Hotels quasi ein Monopol in der Gegend. Einen Ausfall könnten die kleinen Vermieter niemals abfedern.«

»Und außerdem ist es doch gar nicht gesagt, dass Alistair Desmond auf unser Angebot einsteigt«, wirft Winnie ein.

»Oder wir stellen den Verkauf der Festivalpauschale sofort ein«, sage ich. »Und die Leute müssen sich ihre Unterkunft selbst buchen.«

Gwen schüttelt den Kopf. »Das wirft kein gutes Licht auf uns, wenn wir unsere Packages auf einmal nicht mehr anbieten.«

»Und wenn wir einfach sagen, dass sie bereits ausverkauft sind?«, schlage ich zaghaft vor, obwohl ich selbst nicht von dieser Idee überzeugt bin.

»Ich möchte unsere Gäste nicht anschwindeln.« Gwen schüttelt wieder den Kopf. »Wir sind ein ehrliches Festival.« Die anderen nicken zustimmend. Außer Rudy, aber der ist schließlich Politiker.

»Ich schlage vor, dass wir Alistair die Stirn bieten«, sagt Kelly entschlossen. »Wenn er sich querlegt, sollten wir ihm nicht auch noch die Perlen vor seine gierige Saunase werfen. Wir finden eine andere Lösung.«

»Was, wenn wir den Gästen einen Shuttle-Service anbieten?«, überlege ich laut. »Zu den Hotels in Galway? Dort gäbe es noch genügend Kapazitäten.«

»Wird das nicht zu teuer?«, fragt Winnie. »Wir würden nämlich ziemlich viele Busse brauchen.«

»Ich könnte meinen Bruder fragen«, sagt Rudy. »Er hat ein paar Busse, mit denen er normalerweise Rentnerfahrten macht. Aber da ist im Moment nicht viel los.«

Kelly nickt zustimmend. »Das würde mir richtig gut gefallen, dann soll Alistair Desmond auf seinen verdammten Zimmern sitzenbleiben.«

»Ich frage meinen Bruder.« Rudy kritzelt geschäftig etwas in sein Notizbuch.

»Und ich kümmere mich um die Ersatzzimmer«, sage ich. »Betreffend der Kosten müssen wir einfach in den sauren Apfel beißen und sehen, dass wir woanders mehr Geld einnehmen. Vielleicht finden wir noch einen Sponsor?« Ich sehe fragend in die Runde. Achselzucken von allen Seiten. »Wir haben doch schon jeden, der oder die infrage kommen, abgeklappert«, meint Winnie. »Ich glaube kaum, dass da noch was geht.«

»Uns wird was einfallen«, halte ich entschlossen dagegen. »Und noch haben wir etwas Zeit.«

Einige Minuten später ist die Stimmung auch bei mir weit weniger optimistisch.

»Ihr könnt euch doch nicht einfach so geschlagen geben!« Kelly schlägt mit der Faust auf den Tisch. Winnie und ich haben ihr gerade von unserem Treffen mit Algen-Joe berichtet und sie ist gar nicht begeistert.

»Er war echt fies, Kelly«, verteidigt Winnie uns. »Und null kompromissbereit, du hättest ihn mal sehen sollen …«

»Er will die Krabbenbrötchen einfach nicht mehr machen«, füge ich kleinlaut hinzu.

»Soll ich mal bei ihm vorbeischauen?« Kelly klingt richtig bedrohlich. »Danach wird er darum betteln, seine Krabbenbrötchen wieder machen zu dürfen, darauf könnt ihr Gift nehmen!«

»Wenn du hingehst, wird alles nur noch schlimmer, Kelly«, sagt Gwen und schüttelt den Kopf. »Du mit deiner Straßenwalzen-Attitüde …«

»Was hat er eigentlich gegen dich in der Hand, Rudy?«, fragt Winnie plötzlich. »Er hat gesagt, dass wir das vor allem dir zu verdanken hätten!«

Rudy bekommt einen roten Kopf. »Ähm, keine Ahnung, was der Wirrkopf schon wieder hat …«

»Wirklich nicht, Rudy?« Kelly sieht ihn stirnrunzelnd an. »Mir würde da eine ganze Menge einfallen. Zum Beispiel, dass du deinen Sandkastenfreund Eddie O'Donnell bei der Vergabe der Fischereikonzessionen bevorzugt hast und Joe ein geschlagenes Jahr auf seine warten musste, weil das Kontingent beschränkt war.«

»Das war 2001!«, ruft Rudy empört. »Ich war ganz frisch im Amt und hatte doch keine Ahnung von Konzessionen!«

»Erzähl das jemand anderem«, sagt Kelly ungerührt. »Du hast Eddie O'Donnell bevorzugt, und das nimmt dir Joe immer noch übel.«

»Ich glaube, es liegt eher daran, dass ich Joe letztes Jahr bei der Fischereibehörde gemeldet habe.« Rudy wirkt plötzlich kleinlaut. »Anonym natürlich, aber die sind ja auch nicht mehr das, was sie einmal waren.«

»Du hast was?« Kelly macht ein empörtes Gesicht. »Wieso tust du sowas? Wir in Doolinvarna helfen einander! Sogar, wenn es sich um Algen-Joe handelt!«

»Weil es meine Aufgabe als Bürgermeister ist, auf die Fisch- beziehungsweise Krabbenbestände zu achten.« Rudy hebt verteidigend die Hände. »Joe hat es einfach permanent übertrieben, und jetzt schiebt er mir den Schwarzen Peter in die Schuhe, weil ihm die Behörde ein saftiges Bußgeld verpasst hat.«

»Gehören die Fisch- und Krabbenbestände von Doolinvarna jetzt auch schon zu deinen Wählern, Rudy?«, kommt es von Niall quer über den Tisch. Gwen und Winnie kichern.

»Nein, mein Lieber, aber die anderen Fischer, und sie sind nicht bloß Wähler, sondern vor allem Mitbürger, deren Anliegen ich zu vertreten habe, ob mir das nun passt oder nicht«, erklärt Rudy pathetisch.

»Was bist du nur für eine alte Petze!« Kelly schüttelt den Kopf. »Deinetwegen können wir uns jetzt mit seinem widerlichen Sushi herumschlagen.«

»Warum lassen wir ihn nicht sein Irish Sushi ausprobieren und organisieren jemand anderen für die Krabbenbrötchen?«, schalte ich mich ein und wiederhole damit, was ich auch schon zu Winnie gesagt habe. »Ich meine, was haben wir zu verlieren?«

»Nur unseren kulinarischen Ruf«, murmelt Niall.

»Erstens das und zweitens wüsste ich auch nicht, wer auf die Schnelle den Krabbenbrötchenstand übernehmen sollte. Wir haben wie jedes Jahr fest mit Joe gerechnet, aber dass sich dieser Querulant so stur zeigt …« Kelly schüttelt den Kopf, als könne sie es nicht glauben, dass es jemand wagt, sich ihrer Planung zu widersetzen.

»Ich glaube, es nützt alles nichts«, sagt Winnie düster. »Wir müssen ihm seinen Stand geben, sonst springt er im Dreieck. Und er legt ganz gewiss keine einzige Krabbe in seine verdammt leckeren Brötchen.«

Kelly seufzt. »Also gut. Dann sagen wir Joe in Gottes Namen, dass er seinen Irish-Sushi-Stand bekommt.« Sie nickt mir zu. »Allie, bitte erledige du das.«

»Mach ich«, sage ich rasch, und nicht ohne Hintergedanken. Wenn ich Joe diese freudige Botschaft überbringen werde, kann ich vielleicht auch gleich mit ihm über den Bauernhof reden.

Kelly zückt den Stadtplan, wo alle Festival-Locations und

Standpositionen eingezeichnet sind. »Aber er soll mit seinem Stand gefälligst ab in die Fentyll Road, da sieht ihn zumindest nicht gleich jeder.«

Dieses Detail verschweige ich wohl besser bei unserer Unterredung.

»Und dann brauchen wir unbedingt jemand anderen für die Krabbenbrötchen«, fährt Kelly fort. »Das hat jetzt oberste Priorität. Irgendwelche Vorschläge?«

Schweigen in der Runde. Alle sehen sich ratlos an.

»Ich könnte den Stand übernehmen«, meldet sich da mein Untermieter schüchtern zu Wort.

»Du, Fred?«, fragt Kelly überrascht.

Er nickt eifrig. »Ich kann einigermaßen kochen, und so einen Stand zu betreuen macht sicher Spaß.«

Kelly blickt ihn zweifelnd an. »Es ist lieb von dir, Fred, aber an den Essensständen geht es richtig heiß her, vor allem zu den Stoßzeiten. Du wirst die Brötchen im Akkord raushauen müssen, um den Andrang bewältigen zu können.«

Fred strafft die Schultern. »Ich habe schon ganz andere Dinge in meinem Leben gestemmt, Kelly. Das Postamt dekoriere ich vorher, und dann mache ich mich an den Krabbenstand.«

»Das wäre doch die Lösung!«, ergreife ich begeistert für ihn Partei.

»Ich weiß nicht recht …« Kelly ist immer noch nicht überzeugt. »Nicht, dass es dir noch zu viel wird, Fred.«

»Ist echt ein Knochenjob, so'n Stand«, brummt Niall. »Überleg dir gut, ob du dir das antun willst, Kumpel.«

»Ach was, Fred macht das schon!« Ich nicke ihm aufmunternd zu und er strahlt. Ich weiß wirklich nicht, wieso sich die anderen so anstellen.

»Und er wird bestimmt so viele Krabbenbrötchen verkaufen, dass wir die fehlenden Einnahmen damit wieder wettmachen können«, sage ich halb im Scherz, aber Gwen fängt sofort an, eifrig Zahlen auf ihren Notizblock zu kritzeln.

»Fred arbeitet ehrenamtlich, das heißt, dass alle Einnahmen abzüglich der Warenausgaben direkt in die Festivalkasse fließen würden.« Mit gefurchter Stirn sieht sie auf ihren Block. »Da zu erwarten ist, dass sich die Krabbenbrötchen wieder äußerst gut verkaufen, ist das finanziell gesehen wirklich gar keine schlechte Idee.«

»Das würde doch ein großes Problem lösen!«, sage ich begeistert. »Und Fred, du kochst wirklich ausgezeichnet!«

»Ich bin absolut bereit, wenn ihr mich wollt.« Er nickt. Ich betrachte Fred, wie er dasitzt, mit seinen hageren Gliedmaßen, dem schütteren weißen Haar und den vielen tief gefurchten Falten in seinem Gesicht. Aber vor allem sehe ich seine wachen Augen, ihr Leuchten und die Tatkraft, die aus ihnen spricht.

»Nun, die Entscheidung liegt bei uns allen, oder besser gesagt, schlussendlich bei der Leitung des Komitees.« Kelly sieht mich an. »Du bist dafür, Allie, wenn ich das richtig verstehe?«

»Ja, absolut.« Ich nicke, um meine Worte zu bekräftigen. »Fred wird den Krabbenbrötchenstand rocken.«

»Gut.« Kelly nickt. »Dann kümmere du dich bitte um den Lieferanten für die Krabben. Frag am besten Liam O'Rourke. Die Brötchen und den Rest können wir im Großmarkt in Galway bestellen. Die Standinstallation kann unser Handwerkertrupp übernehmen.«

»Wieso haben Kelly und Niall so gezögert, als Fred seine Hilfe beim Krabbenstand angeboten hat?«, frage ich Winnie, als wir nach Ende der Sitzung das Gemeindezentrum verlassen. »Ist doch super von ihm, wenn er das übernimmt. Damit sind alle unsere Engpässe gelöst!«

»Weißt du, Allie, es hat in der Vergangenheit ein paar … Herausforderungen mit ihm gegeben. Fred ist ja wirklich sehr motiviert und hat die besten Absichten, aber er neigt dazu, sich zu verzetteln.« Winnie sieht mich vielsagend an. »Ich glaube, Kelly hat Angst, dass plötzlich fünfzig Leute vor seinem Stand stehen und er nicht mehr hinterherkommt.«

»Man muss ja nicht immer gleich schwarzsehen.« Ich runzle die Stirn. »Notfalls greift ihm halt jemand zu den Stoßzeiten unter die Arme.«

Winnie sieht mich von der Seite an. »Weißt du eigentlich, was abgeht, sobald das Festival begonnen hat? Wir vom Komitee rennen die ganze Zeit herum, um kleine und große Katastrophen zu verhindern, und alle anderen Helfer sind schon fest woanders eingeteilt. Fred wird am Krabbenstand auf sich allein gestellt sein.«

»Und wenn schon. Ich finde, wir sollten ihm mehr zutrauen«, bleibe ich bei meiner Meinung. »Er ist vielleicht nicht mehr der Schnellste, aber ausdauernd, und wenn die Leute eine Minute länger auf ihr Brötchen warten müssen, macht das doch nichts. Immerhin ist es ein Festival der Liebe.« Ich betone das letzte Wort.

»Ein Festival der Liebe ja, aber die macht die Leute auch nicht unbedingt geduldiger. Oder weniger hungrig«, entgegnet Winnie lapidar.

»Allie?«, ertönt es da hinter uns. Es ist Guinevere, die uns mit wehenden Haaren und klirrenden Armreifen hinterherläuft. »Hättest du eine Minute?«

»Ich verabschiede mich dann mal«, sagt Winnie rasch. »Bis dann, Allie.«

»Bis dann«, rufe ich ihr verdutzt hinterher, denn sie ist bereits auf und davon.

Inzwischen hat mich Guinevere eingeholt. »Ich wollte mich noch bei dir bedanken«, beginnt sie atemlos. »Weil du die Einzige warst, die das Potenzial meines Workshops erkannt hat. Du wirst es nicht bereuen, denn ich glaube, die Leute werden es lieben.«

»Aber sicher«, sage ich, obwohl ich bei Gott nicht restlos überzeugt davon bin.

»Und dann wollte ich dir noch etwas sagen.« Plötzlich ändert sich ihr Tonfall, sie spricht ruhiger, klarer. »Ich will dich jetzt nicht verunsichern, aber ich spüre bei dir eine starke kosmische Energie. Dieselbe, die ich auch bei Pat sofort gespürt habe.« Sie wirkt jetzt hellwach und starrt mit ihren eisblauen Augen durch mich hindurch.

»Ach wirklich?«, sage ich und bin natürlich erst recht verunsichert.

Guinevere nickt entschlossen. »Früher hätten sie wahrscheinlich Angst vor dir gehabt und dich als Hexe abgestempelt.« Sie legt den Kopf schief. »Mich mit Sicherheit auch. Dann hätten wir uns eventuell erst auf dem Scheiterhaufen getroffen.«

»Eine recht unbehagliche Vorstellung«, sage ich, nur halb im Scherz.

»Allerdings.« Guinevere zuckt mit den Schultern. »Gut, dass ich heute nur noch als Spinnerin abgetan und nicht mehr verbrannt werde.«

»Aber das wirst du doch nicht«, wende ich halbherzig ein und muss an die vielen abschätzigen Kommentare denken, die ich seit meiner Ankunft über sie gehört habe.

»Doch, so ist es.« Guinevere lächelt. »Du musst nicht lügen, Schätzchen, ich vertrage die Wahrheit schon.« Sie wirft ihre lange lockige Mähne zurück. »Ich bin außergewöhnlich. Und ich bin daran gewöhnt, die Außenseiterin zu sein. Außergewöhnliche Menschen mussten immer schon Spott und Häme ertragen.« Sie wirkt einen Moment abwesend, so, als sei ich gar nicht mehr da.

»Also dann …«, beginne ich zaghaft, weil ich mir nicht sicher bin, ob unser Gespräch beendet ist.

»Und noch etwas«, fährt sie plötzlich wieder fort, als hätte sie mich gar nicht gehört. »Dein Untermieter.«

»Fred?« Ich mustere sie erstaunt.

»Ja. Habe ich das richtig verstanden, dass er jedes Jahr zum Festival herkommt?«

Ich nicke. »Schon seit einer halben Ewigkeit, ja.«

Guineveres Blick geht wieder ins Leere. »Und er reist nur für das Festival an?«

»Ja, er wohnt eigentlich in Donegal. Wieso fragst du?«

Sie scheint wie aus einer Trance zu erwachen. »Ach, ich dachte nur, wie nett es von ihm ist, dass er mir mit dem Planetenraum behilflich ist«, sagt sie schnell. »Und auch bei ihm spüre ich starke kosmische Schwingungen.«

»Ach so …« Ich mustere sie aufmerksam. Warum bloß habe ich das Gefühl, dass sie nicht ganz ehrlich zu mir ist?

»Also, vielen Dank noch einmal.« Guinevere nickt mir zu und entschwebt dann, mit dem Kopf wahrscheinlich schon wieder in höheren Sphären.

Ich dagegen lenke meine Schritte eilig in Richtung Hafen. Wenn ich Glück habe, erwische ich Algen-Joe jetzt noch.

Ich bin wirklich guter Dinge, dass meine Nachricht als Türöffner für mein eigentliches Anliegen dient, und drücke mir selbst die Daumen, als ich Alge-Joe schon von Weitem bei seinem Boot am Hafen sehe.

»Hallo, Joe«, begrüße ich ihn so freundlich wie möglich. »Guter Tag heute gewesen?« Ich deute auf die große Kühlbox voll Fisch, die am Pier steht.

»Geht so«, brummt Joe. »Was willst du?«

Nur nicht von seiner Unfreundlichkeit einschüchtern lassen. »Ich habe gute Neuigkeiten für dich: Du kannst deinen Algenstand machen. Deinen Sushi-Stand, meine ich«, verbessere ich mich hastig.

Joes Miene wird um eine Nuance freundlicher. »Ach ja? Haben sich die feinen Herrschaften vom Komitee doch noch entscheiden können?«

»Ja«, erwidere ich freundlich. »Wie gesagt, die Bahn ist frei für deinen Stand.«

»Wurde aber auch Zeit.« Joe nickt zufrieden. »Ist schließlich nicht mehr lange bis zum Festival. Wo stehe ich?«

»Die genauen Standplätze werden erst noch festgelegt«, schwindele ich. »Aber wir finden sicher ein nettes Plätzchen für dich und dein Sushi.«

»Sag Kelly, sie soll mich am Hafen hinstellen. Wie in den letzten Jahren.« Das ist ein Befehl, keine Bitte. »Sie macht doch bestimmt noch die Standeinteilung, die angemalte Funzel?«

»Ich werde es Kelly ausrichten«, sage ich eilig, um dann rasch das Thema zu wechseln. »Aber jetzt was ganz anderes: Ich habe gehört, dass dir der alte Bauernhof gehört«, pirsche ich mich vorsichtig heran. »Der über dem halbmondförmigen Strand Richtung Ballyvaughan?«

»Könnte sein«, sagt Joe gedehnt. Er kaut auf seinem Tabak herum, wie immer. »Wieso?«

»Bin neulich mal vorbeigekommen«, sage ich so neutral wie möglich. »Nettes Plätzchen dort oben.«

»Nett, ja.« Seine Augen verengen sich zu den altbekannten Schlitzen.

Ich versuche mich an einem harmlosen Lächeln. »Bist du oft dort?«

»Ach was«, sagt Joe. »Hab ihn von der alten Spinnerin geschenkt bekommen.«

»Von welcher alten Spinnerin?«, frage ich, obwohl ich mir die wenig charmante Antwort schon ausmalen kann.

»Meiner Tante. Hetty Lancaster. Schaut seit ein paar Jährchen die Radieschen von unten an.« Er spuckt den Kautabak ins Hafenbecken.

»Oh, das tut mir leid«, sage ich höflich, obwohl ich nicht den Eindruck habe, dass ihn das Ableben seiner Tante sonderlich betroffen macht.

»Als ob ich was mit der Baracke anfangen könnte«, sagt Joe missmutig. »Ich bin Fischer, kein Bauer. Außerdem kommt man ja nicht mal gescheit hin, mit der zugewachsenen Einfahrt.«

»Würdest du ihn denn eventuell loswerden wollen?«, frage ich schnell. »Den Bauernhof, meine ich.«

»Hab noch nicht darüber nachgedacht.« Joe bekommt einen sonderbaren Gesichtsausdruck. Ich kann regelrecht sehen, wie es in seinem Kopf zu arbeiten beginnt. »Aber wer weiß, wenn mir jemand ein gutes Angebot macht? Wie du schon sagst, ist ein nettes Plätzchen.« Er mustert mich von oben bis unten, als wollte er abschätzen, ob ich für einen Kauf überhaupt infrage käme.

»Aber natürlich sind die Gebäude schon ziemlich alt«, wende ich schnell ein, denn es ist eindeutig: Algen-Joe hat Zaster gewittert. In seinen Augen blitzen bereits die Eurozeichen. »Total baufällig. Wäre sicher eine Heidenarbeit, die zu renovieren …«

»Und die Arbeit willst du dir antun?« Joes Blick ist abschätzig geworden. »Ich dachte, du willst so schnell wie möglich zurück in die Großstadt? Zu deinen Roastbeefs?«

»Nicht unbedingt«, bleibe ich vage. »Aber ich lass dich jetzt weitermachen. Wir können ja ein anderes Mal darüber reden.« Ich lächle freundlich. Nur nichts überstürzen.

»Ja, das können wir, kleine Malone.« Joe mustert mich noch einmal von oben bis unten und ich habe das Gefühl, dass dieses Gespräch gar nicht schlecht für mich verlaufen ist. Natürlich ist alles rein hypothetisch, ich muss ja sowieso zuerst mit Giles darüber sprechen. Wir leben schließlich schon so gut wie in Seattle und wenn ich ehrlich bin, kann ich mir kaum vorstellen, dass er sich für ein eigenes B&B in der irischen Pampa begeistert. Aber vielleicht wird er seine Meinung ändern, wenn er erst das Potenzial sieht, das in diesem alten Hof steckt? Und ein eigenes kleines Hotel zu führen, das wäre doch ebenfalls ein ordentlicher Karrieresprung? Ich kann es gar nicht abwarten, ihm davon zu erzählen.

Als ich heimkomme, ist Fred schon dabei, ein Kartoffelgratin vorzubereiten. Ich helfe mit, wir verquatschen uns und ehe ich michs versehe, ist es schon zehn Uhr abends. Ich habe viel zu viel gegessen und liege irgendwann satt und zufrieden im Bett und höre noch mit halb geschlossenen Augen der Brandung zu, die heute wieder mit ziemlicher Wucht gegen die Hafenmauer donnert. Mein Lieblingsgeräusch. Ich bin gerade dabei, einzudösen, als plötzlich mein Handy läutet.

»Hey, Allie!« Giles erscheint auf dem Display. Er ist wieder in seinem schicken Hotelzimmer, aber dieses Mal trägt er Anzug und Krawatte. »Schläfst du schon?«

»Wie du siehst, noch nicht«, versuche ich zu scherzen, muss

aber herzhaft gähnen. Giles sieht mich zerknirscht an. »Tut mir leid, bei euch ist es ja schon später Abend.«

»Schon gut«, sage ich, obwohl mir beinahe die Augen zufallen. »Schön, dich zu sehen.«

»Dieses Bild, das du mir gestern geschickt hast«, beginnt er ohne Umschweife. »Von dieser Bruchbude.«

»Du meinst das Haus über der Bucht?« Mein Herz schlägt schneller. »Es ist echt baufällig, aber die Lage ist wirklich ein Traum, Giles.«

Er sieht mich skeptisch an. »Und wofür genau? Eine Kuranstalt vielleicht?«

»Nein, doch nicht für eine Kuranstalt.« Ich richte mich im Bett auf. Plötzlich bin ich wieder hellwach. »Für ein kleines B&B.«

»Ein kleines B&B«, wiederholt Giles gedehnt.

»Du weißt doch, dass ich immer wieder mal daran gedacht hab. Na ja, davon geträumt trifft es wohl eher«, sage ich zögerlich. »Aber dieser alte Bauernhof ... er ist einfach fantastisch.«

»M-hm.« Ich sehe Giles seine Skepsis an.

»Ich weiß inzwischen sogar, wem er gehört«, fahre ich eifrig fort. »Man müsste ihn natürlich von Grund auf renovieren, aber dann wäre er einfach perfekt.«

»Allie, ich finde Träume großartig, aber man muss wissen, was realisierbar ist und welche Träume besser Träume bleiben sollten.« Giles runzelt die Stirn. »Kein vernünftiger Mensch würde unter den vorherrschenden Marktbedingungen ein eigenes Hotel eröffnen. Noch dazu in der irischen Provinz.«

»Es ist ja auch nur eine Idee.« Giles' harsche Worte haben mich verunsichert. »Es ist nur ... Ich hatte so ein seltsames Gefühl, als ich das Haus entdeckt habe. Ich kann es gar nicht genau beschreiben, aber es fühlte sich irgendwie … richtig an, dort zu sein.«

Giles zuckt mit den Schultern. »Ein Gefühl ist aber noch lange kein Grund, über einen eigenen Betrieb nachzudenken. Außerdem hast du schon einen Job, einen hervorragenden sogar, und zwar hier, wenn ich dich daran erinnern darf.« Er schwenkt das Handy, sodass ich wieder die Skyline von Seattle sehen kann, dieses Mal ohne Nebel. Sonnenlicht spiegelt sich in den gegenüberliegenden Glasfassaden, so grell, dass es blendet. »Einen sicheren, stabilen Job. Mit einem ganzen Konzern im Rücken.«

»Aber eine Konzernkarriere ist auch nicht immer bombensicher«, wende ich ein. »Sieh dir nur mal die Sparmaßnahmen an, die viele Hotelketten in der letzten Zeit ergriffen haben.«

»Aber Fairfax Hotels doch nicht«, widerspricht Giles mit Nachdruck. »Sie sind international top aufgestellt. Wollen sogar noch weiter expandieren in den nächsten Jahren.«

»Stimmt schon«, sage ich, nicht gänzlich überzeugt. »Aber trotzdem … könntest du dir denn gar nicht vorstellen, eines Tages ein eigenes Hotel zu führen?«

»Nein.« Giles schüttelt den Kopf. »Und wenn du mal deine Gastgeberromantik beiseiteschiebst und das Ganze realistisch durchrechnest, dann träumst du auch nicht mehr davon.« Er sieht mich ernst an. »Es sind ja nicht nur der Kaufpreis und die Renovierungskosten, die anfallen würden. Du musst auch Steuern, Anwaltskosten et cetera mit einberechnen. Und dann erst die laufenden Kosten! Allein das alte Ding zu heizen, würde eine Stange Geld kosten.«

»Du hast recht«, seufze ich. »Wahrscheinlich ist es Wahnsinn, überhaupt darüber nachzudenken. Und trotzdem, die Idee lässt mich einfach nicht mehr los und ich glaube …«

»Weißt du, was ich langsam glaube?«, fällt er mir ins Wort. »Ich glaube, dass dich dieser Ort richtig kirre macht.« Er hält das Smartphone näher an sein Gesicht, sodass ich ihn in Großaufnahme sehe, sein glattrasiertes Kinn, die hohen Wangenknochen. »Allie, sei doch vernünftig. Setz dich in den nächsten Flieger und komm rüber.«

Schweigend sehe ich ihn an. »Wieso machst du es mir so schwer?«, frage ich schließlich. »Ich hab dir doch schon so oft erklärt, dass ich hierbleiben muss.«

»Aber das ist doch alles Firlefanz!«, ruft Giles. »Du bleibst in Irland und riskierst die größte Karrierechance deines Lebens, weil du deinen Dad bei einem Dorffest vertreten musst? Das ist doch ein einziger Witz!«

»Ich kann nicht weg, Giles.« Langsam, aber sicher bin ich genervt von seiner Uneinsichtigkeit. »Und wenn du das immer noch nicht verstehst …«

»Was dann, Allie?« Giles klingt jetzt ebenfalls gereizt. »Wie lange willst du denn noch in diesem Kaff bleiben? Und jetzt auch noch dieses Hirngespinst von einem Bauernhof! Das ist doch nicht dein wirkliches Leben dort!« Er atmet tief aus, sichtlich darum bemüht, seine Fassung wiederzufinden. »Hör zu. Ich habe heute mit Peter Frasier gesprochen, dem stellvertretenden Vorsitzenden. Er hat mir gesagt, dass sie es wirklich sehr begrüßen würden, wenn du erscheinst. Und dass sie sonst deinen Job nicht mehr garantieren können.«

Seltsamerweise lösen Giles' Worte keine Beklemmung in mir aus, sondern Erleichterung.

»Siehst du jetzt ein, weshalb es so wichtig ist, dass du sofort kommst?«, fährt er fort. »Sei vernünftig und setz dich ins Flugzeug. Ich hab nachgesehen, von Dublin aus gibt es eine Nonstop-Verbindung. Morgen Nachmittag geht der nächste Flieger.«

»Ich werde nicht in diesem Flugzeug sitzen, Giles«, sage ich leise, aber bestimmt. »Es tut mir leid. Ich kann Dad und die Leute hier einfach nicht im Stich lassen. Ich *will* sie auch nicht im Stich lassen.«

Giles schürzt die Lippen. »Aber dafür mich.«

»Es tut mir leid, wenn du das so empfindest«, sage ich ruhig.

»Das tue ich allerdings. Verstehst du nicht? Ich möchte dich nur endlich bei mir haben, damit wir gemeinsam in die Zukunft starten können. Unsere Zukunft, ganz so, wie wir es geplant hatten. Bevor diese seltsame Folkloreveranstaltung dazwischengekommen ist.« Er schaut mit traurigem Gesicht in die Kamera. »Außerdem vermiss ich dich so sehr, mein kleines Galway Girl.«

»Ich bin nicht aus Galway!«, rufe ich genervt. »Ich bin aus DOO-LIN-VAR-NA!«

Giles' Miene verzieht sich zu einem spöttischen Lächeln, das mir gar nicht gefällt. »Jetzt auf einmal bedeutet dir dieses Kaff etwas? In das du nie wieder einen Fuß setzen wolltest?«

»Es hat mir schon immer was bedeutet!«, erwidere ich, nun wieder etwas ruhiger. »Aber ich hatte eben eine komplizierte Beziehung zu meiner Heimat. Und jetzt bin ich gerade dabei, sie zu reparieren!«

»Und über diesen Reparaturversuchen setzt du nicht nur deine Karriere, sondern auch unsere Beziehung aufs Spiel.« Es ist eine Feststellung, keine Frage.

»Was hat unsere Beziehung damit zu tun?«, frage ich entgeistert.

»Nun, wenn du unsere gemeinsamen Träume, unser gemeinsames Leben für eine Provinzveranstaltung opferst, dann tust du das sehr wohl«, erklärt Giles frostig.

»Es geht in erster Linie um Dad«, halte ich dagegen.

»Gerade noch hast du gesagt, es ginge um dich und die Beziehung zu deiner sogenannten Heimat. Was denn jetzt?« Giles wird patzig.

»Du willst mich nicht verstehen, oder?« In meiner Stimme schwingt Verbitterung mit.

»Ich verstehe nur, dass du nicht hier bei mir bist, sondern in Irland. Das fühlt sich nicht richtig für mich an.« Giles kräuselt die Lippen. »Und wenn das dein letztes Wort ist, haben wir uns nicht mehr viel zu sagen, fürchte ich.«

»Giles!«

»Ich erwarte immer einhundert Prozent *commitment*, vor allem in meiner Beziehung.«

»Aber eine Beziehung lebt doch auch von gegenseitiger Toleranz«, sage ich. »Und davon spüre ich bei dir im Moment gerade nicht sehr viel.«

»Für mich lebt eine Beziehung vor allem von Loyalität«, sagt Giles kühl.

»Und wo bleibt deine Loyalität mir gegenüber?«, frage ich. »Und gegenüber meinen Träumen?«

»Wir hatten doch immer dieselben Träume.« Giles wirkt verletzt. »Hast du sie so schnell vergessen?«

Ich brauche eine Weile, bevor ich eine Antwort finde. »Ich hab sie nicht vergessen, Giles«, sage ich langsam. »Ich glaube, meine Träume haben sich bloß … verändert.« Noch während ich es laut ausspreche, merke ich, dass es die Wahrheit ist. Es geht nicht mehr nur darum, Dad beim Matchmaking-Festival zu vertreten. Es geht auch um mich – darum, herauszufinden, was ich will, was meine Träume sind.

Wir schweigen beide für eine lange Zeit.

»Dann fürchte ich, habe ich dir wirklich nicht mehr viel zu sagen.« Ich sehe Giles an, dass er unendlich enttäuscht ist.

»Giles …«, setzte ich hilflos an.

»Lass es, Allie. Ich hab schon verstanden.«

»Ich wollte wirklich nicht …«

»Lass es einfach.«

»Es tut mir leid«, sage ich mit heiserer Stimme.

»Mir auch. Vor allem, weil ich denke, dass du dich da gehörig in was verrennst. Aber ich wünsche dir viel Glück mit deinem Festival.« Ohne ein weiteres Wort beendet er das Telefonat. Entgeistert starre ich auf den dunklen Bildschirm. Wie hat das Gespräch in so eine Richtung laufen können? In meine Verwirrung mischt sich auch ein bisschen Wut. Ist ihm unsere Beziehung denn so wenig wert?

Es ist schon weit nach Mitternacht, aber ich kann einfach nicht einschlafen. Immer wieder gehe ich in Gedanken unser Telefonat durch. Hat Giles wirklich gerade mit mir Schluss gemacht?

Unten höre ich Fred rumoren, wahrscheinlich macht er sich einen Schlummertrunk. Er liegt nachts oft wach, und dann trinkt er eine Tasse warme Milch mit Honig.

»Allie!«, sagt Fred überrascht, als ich wenig später in der Küche stehe. »Kannst du auch nicht schlafen?«

Ich schüttle den Kopf. »Dürfte ich vielleicht auch eine Tasse Milch mit Honig haben?« Das ist genau das, was mein geschundenes Herz jetzt braucht.

»Aber sicher doch!« Fred stellt bereitwillig eine zweite Tasse auf den Küchentisch und füllt dann den kleinen Topf auf dem Herd weiter auf.

Ich setze mich an den Küchentisch und schaue ihm schweigend zu, wie er langsam einen großen Löffel Honig hineinrührt, etwas davon in eine Tasse gießt und sie dann vor mich hinstellt.

»Danke.« Ich nehme einen großen Schluck. Süße Wärme breitet sich in mir aus und ich fühle mich augenblicklich getröstet. Eine Weile sitzen wir einfach da und schlürfen unsere Getränke.

»Ich glaube, ich kann oft nicht schlafen, weil mir eine richtige Beschäftigung fehlt«, beginnt Fred schließlich zu sprechen. »Als ich jung war, hatte ich nie Probleme mit dem Schlaf, aber da habe ich auch jeden Tag zehn Stunden geschuftet.« Er macht eine kurze Pause. »Und wenn ich mal nicht zur Ruhe kam, war ein Mädchen daran schuld.«

»Tja, in meinem Fall liegt es wohl an einem Jungen.« Ich lächle traurig. »Ich glaube, Giles, mein Freund, hat sich gerade von mir getrennt.«

»Wirklich?« Fred sieht mich bestürzt an. »Der, mit dem du nach Amerika gehen wolltest?«

»Jap, genau der«, antworte ich. »Er hat nicht eingesehen, dass ich vorerst hier in Doolinvarna bleiben muss. Und dass ich bis jetzt nicht mit nach Seattle gekommen bin, ist für ihn ein Zeichen, dass ich nicht voll und ganz hinter unserer gemeinsamen Zukunftsvision stehe. Was für ihn gleichzeitig Grund genug war, unsere Beziehung zu beenden.«

»Das tut mir sehr leid, Allie.« Fred sieht wirklich betroffen aus.

»Mir auch«, sage ich matt. »Aber vielleicht sind Giles und ich auch nur in einem ganz bestimmten Leben kompatibel.« Einem Leben in London, meinetwegen auch in Seattle, aber in jedem Fall einem, in dem alles nach einem ganz gewissen Plan läuft. Seinem Plan. Das wird mir immer klarer, je länger ich jetzt darüber nachdenke. »Weißt du, Giles kann sehr kompromisslos sein.«

»Klingt ganz danach«, antwortet Fred bedächtig. »Wenn er

eure Beziehung deshalb beendet … Und es ist ja wohl klar, dass du Pat nicht einfach im Stich lassen kannst.«

»Aber ich verstehe nicht, wieso er deshalb gleich alles zwischen uns hinwirft«, sage ich. »Wir waren immerhin sieben Jahre lang zusammen!«

»Hmm«, macht Fred. »Sieben Jahre sind allerdings eine lange Zeit. Und in diesen sieben Jahren, was habt ihr da gemacht?«

»Nun ja, wir haben beide echt viel gearbeitet«, sage ich. »Im Hotel, in Clerkenwell.«

»Und sonst? Was waren eure gemeinsamen Interessen?« Fred lehnt sich interessiert vor. »Was habt ihr in eurer Freizeit angestellt?«

»Wir sind gerne ins Restaurant gegangen. Meistens zum Japaner, Giles liebt Sushi. Wir waren auch oft auf dem Golfplatz, weil Giles so gerne spielt …« Ich muss daran denken, wie oft ich ihm zum nächsten Loch hinterhergeschlurft bin oder gelangweilt bei einem Gin Tonic in einem gesichtslosen Clubrestaurant gesessen und darauf gewartet habe, dass er seine Runde zu Ende gespielt hat, denn selbst ein paar Bälle zu schlagen, das hat mich tatsächlich nie interessiert.

»Aber wir hatten an den Wochenenden auch oft Fortbildungen. Die von Fairfax Hotels legen großen Wert auf Weiterbildung«, erkläre ich. »Und an den Abenden haben wir meist über die Arbeit gesprochen …« Ich verstumme, weil mir selbst gerade auffällt, welch großen Teil die Arbeit in unserer Beziehung eingenommen hat. Wie einseitig unser Zusammenleben geworden ist. Wann haben wir eigentlich aufgehört, das zu tun, das mir Spaß macht? Oder haben wir das vielleicht nie getan?

»Ich bin bei Gott kein Beziehungsexperte.« Fred sieht mich

ruhig an. »Aber ich könnte mir vorstellen, dass bei so viel Arbeit nicht viel Raum für anderes bleibt? Für deine Interessen zum Beispiel?«

»Da könntest du recht haben«, gebe ich zu. Natürlich hat Fred recht. Wenn man die Arbeit und Giles' Interessen von unserer Beziehung subtrahiert, dann bleibt nicht mehr viel übrig. Fast gar nichts. Warum ist mir das eigentlich nicht früher aufgefallen?

Wir nehmen beide bedächtig einen Schluck von unserer Honigmilch. Dann fasse ich mir ein Herz. Wenn wir schon so offen miteinander sind, dann möchte ich ihn auch etwas fragen.

»Fred, weshalb kommst du jedes Jahr her? Doch nicht nur, um mitzuhelfen?«

»Nein, nicht deshalb. Das hat sich nur im Laufe der Zeit so ergeben.« Fred seufzt. »Eigentlich bin ich wegen Doris hier.«

»Doris?«, hake ich nach.

Fred nickt. »Doris Davy, meine große Liebe, schon seit einem halben Jahrhundert.«

»Und … wann habt ihr euch das letzte Mal gesehen?«, frage ich vorsichtig, weil ich ja von Dad weiß, dass Fred schon ziemlich lange auf seine Flamme wartet.

Fred lächelt. »Du wirst mich für verrückt erklären, aber ich habe sie das erste Mal vor fünfzig Jahren getroffen, und das war zugleich auch das letzte Mal.«

»Vor fünfzig Jahren«, wiederhole ich langsam und lasse die Worte auf mich wirken. »Und seitdem – nie wieder?«

»Bis jetzt nicht.« Er schüttelt den Kopf. »Wir haben uns hier kennengelernt, während des Festivals. Dein Großvater war damals noch der Matchmaker. Er hat uns zusammengebracht, gleich am ersten Tag.« Fred schließt die Augen. »Ich weiß es noch ganz genau. Ich war einer der Letzten in der langen Reihe vor seinem Tisch und Doris ein wenig weiter vorn. Der Matchmaker tagte damals noch im Grantchester, im großen Saal, gleich neben der Tanzfläche. Das war praktisch, denn dann konnte man mit seinem potenziellen Mädchen gleich eine flotte Sohle aufs Parkett legen.« Er grinst. »Und das habe ich dann auch gemacht. Doris war eine Erscheinung, weißt du. Sie trug ein zitronengelbes Kleid mit vielen kleinen weißen Punkten, und ihre Haare waren zu einem Bubikopf geschnitten und wild gelockt. Sie hat so viel gelacht, mit ihr hatte man einen Riesenspaß.«

»Und wie ging es weiter?« Gespannt lehne ich mich vor.

»Nun, nachdem wir von deinem Großvater miteinander bekannt gemacht wurden, haben wir ein paar Worte gewechselt und dann bis zum Morgengrauen zusammen getanzt.« Fred stößt einen leisen Pfiff aus. »Und Doris konnte tanzen, Himmelherrgott. Sie war eine richtige Granate, und ich musste zusehen, dass ich mit ihr Schritt halten konnte.«

»Was ist dann passiert?«

»Wir hatten drei wunderbare Tage.« Freds Blick wird sehnsüchtig. »Die wunderbarsten Tage meines Lebens, würde ich sagen. Ja, es waren ganz sicher die besten. Und dann haben wir uns verabschiedet. Doris hat vorgeschlagen, dass wir uns wieder hier treffen, in Doolinvarna, beim Matchmaking-Festival.« Er lächelt wehmütig. »Sie hat gesagt, dass sie zu Hause noch ein paar Dinge zu klären hätte. Sie war Amerikanerin, weißt du. Sie hat mich um ein bisschen Zeit gebeten. Sie hat aber nicht gesagt, wie lange. Also komme ich seitdem her, in der Hoffnung, dass sie sich an unsere Abmachung erinnert.«

Ich kann kaum begreifen, was er da erzählt. »Und du hast

keine Kontaktdaten von ihr? Keine Adresse? Telefonnummer? Nichts?«

»Nein, gar nichts.« Fred schüttelt den Kopf.

»Und du hast nie versucht, sie zu finden?«

»In den ersten Jahren hab ich mich natürlich überall nach ihr erkundigt. Aber niemand wusste etwas über sie. Sie war nur für das Festival angereist. Keiner kannte sie.« Er lächelt. »Damals hat mich das frustriert, aber ich wusste und weiß auch heute noch, ganz tief in mir drinnen, dass sie eines Tages vor mir stehen wird. Und bis dahin warte ich gerne.«

Mir kommen fast die Tränen. So etwas Romantisches habe ich noch nie gehört. Allerdings auch selten so etwas Trauriges.

»Hast du denn nie jemand anderen getroffen?«, frage ich. »Eine andere Frau?«

»Getroffen schon.« Fred zuckt mit den Schultern. »Aber keine war auch nur annähernd so wie Doris. Ach, Allie, wenn du sie kennengelernt hättest, wüsstest du gleich, was ich meine.«

»Fred ...«, sage ich zögerlich. »Was ist, ich meine, was ist, wenn sie bereits ... von uns gegangen ist?«

»Doris?« Fred schüttelt entschlossen den Kopf. »Ausgeschlossen. Sie war gesund und robust wie ein Ackergaul. Nichts hätte sie umhauen können. Nein, bevor sie abtritt, werde ich schon längst das Spielfeld verlassen haben.«

Ich verkneife mir, darauf hinzuweisen, dass sie auch verunglückt oder erdrosselt oder sonst was sein könnte – denn wie schön und selten ist es, solch unerschütterlichem Optimismus zu begegnen.

»Ich wünsche dir von ganzem Herzen, dass sie dieses Jahr kommt«, sage ich schließlich und greife über den Küchentisch, um Freds Hand zu drücken. »Wirklich von ganzem Herzen.«

»Danke, Allie.« Fred lächelt. »Das ist lieb von dir.« Er blickt auf unsere leeren Tassen. »So, für mich wird es Zeit, wieder ins Bett zu gehen. Nach meiner Honigmilch schlafe ich meistens wie ein Murmeltier.«

»Ich gehe auch wieder nach oben.« Plötzlich muss ich lautstark gähnen. »Kommst du morgen mit zur Komiteesitzung?«

»Aber gerne, wenn ich darf.« Fred lächelt mich an und steht auf. »Dann schlaf schön, Allie. Und mach dir nicht zu viele Sorgen. Alles wird sich fügen, so wie es soll.«

Ein schöner Gedanke. »Danke, Fred. Für die Honigmilch und alles andere.« Ich lächle ebenfalls. »Schlaf gut.«

Ich steige die Treppen hinauf in mein Zimmer, und als ich einige Momente später im Bett liege, gehen mir noch einmal Freds Worte durch den Kopf. Alles wird sich fügen, so wie es soll. Derart beruhigt schlafe ich endlich ein.

Kapitel neun

»Geschafft!« Es ist bereits fast Mittag, als ich vom unbequem gewordenen Küchenstuhl aufstehe und mich ausgiebig strecke. Ich habe den ganzen Vormittag damit verbracht, passende Zimmer im Großraum Galway zu finden und für das kommende Wochenende zu optionieren. Unsere Absage an Alistair Desmond habe ich in eine möglichst freundliche Mail verpackt. Ich blicke aus dem Fenster. Vorhin hat es wieder mal geschüttet, jetzt scheint es nur zu tröpfeln, und es weht ein beständiger Westwind. »Ein idealer Wind zum Surfen«, murmle ich. Heute haben wir uns an unserem Strand verabredet, Jake und ich, und ich hoffe, dass das Wetter bis zum Nachmittag anhält. Ich schnappe mir eine Jacke und gehe rüber in den Pub, wo ich mich mit Winnie zum Mittagessen verabredet habe.

»Niall, meine Pommes bitte ohne Essig«, ruft sie wenig später in die Küche nach hinten, und als hätte ich ein Déjà-vu, kommt Niall kurz darauf mit zwei Portionen Fish and Chips zu uns an den Tisch.

»Ich tu dir schon seit Jahren keinen Essig mehr drauf«, brummt Niall und stellt einen der Teller vor Winnie hin, den anderen vor mich. »Aber anscheinend hast du es noch nicht bemerkt, sonst würdest du nicht jedes Mal das halbe Pub zusammenbrüllen.«

»Nichts für ungut, Niall«, erwidert Winnie und macht sich hungrig über ihre Portion her. »Hast du vielleicht noch etwas Ketchup?«

Während wir auf unser Essen gewartet haben, habe ich ihr in aller Ausführlichkeit von dem Schlamassel mit Giles berichtet. Noch immer kann ich kaum glauben, was er getan hat.

»Was für ein Vollidiot, dich gehen zu lassen. Er weiß ja gar nicht, was er an dir hat.« Winnie tunkt eine Pommes in das Ketchup, das Niall inzwischen kommentarlos an unseren Tisch gebracht hat, und schüttelt den Kopf. »Aber sieh's doch mal so: Wenn er dich so schnell aufgibt, war es vielleicht gar kein Fehler, dass du nicht mit nach Seattle gekommen bist.«

»Vielleicht, ja.« Ich nehme einen Schluck Apfelsaft. Wenn unsere Beziehung so großartig war, wieso hat Giles sich dann gar nicht um uns bemüht? Oder war sie das schon länger nicht mehr? Nach dem Gespräch mit Fred gestern bin ich mir noch unsicherer als zuvor. Vielleicht haben Giles und ich uns auch nur noch etwas vorgemacht.

Ich betrachte Winnie nachdenklich. Es gibt noch etwas, das mir auf dem Herzen liegt. Etwas, das nichts mit mir zu tun hat. Und das ich jetzt endlich ansprechen muss. »Winnie, hör mal, wo steckt Paul eigentlich die ganze Zeit?«, beginne ich vorsichtig. »Ich meine, ich bin jetzt seit über einer Woche hier und habe ihn noch kein einziges Mal mit dir zusammen gesehen.« Ich sehe sie forschend an. »Ist wirklich alles in Ordnung bei euch?«

Winnie antwortet nicht sofort, was vollkommen untypisch für sie ist.

»Winnie?«, hake ich sanft nach.

»Die Sache ist die …«, beginnt sie zögernd und ich sehe sie überrascht an. Ich bin es von Winnie auch nicht gewohnt, dass sie herumdruckst. Sie holt tief Luft. »Ich wollte dir das schon länger sagen … Ich habe mich verliebt. In jemand anderen.«

»Was?«, rufe ich, komplett entgeistert, und dann, weil die Leute vom Tisch gegenüber schon ganz komisch gucken, leiser: »In wen? Seit wann?«

Winnie antwortet nicht.

»Weiß Paul davon?«

Sie schüttelt den Kopf und ihre Lippen beginnen zu zittern. »Ach, Allie, es ist alles so furchtbar kompliziert!« Und dann bricht sie in Tränen aus. Niall sieht unangenehm berührt vom Tresen herüber und widmet sich dann ausgiebig dem Auswischen der Biergläser.

»Winnie!« Bestürzt rutsche ich auf den Platz neben sie und nehme sie in den Arm. Ich habe sie seit der dritten Klasse nicht mehr weinen sehen. Damals hat ihr Peter O'Finnigan aus der vierten einen Kiesel an den Kopf geworfen, und sie hatte eine fies blutende Platzwunde. Aber wenn man erwachsen ist, geht es nicht mehr um ein aufgeschlagenes Knie oder eine Beule am Kopf. Es sind die inneren, unsichtbaren Wunden, die viel mehr schmerzen.

Winnie heult meine Schulter nass, und ich streiche ihr über den Kopf. »Ich weiß gar nicht, wie das passieren konnte«, bringt sie zwischen zwei Schluchzern hervor. »Ich wollte ja auch gar nicht, dass es passiert.« Sie wischt sich über die Augen, die schon ganz geschwollen vom Weinen sind. »Ich meine, Paul und ich haben unsere Probleme, aber sich in jemand anderen zu verlieben, das war nicht geplant.«

»So was plant man doch nie«, sage ich. »Ich hab das mit Giles auch absolut nicht kommen sehen.« Ich frage mich im selben Moment, ob das wirklich stimmt. Habe ich das Ende unserer Beziehung wirklich nicht geahnt? Oder wollte ich mir nur nicht eingestehen, dass unser Zusammensein vielleicht nur deshalb so lange funktioniert hat, weil ich mich in allem an Giles orientiert habe?

»Willst du mir verraten, wer es ist?«, sage ich leise. »Kenne ich ihn?«

Winnie schüttelt den Kopf. »Ich glaube, dazu bin ich noch nicht bereit. Ich hoffe, du verstehst das?«

»Aber sicher«, sage ich schnell, und versuche, nicht verletzt zu sein. Winnie und ich haben uns eigentlich immer alles anvertraut. »Sag mir einfach Bescheid, wenn du so weit bist.«

»Danke, dass du mich nicht drängst, Allie.« Sie schaut mich dankbar an. »Es ist alles so verwirrend.«

»Gib dir ein bisschen Zeit, dann wirst du alles klarer sehen«, sage ich beruhigend. »Ganz sicher.«

»Ich hoffe wirklich, dass du recht hast.« Sie schnieft immer noch.

Plötzlich steht Niall vor unserem Tisch und stellt Winnie wortlos eine Packung Taschentücher hin.

»Danke, Niall.« Sie schnäuzt herzhaft hinein, und er verschwindet wieder hinter seinem Tresen. »Und tut mir echt leid, Allie. Da trennt sich dein Freund von dir, und ich heul dir die Ohren voll.«

»Zumindest stecken wir jetzt beide gemeinsam in einem Liebes-Schlamassel«, sage ich trocken, und wir müssen beide lachen, Winnie noch mit kleinen Schluchzern dazwischen, aber immerhin: Wir lachen.

»Was machst du heute noch?«, fragt sie. »Ich fahr nachher nach Galway, muss ein paar Sachen erledigen. Hast du Lust, mitzukommen?«

»Danke, ein andermal gern.« Ich zögere kurz, ohne zu wissen, warum. »Ich gehe heute nämlich surfen.«

Winnies Miene erhellt sich. »Oh, cool!«

»Mit Jake«, füge ich noch schnell hinzu, weil es sich wie Schwindeln anfühlen würde, wenn ich es nicht tun würde. »Ich meine, Jake kommt auch mit.«

»Aha«, macht Winnie und nichts weiter.

»Weil wir es doch so nett hatten, neulich.« Wieso habe ich das Gefühl, mich rechtfertigen zu müssen?

»Ja, schon klar.« Sie sagt nichts mehr, aber sieht mich mit einem hintergründigen Lächeln an. »Dann viel Spaß im Wasser. Und richte Jake liebe Grüße von mir aus.«

»Mach ich.«

»Und Allie? Vielleicht ist es gar nicht so übel, wenn du Giles jetzt los bist.« Sie zwinkert mir verschwörerisch zu. »Ich mein ja nur.«

Wir essen in Ruhe fertig, bezahlen, und dann gehe ich schnurstracks in unsere Garage.

Da ist es, wie Dad gesagt hat: ganz hinten, neben dem vorsintflutlichen Moped. Mein geliebtes, zerkratztes, neonorangefarbenes Surfboard mit dem knallpinken Zickzackmuster drauf. Ich muss ein paar leere Bierkisten und Eimer mit eingetrockneter Farbe aus dem Weg räumen, um zu ihm zu gelangen. Sanft streiche ich mit den Fingern über die raue Oberfläche. Und dann, ohne dass ich etwas dagegen tun kann, schießen mir plötzlich Tränen in die Augen. Ich weiß nicht, woher sie kommen, diese Tränen, aber ich weiß, wann ich das letzte Mal auf diesem Board geweint habe. Es war ein ungewöhnlich sonniger, windstiller Tag im Spätsommer, derselben Jahreszeit wie jetzt. Mein Tramper-Rucksack stand schon komplett gepackt daheim. Ich hatte ein One-Way-Flugticket nach London Gatwick, einen Praktikumsplatz in einem Hotel und ein WG-Zimmer in Croydon. Mir blieben noch ein paar Stunden Zeit, bevor der Bus zum Flughafen ging, und ich fuhr an den Strand. Die Brandung war perfekt, ich surfte eine Welle nach der anderen, bis ich nicht mehr konnte und sich meine Tränen mit dem Salzwasser zu einer Symphonie des Schmerzes vermischten. Er war ein einziges Abschiednehmen, dieser letzte Ritt. Nicht nur ein Abschied vom Surfen, sondern auch von Doolinvarna. Von Zuhause, von allem, was mir vertraut war.

Seit ich wieder hier bin, weiß ich gar nicht, wie ich es so lange Zeit ausgehalten habe, ohne den Geschmack von Salz auf meiner Zunge und dem Duft des Atlantiks in der Nase.

Der Himmel klart auf, als ich eine halbe Stunde später den Strand erreiche, aber der Sand ist noch feucht und die Abdrücke meiner nackten Füße sind gut sichtbar. Ich bin extra früher hergefahren, habe mich in den Neopren gestülpt, und jetzt sitze ich auf meinem Board und sehe einfach nur zu, wie eine Welle nach der anderen heranrollt. Sie kräuseln sich nur sanft, diese Wellen, der Westwind hat sich leider gelegt, die Brandung ist schwach. Nicht die besten Voraussetzungen fürs Surfen, aber ich habe gerade etwas ganz anderes im Kopf. Immer wieder muss ich an das Gespräch mit Giles denken. Es ist ein seltsames Gefühl, nicht mehr mit ihm zusammen zu sein. Gleichzeitig erschreckt es mich etwas, wie schnell unser gemeinsames Leben in den Hintergrund gerückt ist, seit ich hier bin; London, die Arbeit und auch Giles. So schnell, wie ich es nie für möglich gehalten hätte. Es fühlt sich fast so an, als ob das Leben in London einer anderen Person gehört, während mein wahres Leben hier stattfindet.

»Hey, Allie!« Ich drehe mich um und bemerke, dass Jake hinter mir steht.

»Hey«, sage ich etwas verlegen. »Hab dich gar nicht kommen hören.«

Er wirkt ebenfalls verlegen. »Du hast so nachdenklich gewirkt, da wollte ich dich nicht stören.«

»Schon gut.« Ich lächle. »Aber ich hab tatsächlich nachgedacht.«

Jake setzt sich neben mich in den Sand. Er hat heute seinen Neopren ebenfalls schon an und sieht wieder fabelhaft aus. »Darf man fragen, worüber?«

Kurz zögere ich, weil mir gerade einfällt, dass ich Jake nie etwas von Giles erzählt habe. Aber spielt denn das jetzt noch eine Rolle?

»Mein Freund Giles und ich haben uns gestern getrennt«, antworte ich also. »Es war ziemlich überraschend, ehrlich gesagt.«

Jake blickt mich erstaunt an. »Ihr habt euch getrennt?«

Ich nicke. »Sieht ganz so aus.«

»Das tut mir leid.« Jake wirkt betroffen.

»Schon okay.« Ich zucke mit den Schultern. »Ich glaube, es musste so kommen. Unsere Träume haben sich einfach in komplett unterschiedliche Richtungen entwickelt. Giles wollte unbedingt, dass ich mit ihm in die USA gehe, und ich habe darauf beharrt, hierzubleiben, weil ich doch Dad vertreten muss. Das hat er nicht verstanden.« Ich suche Jakes Blick. »Aber eine Beziehung sollte funktionieren, ganz egal, wo auf der Welt man gerade ist«, sage ich. »Und auch mal örtliche Distanz aushalten können, oder nicht?«

»Ich denke schon«, antwortet Jake nachdenklich. »Doch, eine gute Beziehung hält eine gewisse Distanz auf jeden Fall aus, würde ich sagen. Zumindest eine Zeit lang.«

»Zwischen Giles und mir hat es einfach nicht mehr gepasst, schätze ich. Nur ist uns das im Alltagstrott nicht aufgefallen.« Ich beobachte, wie die Sonne hinter den letzten Regenwolken hervorkommt und das Meer glitzern lässt. »Ich meine, ein paar Tage Trennung haben gereicht, um das Fundament unserer Beziehung ins Wanken zu bringen.«

Jake nickt. »Das kann schon mal passieren, oder? Man steckt dermaßen in seinen Tagesplänen und Routinen fest, dass man darüber das Wesentliche aus den Augen verliert. Das, was man wirklich will.« Er deutet mit dem Kopf Richtung Wasser. »Was meinst du, sollen wir jetzt raus?«

Ich betrachte die heranrollenden Babywellen. »Die sehen zwar nicht besonders aus, aber einen Versuch ist es wert.«

Jake wirft mir einen Blick zu, den ich nicht ganz deuten kann. »Das ist es auf jeden Fall.«

»Ist dir das Steinhaus da oben schon mal aufgefallen?«, frage ich ihn, als wir eine halbe Stunde später wieder am Strand sind. Wie erwartet, waren die Wellen heute eher bescheiden. Aber es war trotzdem großartig, wieder mit meinem heißgeliebten Board auf dem Wasser zu sein. Wir sind immer noch ein gutes Team, mein Board und ich.

Jake hebt den Kopf und blickt in die Richtung, in die ich deute. »Ja, schon, vom Wasser aus.« Er kneift die Augen zusammen. »Scheint eine ziemlich alte Bude zu sein.«

»Das ist sie.« Ich seufze. »Ich war letztens oben und hab sie mir mit Winnie zusammen angesehen.«

Jake wirkt überrascht. »Ach, wirklich?«

»Ich habe das Haus neulich erst entdeckt, als wir surfen waren, und wollte wissen, wie es ist.«

Jake stützt den Kopf auf seine verschränkten Arme. »Und, wie ist es?«

»Verfallen«, sage ich scherzhaft, obwohl mir gar nicht danach zumute ist. »Aber auch wunderschön. Die Lage, die Sicht, der Garten …« Ich seufze. »Es wäre einfach perfekt.«

»Perfekt wofür?« Jake sieht mich interessiert an.

Ich zögere einen Moment. »Für ein kleines Bed and Breakfast.« Ich male mit dem Finger verlegen ein Fantasiemuster in den Sand. »Das ist schon lange ein Traum von mir. Ein eigenes B&B. Nichts Großartiges, nur ein paar Gästezimmer mit Frühstück. Natürlich total unrealistisch …«, fahre ich fort. »Aber als ich dieses Haus gesehen habe, da hatte ich alles auf einmal ganz deutlich vor mir.«

Wir sagen beide eine Weile nichts, sondern betrachten nur den Bauernhof hoch über uns.

»Weißt du, was mir so gut an einem B&B gefallen würde?« Unvermittelt beginne ich wieder zu sprechen. »Dass ich dann ganz für meine Gäste da sein könnte. Nicht nur die Prozesse zu managen, Dienstpläne zu schreiben und die Buchhaltung zu machen. Ich möchte gerne eine Gastgeberin sein, das würde mir Spaß machen.«

Jake nickt, während er immer noch versonnen zum Bauernhof hinaufschaut. »Das kann ich mir richtig gut vorstellen. Bett und Frühstück bei Allie.«

Ich muss lachen. »Das klingt ziemlich zweideutig.«

Er lacht ebenfalls. »Ich auf jeden Fall würde sofort bei dir buchen.«

»Das Bett oder das Frühstück?«, frage ich leichthin, bevor mir auffällt, wie anzüglich das klingt.

»Beides natürlich.« Jake grinst, aber er ist leicht verlegen, das merke ich. Ich mustere ihn, sein ehrliches Lächeln, seine funkelnden Augen. »Ich habe in der Früh immer einen Riesenhunger. Da tischst du besser ordentlich was auf.«

Wir müssen beide lachen. Jake blinzelt mich an, und ich merke, wie gut es mir tut, mit ihm Zeit zu verbringen.

»Apropos Hunger«, sage ich. »Fred versucht sich gerade an sämtlichen Variationen eines Krabbenbrötchens.« Ich verziehe das Gesicht. »In unserer Küche sieht es aus wie auf einem Fischmarkt. Und es riecht auch so.«

»Echt?« Jake bekommt einen sehnsüchtigen Blick. »Für ein gutes Krabbenbrötchen könnte ich morden.«

»Fred ist ein großartiger Koch, aber ich finde, er übertreibt es langsam ein bisschen.« Ich muss an den Korb voller Tomaten, Avocados und Zwiebeln denken, die er erst heute in unsere Küche geschafft hat. Von den Bergen an Krabben ganz zu schweigen.

Jake schüttelt den Kopf. »Ein gelungenes Krabbenbrötchen ist ein kleines Kunstwerk, finde ich. Da kann man gar nicht genug Arbeit investieren.«

»Willst du mitkommen und dich durchkosten?«, frage ich, einer plötzlichen Eingebung folgend. »Fred möchte, dass ich alles probiere, aber ich kann echt nicht mehr. Über einen Krabben-Aficionado würde er sich sicher freuen!«

»Echt?« Jakes Gesicht erhellt sich. »Das lass ich mir nicht zweimal sagen!«

Wir ziehen uns trockene Kleidung an, packen unsere Sachen und fahren zurück nach Hause.

»Fred, ich hab einen Testesser für dich gefunden«, sage ich, als wir eine Viertelstunde später die Wohnung betreten.

»Ach wirklich?« Fred empfängt uns in einer Blümchenschürze und strahlt uns an. »Hervorragend! Setzt euch!« Er schichtet gerade etwas, das wie Krabben mit Guacamole und Tomatensalsa aussieht, auf eine große Scheibe Roggenbrot. Er muss das Brot eben erst aus dem Ofen geholt haben, denn im ganzen Haus duftet es wie in einer Bäckerei. »Und wer ist der junge Mann, wenn ich fragen darf?«

»Jake O'Callaghan.« Jake streckt Fred die Hand entgegen. »Sehr erfreut, einen Meister der Krabbenküche kennenzulernen.«

Fred winkt ab. »I wo. Aber wenn ich den Stand übernehme, dann will ich es auch ordentlich machen. Und ich habe ein paar wirklich gute Ideen. Hier zum Beispiel.« Er deutet auf ein Tablett mit fertigen Brötchen. »Ich nenne es *Krabbenbrötchen à la Mexicana*, probier ruhig …«

Während Jake sich die erste Portion in den Mund steckt und die beiden sofort zu fachsimpeln beginnen, habe ich Zeit, Jake näher zu betrachten. Er wirkt konzentriert, lässt sich voll auf Fred ein, und ich merke, dass das eine Eigenschaft ist, die ich wirklich an Jake mag: Jeder, der vor ihm steht, bekommt seine ungeteilte Aufmerksamkeit.

Es wird schon dunkel, als wir Freds letzte Variante, Krabbenbrötchen mit Mangochutney und Chilimayonnaise, gekostet haben und pappsatt am Küchentisch sitzen. Wir haben eine Flasche Chardonnay geöffnet, die Dad noch in der Garage hatte, und sind alle drei ziemlich gut gelaunt.

»So viel gegessen hab ich schon lange nicht mehr«, hickst Jake zufrieden. »Die Krabbenbrötchen werden der Renner. Solange du es nicht mit dem Zitronensaft übertreibst!«, ruft er zu Fred hinüber, der gerade die Geschirrspülmaschine einräumt.

Fred gluckst. »Sparsam mit dem Zitronensaft, ist notiert!«

»Und vielleicht solltest du die Anzahl der Sorten verringern«, füge ich hinzu. »Manche Rezepturen sind recht aufwändig, und du wirst sie schnell rausgeben müssen.« Freds Brötchen sind echt köstlich, aber es besteht eindeutig die Gefahr, dass er sich bei der Zubereitung verzettelt.

»Ist ebenfalls notiert.« Fred nickt.

Jake lehnt sich zufrieden auf dem Stuhl zurück. »Wisst ihr was? Ich würde euch auch gerne einladen. Zu mir nach Hause, und dann koche ich etwas für euch.«

»Hm, was meinst du, Allie?« Fred blickt mich verschwörerisch an. »Vertrauen wir unserem Herrn Doktor, dass er uns nicht einen seiner tierischen Patienten kredenzt?«

Jake prustet los und verschüttet dabei fast sein Glas Wein, das er in der Hand hält.

Ich kichere ebenfalls. »Da würde ich mich mal ganz auf sein Berufsethos verlassen.«

»Die meisten von ihnen würden wahrscheinlich furchtbar zäh schmecken.« Jake macht ein listiges Gesicht. »Außer die vielen Lämmer, die mir Stephen Friars morgen zum Chippen vorbeibringt ... Vielleicht fällt es ihm nicht auf, wenn ich eines für einen Lammbraten abzwacke?«

Fred und ich müssen laut lachen. »Oder das Schaf, das ich neulich im Transporter hatte, wie wär's damit, Allie?«, gluckst Jake.

»Untersteh dich!«, drohe ich ihm scherzhaft. »Dann lieber nur was Vegetarisches.«

»Spaß beiseite, es wäre mir eine Ehre, wenn ihr zum Essen vorbeikommen würdet.« Er hebt feierlich eine Hand zum Schwur. »Und ich verspreche: Wenn Fleisch, dann nur welches aus Kellys Laden.«

»Also, ich komme sehr gerne«, sagt Fred und lächelt. »Vielen Dank für die Einladung, Jake.«

»Ich auch, vielen Dank«, füge ich etwas steif hinzu und schelte mich gleichzeitig innerlich dafür. Was kann es schon Unverfänglicheres geben, als mit meinem über siebzigjährigen Untermieter für ein Abendessen bei unserem Hausarzt vorbeizuschauen?

Jake sieht auf die Küchenuhr. »Ich glaub, ich muss los. Morgen um sieben hab ich jemanden zur Blutabnahme da. Einen menschlichen Patienten«, fügt er mit einem Augenzwinkern in meine Richtung hinzu und erhebt sich.

»Ich begleite dich noch zur Tür.« Ich stehe ebenfalls auf. »Kannst du noch fahren?«, frage ich, während Jake seinen Pulli überstreift.

Jake tut so, als würde er überlegen. »Ich würde sagen, zwei Gläser Wein und ein Ginger Ale lassen mich gerade noch so fahrtüchtig bleiben.« Er grinst. »Und wenn nicht, kenn ich praktischerweise den Amtsarzt, zu dem die Polizei ihre Alkoholsünder schickt.«

»Lass mich raten«, sage ich in gespieltem Ernst. »Das bist nicht etwa du?«

»Volltreffer!« Jake lacht lauthals. Er öffnet die Haustür und dreht sich dann noch einmal zu mir um. »Das war ein wunderbarer Abend, Allie«, sagt er und sieht mir in die Augen. »Ich hatte schon lange nicht mehr solchen Spaß. Vielen Dank, dass du mich mitgenommen hast.«

»Sehr gerne«, sage ich und fühle mich plötzlich ein bisschen hibbelig. Das müssen die ganzen Krabben sein. Vielleicht habe ich eine noch unentdeckte Fischallergie?

»Und ich würde mich wirklich freuen, wenn du zum Essen kommst. Ich meine, ihr beide«, verbessert er sich schnell, ohne den Blick von mir abzuwenden. »Du und Fred.«

»Ich mich auch«, sage ich ehrlich. Ein paar Sekunden stehen wir nur so da und blicken uns an, bis Fred launig aus der Küche ruft: »Ist er immer noch da, Allie?«

»Bin schon weg!«, ruft Jake zurück und grinst verlegen. »Dann eine gute Nacht, und schlaf gut.«

»Du auch.« Ich sehe ihm noch kurz nach, wie er hinter dem

Treppenabsatz verschwindet. Dann schließe ich die Tür, wünsche Fred eine gute Nacht, gehe hoch in mein Zimmer und liege dann bis weit nach Mitternacht wach in meinem Bett. Es will mir einfach nicht gelingen, an etwas anderes zu denken als an Jake. Und das, obwohl ich absolut nicht an ihn denken will. Nicht auf diese Weise. Ich meine, ernsthaft: Kaum bin ich einen Tag von Giles getrennt, und schon erobert ein anderer Mann meine Gedanken? »Das kann nicht dein Ernst sein, Allie Malone …«, murmle ich im Halbschlaf. Das würde alles viel zu schnell gehen – und überhaupt: Jake ist sicher nicht auf der Suche nach einer Beziehung. Und doch: Warum hat es sich dann vorhin so angefühlt, als würde er mich nach einem Date fragen?

Kapitel zehn

Liam O'Rourke wohnt im letzten Häuschen der windschiefen Reihe direkt am Ende des Hafens, hat Kelly mir erklärt, und ich finde es sofort, als ich am nächsten Morgen die Hafenpromenade entlangschlendere. Es ist winzig, mit bloß einem Stockwerk und zwei Gauben im Dach, wirkt aber sehr gepflegt und ist in einem zurückhaltenden Schiefergrau gestrichen, das sich wohltuend von den quietschbunten Häusernachbarn abhebt. Ich drücke die matt polierte Messingklingel.

»Hallo, Allie!« Liam öffnet mir die Tür. Breitbeinig steht er da und füllt beinahe die gesamte Flurbreite aus. Er ist vierschrötig, ein Koloss von einem Mann. Seine vielen Tätowierungen blitzen unter den Ärmeln seines T-Shirts hervor. Es sind keine fein gezeichneten Tattoos, wie sie heute alle tragen, sondern altmodische, grob gestochene. Typisch Seemann. »Dein Besuch wurde mir bereits angekündigt. Komm doch rein!«

Als er zur Seite tritt, eröffnet sich mir ein überraschender Anblick. Ein Hausflur wie aus einer Wohnzeitschrift strahlt mir entgegen. Reduziert, modern, alles in Weiß, mit Akzenten in Mattschwarz und Messing.

»Wow«, sage ich unwillkürlich.

»Nicht gerade das, was man sich von einem Fischer aus Doolinvarna erwarten würde, oder?« Liam sieht verlegen aus.

»Ganz und gar nicht, wenn ich ehrlich sein darf«, antworte ich, immer noch völlig verblüfft.

»Komm doch rein!«, wiederholt Liam seine Aufforderung. »Weißt du, ich hatte eigentlich gar nicht vor, Fischer zu werden«, erklärt er, während wir den Gang entlanggehen. »Wollte eher was Künstlerisches machen. Aber dann hatte Dad den Unfall, und das Boot musste weiter raus.« Er zuckt mit den Schultern. »Aber das Interesse für Design ist irgendwie geblieben, und zumindest hier zu Hause habe ich mich verwirklicht, wenn man das so nennen kann.«

»Das kann man allerdings«, murmle ich beeindruckt. Die Kunstdrucke an den Wänden, alle in Schwarz-Weiß gehalten, wirken, als ob sie auch in einer Galerie in London hängen könnten, und die Möbel im Wohnzimmer, wo mich Liam jetzt hinführt, sehen aus wie aus der *Vogue Living*.

»Nimm doch Platz«, sagt Liam freundlich. Er hat eisblaue Augen, die einen interessanten Kontrast zu seinem raspelkurz geschnittenen, graumelierten Haar bilden. »Willst du was trinken?«

»Nein, vielen Dank. Ich wollte mit dir nur über die Krabbenlieferung reden.« Vorsichtig setze ich mich auf einen der Vintage-Sessel, die mit moosgrünem Samtstoff bezogen sind. »Wir bräuchten welche, für den Stand am Matchmaking-Festival.«

»Hab schon gehört, dass Joe seinen Stand nicht mehr machen will«, sagt Liam. »Ich kann es leider auch nicht übernehmen. Es ist gerade Krabben-Hochsaison, und da muss ich jede Nacht raus.«

»Du sollst auch gar nicht den Stand übernehmen«, beeile ich mich zu versichern. »Es wäre bloß nett, wenn du uns die Krabben liefern könntest.«

»Sicher, das ist gar kein Problem.« Liam nickt. »Joe wird das zwar nicht schmecken, aber er ist sowieso immer wegen irgendwas eingeschnappt, also macht das gar nichts. Wie viel Kilo braucht ihr?«

»Oh, daran hab ich noch gar nicht gedacht«, antworte ich verdattert. »Was schätzt du denn, wie viel wir brauchen?«

»Keine Ahnung!« Liam lacht. »Das müsst schon ihr mir verraten.«

»Ich muss mich da noch mal schlaumachen«, murmele ich und ärgere mich über mich selbst. Ich wage mir gar nicht auszudenken, was Dad zu meiner mangelhaften Vorbereitung sagen würde. Oder Kelly.

»Gar kein Problem, du kannst mir auch nächste Woche noch Bescheid geben.« Liam nickt mir zu. »Ich bin ja zurzeit wirklich jeden Tag draußen.«

»Danke, Liam.« Ich stehe auf, obwohl ich das Gefühl habe, es wäre sicher interessant, mich noch länger mit ihm zu unterhalten. »Ich muss jetzt auch weiter.« Damit verabschiede ich mich von ihm und seinem Designer-Fischerhäuschen und laufe am Hafen geradewegs in einen nach Fisch müffelnden, Kautabak kauenden Algen-Joe hinein.

»Soso, die kleine Malone«, kommentiert er und sieht mich schon wieder hinterlistig an.

Soso, der kleine Algen-Joe, bin ich sehr in Versuchung zurückzugeben, aber ich verkneife es mir. »Was machen die Vorbereitungen für deinen Sushi-Stand?«, frage ich stattdessen höflich.

Joe mustert mich mal wieder von oben bis unten. »Hab

gehört, dass ihr jetzt selber Krabbenbrötchen verkaufen wollt? Auf meinem alten Platz beim Hafen?«

»Nun, da du dich ja weigerst, müssen wir das jetzt eben selbst übernehmen.« Ich versuche, so ruhig und souverän wie möglich zu bleiben, obwohl mich Joe mit seiner offensichtlichen Feindseligkeit nervös macht.

Joe kneift die Augen zusammen. »Ihr wollt mir also Konkurrenz machen? Mit meinen Krabbenbrötchen?«

Na, der hat ja wohl Nerven!

»Die Idee auf Krabbenbrötchen hast du ja wohl kaum gepachtet.« Ich gebe mir Mühe, nicht allzu patzig zu klingen. »Und die Leute lieben sie, also sehen wir uns sozusagen gezwungen, sie wieder anzubieten.«

Joe spuckt verächtlich ein Stück Kautabak aus. »Glaubt ja nicht, dass ich euch mein Rezept verrate. Oder sonst irgendwas.«

»Das wird nicht nötig sein«, entgegne ich. »Wir haben bereits jemanden, der sich den Kopf über die perfekte Rezeptur zerbricht.«

»Da bin ich ja mal gespannt.« Der Sarkasmus in seiner Stimme ist nicht zu überhören. »Und wieso bestellt ihr nicht zumindest die Krabben bei mir?«

Mir bleibt fast die Spucke weg. Was meint er eigentlich, wer er ist?

»Wir haben uns gedacht, dass du auch daran kein Interesse hast, nachdem du dich ja voll auf deinen Sushi-Stand konzentrieren willst«, sauge ich mir schnell eine Erklärung aus den Fingern. »Und jetzt habe ich eben Liam gefragt, der uns sehr gerne beliefert.«

»Das glaube ich«, höhnt Joe. »Dann wird der auch mal was von seinem Dreckszeug los.«

»Hab noch einen schönen Nachmittag, Joe«, beende ich das Gespräch, bevor er weiter ausfällig wird, und will gehen.

»Hey, kleine Malone, jetzt mal ganz langsam.« Etwas in seinem Tonfall lässt mich stehen bleiben. »Wenn ich das richtig verstanden habe, bist du scharf auf meinen Hof.«

»So habe ich das nicht gesagt«, erwidere ich schnell. Nur nicht zu großes Interesse zeigen in einer Verhandlung, hat mir Giles immer eingebläut.

Algen-Joe zieht spöttisch eine Augenbraue hoch. »Dann willst du ihn also nicht kaufen, falls ich ihn loswerden möchte?«

»Doch, eventuell«, sage ich etwas zu rasch.

Joe grinst. Er weiß, dass ich den Bauernhof haben möchte, und das bringt mich in eine miserable Verhandlungsposition.

»Ich könnte mir vorstellen, ihn dir zu geben«, sagt er langsam. »Aber dafür will ich auch etwas von dir.«

»Was denn?«, frage ich misstrauisch.

»Meinen alten Platz am Hafen. Für den Irish-Sushi-Stand.«

»Aber …«

»Nichts aber«, fällt er mir ins Wort. »Und das ist noch nicht alles. Ich will außerdem, dass ihr euren Krabbenstand absagt. Ihr macht den Krabbenstand *nicht*«, erklärt er mit Nachdruck, als ob ich etwas blöde wäre. »Zu viel Konkurrenz. Ich möchte schließlich, dass die Leute, wenn sie Lust auf Fisch haben, zu mir gehen, und zu sonst niemandem.«

»Das kommt überhaupt nicht infrage«, sage ich wie aus der Pistole geschossen. Wir brauchen den Krabbenstand, um unsere angeschlagenen Finanzen zu retten. »Und außerdem sind Krabben streng genommen gar kein Fisch.«

»Das weiß ich selber«, sagt Joe barsch. »Dann, meinetwegen, etwas Maritimes.«

»Es geht wirklich nicht«, bekräftige ich noch einmal.

»Wie du meinst«, entgegnet Joe kühl. »Aber dann kannst du dir meinen Hof aus dem Kopf schlagen. Ein für alle Mal.«

Ich sehe ihn fassungslos an. Er erpresst mich, und ich weiß nicht, was ich dagegen tun soll.

»Ich kann doch jetzt nicht in allerletzter Minute die ganze Standeinteilung ändern«, sage ich mit einer Spur Verzweiflung in der Stimme. »Wie stellst du dir das vor?«

Da sind sie wieder, die altbekannten Augenschlitze. »Alles, was du tun musst, ist, euren Stand abzusagen und dafür meinen am Hafen zu platzieren.« Er grinst hämisch. »Also keine große Sache.«

Ich werde auf einmal richtig wütend. Er glaubt, er hätte mich am Haken, und was mich am meisten dabei ärgert: Er hat recht. »Ich überlege es mir, okay?«, sage ich und schäme mich augenblicklich dafür, dass ich das überhaupt in Betracht ziehe. »Hab noch einen schönen Tag.«

»Aber überleg nicht zu lange«, ruft mir Joe noch hinterher. »Sonst überleg ich's mir womöglich anders!«

Es ist, als ob der Teufel persönlich mir ein Angebot gemacht hätte. Ich kann es unmöglich annehmen. Aber ich habe unentwegt den Bauernhof vor Augen. Meinen Hof. Verfallen, ja. Baufällig, ja. Aber mit so viel Potenzial.

Kapitel elf

Ziemlich genau vierundzwanzig Stunden später ist es so weit: Es ist Montagvormittag, und ich muss mit Ernestine ihre berühmt-berüchtigte Liste durchgehen. »Möge dieser Kelch rasch an mir vorübergehen«, murmle ich, während ich nach der Türklinke von Nialls Pub greife und noch einmal tief durchatme. Ernestine ist bereits da. Ich setze ein etwas gezwungenes Lächeln auf und gehe zu ihr.

»Guten Morgen, meine Liebe«, ruft sie mir über ihren üppig gedeckten Frühstückstisch entgegen. Niall ist nirgends zu sehen. Hat sich wohl in der Küche verkrochen. »Dich stört es doch nicht, wenn ich noch schnell zu Ende esse?«

»Natürlich nicht.« Ich schnappe mir einen Stuhl und ignoriere das Zipfelchen Blutwurst, das ihr im Mundwinkel hängt.

»Ein Full Irish Breakfast, das ist es, das ich mir immer als Erstes gönne, sobald ich wieder hier bin.«

Mir dreht sich schon der Magen um, wenn ich um diese Uhrzeit Baked Beans und gebratenen Speck nur sehe, und deshalb erwidere ich nichts, sondern lächle nur höflich.

»Willst du auch etwas?« Sie deutet mit der Messerspitze auf ihren Teller.

»Nein danke, ich habe schon gefrühstückt«, lehne ich höflich ab. »Sagen Sie mir einfach, wenn Sie bereit sind, anzufangen.«

Mit fettigen Fingern kramt sie in ihrer monströsen Handtasche (die mir verdächtig nach einer echten Hermès-Tasche aussieht), bis sie schließlich einen dicken Heftordner herauszieht und mir über den Tisch reicht.

»Hier habe ich alle Matches dokumentiert, die mir dein Vater im Lauf der Jahre zusammengestellt hat«, sagt sie und spießt ein gebratenes Würstchen auf.

Ich schlage die Mappe auf und mir fallen fast die Augen aus dem Kopf.

»Das alles hat Dad für dich zusammengestellt?«

»Na, das habe ich doch gerade gesagt«, entgegnet sie ungeduldig. »Blättere doch auf die letzte Seite, da habe ich schon grob notiert, was ich mir dieses Mal so vorstelle.«

»Dieses Mal?«, frage ich verwirrt. Sollten die Kriterien für die einzig wahre Liebe nicht immer dieselben sein?

»Nun ja, ein Jahr ist lang, und man verändert sich doch selbst auch ständig«, sagt sie heiter. »*Panta rhei*, alles ist in Bewegung.«

Nervös starre ich auf den Zettel. »Na, dann fangen wir mal an.« Ich versuche mir vorzustellen, was Dad in meiner Situation gemacht hätte, und beschließe, die Liste erst mal Punkt für Punkt durchzugehen.

»Körperliche Merkmale«, lese ich vor. »Nicht unter 1,72, aber auch nicht über 1,90 m groß.«

Ernestine nickt. »Ich bin einen Meter siebzig, und ich will auf keinen Fall einen Mann, der zu mir aufschauen muss. Männer finden es generell schwer, mit mir Schritt zu halten, da müssen wir nicht auch noch physisch eine Erschwernis einlegen.«

Ungefähr zwanzig Punkte auf der gefühlt endlosen Liste später schwirrt mir der Kopf. »Gut, dann versuchen wir mal, alles zusammenzufassen«, sage ich nervös. »Wenn ich das kurz wiederholen darf: Du willst einen Mann, der größer ist als du, aber nicht zu groß. Graues Haar ist erlaubt, aber nicht schlohweißes. Er soll einfühlsam sein, aber kein Softie. Gebildet, aber kein Professor oder sonst was in die Richtung. Handwerklich begabt, aber kein Handwerker. Wenn möglich, im Ruhestand, reisebegeistert und abenteuerlustig, aber keinesfalls zu risikofreudig oder gar waghalsig. Er soll eine gute Kranken- und Pflegeversicherung haben, und seine Zähne müssen tipptopp in Schuss sein.«

Ernestine nickt fortlaufend.

»Und im Bett soll er«, ich kneife die Augen zusammen, um diese Passage wieder zu entziffern, »wissen, dass du die Hosen anhast, aber trotzdem egoistisch genug sein, um seine eigenen Wünsche durchzusetzen.«

Ernestine zuckt mit den Schultern. »Hab in der Hinsicht schon ziemlich alles ausprobiert, anders funktioniert es für mich nicht.«

Ich schlucke. Wie soll ich jemals einen Mann für Ernestine finden, auf den all diese Kriterien zutreffen?

»Na gut, dann werd ich mich mal auf die Suche nach diesem doch sehr … speziellen … Charakter machen.« Ich bete jetzt schon, dass mir bis zum Festivalbeginn irgendjemand einfallen wird.

»Wäre es wohl möglich, mir eine Exklusivzeit während des Festivals einzuräumen?«, fragt sie und sticht mit der Gabel mitten in ihr Spiegelei. Das Dotter läuft auf allen Seiten aus, und plötzlich kommt mir die Frage, ob wohl alle ihre Ehemänner eines natürlichen Todes gestorben sind.

»Eine Exklusivzeit?«, wiederhole ich, bereits etwas kraftlos, und verspüre den starken Wunsch nach einem doppelten Espresso. Zu dumm, dass Niall im Pub keinen ausschenkt.

»Na, eine bestimmte Uhrzeit, zu der du dich um mein Match kümmerst, damit ich nicht mit allen anderen warten muss.« Unschuldig klimpert sie mit den Wimpern.

»Ähm, ich habe ehrlich gesagt keine Ahnung, ob das zeitlich klappt.« Ich glaube, ich könnte auch noch eine Kopfwehtablette zu den Espressi gebrauchen. »Hat denn Dad das so gemacht?«

Sie übergeht meine Frage. »Idealerweise gleich am ersten Abend. Dann kann ich, falls es mit dem ersten Match nichts wird, am nächsten Tag gleich ein neues ausprobieren.«

»Bei dir klingt das Daten ja eher nach Arbeit als nach Vergnügen«, scherze ich, aber mein kleiner Witz kommt bei Ernestine gar nicht gut an. Sie mustert mich stirnrunzelnd. »Weißt du, wie es ist, sich in meinem Alter ernsthaft einen Mann zu angeln? Das ist Arbeit, und alles andere als ein Vergnügen, meine Liebe, das kannst du mir glauben.« Sie schüttelt den Kopf, wohl über meine Naivität, bevor sie herzhaft von einem Stück Roggenbrot abbeißt. »Ein Knochenjob ist das, und sie dann wieder loszuwerden, macht noch viel mehr Mühe.« Wieder muss ich an den gezielten Stich in ihr Spiegelei denken. »Aber ein Leben ohne diese Taugenichtse?« Sie schüttelt den Kopf und lächelt versonnen. »Das wäre doch auch bloß der halbe Spaß.«

»Absolut.« Ich ringe mir ebenfalls ein Lächeln ab. »Wenn das dann alles ist …«

»Die hat doch eine Vollmeise«, kommentiert Winnie wenig später, als ich ihr von meinem Treffen mit Ernestine erzähle. Ich habe spontan bei ihr in der Schule vorbeigeguckt, es ist gerade Pausenzeit, und sie hat mir im Konferenzraum, den sie praktischerweise für sich allein hat, weil sie die einzige Lehrerin der Dorfschule ist, einen heiß ersehnten doppelten Espresso zubereitet. Weil Winnie guten Kaffee liebt und wahrscheinlich auch, weil es verdammt schwer ist, jemanden für eine so kleine Provinzschule zu finden, ist es ihr gelungen, diesen wunderbaren Kaffee-Vollautomaten bei der Landesschulbehörde durchzusetzen. Winnie kann wirklich überzeugend sein.

»Ernestine ist echt anstrengend«, stöhne ich und trinke den Espresso in einem Zug aus. »Aber mir wird wohl nichts anderes übrigbleiben, als ihr diesen Exklusivtermin zu geben, wenn wir sie bei Laune halten wollen.«

Winnie legt den Kopf schief. »Du könntest versuchen, sie gleich zu Beginn des Festivals dranzunehmen, während Rudy die Eröffnungsrede hält. Da sind die meisten noch im Gemeindezentrum. Du verpasst dann halt die Rede.« Winnie grinst mich verschwörerisch an. »Was kein allzu großer Verlust sein dürfte, wenn ich seine Reden aus den letzten Jahren richtig in Erinnerung habe.«

»Gute Idee.« Ich kichere. »Ähm … übrigens …« Ich weiß gar nicht genau, warum ich zögere, Winnie davon zu erzählen, also platze ich einfach damit heraus: »Jake hat mich zum Abendessen eingeladen. Zu sich nach Hause.«

Winnie sieht mich interessiert an. »Na, da schau einer an«, sagt sie aber bloß.

»Na ja, eigentlich hat er mich und Fred eingeladen«, schiebe ich nach. »Weil er ja neulich bei uns zum Krabbenbrötchenessen war.«

»Ah ja.« Winnies Blick ist vielsagend. »Und jetzt geht ihr beide hin, Fred und du?«

Ich zucke mit den Schultern. »Schätze schon …«

Plötzlich klopft es an der Tür, und eine Sekunde später steckt eine attraktive, dunkelhaarige Frau ihren Kopf herein.

»Oh, hallo Helen!« Winnie wirkt überrascht. »Was machst du denn hier, um diese Uhrzeit?«

»Finn hat sein Pausenbrot zu Hause vergessen.« Ihr Blick streift mich kurz. »Und da dachte ich, ich bring's ihm vorbei.«

»Die Kinder sind draußen, auf dem Hof.« Winnie nickt. »Du kannst direkt rausgehen.«

»Gut.« Helen wirkt unschlüssig, als wolle sie noch etwas loswerden.

»Dann noch einen schönen Vormittag«, sagt Winnie höflich.

»Danke«, antwortet Helen und wirft mir einen kurzen Blick zu. »Euch auch.« Und schon schließt sich die Tür wieder und sie ist weg.

Winnie blickt einen Moment lang gedankenverloren zu Boden, bevor sie den Kopf hebt und fragt: »Wo waren wir gerade? Ah ja, Jake. Und euer Abendessen. Nimmst du die Einladung jetzt an oder nicht?«

»Nun, eigentlich würde ich schon gern hingehen. Aber, sieht das nicht zu sehr nach … Date aus?« Ich schaue Winnie unsicher an. »Weil Giles und ich uns doch gerade erst getrennt haben!«

»Fred ist ja dabei«, winkt Winnie ab. »Und selbst wenn's eins wäre: Es gibt keine Regel, wie lange man nach einer Trennung warten muss, bis man sich mit jemand anderem treffen darf.« Sie stützt das Kinn auf die Hand. »Ich würde das an deiner Stelle ganz entspannt sehen. Du verbringst einen netten Abend mit einem äußerst netten Mann, mit dem du dich blendend verstehst. Mehr nicht.«

»Eigentlich hast du recht«, sage ich mehr zu mir selbst. »Mehr ist es nicht.«

»Und falls es doch mehr werden sollte«, Winnie sieht mich listig an, »dann wäre das doch auch nicht verkehrt. Jake ist echt prima.« Sie wirft einen Blick auf die Uhr. »Tut mir leid, aber jetzt muss ich mich wieder um meine Racker kümmern.«

»Danke für den Kaffee.« Ich stehe auf und räume die Tasse in das Waschbecken. »Den hab ich gebraucht.«

»Aber immer gerne. Du findest allein raus, oder?«

»Sicher.« Ich nicke. »Und danke fürs Zuhören.«

»Jederzeit.« Winnie nickt mir zu und verlässt dann mit eiligen Schritten das Lehrerzimmer.

Gerade, als ich das Schulhaus verlasse, läutet mein Handy. Eine mir unbekannte Nummer. Ich nehme das Gespräch an. »Ja, hallo?«

»Hier ist Sinclair Whitley vom Empfang des Grantchester Hotels«, ertönt eine reserviert klingende Stimme. »Spreche ich mit Allie Malone?«

»Am Apparat«, bestätige ich.

»Ich stelle Sie gerne zu Mr. Desmond durch, Mr. Alistair Desmond.« Er betont den Vornamen, als würde der Nachname dadurch eine ganz besondere Aufwertung erfahren. Ohne mein Einverständnis abzuwarten, lande ich sofort in der Warteschleife, und ohne es zu wollen, bin ich auf einmal sehr gespannt. Was kann der Hotelbesitzer von mir wollen?

»Miss Malone?«, knarzt seine unverkennbare Stimme auch schon durch das Telefon. »Hier ist Alistair Desmond. Ich wollte mit Ihnen noch einmal wegen der Zimmer für das Festival sprechen.«

»Ach ja?« Ich bemühe mich, die Aufregung in meiner Stimme zu verbergen.

»Machen wir es kurz«, sagt er, und ich kann mir richtig gut vorstellen, wie er dabei stirnrunzelnd hinter seinem monströsen Schreibtisch sitzt. »Sie können die Zimmer haben. Zu dem Preis, den ich ursprünglich mit Ihrem Vater vereinbart habe.«

»Wie bitte?« Ich bin völlig überrumpelt.

Er räuspert sich kurz. »Nun, mir wurde klar, dass wir jahrelang eine sehr konstruktive Partnerschaft hatten, und ich möchte diese nicht aufgrund einer Liederlichkeit Ihrerseits aufs Spiel setzen.«

Eine Liederlichkeit meinerseits? Na, der hat Nerven.

»Nun«, fährt er fort, ohne meine Reaktion abzuwarten, »wenn Sie die Zimmer also wollen …«

Ich überlege blitzschnell. Die Zimmer in Galway sind nur optioniert, nicht gebucht, und es wäre viel einfacher, alle Gäste im Grantchester und den anderen zwei Desmond-Hotels unterzubringen. Aber Alistair Desmonds plötzlicher Meinungsumschwung macht mich stutzig. Irgendetwas stimmt da nicht. »Wir sind in unserer alternativen Planung schon ziemlich weit fortgeschritten«, rede ich deshalb drauflos und versuche fieberhaft, uns Zeit zu verschaffen. »Darf ich Ihnen bis morgen Bescheid geben?«

»Wollen Sie nun meine Zimmer, oder nicht?« Ich höre deutlich den Unmut in seiner Stimme.

»Wie gesagt, ich melde mich verlässlich morgen bei Ihnen, Mr. Desmond.«

»Sie melden sich bis spätestens Mittag.« Damit beendet er das Gespräch und lässt mich vollkommen verdattert zurück. Woher kommt dieser plötzliche Sinneswandel? Er hätte von Anfang an fair sein und uns die Zimmer wie vereinbart geben können. Was also steckt dahinter? Ich runzle die Stirn. Mein Gefühl sagt mir, dass daran etwas faul ist, und ich muss so schnell wie möglich herausfinden, was. Alistair Desmond sollte sich besser vorsehen. Seine Spielchen kann er mit jemand anderem treiben, aber nicht mit uns.

»Fred, bist du fertig?« Ich klopfe an die Zimmertür. Es ist Abend und in einer Viertelstunde sollen wir bei Jake sein.

Es dauert ein kleines bisschen, dann öffnet Fred die Tür und lugt heraus. Er hat die Jalousien heruntergelassen. »Ich hab ziemliche Kopfschmerzen, Liebes.« Er fasst sich an die Schläfen. »Ich glaube, ich bleibe besser hier.«

»Kann ich dir irgendwas bringen?«, frage ich besorgt. »Oder soll ich besser auch hierbleiben?« Ich bin etwas angespannt und mir nicht mehr sicher, ob es eine gute Idee ist, Jakes Einladung zu folgen.

Fred schüttelt den Kopf. »Geh du nur. Ich ruhe mich aus und bin dann morgen hoffentlich wieder fit.«

»Tja, wenn du dir sicher bist …«, sage ich zögerlich.

»Ganz sicher.« Fred nickt entschlossen. »Richte Jake bitte liebe Grüße aus. Und viel Spaß.«

Also stehe ich um kurz nach sieben allein vor dem Eingang der Tierarztpraxis und stelle mit Erschrecken fest, dass mein Herz klopft, als würde ich gleich einem Säbelzahntiger gegenübertreten und nicht bloß einem harmlosen Landarzt. Aber wie harmlos ist Jake wirklich in Bezug auf mein Gefühlsleben? Zum wiederholten Male wünschte ich, Fred wäre mitgekommen. Mit ihm neben mir wäre die ganze Situation entschieden unverfänglicher. Ich drücke auf den Klingelknopf, und wenig später signalisiert mir ein Surren, dass der Türöffner betätigt wurde.

»Tut mir leid, Allie, mir ist grade noch ein Patient hereingeschneit!« Jake steckt den Kopf aus der Tierarztpraxis. Er deutet auf die Treppe zu meiner Rechten. »Geh ruhig schon nach oben, ich bin gleich fertig.«

»Schon gut«, sage ich, denn es kommt mir seltsam vor, Jakes Wohnung ohne ihn zu betreten. »Ich kann auch hier auf dich warten.«

»Ist schon in Ordnung, mach es dir gemütlich.« Damit verschwindet er wieder.

Also gut. Ich steige die Treppen hoch und stehe vor einer weiteren Eingangstür. Sie ist nur angelehnt. Vorsichtig stoße ich sie auf und erblicke einen großzügigen Wohnbereich. Winnie hatte recht: Falls diese Wohnung jemals vernachlässigt oder marode war – Jake hat sie in ein kleines Juwel verwandelt. Alles ist offen gestaltet; Küche, Ess- und Wohnzimmer sind ein Raum. Der Dachstuhl wurde freigelegt, sodass jetzt wunderschöne alte Holzbalken zu sehen sind. Die Wände sind in einem freundlichen Naturweiß gespachtelt und den Mittelpunkt des Raumes bildet eine Kücheninsel aus dunklem Holz sowie ein Vintage-Esstisch, den Jake mit verschiedenen Stühlen und Sesseln in Braun- und Ockertönen kombiniert hat. Zögerlich ziehe ich meine Schuhe aus und betrete die Wohnung. Es ist seltsam, allein hier zu sein, aber zugleich fühle ich mich augenblicklich wohl. Alles strahlt eine klare, geradlinige Atmosphäre aus, genauso wie Jake. Während ich langsam durch den Raum wandere, fällt mir auf, dass es so gut wie keine persönlichen Gegenstände gibt, bis auf ein paar Fotos auf einer Fensterbank. Ich trete näher und betrachte sie. Eines zeigt Jake mit einem Mann um die sechzig und einer Frau, die genau dieselben Bernsteinaugen wie Jake hat und seine braunen widerspenstigen Haare. Das sind sicher seine Eltern. Auf einem anderen ist Jake mit ein paar Freunden und dem Surfbrett unter dem Arm an einem Strand mit Kokospalmen und Tamarinden zu sehen. Und dann gibt es noch ein Foto. Es zeigt Jake Arm in Arm mit einer umwerfenden Rothaarigen Anfang dreißig, die mir selbstbewusst entgegenstrahlt. Ist das seine Ex? Wenn es denn stimmt, dass er wegen einer gescheiterten Beziehung nach Doolinvarna gekommen ist. Oder ist es vielleicht auch nur seine Schwester? Eine Cousine, die ihm besonders nahesteht? Ich schaue mir das Bild genauer an. Irgendetwas an seinem Gesichtsausdruck sagt mir, dass es seine Ex sein muss. Oder ist sie vielleicht gar nicht so passé, wenn ihr Foto noch hier steht?

Schnell wende ich mich wieder ab und gehe zur Kücheninsel. Auf dem Herd brutzelt schon etwas vor sich hin, und auch der Backofen ist eingeschaltet, aber ich will nicht zu neugierig sein, deshalb setze ich mich brav auf einen der Stühle und warte.

Ich warte eine geschlagene Viertelstunde, in der ich immer nervöser werde. Was mache ich überhaupt hier? Vielleicht sollte ich ein anderes Mal wiederkommen. Mit Fred im Schlepptau, um jegliche verfängliche Situation im Vorhinein auszuschließen. Ich stehe auf und bewege mich gerade halbherzig Richtung Eingangstür, als sie sich öffnet und Jake erscheint, noch im weißen Arztkittel.

»Tut mir echt leid, dass es so lang gedauert hat«, sagt er atemlos. »James hat einfach nicht aufgehört, nachzufragen …«

»Schon gut«, sage ich schnell. Das war's dann wohl mit meiner geplanten Flucht.

»Gib mir eine Minute!« Hastig zieht er sich den Kittel aus, hängt ihn an die Garderobe und wäscht sich gründlich die Hände.

»So«, sagt er leicht fahrig. »Setz dich doch. Was darf ich dir zu trinken anbieten? Einen Aperitif? Wein? Ein Glas Wasser?«

Hektisch lässt er den Blick durch die Küche wandern. »Oh nein, der Braten«, murmelt er und öffnet die Backofentür einen Spalt. »Autsch!« Ein Schwall heißer Luft erwischt ihn im Gesicht, und er macht einen erschrockenen Schritt zurück. Schnell schließt er die Tür wieder. »Also, lange braucht dieser Braten sicher nicht mehr.« Er drückt einige Tasten auf dem Backofendisplay und runzelt die Stirn. »Wo ist Fred eigentlich?«

»Er hatte plötzlich starke Kopfschmerzen«, sage ich und füge hinzu: »Er lässt dir aber liebe Grüße ausrichten.«

»Oh, wirklich?« Jake sieht mich besorgt an. »Doch hoffentlich nichts Ernstes? Oder soll ich besser nach ihm sehen?«

»Ich glaube, es geht schon«, beruhige ich ihn. »Er meinte, mit ein bisschen Ruhe ginge es ihm morgen schon wieder besser.«

»Wie du meinst …« Jake nickt zerstreut und rührt gleichzeitig hektisch in dem Topf auf dem Herd herum. »Also, hast du mir eigentlich schon gesagt, was du trinken möchtest?«

»Ein Glas Wasser wäre super«, antworte ich schnell. »Nur Leitungswasser, bitte.« Ich habe das Gefühl, er braucht gerade alle seine gedanklichen Ressourcen zum Kochen.

»Natürlich, Wasser, kommt sofort.« Jake nimmt ein Glas aus einem Regal, füllt es randvoll mit Wasser und setzt es dann so schwungvoll vor mir ab, dass es über den Rand schwappt. »Ups, tschuldige«, sagt er. »Ich bin ein bisschen hektisch heute, glaube ich.«

»Das glaube ich auch«, sage ich und muss lächeln, obwohl ich selber angespannt bin. »Aber du musst dich wirklich nicht stressen.«

»Mein Zeitplan ist komplett aus dem Ruder gelaufen«, sagt er, während er sich eine Kochschürze überzieht und einen ausgedruckten Zettel, der neben dem Herd liegt, überfliegt. »Und wenn Fred jetzt nicht da ist, muss ich auch die Portionsgrößen ändern …« Er zieht die Stirn in Falten, und ich frage mich, ob er wohl schon oft für Gäste gekocht hat.

»Kann ich irgendwie behilflich sein?«, frage ich schließlich.

»Wie?« Jake sieht abwesend auf. »Aber du bist doch der Gast.«

»Deshalb kann ich doch trotzdem helfen.« Ich stehe auf und luge in den Backofen. »Solltest du den nicht besser rausnehmen?«, frage ich. Der Braten ist schon tiefbraun, an einigen Stellen verkohlt, und das Gemüse, das rundherum drapiert ist, komplett zerkocht.

»Ich war mir nicht sicher, im Rezept stand, dass er neunzig Minuten braucht.« Jake blickt verunsichert auf seinen Zettel.

»Aber jedes Backrohr ist anders«, gebe ich zu bedenken. »Und dieser Braten hat seinen Zenit längst überschritten, glaube ich.«

»Das darf doch nicht wahr sein«, stöhnt Jake, als er die Ofentür erneut öffnet, dieses Mal mit Sicherheitsabstand, und den Braten in seiner vollen Pracht erblickt. Er sieht verbrannt und strohtrocken aus. Vorsichtig hebt Jake ihn auf die Anrichte und nimmt ein Santoku-Messer zur Hand. Es wirkt ziemlich gefährlich, dieses Messer, wie ein kleines Samurai-Schwert.

»Bist du dir sicher, dass dieses Messer das richtige für den Braten …«, setze ich an, doch da ist es schon passiert.

»Auuutsch«, ruft Jake. Er ist mit der Klinge auf der harten Kruste des Bratens abgerutscht und schaut entsetzt auf seine rechte Hand, in der ein Schnitt klafft. Blut tropft daraus hervor, direkt auf die Bratenkruste.

»Du meine Güte!« Erschrocken starre ich auf seine Hand. »Alles okay?«

»Könntest du …« Jake guckt plötzlich ganz komisch. »Es ist nur, ich kann mein eigenes Blut nicht gut sehen …«

»Sag mir, was ich machen soll!«, rufe ich panisch. Der Braten ist schon ganz rot.

»Nimm dir ein Geschirrtuch und drück es auf die Wunde, so fest du kannst.« Er ist jetzt leichenblass und hat Mühe zu sprechen. Hektisch durchsuche ich gefühlt tausend Schubladen nach einem Tuch. Was muss er auch so eine große Küche haben!

»Vorne rechts«, krächzt Jake und muss sich mit der linken Hand auf die Anrichte stützen.

Endlich finde ich eines, falte es auseinander und drücke es auf die Wunde.

»Fester! Du musst den Blutfluss stoppen!« Er schließt die Augen und scheint gleich zu kollabieren.

»Setz dich besser hin.« Vorsichtig dirigiere ich ihn zu einem Stuhl, ohne den Druck von seiner Hand zu nehmen. Gott sei Dank wird die Blutung jetzt schwächer.

»Vielleicht könntest du aus der Praxis eine Mullbinde und eine Kompresse holen«, murmelt Jake. Er hat immer noch die Augen halb geschlossen. »Dann können wir die Wunde verbinden. Und Desinfektionsspray. Steht alles auf einem kleinen Rollwagen in dem Behandlungsraum, wo ich dich verarztet hab.« Jake atmet tief aus. Er ist immer noch blass, aber ein bisschen Farbe ist schon in sein Gesicht zurückgekehrt. Ich mache einen festen Knoten in das Geschirrtuch, laufe schnell runter in die Praxis, schnappe mir alles, was Jake mir aufgetragen hat, und bin gleich wieder bei ihm. Vorsichtig sprühe ich Desinfektionsmittel auf die Wunde, lege dann die Kompresse auf und wickle die Mullbinde darum.

»Jetzt noch den Klebestreifen, um alles zu fixieren.« Jake

macht die Augen probehalber wieder auf. Ich befestige den Klebestreifen und betrachte dann mein Werk. Sieht gar nicht so übel aus, finde ich. Jake anscheinend auch, denn er mustert meinen Verband und wirkt erleichtert.

»Ist das so in Ordnung?«, frage ich.

»Auf jeden Fall. Vielen Dank.« Er seufzt. »Und tut mir echt leid. Das ist eigentlich lächerlich, ein Arzt, der kein Blut sehen kann.«

Ich stelle mein Glas Wasser vor ihm hin. »Nimm erst mal einen Schluck.«

Jake trinkt folgsam und setzt dann das Glas wieder ab. »Daran ist nur dieser verdammte Braten schuld.« Er schüttelt frustriert den Kopf. »Und dabei habe ich das Rezept schon ein paarmal gemacht, daheim in Boston.« Er seufzt. »Es war das Lieblingsrezept von … von jemandem.« Sein Blick wandert unwillkürlich zu der Fensterbank mit den Fotos. »Von meiner Ex, um genau zu sein.«

»Ist sie das?«, frage ich leichthin, obwohl mir gar nicht danach zumute ist, und deute auf das Bild. »Deine Ex? Die hübsche Rothaarige, meine ich.«

»Ja, das ist Tracy.« Jake wirkt einen Moment lang abwesend. »Du hältst mich jetzt wahrscheinlich für einen Idioten, dass ich ihr Foto noch hier stehen habe, obwohl wir längst getrennt sind.«

»Nein, gar nicht«, sage ich rasch.

»Wahrscheinlich bin ich es auch«, fährt er fort, ohne auf meine Erwiderung einzugehen. »Ein sentimentaler Idiot. Ich weiß eigentlich gar nicht, wieso es immer noch da ist.« Er sieht das Bild gedankenverloren an.

»Weil Loslassen schwer ist, egal was passiert ist«, sage ich leise und muss plötzlich an das zerknitterte Foto denken, das immer noch in dem kleinen Reißverschlussfach auf der Rückseite meiner Geldbörse steckt. »Wieso habt ihr euch überhaupt getrennt?«

Jake starrt Richtung Fensterbank, ohne etwas zu erwidern.

»Du musst es mir natürlich nicht erzählen.« Plötzlich habe ich Angst, ihm zu nahe getreten zu sein.

»Oh, doch«, sagt er. »Es ist nur …« Jake kratzt sich am Kopf. »Ich habe nur selten mit jemandem darüber geredet.« Er atmet tief durch. »Aber gut. Ich hab dir doch erzählt, dass ich für Ärzte ohne Grenzen nach Afrika wollte, aber nichts daraus geworden ist.«

Ich nicke. »Und weiter?«

»Wir wollten zusammen hin, Tracy und ich.« Er schluckt. »Wir hatten alles bis ins kleinste Detail geplant, die Visa beantragt, Flugtickets gekauft und alles. Wir saßen buchstäblich auf gepackten Koffern.«

»Und dann?«, frage ich gespannt.

»Dann habe ich herausgefunden, dass sie mich betrügt.« Er lächelt traurig. »Der Klassiker, oder? Ein schlechter Klassiker. So plump und abgedroschen, dass ich es gar nicht mehr erzählen will.« Er versucht ein schiefes Grinsen, aber ich sehe, dass er immer noch verletzt ist.

»Und wieso bist du dann nicht allein los? Nach Afrika?«, frage ich.

»Das ist der weitaus originellere Teil der Geschichte. Und weißt du auch, warum?« Jakes Stimme trieft jetzt vor Sarkasmus. »Weil sie mit ihrer Affäre hingegangen ist. Ein Rettungssanitäter, und den können sie in Afrika natürlich auch hervorragend gebrauchen.« Er lacht bitter. »Sie hat mich sogar gefragt, ob wir mein Flugticket auf ihn umschreiben können. Sie hat das alles sehr pragmatisch gesehen. Wir hätten uns schon vorher auseinandergelebt, hat sie gemeint, und das bequemerweise auch gleich als Begründung für ihren Betrug angegeben.«

Ich sehe ihn betroffen an. Wie hartherzig von dieser Tracy. Sie ist mir sofort unsympathisch, da kann sie auf dem Foto noch so breit lächeln.

»Sicher, zwischen uns lief nicht immer alles rund, wir hatten auch oft Streit.« Jake zuckt mit den Schultern. »Vielleicht war dieses Afrika-Projekt wirklich nichts anderes als ein letzter Versuch, unsere Partnerschaft zu retten.«

Ich muss plötzlich an Giles und mich denken. War es bei unserem Traum von Seattle dasselbe? Ein letzter Versuch, unsere eingeschlafene Beziehung wieder zum Leben zu erwecken?

Jake fährt sich durch sein wuscheliges Haar. »Aber trotzdem. So ein Ende habe ich nicht verdient, finde ich. Fünf Jahre waren wir zusammen, und sie hat diese Zeit einfach in die Tonne getreten, als ob es niemals ein Wir gegeben hätte.« Er sieht traurig aus, als würde er die Enttäuschung von damals gerade wieder durchleben. »Wie auch immer. Sie lebt jetzt mit ihm in einem kleinen Dorf im Umland von Addis Abeba.«

»Aber es war doch deine Idee«, sage ich empört. »Ich meine, zuerst hat sie dich verlassen, und dann hat sie auch noch deinen Traum gestohlen?«

Wer klaut schon Träume? Sie muss ein richtiges Miststück sein.

Jake zuckt mit den Schultern. »Sieht ganz danach aus. Auf jeden Fall ist sie jetzt in Afrika und ich bin hier. Worüber ich ganz und gar nicht unglücklich bin, übrigens«, fügt er hinzu und lächelt. Dieses Mal ist es wieder ein echtes Lächeln, das seinen Mund und seine Augen erreicht. »Wirklich nicht. Weißt du, am Anfang war Doolinvarna nichts weiter als eine Notlösung. Ich kannte es aus den Ferien, hatte schöne Erinnerungen daran, Mum ist in der Gegend aufgewachsen. Es war einfach bequem, herzukommen. Ich musste mich meinen Problemen daheim nicht stellen. Und vor allem hatte ich weniger das Gefühl, sitzengelassen worden zu sein, wenn ich selbst in Bewegung bin.« Jake hält einen Moment inne. »Aber inzwischen bin ich wirklich gerne hier. Ich meine, wahrscheinlich werde ich nicht für immer bleiben, aber im Moment fühlt es sich gut an.« Er räuspert sich. »Weißt du, ich hab das noch niemandem erzählt. Ich meine, die Sache mit Tracy und Afrika. Ich weiß, die Leute reden, aber ich war einfach noch nicht so weit.«

»Das kenne ich«, erwidere ich in einem leichteren Tonfall, als mir zumute ist. »Aber es tut wirklich gut, oder? Das Reden, meine ich.«

»Ja, schon«, antwortet Jake unsicher. Dann starrt er wieder auf das Foto auf der Fensterbank und versinkt in Schweigen.

»Schön hast du es hier, übrigens.« Ich versuche, irgendwie das Thema zu wechseln. »Hast du die Wohnung selbst restauriert?«

»So ziemlich.« Jake nickt. »Gemeinsam mit ein paar Handwerkern. Ich war etwas frustriert nach meiner Ankunft und hatte das Bedürfnis, mich körperlich auszutoben. Na ja, so habe ich meine Energie wenigstens in was Sinnvolles gesteckt.« Er grinst schräg und verstummt dann wieder. So kenne ich ihn gar nicht. Ich bekomme plötzlich ein seltsames Gefühl. Ich meine, was mache ich hier eigentlich? Dieser ganze Abend ist einfach nur skurril.

»Ich glaube, ich werd dann mal besser gehen.« Ich stehe auf und nehme meine Jacke.

»Oh, jetzt schon?« Jake sieht mich überrascht an. »Du hast ja noch gar nichts gegessen! Tut mir echt leid wegen des Bratens. Ich könnte wenigstens noch einen Salat machen, den wollte ich zum Braten servieren, und zum Nachtisch Mousse au Chocolat …«

»Ach was, schon gut«, wehre ich höflich ab.

»Oder willst du vielleicht zu Niall, einen Burger essen gehen?«, fragt Jake, sicher nur höflichkeitshalber. Wahrscheinlich ist ihm die Situation genauso unangenehm wie mir.

»Ein anderes Mal gerne«, sage ich eilig. »Ruh dich heute besser aus, mit deiner Hand und so. Ich bin ehrlich gesagt auch ziemlich geschafft.«

»Okay, wenn du meinst …« Jake steht ebenfalls auf, um mich zur Tür zu begleiten.

Wo ist die Lockerheit zwischen uns geblieben, das Ungezwungene? Es ist, als wäre das alles von Tracys Foto verschluckt worden.

»Oh, es hat angefangen zu regnen!« Er deutet zum Fenster. »Brauchst du einen Schirm?«

Ich schüttle den Kopf. »Die paar Meter bis zum Auto schaffe ich schon.«

»Also dann.« Jake nickt verlegen. »Man sieht sich.«

»Jap«, erwidere ich. »Schönen Abend noch.«

Es regnet nicht bloß, es gießt wie aus Kübeln, und ich laufe so schnell ich kann zu Dads Ford. Wahrscheinlich habe ich Jakes Signale einfach falsch gedeutet und dieser Abend war nie auch nur ansatzweise als Date geplant, denke ich mir, als ich wenig später auf dem Heimweg bin. Wahrscheinlich ist Jake nur froh, in Doolinvarna jemanden in seinem Alter und auf seiner Wellenlänge gefunden zu haben.

»Es wäre sowieso noch viel zu früh für was Neues«, sage ich

mir selbst, während ich den Wagen parke, und wundere mich im selben Moment über diesen Gedanken. Ich meine, Giles und ich haben uns gerade erst getrennt. Obwohl, je länger ich darüber nachdenke, desto klarer wird mir, wie überfällig dieser Schritt gewesen ist.

So leise wie möglich sperre ich die Wohnungstür auf. Ich will Fred nicht wecken. Und weil ich plötzlich todmüde bin, gehe ich direkt ins Bad und dann rauf in mein Zimmer.

Zwei geschlagene Stunden später wälze ich mich immer noch in meinem Bett von einer Seite auf die andere. Ich kann einfach nicht einschlafen, obwohl ich doch so müde war. Fred will ich auf keinen Fall wecken, also beschließe ich, mir meinen Schlummertrunk selbst zuzubereiten. Ich schleiche auf Zehenspitzen hinunter in die Küche, mache mir Milch heiß und rühre einen großzügigen Löffel Honig hinein. Dann setze ich mich an den Küchentisch, schlürfe langsam meine Milch und stelle fest, dass sie ohne Freds Gesellschaft nur halb so gut schmeckt. Ich will gerade meine leere Tasse in die Spüle stellen, da klopft es plötzlich leise an die Eingangstür. Erstaunt blicke ich auf. Wer kann das sein, um diese Uhrzeit? Ich stehe auf und öffne die Tür einen Spaltbreit.

»Du?«, entfährt es mir. Vor mir steht Jake.

»Hallo.« Er lächelt schief. Wasser tropft von seinem Hemd und den Haaren hinunter auf den Boden, sodass sich rasch eine kleine Pfütze bildet.

»Du bist ja klatschnass«, flüstere ich, weil ich nicht weiß, was ich sonst sagen soll. Was um Himmels willen macht Jake hier?

»Hab nicht gleich einen Parkplatz gefunden«, sagt er mit gesenkter Stimme. »Musste noch ein Stück hierherlaufen, und einen Regenschirm hab ich natürlich vergessen.«

»Wieso bist du überhaupt hier?«, fahre ich im Flüsterton fort, weil ich ein Geräusch aus dem Nebenzimmer gehört habe. Dann fällt mir auf, dass Jake vor Kälte zittert. »Komm erst mal rein«, sage ich. »Ich geb dir was Trockenes zum Anziehen. Aber leise, Fred schläft hier gleich nebenan.« Ich deute auf Dads Schlafzimmer. »Die Wände sind wirklich dünn, und ich möchte nicht, dass er aufwacht, vor allem, weil es ihm ja nicht so gut ging.«

»Stimmt, er hatte ja Kopfschmerzen.« Jake versucht, so viel Feuchtigkeit wie möglich abzuschütteln, bevor er die Wohnung betritt.

»Wahrscheinlich ist er einfach todmüde gewesen, weil er wieder den ganzen Tag in der Küche gestanden hat, wegen der Krabbenbrötchen«, vermute ich flüsternd.

»Wenn er nicht aufpasst, wird er selbst noch zu einem Krabbenbrötchen«, sagt Jake todernst und ich muss kichern.

»Pssst, leise!« Jake deutet theatralisch Richtung Freds Zimmer, sodass ich noch mehr kichern muss. Plötzlich ist die alte Unbefangenheit zwischen uns wieder da.

»Wir gehen am besten rauf ins Schlafzimmer. Mein ehemaliges Kinderzimmer«, füge ich eilig an, damit Jake keinen falschen Eindruck bekommt. Ich bugsiere ihn die schmale Treppe hinauf ins Obergeschoss bis in mein Zimmer und ziehe die Tür leise hinter mir ins Schloss. In Declans Zimmer müssten noch alte Sachen hängen, die Jake sicher passen würden, aber ich bringe es nicht übers Herz, nachzusehen. Zu viele Erinnerungen lauern dort. Also krame ich in meinem Kleiderschrank herum, bis ich einen ausgeleierten Pulli und eine Jogginghose finde. Ich reiche Jake die Sachen, dazu ein Handtuch, das ich ebenfalls im Schrank entdeckt habe.

»Danke«, sagt Jake aus tiefstem Herzen und rubbelt sich die Haare trocken. Dabei rutscht sein Hemd ein Stück hoch und offenbart die definierten Bauchmuskeln, die ich schon vom Surfen kenne.

»Soll ich kurz rausgehen?«, frage ich und fühle mich augenblicklich wie eine verklemmte Klosterschülerin.

»Von mir aus kannst du ruhig blieben«, sagt er verlegen.

Ich will nicht schon wieder einen Eiertanz beginnen, deswegen setze ich mich aufs Bett und schaue demonstrativ aus dem Fenster, obwohl ich viel lieber Jake betrachten würde, seinen muskulösen Oberkörper, die sehnigen Arme. Okay, einmal schiele ich kurz rüber, als er gerade sein Hemd über den Kopf zieht, und ich muss bei dem Anblick unwillkürlich schlucken. Hoffentlich hat er es nicht bemerkt. Schnell blicke ich wieder aus dem Fenster, obwohl es draußen stockdunkel ist und ich rein gar nichts erkennen kann. Kommt es mir nur so vor, oder ist die Raumtemperatur, seit er sich ausgezogen hat, um ein paar Grad gestiegen?

Kurz darauf steht er in meinem Schlabberpulli und der alten Jogginghose vor mir. »Also, optisch bin ich heute genau wie mein Essen, alles andere als ein Leckerbissen, fürchte ich.« Er sieht an sich herunter. Der Schlabberpulli spannt ziemlich über der Brust, die Ärmel sind viel zu kurz und auch die Jogginghose endet ungefähr auf halber Höhe seiner Unterschenkel.

Ich muss schon wieder kichern. Jake lässt die Schultern in komischer Verzweiflung fallen. »Na, wenigstens ist die Stimmung jetzt um einiges besser als vorhin bei mir.« Er deutet neben mich. »Darf ich?« Ich nicke, und er nimmt mit etwas Abstand zu mir auf dem Bett Platz. »Allie, ich wollte aus dem Abendessen wirklich keine Gedenkveranstaltung an meine

Ex machen, und trotzdem ist es eine geworden, fürchte ich.« Seine Miene ist jetzt ernst.

»Vielleicht ein bisschen«, sage ich verlegen. »Aber ist schon okay.«

»Nein, das ist es nicht.« Jake schüttelt den Kopf. »Denn eigentlich wollte ich, dass es ein wunderschöner Abend wird. Und wenn ich ehrlich sein soll, war ich ganz froh, dass Fred nicht konnte.«

»Ich hätte ihn gern dabeigehabt«, gebe ich zu. »Aber nur, weil ich unsicher war, wie es ist, mit dir allein den Abend zu verbringen.« Mir kommt es so vor, als sei die Temperatur im Raum gerade noch weiter gestiegen. Jake rückt fast unmerklich ein Stück näher, aber das Bett quietscht bei der kleinsten Bewegung. »Ich war auch ziemlich nervös. Schon bevor das mit dem Braten und der Hand und allem passiert ist.« Er sieht mich von der Seite an. »Fast so nervös wie damals, als ich dich bei Kelly im Laden getroffen habe.«

Überrascht sehe ich ihn an. »Hast du dich deshalb so seltsam benommen? Im Laden, meine ich?«

Jake verzieht das Gesicht. »Seltsam ist noch freundlich ausgedrückt. Wie der letzte Trottel habe ich mich benommen! Spaghetti oder Tagliatelle? Wenn ich nur daran denke!« Er hebt in komischer Verzweiflung die Hände und wir müssen beide lachen.

»Aber wieso warst du so nervös?«, frage ich.

Jake zögert einen Moment. »Weil ich dich gleich vom ersten Augenblick an mochte«, sagt er schließlich. »Aber dann habe ich erfahren, dass du vergeben bist, und da dachte ich mir, es sei klüger, einen weiten Bogen um dich zu machen. Was ja hervorragend gelungen ist, in Anbetracht der Tatsache, dass ich jetzt mit dir in deinem Kinderzimmer sitze«, fügt er scherzhaft hinzu, aber ich merke, dass es ihm ernst ist.

»Gott sei Dank ist es dir nicht gelungen.« Ich schaue in seine bernsteinfarbenen Augen.

»Wärst du … wärst du denn schon bereit für etwas Neues?« Jakes Blick ist forschend, unsicher. »Ich meine, du warst lange mit Giles zusammen … und ihr seid erst seit Kurzem getrennt …«

»Ich weiß es nicht«, sage ich offen. Ich zögere. »Alles, was ich weiß, ist, dass ich mich mit dir wohlfühle. Dass es sich gut anfühlt, und leicht und unbeschwert, wenn wir zusammen sind. Bis auf vorhin natürlich«, ergänze ich scherzhaft und Jake muss lachen. Es ist sein tiefes, kehliges Jake-Lachen, bei dem mir augenblicklich die Knie butterweich werden.

»Bis auf vorhin natürlich«, wiederholt er und sieht mich mit einem Lächeln an. »Aber weißt du was, mir geht es wie dir. Und deshalb hat es mir auch keine Ruhe gelassen, dass der Abend heute so blöd gelaufen ist.« Er runzelt die Stirn. »Ich hätte nicht so viel über Tracy sprechen und dieses blöde Foto schon längst in den Müll werfen sollen.« Wieder sieht er mich an. »Es zeigt eine Illusion, etwas, das schon längst vorbei war, nicht erst, als wir uns getrennt haben.«

»Ich glaube, ich weiß, warum du das Bild behalten hast.« Ich schlucke. »Weil ein klitzekleiner, allerletzter Rest von dir noch daran gehangen hat. Weil dieser Rest immer noch hofft, dass alles wieder so wird, wie es war.« Erneut muss ich an das kleine Foto in meiner Geldbörse denken.

Jake sieht mich forschend an. »Fühlt es sich bei dir auch so an? Wegen Giles?«

Ich schüttle den Kopf. »Nein, nicht wegen Giles.«

»Dann …« Jake zögert. »Wegen Declan? Und deiner Mum?«

»Manchmal schon.« Ob ich will oder nicht, die Tränen bahnen sich zielstrebig ihren Weg bis in meine Augen. »Weißt du, in London stehe ich fast jeden Tag an der Rezeption des Fairfax Hotels. Und irgendwie hoffe ich jeden Tag, dass irgendwann Mum durch die Tür kommt und mich sieht, wie ich die Rezeption manage. Ich weiß, das ist blöd.« Ich lache bitter. »Declan und sie würden sicher nicht in unserem Hotel absteigen, wenn sie nach London kämen.«

»Das ist gar nicht blöd«, entgegnet Jake. »Du vermisst deine Mutter. Jeder in deiner Situation würde sich wahrscheinlich ähnlich fühlen.«

»Ich glaube nicht, dass ich sie vermisse«, bringe ich mit gebrochener Stimme heraus. Um sie zu vermissen, bin ich immer noch zu verletzt. »Ich würde sie nur gerne noch einmal sehen, und dann würde ich eine Erklärung fordern.« Inzwischen laufen mir die Tränen über die Wangen, ohne dass ich sie aufhalten kann. »Sie soll mir von Angesicht zu Angesicht sagen, wieso sie uns damals verlassen hat und dass sie nie, nie an uns gedacht hat. Uns vermisst hat. Das wünsche ich mir. Nicht mehr und nicht weniger.« Ich schluchze und fühle mich ganz zittrig, und Jake legt seinen Arm um meine Schultern.

»Deine Mutter weiß ja gar nicht, was sie bei ihrer Tochter verpasst. Und es ist ihr Verlust, nicht deiner.« Er lehnt seinen Kopf gegen meinen und wir halten uns einfach ganz still in den Armen und es ist das Tröstlichste und Wunderbarste, was ich seit Langem erlebt habe. Schließlich will Jake noch ein wenig näher rücken, aber dabei quietscht das ganze Bettgestell, und trotz aller Ernsthaftigkeit muss ich loskichern.

»Dieses Bett ist einfach ein Albtraum«, sagt Jake theatralisch. »Eine halbe Drehung, und ganz Doolinvarna kriegt es mit.«

Ich kichere haltlos und wische mir die Tränen aus dem Gesicht. »Jetzt weißt du, warum ich früher nie einen Freund mit nach Hause gebracht habe.«

»Ach, nie?«, zieht mich Jake auf. »Das kann ich mir aber so gar nicht vorstellen!« Er hebt scherzhaft seinen Zeigefinger. »Ich könnte mir sogar denken, dass sämtliche Jungs hinter dir her waren.«

»Na ja, fast nie«, gebe ich zu. »Und wenn, dann war es für alle immer ein bisschen … unangenehm. Wegen der dünnen Wände und so. Und Dad war abends so gut wie immer unten im Wohnzimmer.«

»Aber heute ist dein Dad nicht da.« Ich sehe den Schalk in Jakes Augen, und gleichzeitig auch etwas Ernsteres dahinter.

»Dafür Fred.«

Jake rückt noch ein bisschen näher. Sein Gesicht ist nun ganz nah an meinem und mir wird heiß und kalt zugleich. Er beugt sich vor und ich spüre seinen Atem in meinem Nacken. »Aber wenn ich dich bloß küsse?«, flüstert Jake in mein Ohr. »Ganz leise? Das würde Fred doch bestimmt nicht hören.«

»Wahrscheinlich nicht«, wispere ich zurück und sehe ihm in die Augen. Seine warmen, bernsteinfarbenen Augen. »Und so gut hört er auch gar nicht mehr.«

Und dann treffen meine Lippen auf seine. Sie sind überraschend weich, seine Lippen. Ich erwidere seinen Kuss, denn die Nähe zwischen uns fühlt sich richtig gut an, unerwartet und gleichzeitig seltsam vertraut. Zum ersten Mal seit Tagen habe ich das Gefühl, mich richtig fallen lassen zu können, und wieder einmal denke ich mir, wie leicht es mir fällt, in seiner Gegenwart einfach nur ich selbst zu sein. Wir küssen uns immer weiter, bis wir beide auf meinem schmalen Bett liegen, ich über ihm, er unter mir, eng umschlungen. Die Raumtemperatur ist noch einmal um ein paar Grad gestiegen, und ich wünsche mir, dass dieser Kuss nicht so schnell endet. Tut er auch nicht.

Als ich das nächste Mal die Augen aufschlage, scheint schon die Sonne durch die halb geöffneten Jalousien. Jake liegt neben mir, vollständig angezogen. Er hat die Augen geschlossen und ich kann seine dichten, dunklen Wimpern sehen, die Bartstoppeln, die sich gar nicht so kratzig anfühlen, wie sie aussehen. Zu gern würde ich ihn länger einfach nur so betrachten, aber er beginnt ebenfalls, sich zu regen.

»Guten Morgen«, sage ich, plötzlich etwas schüchtern. Gestern ist nichts weiter passiert, aber ich bin schon so lange neben keinem anderen Mann als Giles aufgewacht, und das ist gerade etwas seltsam. Und gleichzeitig auch nicht, denn mit Jake fühlt sich alles erstaunlich vertraut an.

»Guten Morgen.« Er reibt sich die Augen. Richtig süß sieht er aus, so verschlafen. »Ich bin hier gestern einfach eingeschlafen. Tut mir leid.«

»Das macht gar nichts.« Ich lächle verlegen. »Es war schön, dass du dageblieben bist.«

»Wirklich?«, fragt mich Jake, etwas unsicher.

»Wirklich«, bekräftige ich.

»Ich fand es auch schön.« Er klopft auf die Matratze. »Und dein Bett ist richtig bequem, wenn auch etwas schmal.«

»Findest du?«, frage ich neckisch. »Hat mir gar nicht so viel ausgemacht, heute Nacht.«

»Mir auch nicht.« Jake sieht mich lange an und beugt sich dann vor, um mir einen Kuss zu geben. »Im Gegenteil. So eine wunderbare Nacht hatte ich schon lange nicht mehr.« Wir küssen uns noch einmal und grinsen uns dann mit einem ziemlich albernen Lächeln an. Wie zwei … ich würde sagen, wie es zwei Verliebte tun.

»Ist das nicht blöd, wenn ich jetzt an Fred vorbeischleiche?«, fragt er schließlich mit einem Augenzwinkern. »Der wird sich weiß Gott was denken …«

Ich stütze das Kinn auf die Hände. »Wir können ihm ja einfach erzählen, dass es geregnet hat …«

»Und ich eine Autopanne hatte, mitten im Dorf …«, ergänzt Jake.

»Und du dann spontan in Declans Zimmer übernachtet hast. Das ja leer steht«, sage ich. »Oder wir benehmen uns einfach wie Erwachsene und sagen die Wahrheit. Fred ist, glaube ich, überhaupt nicht spießig.«

»Was ist denn die Wahrheit?« Jakes Gesicht ist plötzlich meinem wieder verdächtig nahe. So nahe, dass ich ihm am liebsten meinen Pulli ausziehen würde. Und die Jogginghose gleich mit.

»Dass es sich verdammt schön mit dir anfühlt, obwohl wir uns gerade erst begegnet sind«, sage ich ehrlich.

Jake sieht mich lange an. »Weißt du, was?«, sagt er schließlich. »Ich würde dich heute Abend gerne noch mal zum Essen einladen. Ich werde mir ein einfaches Rezept suchen, alle Metzeleien weglassen, und dann geht es nur um uns beide, okay?«

»Klingt gut.« Ich nicke. »Und sämtliche Ex-Freunde und Ex-Freundinnen bleiben daheim.«

»So machen wir's.«

Wir küssen uns wieder, langsam und intensiv, und einmal mehr denke ich, wie besonders es sich mit Jake anfühlt. Nach Geborgenheit. Nach zu Hause.

Plötzlich löst sich Jake von mir und verzieht das Gesicht. »Allie … ich will jetzt nicht die Stimmung vermiesen … aber weißt du, wie spät es ist?«

Ich greife nach meinem Handy, das auf dem Nachttisch liegt. »Zehn nach acht.«

»Auweia! In zwanzig Minuten steht mein erster Patient auf der Matte!« Jake springt auf und sammelt seine Klamotten vom Boden zusammen. Sie sind immer noch klamm. »Na toll!«, Jake sieht an sich herunter. »Jetzt darf ich in diesem Aufzug auch noch durchs halbe Dorf spazieren.«

Wir sehen uns an und prusten beide los.

»Wie wär's, wenn ich dir was von Dad zum Anziehen gebe?«, schlage ich vor. »Das macht ihm sicher nichts aus.«

»Gute Idee«, nickt Jake dankbar. Als wir wenige Minuten später in der Küche aufkreuzen, wartet Fred wie immer schon mit einem riesengroßen Frühstück auf mich. Falls er überrascht ist, Jake zu sehen, lässt er es sich nicht anmerken.

»Oh, wie nett, dann sind wir heute zu dritt?«, bemerkt er bloß und lächelt Jake an. »Hat euer Abendessen gestern länger gedauert?«

Jake und ich sehen uns an und grinsen etwas dämlich. »Kann man so sagen.«

»Aber ich kann leider nicht zum Frühstück bleiben, Fred, auch wenn es köstlich aussieht.« Jakes lässt den Blick sehnsüchtig über den reich gedeckten Küchentisch streifen. »Mein erster Patient ist in ungefähr zwanzig Minuten da.«

Fred mustert Jakes Outfit. »Dann solltest du dich vorher noch umziehen.«

Jake lacht.

Ich hole schnell eine Jeans und ein T-Shirt von Dad. »Da ist das Bad«, sage ich, und Jake verschwindet schnell darin.

»Soso, der Herr Doktor.« Fred blinzelt mich verschmitzt über den Rand seiner Teetasse an.

»Es ist nicht, wonach es aussieht«, sage ich rasch. Ich will nicht, dass Fred einen falschen Eindruck von mir bekommt.

»Ich hab doch gar nichts gesagt«, erwidert er unschuldig. »Außerdem, Allie, musst du dich vor mir bestimmt nicht rechtfertigen. Und Jake ist einer der nettesten jungen Männer, die ich kenne.«

Jake hat sich fertig angezogen und erscheint wieder. »Sorry für den überstürzten Aufbruch ...« Er sieht mich bedauernd an. »Aber ich melde mich. Morgen Abend bei mir?«

Ich nicke. »Morgen Abend bei dir.«

Er gibt mir einen flüchtigen Kuss auf die Wange, lächelt und sprintet dann los, zwei Treppen auf einmal nehmend.

Ich frühstücke rasch zu Ende und will dann anfangen, den Geschirrspüler einzuräumen, aber Fred hält mich davon ab. »Lass ruhig, ich mach das nachher«, sagt er, wie immer. »Du hast doch so schon genug zu tun.«

Da hat er allerdings recht. Heute fangen wir an, den Festsaal im Gemeindezentrum herzurichten, und vorher will ich mich noch mit Winnie auf einen schnellen Espresso im Lehrerzimmer treffen.

Eine halbe Stunde später habe ich unsere Wohnung verlassen und biege gerade auf die Hafenpromenade ein, als ich hinter mir eine Stimme meinen Namen rufen höre. »Allie!«

»Ja?« Ich bemühe mich, höflich zu lächeln, als ich mich umdrehe, denn ich bin ziemlich spät dran und Winnie hat nur in der kurzen Pause nach der ersten Stunde für mich Zeit. »Rory!«, entfährt es mir überrascht, als ich sehe, wem die Stimme gehört.

Rory Desmond kommt mit eiligen Schritten auf mich zu. »Hast du eine Minute?«

»Aber sicher!« Ich weiß nicht, wann ich Rory das letzte Mal

hier unten im Dorf gesehen habe. Ob ich ihn jemals außerhalb der Schule hier im Dorf gesehen habe.

»Wie laufen die Vorbereitungen für das Festival?« Er sieht mich forschend an. »Alles klar?«

»Danke, alles bestens«, antworte ich vage, weil ich nicht weiß, worauf er hinauswill.

»Habt ihr Ersatzzimmer gefunden?«

»Hier in der Gegend nicht, aber wir haben welche in Galway reserviert und bieten einen Shuttleservice an.« Ich zucke mit den Schultern.

»Ist das nicht unheimlich teuer?«, fragt Rory überrascht.

»Ideal ist es nicht gerade«, sage ich ein wenig abweisend. »Aber dafür können wir noch in den Spiegel sehen. Und deinem Dad wird hoffentlich klar, dass er nicht so mit uns umspringen kann. Wenn du verstehst, was ich meine«, füge ich hinzu, denn ich will nicht, dass sich Rory angegriffen fühlt. Er kann nichts dafür, wie sein Vater sich verhalten hat.

»Absolut, und das ist auch der Grund, weshalb ich hier bin.« Rory sieht sich ein wenig nervös um, als wolle er sichergehen, dass wir von niemandem belauscht werden. »Ich wollte dir nämlich etwas sagen.« Er senkt die Stimme. »Du erinnerst dich an diese Gruppe von Wissenschaftlern, die das Moos im Burren untersuchen wollten?«

Ich nicke.

»Sie reisen jetzt doch nicht an. Haben gerade vorhin alle ihre Zimmer storniert. Das heißt, unsere Hotels stehen am Wochenende praktisch leer.«

Überrascht sehe ich ihn an.

»Wir haben vor einiger Zeit die Stornobedingungen gelockert«, fügt er erklärend hinzu. »Machen die großen Buchungsplattformen ja alle und wir mussten uns anpassen.«

»Das bedeutet …«, sage ich langsam, »sämtliche Zimmer wären wieder für uns frei. Und da heute schon Dienstag ist …«

»… wäre mein Vater angesichts dieser neuen Situation ziemlich erleichtert, wenn ihr die Zimmer doch nehmen würdet.« Rory zieht eine Augenbraue hoch.

Jetzt wird mir alles klar. Das war also der Grund für Alistair Desmonds plötzlichen Meinungsumschwung! Mein Gehirn beginnt, auf Hochtouren zu arbeiten. Das, was mir Rory gerade erzählt hat, bringt mich in der Tat in eine unschlagbare Verhandlungsposition. Es ist unwahrscheinlich, dass jemand so kurzfristig noch bucht, und wenn wir sie nicht nehmen, bleibt Alistair Desmond auf seinen Zimmern sitzen, und zwar für das gesamte Wochenende. Ich zögere einen Moment. »Warum hilfst du uns, Rory?«, frage ich dann. »Ich meine, es sind eure Hotels … es ist dein Vater?«

Rory sieht mich lange an, ohne etwas zu sagen. »Ich glaube, es ist vor allem wegen deines Dads«, meint er schließlich etwas verlegen. »Ich meine, jedes Jahr kommt er zu uns ins Hotel, um die Zimmer zu reservieren, und obwohl Vater wirklich alles andere als höflich mit ihm umgeht, bleibt er immer freundlich und fair. Das bewundere ich.«

Ich nicke nur stumm, denn plötzlich bildet sich ein Kloß in meinem Hals, weil ich daran erinnert werde, dass ich das alles im Grunde nur für Dad tue. Dad, der im Krankenhaus in Galway liegt und sich sicher den ganzen Tag Gedanken darüber macht, ob ich meine Sache hier gut mache.

»Und dein Dad lebt für dieses Festival, oder?«, fährt Rory fort. »Das gefällt mir. Wenn jemand mit Leidenschaft für etwas eintritt.« Er betrachtet nachdenklich die Möwen, die gerade auf dem Boot von Algen-Joe herumtänzeln. »Wahrscheinlich, weil mir selbst genau diese Leidenschaft in meinem

Leben fehlt. Außerdem habt ihr es nicht verdient, dass Vater Pats Vertrauensseligkeit ausgenutzt hat, und wenn ich helfen kann, diesen Fehler zu korrigieren, dann mache ich das gerne.«

»Das ist wirklich nett von dir.« Ich zögere. »Du kriegst jetzt aber keinen Ärger mit ihm, oder?«

»Wenn er herausfindet, dass ich dir das mit der Gruppe gesagt habe, ganz sicher.« Rory grinst schief. »Aber wir liegen sowieso andauernd wegen irgendetwas im Clinch miteinander, also macht eine Sache mehr oder weniger auch keinen Unterschied.«

»Weißt du was, Rory?«, sage ich, plötzlich entschlossen, alle alten Geschichten hinter uns zu lassen. »Komm doch einfach vorbei! Beim Festival, meine ich. Du bist herzlich als Ehrengast eingeladen!«

»Oh, danke, aber ich glaube, das ist nichts für mich.« Rory schüttelt den Kopf. »Viel zu laut, viel zu amüsant, und ich bin nun wirklich das Gegenteil von amüsant.« Er lächelt schräg.

»Ach was. Schau's dir doch einfach mal an«, wiederhole ich meine Einladung. »Es wird sicher lustig, und du musst ja nicht gleich beim Ampelspiel mitmachen oder so.«

Rory legt den Kopf schief. »Geht es bei eurem Festival nicht darum, jemanden kennenzulernen?«

»Doch«, sage ich leichthin. »Aber vor allem geht es darum, Spaß zu haben und zu feiern.«

Wieder dieses schräge Lächeln. »Na dann ist ja gut. Denn die Frau, die sich in mich verliebt, müsste sowieso erst erfunden werden.« Seine Worte sind voller Ironie, aber ich merke, dass dahinter ein Funken Traurigkeit steckt.

»Überleg es dir«, sage ich mit Nachdruck. »Ich würde mich wirklich freuen, dich zu sehen.«

Rory lächelt, und dieses Mal wirkt es echt. »Ich überleg's mir, in Ordnung?«

Ich nicke. »Und danke noch mal. Für den Tipp. Das hilft uns wirklich weiter.«

»Gern geschehen.« Er nickt mir kurz zu und geht dann in raschen Schritten davon. Nachdenklich sehe ich ihm hinterher. Ich glaube, Rory weiß gar nicht, wie sehr er uns geholfen hat. Wenn wir die Zimmer auch nur zu unseren alten Konditionen bekommen, sind unsere Finanzen gerettet. Und noch ein Gedanke spukt in meinem Kopf herum. Wenn wir jetzt wieder im Budget liegen, dann bräuchten wir auch die Einnahmen vom Krabbenstand nicht mehr. Und wenn ich unbedingt wollte, könnte ich Algen-Joes unmoralisches Angebot annehmen, ohne dass wir dadurch eine finanzielle Einbuße hinnehmen müssten.

Schnellen Schrittes laufe ich zurück zu unserer Wohnung und ziehe mein Handy hervor. »Winnie, unser Kaffee muss leider warten«, sage ich atemlos, als sie rangeht, und erzähle ihr im Schnelltempo, was ich gerade von Rory erfahren habe. »Ich fahre jetzt gleich rauf ins Hotel und regle die Sache«, sage ich. »Und noch einmal lasse ich mich nicht von ihm unterbuttern.«

»Dieses Mal gibst du's diesem Stinkstiefel, Allie!«, ruft Winnie empört. »Der soll nicht noch einmal glauben, dass er uns übers Ohr hauen kann!«

Mit dem vertrauten leicht mulmigen Gefühl fahre ich wenig später die Auffahrt zum Grantchester hoch. Aber dieses Mal mischt sich noch etwas anderes mit dazu: Das Gefühl, heute als Siegerin zurückfahren zu können. »Wenn ich es nicht vermassle«, sage ich zu mir selbst, als ich das Auto absperre und zum Eingang gehe. »Also, Allie, Kopf hoch und vermassle es nicht.«

Der Empfangsmitarbeiter an der Rezeption mustert mich mit kritischem Blick, als ich die Lobby betrete, aber er winkt mich gleich durch. Ich gehe den bekannten Gang entlang. Bevor ich an die schwere Eichentür von Alistair Desmonds Büro klopfe, atme ich noch einmal tief durch.

»Herein?«, tönt seine Stimme nach draußen. Ich drücke die Schultern durch und öffne die Tür.

»Miss Malone.« Er wirkt nicht im Geringsten überrascht über mein Erscheinen. »Sie sind also zu einer Entscheidung gekommen?«

»Allerdings.« Ich sehe ihn entschlossen an. Mir ist aufgefallen, dass er mir nicht einmal einen Platz angeboten hat, was mir aber völlig egal ist.

»Dann nehmen Sie die Zimmer also?« Ich sehe ein triumphierendes Funkeln in seinen Augen. Na, der wird sich noch wundern. Mir ist plötzlich ganz leicht zumute. Ich halte alle Trümpfe in der Hand. Ich bin nicht auf ihn angewiesen, er hingegen sehr wohl auf uns, und zur Not shutteln wir die Leute einfach nach Galway.

»Wir nehmen sie«, sage ich mit fester Stimme. »Aber zu unseren Konditionen.« Ich hole einen vorgefertigten Vertrag aus meiner Tasche und schiebe ihn über den Schreibtisch. Unbewusst halte ich den Atem an und habe plötzlich fast ein bisschen Angst vor meinem eigenen Mut.

Er überfliegt mein Angebot, das deutlich unter dem vom letzten Jahr liegt, und runzelt die Stirn. »Das soll wohl ein Witz sein.«

»Witzig finde ich es nicht gerade. Weder, wie Sie mit uns umgegangen sind«, meine Stimme wird eine Spur schärfer, »noch, wie Sie unsere Notsituation ausnutzen wollen.«

Alistair Desmond erwidert nichts darauf, sondern sieht

weiter stirnrunzelnd auf den Vertrag. »Und jetzt glauben Sie, dass ich Ihr Angebot annehme? Wie verzweifelt müsste ich dafür sein?« Er lächelt herablassend.

»Ich denke, das werden Sie sehr wohl tun«, erkläre ich freundlich. »Denn wenn Sie uns die Zimmer nicht überlassen, stehen Ihre Häuser mit ziemlich hoher Wahrscheinlichkeit das ganze Wochenende über leer, und das wissen Sie genauso gut wie ich.«

Alistair Desmond funkelt mich an. Ich sehe, dass er Mühe hat, sich zu beherrschen. »Sie kommen sich ziemlich clever vor, oder?«

»Nicht im Geringsten«, erwidere ich sachlich. »Aber Sie haben uns dazu gezwungen, ebenso hart zu verhandeln wie Sie.«

Er wirkt ziemlich geladen, aber ich sehe, wie ihm klar wird, dass er verloren hat. »Glauben Sie ja nicht, dass das nächstes Jahr kein Nachspiel haben wird!« Er funkelt mich böse an.

Ich ziehe einen zweiten Vertrag aus der Tasche. »Das habe ich mir fast gedacht, und deshalb habe ich hier in der Ergänzung auch gleich notiert, dass nächstes Jahr und die darauffolgenden fünf Jahre wieder die üblichen Preise gelten, inklusive einer inflationsbedingten Preisanpassung. Fair für uns beide«, füge ich versöhnlich hinzu.

Alistair Desmond bedenkt mich mit einem Blick, den ich nicht deuten kann. Er liest sich die Dokumente noch einmal durch und unterschreibt dann beides. Dabei drückt der Stift so fest auf das Papier, dass es kratzt. Aber er hat alles unterschrieben und reicht mir die Unterlagen mit einer unwirschen Handbewegung über den Tisch zurück.

»Vielen Dank«, sage ich freundlich. »Ich melde mich dann mit dem Belegungsplan.«

»Erledigen Sie das mit dem Reservierungsteam«, erwidert

er unwirsch. »Ich hoffe, dass Patrick schnell wieder gesund wird, damit ich Ihre Visage nie mehr wiedersehen muss.«

»Das hoffe ich auch«, versetze ich freundlich, denn ich bin keineswegs scharf darauf, Alistair Desmond noch einmal gegenüberzutreten. Hoch erhobenen Hauptes gehe ich zurück in die Lobby, vorbei an dem Empfangsmitarbeiter, der mich keines Blickes würdigt, und durch die Drehtür hinaus auf den Parkplatz. Alistair Desmond wird uns in Zukunft sicher noch einmal unangenehm werden, aber diesen Kampf habe ich eindeutig gewonnen.

Kapitel zwölf

»So, Leute, jetzt wird's ernst.« Kelly sieht in die Runde. »Übermorgen stehen hier die Ersten auf der Matte.«

Es ist Mittwochmorgen und das gesamte Komitee hat sich im Festsaal des Gemeindezentrums versammelt. Gestern haben wir den ganzen Tag damit verbracht, alles vorzubereiten. Das Matchmaking-Festival wird am Freitagnachmittag hier im Saal von Rudy eröffnet und danach startet gleich der große Tanzabend. Wir haben ein ganzes Arsenal an Stühlen am Rand der Tanzfläche aufgestellt und den Saal mit unzähligen grün-weiß-orangefarbenen Wimpeln und pinkfarbenen Herzchengirlanden dekoriert. Vielleicht ist es ein wenig kitschig, vor allem die Herzchengirlanden, aber wir hatten noch Unmengen davon im Lager (Dad hat wohl letztes Jahr zu viele davon bestellt), und ich finde, es sieht langsam richtig festlich aus. Im hinteren Bereich des Saals ist eine Bar aufgebaut, Gwen hat eine tolle Getränkekarte auf eine große Kreidetafel aufgemalt, und die Freiwilligen vom Bar-Team sind schon emsig dabei, Gläser zu spülen und Dutzende Getränkeflaschen in die geliehenen Kühlschränke einzuräumen. Auch ein Tanzboden wurde ausgelegt, und am Eröffnungsabend wird er voll sein mit Pärchen, die Rundtänze und Discofox tanzen.

Wenn ich mich so umsehe, ist mir alles immer noch seltsam vertraut, alles erinnert mich an früher, und ich kann kaum glauben, dass es zehn Jahre her ist, seit ich das letzte Mal Teil des Festivals war. Kurz muss ich daran denken, wie Mum und Declan das Festival immer belächelt und sich vor allem über Dads und meine Aufregung davor gerne lustig gemacht haben. Unwillig wische ich den Gedanken an sie beiseite. Ich bin froh, hier zu sein, vor allem aber richtig gespannt auf das, was geschehen wird. Gerade bauen die Monteure, die extra aus Galway gekommen sind, die Bühne auf, und Winnie telefoniert hektisch mit der Band für den Teenie-Abend.

»Alle mal herhören«, trommelt Kelly uns lautstark zusammen. Ich habe mich schon länger damit abgefunden, dass Kelly die eigentliche Chefin des Festkomitees ist, und bin ehrlich gesagt froh darüber. »Winnie, was gibt's Neues von der Band?«

»Sie suchen immer noch einen Drummer.« Winnie hat ihr Telefonat beendet und kommt zu uns herüber. »Scheint ihnen wohl keiner gut genug zu sein. Sie sollten sich besser mal beeilen, hab ich ihnen gesagt.« Sie verdreht die Augen. »Typisch Musiker.«

»Ich hab noch zwei Jungs gefunden für die Security«, meldet sich Niall. »Stehen normalerweise im Boxring, also wenn jemand Probleme macht, dann sollte er sich besser vorsehen.«

»Sehr gut.« Kelly nickt. »Was noch?«

»Ich bin gerade dabei, meine Eröffnungsrede einzuüben«, meldet sich Rudy und blickt leicht verlegen in die Runde. »Findet ihr es blöd, wenn ich sie ablese? Sie ist recht lang und ich will nicht plötzlich den Faden verlieren …«

»Dann fass dich gefälligst kürzer, Rudy.« Kelly blickt ihn streng über den Rand ihrer Schmetterlingsbrille an. »So langweilt sich niemand und du musst nicht ständig auf dein Blatt schauen wie ein Grundschüler.«

Rudy nickt ein wenig betreten.

»Allie, wie sieht es mit den Hotelzimmern aus?« Ich bin die Nächste, die zum Rapport antreten muss.

»Ich konnte Alistair Desmond davon überzeugen, dass wir die ursprünglich vereinbarten Zimmerpreise bekommen. Genauer gesagt, sind die Konditionen sogar besser. Ich habe die optionierten Hotelzimmer in Galway storniert und Rudy bezüglich der Busse Bescheid gegeben. Also alles in Butter.«

»Ausgezeichnet.« Kelly nickt anerkennend. »Gute Arbeit, Allie.«

Plötzlich klopft es.

»Ah, das wird Jake sein!«, sagt Kelly gut gelaunt. »Komm nur herein, mein Lieber!«

»Jake«, rufe ich und bemerke gleichzeitig, wie verdächtig erfreut ich klinge. »Was machst du denn hier?«

Winnie sieht mich vielsagend von der Seite an. »Jake ist der ärztliche Einsatzleiter. Er koordiniert die Sanitätskräfte.«

»Hoffen wir mal, dass wir nicht so viele wie vor zwei Jahren brauchen«, sagt Kelly lakonisch.

»Was war denn vor zwei Jahren?«, frage ich etwas beunruhigt.

Kelly winkt ab. »Kleine Schlägerei beim Ampelspiel.« Niall hebt vielsagend die Augenbrauen. Bei diesem Partyspiel bekommt jeder Teilnehmer einen Sticker, dessen Farbe den jeweiligen Beziehungsstatus kennzeichnet. Rot steht für vergeben, grün heißt Single und gelb sorgt für die meisten

Schwierigkeiten, weil es von den Unentschlossenen getragen wird. Und den Untreuen.

»Puh, das Ampelspiel.« Gwen seufzt.

»Da geht es ja öfters mal ein bisschen turbulenter zu, aber vor zwei Jahren wurde es ziemlich krass.« Winnie macht große Augen. »Damals war noch Dr. Longbottom der ärztliche Einsatzleiter, und gleich danach ist er in den Ruhestand gegangen.«

»Na, dann hoffe ich, dass sich dieses Jahr alles im Rahmen hält«, sagt Jake trocken. »Für den Ruhestand fühle ich mich nämlich eindeutig noch zu jung.«

Alle, die es gehört haben, lachen. Inzwischen tritt Jake näher an mich heran. »Hallo«, sagt er leise und fast unbemerkt von den anderen, die gerade ein paar Schritte weitergehen, um die Bar zu inspizieren.

»Hallo«, erwidere ich ebenso leise und versuche Winnies bohrenden Blick zu ignorieren, die aufmerksam registriert, wie ich mich mit Jake unterhalte.

»Du hast mir gar nicht erzählt, dass du der ärztliche Einsatzleiter bist«, sage ich und spüre sofort wieder die Anziehungskraft zwischen uns. Wenn die anderen jetzt nicht hier wären … mein Kopfkino spielt verrückt.

»Dann hab ich das wohl vergessen.« Er grinst. »Steht unser Abend morgen noch? Oder ist es zu stressig für dich mit den ganzen Vorbereitungen?«

Ich schüttle den Kopf. »Etwas Ablenkung tut mir gut, bevor es richtig losgeht. Und eine Stärkung natürlich.«

Jake lacht. »Dann werde ich wohl besser dafür sorgen, dass etwas Ordentliches auf den Tisch kommt.« Er berührt kurz meinen Unterarm und fügt dann leiser hinzu: »Und dass du richtig gut abgelenkt wirst.«

Mir wird heiß und kalt gleichzeitig, weil mir der Unterton in seiner Stimme nicht entgangen ist. Wir können unsere Blicke nicht voneinander lösen, bis ein lauter Ruf durch den Festsaal hallt. »Jake! Komm doch mal hier rüber, Süßer!« Es ist natürlich Kelly, die ihn lautstark zur Bar zitiert.

Jake verzieht das Gesicht. »Ich muss wohl. Dann bis heute Abend.«

»Bis heute Abend!«, sage ich und hoffe, dass ich ihm nicht zu sehnsüchtig hinterherstarre.

»Soso.« Winnie grinst. »Was war denn das gerade? Und keine Ausflüchte. Dass da was zwischen euch läuft, ist glasklar.«

»Er hat gestern bei mir übernachtet«, murmele ich, bedacht darauf, dass mich niemand außer Winnie hört.

»Er hat was?« Winnie schnappt nach Luft. »Und das erzählst du mir erst jetzt?«

»Er hat wirklich nur bei mir übernachtet«, wiegele ich ab. »Es ist nichts passiert.«

»Jake übernachtet bei dir, und du willst mir weismachen, es sei absolut gar nichts passiert?« Winnie runzelt die Stirn. »Probier das bei jemand anderem, Allie Malone.«

»Wir haben uns geküsst«, gebe ich zu. »Aber wirklich nichts weiter. Und heute Abend haben wir wohl wieder ein Date.«

»Heute schon?« Winnie schnalzt mit der Zunge. »Aber dann sieh bitte zu, Allie, dass dieses Mal etwas passiert. Lass dir Jake ja nicht durch die Lappen gehen.«

Das habe ich nicht vor, denke ich mir, aber sage natürlich nichts zu Winnie.

»Sollen wir noch eine Runde durchs Dorf drehen?« Sie deutet zu den anderen hinüber. »Die werden mit deinem Herzblatt sicher noch länger brauchen und hier gibt es für uns nichts mehr zu tun.«

Also ziehen wir los, und es ist erstaunlich, was sich an diesem Vormittag wieder alles getan hat. Überall sind Grüppchen von Freiwilligen zu sehen, die Transparente, Beleuchtung und noch mehr Herzchengirlanden aufhängen, (wie viele hat Dad davon bestellt?), Wegweiser zu den verschiedenen Veranstaltungsorten aufstellen, und auch der LKW, der die Essensstände aus Galway anliefert, wird gerade ausgeladen. Wir gehen an der Hafenpromenade entlang, als ich eine unangenehm vertraute Gestalt sehe.

»Hey, kleine Malone!«, ruft mir Algen-Joe zu. »Komm mal rüber!«

»Brauchst du Hilfe?« Winnie sieht stirnrunzelnd zu ihm.

»Nö, lass mal«, wimmele ich sie ab und mein Herz schlägt augenblicklich schneller. Ich will nicht, dass sie von Joes Erpressungsversuch erfährt. Und noch immer bin ich unentschlossen, was ich tun soll. Unsere Finanzen sind wieder im Lot, und Fred ist ziemlich sicher überfordert mit dem Krabbenstand. Vielleicht nehme ich ihm sogar eine große Bürde ab, wenn ich ihn absage? Aber natürlich weiß ich, dass das nicht richtig wäre. Rasch gehe ich zu Joe hinüber.

»Und? Wie sieht's aus mit unserem kleinen Tauschgeschäft?« Er mustert mich abschätzig.

»Ich bin an der Sache dran«, sage ich. »Aber ist nicht so einfach.«

Joe schüttelt den Kopf. »Das reicht mir nicht. Ich muss jetzt Bescheid wissen.«

»Du bekommst deinen Platz, okay?«, flüstere ich leicht panisch, dass mich jemand von den anderen hört, und fühle mich augenblicklich wie eine miese Verräterin. »Und ich sehe zu, dass wir den Krabbenstand absagen.«

»Bist ja doch vernünftig.« Joe nickt zufrieden. »Mehr brauche ich im Moment gar nicht zu hören.«

»Ich muss jetzt weiter.« Mit klopfendem Herzen gehe ich zurück zu Winnie.

»Was wollte der denn von dir?« Sie wirft einen Blick über ihre Schulter.

»Och, er hatte nur eine Frage wegen seines Sushi-Stands.« Damit bleibe ich zumindest halbwegs bei der Wahrheit.

»Würg«, macht Winnie und ich muss kichern. Doch das flaue Gefühl in meinem Magen bleibt.

Einige Stunden später fühlt sich mein Magen wieder etwas flau an, aber jetzt aus einem ganz anderen Grund. Ich sitze in Dads Ford und bin unterwegs zu Jake. Wie wird der Abend heute verlaufen? Was erhoffe ich mir? Und ist es vernünftig, dass ich mir alles Mögliche erhoffe? Um mich von meiner Nervosität abzulenken, drehe ich das Autoradio lauter. Ed Sheeran singt gerade lauthals »Galway Girl«, und ich muss sofort an Giles denken. Wie ich es überhaupt nicht mochte, wenn er mich so genannt hat. Vielleicht hätte ich offener mit ihm sein, von Anfang an mehr über meine Vergangenheit sprechen sollen. Hätte er mich dann besser verstanden? Wahrscheinlich. Aber es ist komisch – obwohl wir erst seit wenigen Tagen getrennt sind, erscheint mir die Beziehung mit Giles fast unwirklich, wie aus einem anderen Leben. Bei Jake hingegen hatte ich noch kein einziges Mal das Gefühl, jemand anderes sein zu müssen als ich selbst. Mit Jake fühlt sich alles richtig an. Und genau das lässt mich darauf vertrauen, dass alles so gekommen ist, wie es sollte.

Wenige Minuten später stehe ich wieder vor der Eingangstür zur Tierarztpraxis, wieder allein. Doch dieses Mal bin ich richtig froh, dass Fred nicht dabei ist. Und auch die Tür wird mir in Rekordzeit geöffnet.

»Hallo!« Jake drückt mir zur Begrüßung einen Kuss auf die Wange und lächelt. »Schön, dass du da bist.«

»Hallo«, erwidere ich etwas schüchtern, aber ich freue mich über den Kuss.

»Alles bereit für übermorgen?« Er mustert mich aufmerksam, während wir nach oben gehen. »Die letzten Hindernisse aus dem Weg geräumt?«

»Ich hoffe schon«, antworte ich und muss an mein Gespräch mit Alistair Desmond denken. Ich bin stolz, ihm die Stirn geboten zu haben. »Dafür gibt es morgen sicher zehn neue Schwierigkeiten, aber wir kriegen das schon hin.« Davon bin ich inzwischen wirklich überzeugt. Wir sind ein prima Team, und wenn ich ehrlich bin, ist meine Vorfreude auf den Beginn des Festivals riesengroß.

»Da bin ich mir ganz sicher. Nun zum heutigen Abend: Nach dem letzten Desaster habe ich dieses Mal den Fokus auf Einfachheit gelegt«, verkündet er, jetzt gespielt förmlich. »Keine Bratenexperimente mehr. Keine komplizierten Rezepte, deren Umsetzung von vorneherein zum Scheitern verurteilt ist. Und vor allem: Kein Gemetzel.«

Er macht so ein komisches Gesicht, dass ich kichern muss, und gucke an ihm vorbei in die leere Wohnung. Der Tisch ist nicht gedeckt, auf dem Herd brutzelt auch nichts. Jake folgt meinem Blick amüsiert.

»Kochen wir etwa zusammen?«, frage ich etwas ratlos. »Oder gibt es Brot und Aufstrich?«

»Nicht ganz.« Jake grinst und schließt die Wohnungstür. »Komm mit.«

Wir gehen zu Jakes Jeep, und beim Einsteigen fällt mir auf,

dass auf dem Rücksitz ein altmodischer, aus Weide geflochtener Korb steht.

»Machen wir etwa ein Picknick?«, frage ich voller Vorfreude.

»Gut geraten.« Jake lacht und startet den Motor. »Ich hätte den Korb wohl besser verstecken sollen.«

»Verrätst du mir denn, wohin es geht?«, frage ich kokett, während ich mich anschnalle.

Jake grinst wieder. »Auf keinen Fall!«

»Ach, bitte!«

»Na gut.« Jake sieht mich kurz von der Seite an. »Ich hab mir gedacht, wir machen heute ein Picknick am Strand. Unserem Strand.«

Unser Strand. Wie er das gesagt hat. Und was für eine schöne Idee! Es ist ein richtig schöner Spätsommerabend, und wir hoffen alle, dass das Wetter während des Festivals so bleibt.

Nach gut fünf Minuten Fahrt sind wir da und parken knapp oberhalb der Bucht am Straßenrand. Jake schnappt sich den Picknickkorb und holt noch zwei Decken aus dem Kofferraum, und dann gehen wir runter zum Strand. Während Jake eine der Decken auf dem Sand ausbreitet, wandert mein Blick hoch zum Bauernhof, Joes Bauernhof, und augenblicklich verkrampft sich mein Magen, als ich an das gestrige Gespräch mit ihm zurückdenke. Ich kann mich nicht von ihm erpressen lassen, sage ich mir zum ungefähr hundertsten Mal. Ich muss sein Angebot ablehnen. Gleichzeitig wäre es aber so einfach. Und vielleicht mögen die Leute das Irish-Sushi ja? So gerne, dass sie freiwillig auf die Krabbenbrötchen verzichten? »Du weißt, dass das Unsinn ist«, murmle ich in mich hinein. Wenn ich doch bloß nicht unentwegt den Bauernhof vor Augen hätte. Meinen Bauernhof. Sehnsüchtig schaue ich wieder zu ihm hoch. Ich glaube nicht, dass ich schon einmal etwas so sehr wollte. Verfallen, ja. Baufällig, ja. Aber mit so viel Potenzial …

»Hast du was gesagt?« Jake blickt kurz auf.

»Ach, es ist bloß mal wieder der Hof dort oben.« Ich reiße meinen Blick von ihm los und wende mich Jake zu. Er ist gerade dabei, allerlei Leckereien auf der Picknickdecke zu drapieren.

Jake guckt interessiert. »Würde Joe ihn denn wirklich verkaufen?« Ich habe Jake letztens beim Surfen erzählt, wer der Besitzer des Bauernhofs ist.

»Och, das steht noch in den Sternen«, bleibe ich vage, weil ich ihm nichts von Joes Erpressungsversuch berichten will.

»Vielleicht überlegt er es sich ja.« Er sieht mich forschend an. »Würdest du denn dann langfristig hierbleiben? In Doolinvarna?«

»Ich denke, schon«, erwidere ich ohne langes Nachdenken. »Wahrscheinlich hätte ich gar keine andere Wahl. So eine Chance krieg ich nie wieder.«

Jake wirft mir einen nachdenklichen Blick zu und will noch etwas sagen, überlegt es sich dann aber anders. Stattdessen deutet er mit einer eleganten Handbewegung auf die Picknickdecke. »Madam, es ist angerichtet. Wenn Sie Platz nehmen wollen?«

»Das sieht ja toll aus«, sage ich mit ehrlicher Begeisterung und setze mich. Jake hat sich wirklich Mühe gegeben: Walnussbrötchen, appetitlich belegt mit Brie und Feigensenf, liegen da auf einer Platte gemeinsam mit Mini-Käse-Schinken-Muffins und Erdbeertörtchen und in der Mitte thront eine ganze Quiche, die Jake hübsch mit Weintrauben garniert hat. Er schenkt mir ein Glas Wein ein und prostet mir zu. »Auf unseren zweiten Anlauf. Möge er gelungener sein als der erste.«

»Den hatten wir ja eigentlich schon gestern«, sage ich und sehe ihn an. »Den zweiten Anlauf. Und ich fand ihn durchaus gelungen.«

Er schmunzelt. »Allerdings.«

Ich merke erst, wie hungrig ich bin, als ich in eins der Walnussbrötchen beiße. »Hast du die selbst gebacken?« Ich nicke anerkennend. »Die sind echt lecker.«

Jake kratzt sich verlegen am Hinterkopf. »Ehrlich gesagt, ist alles von Kelly. Ich bin kein großer Backkünstler.«

»Von wem sie sind, spielt ja keine Rolle«, sage ich großzügig. »Fest steht, dass alles einfach super schmeckt!«

Einige Zeit später sind die meisten Sachen verdrückt, und die Flasche Wein ist geleert. Die ersten Sterne erscheinen am blassblauen, immer noch wolkenlosen Himmel und am Horizont geht ein fast voller Mond auf. Wir haben uns aneinandergekuschelt, satt und zufrieden, Jake hat die zweite Decke über uns ausgebreitet, und ich glaube, noch nie etwas Romantischeres erlebt zu haben. Und trotzdem kreisen meine Gedanken immer wieder um den Hof, der ein paar hundert Meter über uns einsam gegen den Abendhimmel ragt. Meine Gäste könnten auch zum Strand runtergehen und hier unter dem Sternenhimmel sitzen, geht es mir durch den Kopf. Und ich könnte gefüllte Körbe bereitstellen, für ein persönliches Picknick am Strand, so wie wir es gerade hatten. Vielleicht könnte ich sogar ein Heiratsantrags-Special anbieten und …

»Woran denkst du, Allie?« Jake stützt sich mit einem Arm ab, sodass er mein Gesicht sehen kann.

»Ach, nichts Besonderes«, antworte ich und fühle mich ertappt.

»Lass mich raten.« Um Jakes Mundwinkel zuckt es belustigt. »Ich bin es leider nicht, sondern das alte Gemäuer da oben.«

»Ich bin furchtbar, ich weiß«, sage ich schuldbewusst. »Du machst dir hier so viel Mühe, und ich denke immer bloß an den Hof.«

Jake schüttelt den Kopf. »Das zeigt doch nur, dass er dir wirklich wichtig ist.«

»Ich weiß, dass es wahrscheinlich nur ein Hirngespinst ist.« Ich seufze. »Aber je länger ich überlege, desto sicherer bin ich mir, dass es genau das Richtige für mich wäre. Dass es genau das ist, was ich in Zukunft machen möchte.«

»Das klingt gar nicht abwegig«, sagt Jake. »Sondern eher, als hättest du das gefunden, was dich erfüllt. Und damit bist du weiter als die meisten.«

»Wenn es denn klappt«, wende ich ein, und eine leise Stimme in meinem Kopf flüstert: Oder besser gesagt: wenn du dich von Joe erpressen lässt. Kurz bin ich versucht, Jake davon zu erzählen, aber ich weiß ziemlich genau, was er dazu sagen würde. Und mich von meinem Traum verabschieden? Dazu bin ich im Moment einfach noch nicht bereit. Also frage ich stattdessen: »Was ist dein größter Traum?«

Er lacht heiser. »Ach, wenn ich dir das erzähle, wirst du mich für ziemlich blöd halten.«

»Sicher nicht«, widerspreche ich. »Los, sag schon!«

Jake braucht eine Weile, bis er antwortet. »Wenn ich ehrlich sein soll: Mein Traum ist es immer noch, nach Afrika zu gehen. Für Ärzte ohne Grenzen.« Er dreht sich auf den Rücken und starrt in den immer dunkler werdenden Nachthimmel.

»Weißt du, ich hab viel darüber nachgedacht, nachdem wir letztens darüber geredet haben«, fährt er fort. »Und dabei ist mir klar geworden, wie recht du hast: Man lässt sich seine Träume nicht so einfach stehlen. Es war meine Idee, nach Afrika zu gehen, bevor Tracy sie an sich gerissen hat, und ich sollte mir das nicht wegnehmen lassen.« Er setzt sich auf und sieht mich fragend an. »Verstehst du, was ich meine?«

»Ja, ich verstehe dich.« Die Worte kommen mir schwer über die Lippen, viel schwerer, als ich gedacht hätte. Jake wird also nicht hierbleiben. Er wird weggehen, und natürlich war es albern, davon auszugehen, dass das zwischen uns jemals etwas Ernsthaftes wird. Aber wenn ich ihn so ansehe, seinen liebevollen Blick auf mir spüre, ihm so nahe bin, dann wünsche ich mir nichts sehnlicher, als dass er hierbleiben würde. Stattdessen aber sage ich: »Du hast recht. Man sollte sich seine Träume von nichts und niemandem wegnehmen lassen.«

Jake sieht mich lange an. »Es wäre ganz bestimmt nicht leicht, wegzugehen. Überhaupt nicht.« Er schweigt, doch sein Blick sagt mir alles.

»Aber ein Mann muss eben tun, was ein Mann tun muss, oder?«, mache ich einen zaghaften Versuch, das Ganze ins Scherzhafte zu ziehen. Aber Jake lächelt nicht und mir ist auch eher nach Heulen zumute.

»Oh, Allie.« Jake seufzt. »Manchmal ist das Leben ziemlich kompliziert, oder?«

»Das kannst du laut sagen.« Ich zögere einen Moment, bevor ich noch näher an ihn heranrücke. »Aber manchmal auch ganz einfach.« Jetzt ist sein Gesicht nur einige Zentimeter von meinem entfernt. Ich rieche seinen erdigen, männlichen Geruch, der sich so nach Heimat anfühlt. Ich will Jake wieder spüren, ihn küssen, fühle mich wie magnetisch von ihm angezogen. Und dann öffnet er mit seinen Lippen sanft die meinen, und dieser Kuss ist ganz anders als gestern. Ich vergehe fast vor Lust, als ich seine Zunge spüre und er mit den Händen sanft, aber entschlossen über meinen Rücken streicht. Ich schlinge die Arme um seinen Hals, vergrabe meine Finger in seinem Wuschelhaar, während er seine Hände unter meinen Pulli und mein T-Shirt gleiten lässt. Unsere Beine verschlingen sich immer mehr miteinander, und alles in meinem Körper beginnt zu pulsieren, bis sich Jake ein wenig von mir löst. »Hättest du Lust …«, seine Stimme klingt plötzlich rau. »Hättest du Lust, heute mal mein Bett Probe zu liegen? Es ist wirklich bequem.« Er hält kurz inne. »Und es quietscht überhaupt nicht.«

Ich muss kichern, aber sein intensiver Blick lässt mich gleich wieder ernst werden. »Klingt gut«, flüstere ich und kann mich doch kaum vom Blick in seine Augen lösen.

Rasch packen wir alles zusammen, und auf der Fahrt zurück muss ich mich zusammenreißen, um meine Hände bei mir zu behalten. Als wir aber die Haustür erreicht haben, gibt es kein Halten mehr. Wir taumeln uns wild küssend die Treppen hinauf, stolpern in die Wohnung, und Jake dirigiert mich entschlossen in Richtung Schlafzimmer, das Hemd schon halb aufgeknöpft. Wir sind wie im Rausch, und es gibt nur mehr Jake, seine Lippen auf meiner Haut, seine Hände auf meinem Körper, irgendwann bin ich nackt bis auf BH und Slip, und Jake liegt unter mir auf seinem mit Leinenbettwäsche bezogenen Bett.

»Du hast recht …«, bringe ich zwischen zwei Küssen hervor, »dein Bett quietscht überhaupt nicht.«

»Und selbst wenn«, Jake grinst, während er mit den Fingern sanft meine Wirbelsäule nachzeichnet, was in mir einen wohligen Schauer nach dem anderen auslöst. »Hier würde uns niemand hören.«

Ich mache mich gerade an seiner Hose zu schaffen, als darin plötzlich etwas zu vibrieren beginnt. Irritiert halte ich inne. Ist das etwa … hat er das die ganze Zeit mitgehabt?

Aber da zieht er schon ein kleines, absolut nüchtern wirkendes Gerät hervor. Er wirft einen Blick darauf und seufzt. »Nein, das darf nicht wahr sein! Bitte nicht jetzt!«

»Was ist das?« Ich mustere immer noch irritiert das Gerät. Wie ein Sextoy sieht es nun wirklich nicht aus.

»Mein Piepser. Ich habe ganz vergessen, dir zu sagen, dass ich Bereitschaftsdienst habe.« Jake sieht mich zerknirscht an. »Normalerweise ist um diese Zeit fast nie was los, und ich wollte auf keinen Fall unsere Verabredung verschieben.« Er runzelt die Stirn, während er liest, was auf dem Display steht. »Ein Notfall in Ballyvaughan. Jemand hat sich wohl mit einer Klammermaschine eine Klammer in den Daumen gejagt.«

»Du meine Güte!«, rufe ich erschrocken. »Das klingt ja furchtbar. Aber wer steht denn um diese Uhrzeit noch in der Werkstatt?«

»Du willst gar nicht wissen, was an welchen Orten zu den ungewöhnlichsten Uhrzeiten passiert.« Jake sieht mich vielsagend an und springt auf.

»Dann musst du jetzt sofort los?«, frage ich überflüssigerweise, weil Jake sich bereits in Windeseile die Hose wieder geschlossen hat und nach seinem Hemd greift.

»Ich fürchte, ja. Es tut mir so leid.« Jake stöhnt. »Was für ein miserables Timing kann man eigentlich haben?«

»Schon gut«, antworte ich leichthin und schlucke meine Enttäuschung hinunter.

»Das Dumme ist, dass ich wahrscheinlich bis ins Krankenhaus nach Galway mitfahren muss.« Er verzieht das Gesicht. »Das kann schlimmstenfalls die halbe Nacht dauern. Und ich will dich auf keinen Fall bitten, auf mich zu warten.«

»Wir wiederholen das einfach, okay?«, sage ich, um es ihm nicht noch schwerer zu machen.

»Tut mir echt leid.« Jake zögert, aber ich verstehe, dass er sich wirklich beeilen muss.

»Geh schon«, sage ich. »Und wenn es deinem Patienten wieder besser geht, sag ihm ruhig, dass er dir einen potenziell perfekten Abend ruiniert hat.«

Jake lacht. »Werd ich machen. Ich ruf dich an, okay?«

Er ist schon fast zur Schlafzimmertür hinaus, da dreht er sich noch einmal um, kommt zu mir zurück und küsst mich, langsam und zärtlich. »Für mich war der Abend schon perfekt«, flüstert er mir ins Ohr, und wieder steigt wohliges Verlangen in mir auf. »Alles, was noch hätte kommen können, wäre reine Zugabe.«

»Auf die ich mich sehr gefreut hätte«, ergänze ich.

»Ich auch.« Er lächelt mich noch einmal an und gibt mir einen Kuss. »Aber aufgeschoben ist nicht aufgehoben.« Damit verschwindet er aus der Tür.

Ich bleibe noch eine Weile liegen und koste das bittersüße Gefühl aus, das sich in mir breitmacht. Alles fühlt sich einfach himmlisch an mit Jake, und ich bin mir sicher, diese Nacht wäre fantastisch geworden. Andererseits … Vorfreude ist die schönste Freude, und meine Vorfreude ist nach dieser Ouvertüre riesig.

Langsam ziehe ich mich wieder an, mein Shirt, die Jeans, Socken und Schuhe, in der umgekehrten Reihenfolge, in der sie mir Jake vorhin vom Leib gerissen hat, und verlasse dann das Schlafzimmer. Als ich den Wohnraum durchquere, habe ich den Eindruck, dass irgendetwas anders ist, ohne dass ich sagen könnte, was. Ich bin schon in der geöffneten Wohnungstür, da werfe ich noch einmal einen Blick zurück. Und nun springt mir sofort ins Auge, was sich verändert hat.

Das Foto von Tracy.

Es ist weg.

In der Küche brennt noch Licht, als ich zurück in die Wohnung komme. »Allie, da bist du ja.« Fred steht im Schlafanzug im Türrahmen und sieht richtig erleichtert aus. Sofort habe ich ein schlechtes Gewissen. Hätte ich ihm sagen sollen, wo ich bin?

»Du bist mir natürlich überhaupt keine Rechenschaft schuldig«, schiebt er eilig nach, als könne er meine Gedanken lesen. »Aber ein bisschen Sorgen macht man sich ja doch …«

»Tut mir leid, Fred«, sage ich und hoffe, dass ich nicht rot werde. »Ich war bei Jake und es wurde … spät.«

»Ach, dann bin ich ja beruhigt.« Fred nickt zufrieden. »Jake ist ein guter Junge. Ich mag ihn.«

»Ich auch«, sage ich und muss lächeln. »Sehr sogar.«

»Noch ein Tässchen Honigmilch?« Fred deutet auf den Herd und ich sehe, dass dort bereits der Milchtopf auf seinen Einsatz wartet.

»Gerne!« Ich setze mich an den Küchentisch und bald steht eine große Tasse dampfender, duftender Milch mit Honig vor mir.

Eine Weile sitzen wir nur da und schlürfen einträchtig unser Getränk, ohne viel zu sagen.

»Er geht wahrscheinlich nach Afrika«, beginne ich schließlich unvermittelt. »Also hat das alles nicht viel Sinn. Mit Jake und mir, meine ich.«

Fred sieht mich erstaunt an. »Warum denn nicht?«

»Na, weil er dann zigtausend Meilen weit weg ist«, sage ich entmutigt. »Und weil wir doch keine Fernbeziehung beginnen können, wenn wir noch nicht einmal richtig zusammen sind.«

Fred runzelt die Stirn. »Ich will nicht den weisen Alten spielen, denn davon bin ich weiß Gott weit entfernt, aber wenn Doris mir damals vorgeschlagen hätte, eine Fernbeziehung einzugehen – ich hätte die Möglichkeit mit Kusshand genommen.«

»Aber wir kennen uns doch kaum, Jake und ich«, sage ich leise und fühle mich gleich noch entmutigter. Ich meine, ernsthaft. Wir haben uns erst vor etwas mehr als einer Woche kennengelernt, und ich habe mich gerade von Giles getrennt. Es ist einfach kein guter Zeitpunkt für eine Fernbeziehung, man kann es drehen und wenden, wie man will.

Fred legt den Kopf schief. »Du und Jake, ihr kennt euch vielleicht noch nicht lange. Aber würdest du auch sagen, dass ihr euch noch nicht gut kennt?«

Ich starre in meine Honigmilch und muss an die vielen kleinen Details denken, die mich von Anfang an angezogen haben, wenn auch unbewusst. An Jakes bernsteinfarbene Augen, seinen liebevollen Blick. Die wuscheligen Haare, in die man so gut seine Hände vergraben kann. Das kehlige Lachen, bei dem ich mich sofort wie zu Hause fühle. Wie wir miteinander reden und lachen können, aber auch schweigen. Ich habe plötzlich einen Kloß im Hals. Wenn ich ehrlich bin, habe ich noch nie zuvor das Gefühl gehabt, jemanden nach so kurzer Zeit so gut zu kennen wie Jake.

»Was ich damit sagen will … es gibt diese ganz bestimmten Menschen, mit denen man sich sofort verbunden fühlt«, fährt Fred fort. »Man spricht nur ein paar Minuten miteinander, ist aber sofort auf einer Wellenlänge. So war es bei Doris und mir auch. Eine Handvoll Worte und ein flotter Discofox haben gereicht, und alles war glasklar.« Er lächelt wehmütig und ich kann plötzlich die Frage nicht mehr zurückhalten, die mir schon lange auf dem Herzen liegt.

»Fred … hast du dir noch nie Gedanken darüber gemacht, dass sie vielleicht nicht mehr kommen könnte?«, frage ich leise. »Doris, meine ich.«

»Eigentlich nicht.« Fred schüttelt den Kopf. »Ist so 'ne Gefühlssache, weißt du.« Er lächelt. »Sicher, die meisten halten mich für verrückt, weil ich nach so langer Zeit immer noch auf sie warte. Aber zum einen glaube ich wirklich daran, dass Doris eines Tages auftaucht und wir da weitermachen können, wo wir aufgehört haben, und zum anderen habe ich nichts verloren, seit ich nach Doolinvarna komme, nur unendlich viel dazugewonnen.« Fred hält kurz inne. »Ich habe hier Freunde gefunden, Allie, gute Freunde, wie deinen Vater. Eine Aufgabe, eine Perspektive. Bedeutend weniger Einsamkeit als in den restlichen fünfzig Wochen des Jahres. Und jetzt auch noch eine Art Tochter, falls ich das so sagen darf.« Ich bemerke, dass er plötzlich ganz feuchte Augen hat.

»Ach, Fred.« Ich greife gerührt nach seiner Hand. »Ich bin so froh, dass wir uns kennengelernt haben. Besonders jetzt, wo Dad gerade nicht da ist.«

Einen Moment lang sehen wir uns einfach nur an. Dann fällt mir siedend heiß wieder etwas ein, das ich unbedingt regeln muss, auch wenn ich damit die schöne Atmosphäre mit einem Schlag zerstören werde. Der Krabbenstand. Ich muss ihn absagen, jetzt sofort, sonst ist es zu spät. Und der Erste, der davon erfahren muss, ist natürlich Fred. Fred, der seit einer ganzen Woche in der Küche steht und unentwegt Krabbenrezepte ausprobiert. Mir wird noch heißer, wenn ich mir nur vorstelle, was das für Fred bedeuten könnte. Wie kann ich überhaupt daran denken, so etwas zu tun? Etwas derart Unmoralisches, Verwerfliches, Grundfalsches? Und dennoch, mein Traum nagt hartnäckig an mir und lässt mich nicht mehr los. Ich kann nichts dagegen tun.

»Ähm, Fred, was ich dich noch fragen wollte …«, beginne ich zögerlich. »Wäre es sehr schlimm für dich, wenn wir den Krabbenstand doch nicht machen würden?«

Fred sieht mich erstaunt an. »Du willst ihn absagen? Warum?«

Ich winde mich innerlich. »Nun ja, wir liegen ja jetzt wieder im Budgetrahmen, nachdem wir die Zimmer bei den Desmonds nun doch bekommen haben, noch dazu zu einem besseren Preis …«

»Aber hattet ihr nicht gesagt, dass die Leute die Krabbenbrötchen so gerne mögen?« Fred wirkt irritiert. »Dass einige sogar nur ihretwegen anreisen?«

»Ja, schon«, gebe ich zu. »Aber der Stand ist doch eine Menge Aufwand, und auch eher kurzfristig, und vielleicht ist es besser, wenn wir ihn erst nächstes Jahr machen?«

Ich fühle mich richtig schlecht, wie ein kleines, mieses Aas. Nein. Ich *bin* ein mieses, kleines Aas, Fred den Krabbenstand aufgrund rein egoistischer Motive wegzunehmen, und die Festivalbesucher um seine köstlichen Krabbenkreationen zu bringen.

Fred mustert mich. »Wenn es wirklich das ist, was du willst, Allie …« Ich merke, wie ich unter seinem aufmerksamen Blick erröte. »Oder gibt es vielleicht einen anderen Grund, warum du den Krabbenstand absagen willst?«

Das ist zu viel. »Ach, Fred, du hast vollkommen recht.« Ich vergrabe mein Gesicht in den Händen. »Es gibt einen anderen Grund, und ich schäme mich einfach furchtbar dafür.«

»Aber wofür solltest du dich denn schämen, Liebes?«, fragt Fred gütig und das gibt mir endgültig den Rest. Ich kann das einfach nicht. Stockend beginne ich zu erzählen, berichte ihm alles, von dem Bauernhof, von meinem Traum, dort ein B&B einzurichten, und von Joes unmoralischem Angebot.

Als ich geendet habe, schweigt Fred und das fühlt sich richtig schrecklich an. Was wird er jetzt bloß von mir denken?

»Weißt du, Allie, wenn es nur um diesen Stand ginge, wäre es nicht weiter schlimm«, sagt er schließlich. »Und ich verstehe dein Dilemma. Aber ich finde es nicht richtig, sich von jemandem erpressen zu lassen. Niemals«, betont er mit Nachdruck. »Man sollte sich niemals erpressen lassen, ganz gleich, was auf dem Spiel steht.«

Warum hat es erst Fred gebraucht, damit ich das erkenne? »Du hast recht. Ich hätte nie auch nur darüber nachdenken dürfen, sein Angebot anzunehmen.« Ich schüttle reuig den Kopf. »Ich werde morgen sofort zu Joe gehen und ihm sagen, dass wir den Stand machen.« Ich muss mich bemühen, dass mir nicht die Tränen kommen. »Auch wenn ich damit meinen Traum wahrscheinlich begraben kann.«

»Sag das nicht, Allie.« Fred legt sanft seine Hand auf meine. »Oft nimmt das Schicksal unergründliche Wege. Du würdest erstaunt sein.«

Ich schniefe einmal laut, nehme einen Schluck Honigmilch und fühle mich ein wenig getröstet. »Ich werd daran denken. Und es tut mir wirklich von Herzen leid, dass ich dich anlügen wollte.«

»Sagen wir, anschwindeln.« Fred zwinkert mir aufmunternd zu. »Und das wegen einer absoluten Herzensangelegenheit.«

Ich muss lächeln. »So klingt es gleich weniger schlimm.«

»Du wünschst es dir sehr, oder?«, fragt Fred mitfühlend. »Diesen Bauernhof zu kaufen?«

Ich nicke stumm.

Fred lächelt. »Dann vertrau einfach darauf, dass die Dinge sich fügen werden. Denn das werden sie ganz bestimmt.«

»Danke«, sage ich von Herzen und muss plötzlich gähnen. »Ich weiß nicht, ob es deine Honigmilch ist oder deine Ratschläge, Fred. Auf jeden Fall kann ich nach unseren Gesprächen immer total gut einschlafen.«

»Wahrscheinlich ist es die Kombination aus beidem, wenn ich das so sagen darf.« Fred kichert.

»Wahrscheinlich.« Ich lächle. »Auf jeden Fall vielen Dank für alles.«

»Jederzeit gern, Allie.« Fred steht auf und räumt seine Tasse in den Geschirrspüler. »Jetzt werd ich zusehen, dass ich in die Federn komme. Muss morgen schließlich meinen Stand aufbauen.«

»Und ich muss Algen-Joe gegenübertreten und meinem Traum vom B&B wohl endgültig Lebewohl sagen.« Ich seufze. Warum ist es manchmal so schwer, das Richtige zu tun?

Kapitel dreizehn

Tausendmal habe ich mir inzwischen schon ausgemalt, was alles noch zwischen Jake und mir geschehen wäre, wenn uns dieser blöde Notruf nicht davon abgehalten hätte weiterzumachen, und diese Fantasien haben mich die halbe Nacht nicht schlafen lassen. Seine Nachricht von heute früh macht es nicht besser. *»Musste wie erwartet mit ins Krankenhaus. Hab die ganze Nacht an dich gedacht.«*

Ich weiß nicht, wie lange es normalerweise dauert, sich zu verlieben, aber seit ich Jake kenne, weiß ich, dass es auch rasend schnell gehen kann. Ja, ich glaube, ich habe mich tatsächlich in Jake verliebt. Und es fühlt sich gut an, fantastisch, nein sogar, wie Guinevere sagen würde: galaktisch gut.

Doch jetzt muss ich mich auf meine Mission konzentrieren. Ich bin nach dem Frühstück schnurstracks zum Hafen marschiert, das Herz ist mir schon im Treppenhaus in die Hose gerutscht, aber dieses Possentheater hat schon viel zu lange gedauert und ich muss es jetzt sofort beenden. Schon bald erspähe ich Joe, wie er gerade mehrere Plastikboxen mit glibberig grünem Zeug von seinem Kutter lädt. Sind das etwa die Algen für sein Sushi?

»Joe, ich muss dir etwas sagen«, beginne ich ohne Umschweife, als ich ihn erreiche. »Wir werden unseren Krabbenstand machen. Und zwar am ursprünglich dafür vorgesehenen Standort.« Ich halte kurz die Luft an, weil ich etwas Bammel vor seiner Reaktion habe, strecke mich dann aber unwillkürlich. Ich werde keine Angst mehr vor ihm haben.

»Was soll das heißen?« Joe beäugt mich misstrauisch. »Wir hatten eine Abmachung, Malone!«

»Abmachung würde ich das nicht gerade nennen«, entgegne ich kühl. »Du wolltest mich erpressen, und ich war so dumm, vorerst darauf einzugehen. Aber ich hab's mir anders überlegt. Wir werden unseren Stand machen, es wird dort die leckersten Krabbenbrötchen aller Zeiten geben, und wenn das heißt, dass du mir deshalb den Bauernhof nicht mehr verkaufen willst, dann ist das eben so. Wobei ich mich natürlich sehr freuen würde, wenn du trotzdem darüber nachdenkst«, füge ich eilig hinzu.

Joes Mundwinkel verziehen sich zu einem spöttischen Grinsen. »Das kannst du dir gleich aus dem Kopf schlagen. Wir hatten eine Abmachung, und wenn du dich nicht an deinen Teil hältst, dann ist der Bauernhof für dich gestorben.«

Es versetzt mir kurz einen Stich, aber ich werde sicher nicht klein beigeben. »Gut, dann werde ich das so akzeptieren müssen.« Ich nicke würdevoll. »Viel Erfolg mit deinem Sushi-Stand, Joe. Ach ja, und ich glaube, er steht in der Fentyll Road.« Ein klein wenig Schadenfreude kann ich mir nicht verkneifen. »Du bekommst aber den genauen Standplan noch. Hab einen schönen Tag.« Damit drehe ich mich um und gehe.

»Das wirst du bereuen, kleine Malone!«, ruft er mir wutentbrannt hinterher. »Sehr sogar!«

Wahrscheinlich hat er recht, denke ich wehmütig, aber dafür kann ich noch in den Spiegel schauen, und ich nehme mir felsenfest vor, dass ich in Zukunft standhaft bleiben werde.

Und der Bauernhof?, flüstert eine Stimme in meinem Kopf. Aber das bringt alles nichts. Ich nehme mir vor, den Hof aus meinem Gedächtnis zu streichen. Wahrscheinlich war es von vornherein nur ein Hirngespinst, eine Träumerei, genau, wie Giles gesagt hat. Stattdessen sollte ich mich jetzt voll und ganz auf das konzentrieren, was hier meine eigentliche Aufgabe ist: Das Matchmaking-Festival in Dads Abwesenheit zu einem Erfolg zu machen.

Je weiter ich mich vom Hafen entferne, desto leichter wird mir ums Herz. Ich kann kaum glauben, dass es morgen tatsächlich so weit sein wird: Das Festival beginnt und nach so langer Zeit bin ich endlich wieder ein Teil davon! Ich kann das Festivalfieber, das ich noch von früher kenne, im ganzen Körper spüren, bin aufgeregt und voller Vorfreude zugleich. Nicht nur ich – die Luft im ganzen Dorf vibriert geradezu vor Spannung und freudiger Erwartung. Überall sieht man wieder Leute emsig bei der Arbeit: Ein Trupp bringt die Essensstände, die gestern angeliefert wurden, an die richtigen Positionen, aus dem Gemeindezentrum ist das Klackern der Stepptanzgruppe, die am Samstag ihre Künste zum Besten geben werden, zu hören, und es sind auch schon die ersten Touristen zu sehen, die wie aufgescheuchte Hühner umherflattern und für mehr oder weniger gelungene Fotos unter dem großen Plakat über Kellys Laden posieren.

Ich biege in unsere Straße ein. Auch hier wird ein Stand aufgebaut, soweit ich weiß, soll es hier Zuckerwatte geben, und die Sonnenstrahlen kommen noch gerade so zwischen dem

Meer aus Herzchengirlanden und grün-weiß-orangefarbenen Wimpeln, die sich über unseren Köpfen spannen, hindurch.

Kelly läuft schon seit gestern Nachmittag mit einem Headset auf dem Kopf und einem Klemmbrett in der Hand im Dorf umher und biegt jetzt in unsere Straße ein.

»Huhu, Allie!«, ruft sie mir von Weitem durch das Megafon, das sie in der anderen Hand hält, entgegen. »Sieht doch schon ganz gut aus, oder?«

Ich stehe gerade mit Niall vor seinem Pub und helfe ihm, ein paar weitere Girlanden an der Hausfassade anzubringen. Ich rechne es ihm hoch an, dass er überhaupt welche aufhängt, was wohl ausschließlich seiner Loyalität Dad und dem Festival gegenüber geschuldet ist.

Ungehalten blickt er zu Kelly hinüber. »Wer um alles in der Welt hat dieser Frau ein Megafon gegeben? Man hört sie doch auch so schon von hier bis nach Dublin.«

Ich muss kichern, während wir beobachten, wie Kelly weiterhin munter Anweisungen in alle Richtungen brüllt. Dabei bewegt sie sich zielstrebig in unsere Richtung, und Niall verkrümelt sich schnell in seinen Pub.

Etwas atemlos bleibt sie schließlich vor mir stehen. »Hallo, Süße, alles klar? Hättest du ein paar Minuten Zeit? Winnie wollte noch einen Tisch und ein paar Stühle in das alte Postamt bringen und bräuchte dabei Hilfe.« Sie verdreht die Augen. »Unsere Miss Planet hält es nämlich für nötig, den gesamten heutigen Tag an ihrem *Kraftort* im Burren zu verbringen. Das Plakat muss ein bisschen weiter nach rechts, Sam!«, ruft sie unvermittelt durch ihr Megafon, und mein Nachbar, der gerade ein riesiges Transparent über die Straße spannen will, fällt vor Schreck fast von der Leiter.

»Entschuldige, Süßer! Ja, so ist es gut!« Kelly wendet sich

wieder mir zu. »Auf jeden Fall muss sie ihre Energie für morgen bündeln oder sowas.« Sie zuckt mit den Schultern. »Mit uns kann man's ja machen.«

Schnell wechsle ich das Thema. »Hast du schon gesehen, wie toll Fred das Postamt dekoriert hat?«

»Ich fürchte nur, dass Guinevere dort die ganze Zeit allein drinsitzen wird«, orakelt Kelly. »Na ja, dann macht sie zumindest sonst keinen Unsinn. Also, kannst du Winnie helfen?«

»Klar.« Ich nicke und gehe hinüber zu unserem Haus. Von Weitem leuchtet mir ein Saturn aus Pappmaché entgegen, den Fred an der Hausfassade befestigt hat. Er hat das Planeten-Thema perfekt umgesetzt, die Decke im alten Postamt vollständig mit Leintüchern abgehängt und dazwischen alle Planeten unseres Sonnensystems aus Pappmaché aufgehängt, die jetzt von der Decke baumeln. Die Fenster sind allesamt zugehängt worden, damit das schummrige Licht der Lavalampen, die wir in der Garage gefunden haben, besser zur Geltung kommt, und er hat sogar eine Nebelmaschine besorgt, sodass Guinevere ihre Prophezeiungen in mysteriösen Nebelschleiern tätigen kann.

Die Tür zum Postamt ist angelehnt, aber Winnie nirgends zu sehen. Sie wird wohl gerade in der Schule sein. Ich werde richtig sentimental, als ich den Schalter sehe. Wie lange bin ich nicht mehr hier drinnen gewesen? Als Kinder waren wir oft hier, Declan und ich, und wir durften manchmal Pakete und Briefe stempeln im kleinen Büro hinter dem Schalterraum, in dem Dad seinen Papierkram erledigt hat. Ob ich wohl mal schnell einen Blick reinwerfe? Ich durchquere den Schalterraum und drücke die Türklinke zum Büro. Zu spät fällt mir auf, dass sich jemand darin befindet. Genauer gesagt, zwei Personen. Eng umschlungen, sich küssend.

Ich will gerade eine Entschuldigung murmeln und die Tür schnell wieder schließen, als ich bemerke, wen ich da vor mir habe.

Es ist Winnie. Und …

»Helen?«, rufe ich entgeistert. Beide fahren erschrocken auseinander.

»Kelly hat gesagt, ich soll dir beim Dekorieren helfen …«, stammele ich. »Deshalb bin ich … ich dachte, du seist allein …« Ich ringe immer noch um Fassung. Winnie und *Helen?!?*

Die beiden wechseln einen Blick.

»Ich glaube, ich lasse euch beide kurz allein.« Helen nimmt ihre Lederjacke und schiebt sich mit gesenktem Blick an mir vorbei durch die Tür. Wie versteinert stehe ich da und starre meine beste Freundin an. Winnie wirkt aufgewühlt, so aufgewühlt, wie ich sie noch nie zuvor erlebt habe.

»Was ist hier los?« Ich bin verwirrt. »Du und Helen … habt ihr … ihr habt euch doch gerade …«

Winnie schlägt sich die Hände vors Gesicht. »Ich verstehe, dass du schockiert bist.«

»Ich bin nicht … Also ich bin nicht schockiert«, stammele ich. »Nur … damit hätte ich überhaupt nicht gerechnet!« Hilflos sehe ich Winnie an. Ich kenne sie schon fast mein ganzes Leben lang und habe niemals auch nur im Entferntesten geahnt, dass sie auch Frauen mag.

»Du hast dich also in Helen verliebt?«, frage ich langsam. Plötzlich ergibt alles Sinn.

Winnie nickt.

»Und warum hast du mir das nicht gesagt?«

Winnie verbirgt ihr Gesicht immer noch in ihren Händen. »Ach, Allie, ich weiß doch selbst gar nichts mehr! Nie hätte ich damit gerechnet, dass mir so etwas passiert. Wirklich nicht.« Ich merke, dass sie ebenso verwirrt ist wie ich. Jetzt hebt sie den Kopf und blickt mich an. »Aber dann kam Helen ... und es war sofort eine Verbindung zwischen uns da. Sie ist voriges Jahr mit Finn hergezogen, sie war auch lange in einer Hetero-Beziehung, aber sie weiß schon seit ihrer Jugend, dass sie bi ist ... im Gegensatz zu mir.«

Mitfühlend sehe ich meine beste Freundin an. »Und du hast noch nie darüber nachgedacht? Dass du bisexuell sein könntest? In keinem Moment?«

»Keine Ahnung. Vielleicht wusste ich es auch, tief in mir drinnen, und ich hab's bloß verdrängt.« Winnie zuckt verzagt mit den Schultern. »Es hat sich ja auch nie die Frage gestellt. Ich bin schon so lange mit Paul zusammen, empfinde nach wie vor etwas für ihn. Aber mit Helen fühlt es sich anders an ... Helen ist einfach großartig.« Ihre Augen beginnen plötzlich zu strahlen. »Sie sieht so vieles, das vorher noch nie jemand in mir gesehen hat. Sie weckt neue Seiten in mir.« Winnie schluckt. »Es ist schön, mit ihren Augen betrachtet zu werden. Und ich fühle mich unglaublich wohl mit ihr.«

Einen Moment lange schweigen wir beide. »Das klingt doch wunderbar«, sage ich schließlich. »Und kann denn irgendetwas falsch daran sein, wenn ein Mensch dich zum Strahlen bringt?«

»Aber was ist mit Paul? Ich habe ein schrecklich schlechtes Gewissen seinetwegen. Ich will ihn auch nicht hintergehen, ich wusste bis jetzt nur nicht, wie ich es ihm beibringen soll.« Winnie bekommt feuchte Augen. »Und was werden die Leute im Dorf über mich sagen? Helen ist schließlich die Mutter von einem meiner Schüler!«

Ich ziehe eine Augenbraue hoch. »Seit wann kümmert es

dich, was die Leute reden? Außerdem ist es doch nicht verboten, sich in einen Elternteil zu verlieben, oder?«

Winnie schüttelt den Kopf und muss lächeln. »Ein Schüler wäre problematisch, aber nein, zu Eltern ist mir nichts bekannt.«

»Na siehst du …« Ich lächle ebenfalls. »Und außerdem war es dir im Grunde doch immer schon egal, was die anderen denken.«

»Das stimmt allerdings.« Winnie schnieft laut. »Wo kämen wir denn da hin?«

»Du wirst eine Lösung finden.« Ich nicke ihr ermutigend zu. »Hör auf dein Herz und dann tu das, was es dir sagt. Und jetzt komm mal her.« Ich schließe sie fest in meine Arme und eine Weile stehen wir einfach nur so da.

»Ich bin so froh, dass du wieder da bist, Allie«, schnieft sie. »Ich wollte es nicht sagen, um es dir nicht schwerer zu machen, aber ich hab meine beste Freundin so sehr vermisst.«

»Ich dich auch, Winnie«, erwidere ich gerührt. »Und ganz egal, wie du dich entscheidest, ich werde immer auf deiner Seite stehen. Und falls es jemand wagen sollte, was Dummes zu sagen, dann kriegt derjenige von mir eine verpasst, okay?«

Winnie muss unter Tränen lächeln. »Für jemanden, der noch vor zwei Wochen absolut nichts vom Verkuppeln wissen wollte, bist du aber ziemlich gut.«

Wir müssen beide lachen. Winnie wischt sich energisch die Tränen aus dem Gesicht. »So, ich muss jetzt die Stühle aus dem Konferenzzimmer holen und einen Tisch auch.«

»Soll ich dir helfen?«, biete ich an. »Deshalb bin ich schließlich hergekommen.« Ich blicke aus dem Fenster. »Hoffentlich habe ich Helen jetzt nicht vergrault?«

Winnie schüttelt den Kopf. »Sie hat ohnehin nur kurz vorbeigesehen, um Hallo zu sagen.«

»Ein sehr freundliches Hallo«, ziehe ich Winnie auf und sie lacht.

Gemeinsam schleppen wir Stühle und einen Tisch heran und stellen sie auf. »So, jetzt sollte alles bereit sein.« Winnie sieht sich um. »Danke für deine Hilfe, Allie. Für alles.« Sie kommt zu mir und drückt mich noch einmal fest. »Ich bin wirklich so froh, dich wieder hier zu haben.«

»Ich auch.«

»Was ich dich noch fragen wollte …« Winnie hält mich eine Armlänge von sich weg und sieht mich prüfend an. »Fühlst du dich auch bereit? Für deine Aufgabe morgen? Wir haben nie wieder darüber gesprochen …«

»Ich denke schon«, antworte ich etwas zögerlich. Ehrlich gesagt, habe ich mir nicht viele Gedanken um das Matchmaking gemacht, doch jetzt, da der erste Festivaltag unmittelbar bevorsteht, breitet sich doch so etwas wie Lampenfieber in mir aus.

»Keine Sorge, du machst das sicher großartig.« Winnie nickt entschlossen. »Und falls jemandem dein Match nicht passt, dann schickst du ihn einfach zu mir.«

Wir sehen uns an und brechen beide in schallendes Gelächter aus, und plötzlich weiß ich: Solange ich jemanden wie Winnie an meiner Seite weiß, werde ich das morgen hinkriegen. Ganz bestimmt.

Als ich wenig später oben in unserer Wohnung stehe und das Matchmaking-Buch in der Vitrine sehe, schwindet mein Selbstvertrauen schlagartig wieder. Ich hatte so viel um die Ohren in den letzten Tagen, dass ich mich noch gar nicht richtig mit dem Buch beschäftigt habe. Vorsichtig nehme ich es heraus und lege es auf den Küchentisch. Ich fange an, darin zu blättern. Die Einträge auf den ersten Seiten sind noch in Gälisch verfasst, es muss wohl mein Urgroßvater gewesen sein, der dort in mikroskopisch kleiner Handschrift unzählige Suchende eingetragen hat. Dann, bereits in Englisch, folgen Vermerke in einer Handschrift, die ich nicht zuordnen kann, und schließlich Dads Aufzeichnungen. Jedes Mal sind Name, Alter und Wohnort verzeichnet, meistens auch eine Telefonnummer, manchmal eine E-Mail-Adresse, sowie die wichtigsten Kriterien der jeweiligen Person und die Anmerkungen des Matchmakers. Ich versinke in den Eintragungen, schmunzle über so manche Bemerkung, während mein Respekt mit jeder Seite, die ich durchlese, wächst. Wie viel Engagement steckt darin, wie viel Herzblut, und das seit Generationen! Und wieder einmal frage ich mich: Werde ich meiner Verantwortung, diese einmalige Tradition fortzuführen, gerecht? Der Gedanke jagt mir plötzlich wieder eine Heidenangst ein, und mir wird klar, dass mir nur einer helfen kann. Ich rufe Dad an, und zum Glück geht er sofort ran.

»Hi, Dad.« Ich bemühe mich, meine Nervosität zu verbergen.

»Hallo, mein Mädchen.« Dad klingt liebevoll wie immer. »Wie geht es dir? Flattern schon die Nerven?«

»Ehrlich gesagt, ja«, gebe ich zu. »Ich habe das Gefühl, ich hätte mich besser vorbereiten sollen.«

»Allie, du musst dir überhaupt keine Gedanken machen«, sagt Dad beruhigend. »Du warst so oft dabei, wenn ich Paare zusammengebracht habe.«

»Aber ich hab dir eben nur zugesehen«, entgegne ich zweifelnd. »Ich habe Angst, dass ich es morgen total vermassle.«

»Das wird auf gar keinen Fall passieren!« Dad lacht. »Mach dir nicht zu viele Gedanken.«

»Tue ich aber«, sage ich.

»Allie.« Dad seufzt. »Du weißt, wie es abläuft. Die Leute kommen, füllen den Fragebogen aus, du trägst ihre Daten in das Buch ein und überlegst, wer am besten zu wem passen könnte. Du vergibst Telefonnummern und E-Mail-Adressen und ermöglichst es damit potenziellen Paaren, sich während des Festivals kennenzulernen. Du kennst den Prozess in- und auswendig.«

»Sicher.« Ich bin kein bisschen überzeugt. Klar, ich habe Dad, sobald ich Lesen und Schreiben konnte, mit seinen Fragebögen geholfen. Aber bei ihm hat es immer so intuitiv ausgesehen. »Und wenn ich für jemanden kein Match finde? Während der gesamten Zeit des Festivals?«

»Das ist kein Problem«, beruhigt Dad mich. »Wir müssen zum Glück keine Matchgarantie abgeben.«

»Ich hoffe, dass ich überhaupt irgendein ein Match zusammenkriege«, sage ich zweifelnd. »Ach, ich weiß auch nicht. Ich hab auf einmal echt total Bammel vor morgen.«

»Allie, pass auf.« Dads Stimme ist plötzlich bedeutungsschwer geworden. »Ich verrate dir jetzt das größte Geheimnis eines jeden erfolgreichen Matchmakers.«

»Und das wäre?« Die Skepsis in meiner Stimme ist bestimmt nicht zu überhören.

»Du musst zwischen den Zeilen lesen«, verkündet er feierlich. »Die Kunst des Matchmakings besteht darin, denjenigen Partner zu finden, den die Menschen brauchen, nicht, den, den sie wollen. Im Idealfall geht beides Hand in Hand«, fährt er fort, und ich muss sofort an Jake denken. Ich will ihn, definitiv, aber brauche ich ihn auch? Könnte er der Richtige für mich sein? »Aber nicht immer,« höre ich Dad seinen Satz beenden.

»Und wie finde ich in der kurzen Zeit heraus, was jemand wirklich braucht?«, frage ich ratlos. »Wenn es derjenige oft nicht einmal selbst weiß?«

»Ich würde zuallererst raten: Hör den Menschen, wenn sie zu dir kommen, gut zu, hör vor allem auf die Zwischentöne. Sieh sie dir genau an. Glaub mir: Mit jedem Paar wirst du besser werden.« Dad ist die Zuversicht in Person, und ich frage mich kurz, ob das reiner Zweckoptimismus ist oder ob er wirklich glaubt, dass ich das Ding morgen so einfach schaukeln werde.

»Vertrau auf deinen Instinkt und deine Menschenkenntnis.«

»Von der du ungefähr zehnmal so viel besitzt wie ich.« Jetzt verlässt mich das letzte bisschen Mut. Ich starre das Buch vor mir an, als hätte ich es noch nie zuvor gesehen.

»Mein Schatz.« Dad seufzt. »Wie viele Menschen, würdest du sagen, sind in all den Jahren, in denen du im Fairfax gearbeitet hast, an deine Rezeption gekommen? Mit wie vielen hast du gesprochen? Wie vielen versucht, einen möglichst angenehmen Aufenthalt zu ermöglichen?«

»Nun … einige Tausend werden es schon gewesen sein«, antworte ich zögerlich.

»Na siehst du.« Ich sehe Dad vor meinem inneren Auge zufrieden nicken. »Du besitzt durchaus Menschenkenntnis. Trau dir ruhig mehr zu.«

»Und wenn ich wirklich keine Ahnung habe, wem ich jemanden vermitteln soll?« Meine Zweifel sind noch lange nicht beseitigt.

»Dann ist das genau der Zeitpunkt, an dem die Magie des

Buchs ins Spiel kommt«, sagt Dad feierlich. »Du wirst sehen, wenn du nicht mehr weiterweißt, dann hilft es dir.« Ich höre die Ehrfurcht in seiner Stimme. »Es ist mir schon oft passiert. Dieser Moment ist einfach magisch.«

Ich betrachte das Buch, das seit Generationen in unserer Familie weitergegeben wird. Meine Vorfahren haben Hunderte von Menschen zusammengeführt, unzählige glückliche Ehen ermöglicht. Und ich bin ebenfalls eine Malone, die Nächste in der langen Reihe der Matchmaker. Ist es tatsächlich so, wie Dad sagt? Bin ich dazu auserwählt, eine Matchmakerin zu sein? Ein seltsames Gefühl überkommt mich. Ich fühle mich nicht mehr ganz so … unzulänglich. Besser gewappnet. »Wenn du wirklich meinst, Dad«, sage ich schon etwas selbstbewusster.

»In der Tat«, sagt Dad bestimmt. »Sonst hätte ich dich nie darum gebeten, mich zu vertreten. Du bist der Aufgabe gewachsen, da bin ich mir ganz sicher.«

»Hast du noch irgendwelche Tipps?«, frage ich mit wachsendem Mut.

»Sei vorsichtig bei allzu überschwänglichen Amerikanern, vor allem bei denen mit irischen Wurzeln«, erklärt Dad mir. »Die verklären gerne das irische Landleben und beteuern, für die große Liebe sofort alles stehen und liegen zu lassen und herüberzuziehen. Aber in der Realität gibt es dann doch einen großen Unterschied zwischen einem Vorort von Chicago und einer Schaf-Farm in Tipperary.«

Ich muss sofort an Ernestine denken, und als könne Dad Gedanken lesen, fügt er hinzu: »Und wenn du jemanden für Ernestine Delroy finden würdest, tätest du mir den größten Gefallen überhaupt. Mäzenin hin oder her.«

Wir müssen beide lachen.

»Noch weitere Hinweise?«, frage ich immer noch schmunzelnd. Ich fühle mich schon viel besser.

Dad gluckst. »Eigentlich nur noch einen. Aber vielleicht ist es der wichtigste.«

»Und der wäre?«

»Hab Spaß. Menschen zusammenzubringen – das ist die schönste Aufgabe der Welt!«

Kapitel vierzehn

Und dann ist der Tag endlich gekommen. Das Doolinvarna Matchmaking-Festival beginnt. Ich habe ziemlich schlecht geschlafen, musste wieder und wieder an meine Aufgabe denken.

Dad hat mir heute Morgen noch eine Nachricht geschrieben: *Nicht vergessen: Vertrau auf dich und hab Spaß!*, und ich versuche, mir das gute Gefühl nach dem gestrigen Telefonat wieder in Erinnerung zu rufen. Fred sieht ebenfalls ziemlich aufgeregt aus, als ich in die Küche komme. Er backt gerade einen Berg köstlich duftender Pancakes und ich habe ihn gestern noch bis spät in die Nacht herumwerkeln gehört. Von Jake habe ich gleich nach dem Aufwachen eine süße und auch ein klein wenig freche Nachricht bekommen. Wir hatten beide gestern so viel um die Ohren, dass wir uns nur ganz kurz über den Weg gelaufen sind (für einen Kuss hat es allerdings gereicht, einen extralangen).

»Guten Morgen, Allie!« Fred lächelt mich an und stellt mir einen vollbeladenen Teller vor die Nase. »Iss, du wirst deine Kraft heute noch brauchen.«

»Danke, Fred.« Hungrig mache ich mich über die Pancakes her.

»Fühlst du dich bereit für den großen Tag?«, stellt er mir fast dieselbe Frage wie Winnie gestern und mustert mich aufmerksam.

»Ich glaube schon. Ich *hoffe* schon.« Ich zögere. »Und du? Denkst du, dass Doris dieses Jahr kommt?«

Fred sieht mich feierlich an. »Ich bin zuversichtlich. Dieses Jahr bewegt sich was in der Sache, das hab ich irgendwie im Gespür.« Er zögert. »Ich wollte dich noch etwas fragen, Allie. Ich hab mir ein Outfit zurechtgelegt für heute, du weißt schon, ein wenig schicker ...« Er sieht mich verlegen an. »Ich werde natürlich am Stand eine Schürze darüber tragen, aber findest du ein Hemd und eine Krawatte zu übertrieben?«

Ich schüttle den Kopf. »Nein, Hemd und Krawatte sind doch wunderbar.«

Fred nickt erleichtert. »Nenn mich altmodisch, aber ich möchte einen passablen Eindruck machen, wenn sie erscheint.« Ich sehe in sein hoffnungsvolles Gesicht und bin schon wieder ganz gerührt.

Wir frühstücken beide rasch zu Ende und dann brechen wir auch schon auf. Der Vormittag verfliegt im Nu, ich packe überall mit an, und die Zeit rast nur so vorbei.

Ich habe gerade noch einige Kabel fixiert, die quer über die Straße verlaufen, damit niemand darüber stolpert, da bemerke ich, dass ich mich am Ende der Fentyll Road befinde, die wirklich etwas ab vom Schuss liegt. Hier hat Algen-Joe seinen Stand, und ich spüre einen Anflug schlechten Gewissens, als ich ihn an seinem schmucklosen Stand herumwerkeln sehe. Also gebe ich mir einen Ruck und gehe auf ihn zu.

»Hallo, Joe!« Ich bemühe mich um ein Lächeln, als ich ihn erreiche.

»Was willst du hier, Malone?«, spuckt er ohne weitere Begrüßung heraus.

»Ich wollte nur kurz nachsehen, ob bei dir alles in Ordnung ist.« Auf der Theke stehen bereits zwei Teller voll mit schief geformten Aalhäppchen. Das muss sein Irish-Sushi sein. »Sieht wirklich interessant aus, dein Sushi.« Ich trete näher, um mir die Häppchen genauer anzuschauen, weiche aber sofort wieder zurück, weil mir ein unangenehm süßlich-modriger Geruch in die Nase steigt.

»Wenn ich was brauche, melde ich mich schon.« Joe macht sich weiter an seinem Stand zu schaffen, ohne mich dabei anzusehen.

»Ich hab es nur gut gemeint, Joe.« Entwaffnend hebe ich die Hände und versuche, möglichst unauffällig die Luft anzuhalten. »Ich wünsche dir trotzdem alles Gute für heute. Und viel Erfolg mit deinem Sushi.«

»Deine guten Wünsche kannst du dir sonst wohin stecken.« Joe bückt sich und verschwindet damit aus meinem Sichtfeld. Das war deutlich genug. Manche Menschen wollen einfach nicht, dass man sie mag, denke ich mir, als ich mich vom Stand entferne, und schaue schnell auf die Uhr. Es ist schon kurz nach Mittag. Rockige Musik weht aus der Festhalle herüber, während ich zum Hafen gehe, um noch einmal kurz bei Fred vorbeizuschauen. Die Band hat tatsächlich in letzter Minute noch eine Drummerin gefunden und macht gerade den Soundcheck, und auch aus Nialls Pub ertönen probeweise Geigenklänge. Ganze Busladungen an Festivalgästen sind bereits eingetroffen, und es sind immer mehr Leute im Dorf zu sehen, junge und alte, alle mit gespannten und vorfreudigen Gesichtern.

»Wow, das sieht ja toll aus!«, rufe ich, als ich den fertigen

Krabbenstand entdecke. Alle Essensstände sind gleich gebaut: Einfache Buden aus Sperrholz mit einer grün-weißen Überdachung. Aber Fred wäre nicht Fred, wenn er es dabei belassen hätte.

»Wie hast du das alles so schnell noch gebastelt?«, frage ich staunend. Fred hat überall am Stand süße kleine Krabben aus Holz befestigt, die mit ihren Scherenarmen den Besuchern entgegenwinken. Auf einem ebenfalls selbst gemachten Schild ist das Wort »Krabbenbrötchen« zu lesen, Fred hat es mit bunt leuchtenden Glühbirnen bestückt, sodass es den Besuchern schon von Weitem entgegenleuchtet. Welch ein Kontrast zu Algen-Joes kahlem Stand!

»Ach, das.« Fred winkt ab. »Ich hab mir gestern erlaubt, in eurer Garage noch ein bisschen zu werkeln.«

»Du bist unglaublich, Fred«, schmunzle ich. Die Holztheke ist unter einer hübschen grün-weiß-orangefarben gestreiften Tischdecke verschwunden und darauf hat Fred eine ganze Armada seiner Krabbenbrötchen appetitlich auf altmodischen silbernen Tabletts angerichtet.

»Also haben es die Mexiko-Brötchen echt in die Endauswahl geschafft!« Ich deute erfreut auf das Tablett ganz links.

Fred nickt und zwinkert. »Nachdem meine Testesser so überzeugt davon waren …« Er reicht mir eins der leckeren Häppchen mit Guacamole und Tomatensalsa über die Theke. »Willst du?«

»Furchtbar gerne!« Ich nehme es entgegen und beiße beherzt ab. »Die sind einfach der Hammer, Fred«, sage ich zwischen zwei Bissen. »Die Leute werde sie dir aus der Hand reißen.«

»Hoffentlich.« Fred grinst. »Ansonsten muss sich das ganze Festivalkomitee das Wochenende über ausschließlich von Krabbenbrötchen ernähren. Wann geht es bei dir los?«

Ich blicke auf die Uhr. »In etwa eineinhalb Stunden«, antworte ich und spüre das bereits vertraute Magenflattern. »Ich sollte dann auch los, mich noch ein bisschen vorbereiten.«

»Es wird sicher alles gut laufen, Allie.« Fred lächelt aufmunternd. »Mach dir bloß keinen Stress.«

»Ich werd's versuchen.« Ich reiche ihm den leeren Pappteller über die Theke zurück.

»Du schaffst das.« Fred nickt mir bestimmt zu. »Ganz sicher.«

Ich nicke ebenfalls, obwohl ich jetzt wirklich ziemlich aufgeregt bin. »Bis später, Fred.«

Ein paar Minuten darauf, als ich gerade die Haustür aufschließen und nach oben gehen will, kommt plötzlich eine sichtlich aufgeregte Guinevere aus der Tür des alten Postamts gestürzt und versperrt mir den Weg.

»Allie, hast du einen Moment?«

»Ähm, wenn es nicht zu lange dauert?«, antworte ich unsicher. Eigentlich wollte ich noch einmal einen genauen Blick in das Matchmaking-Buch werfen.

Guinevere schüttelt den Kopf. »Es geht ganz schnell, versprochen.«

Sie bedeutet mir, ihr in ihre Astrologie-Kammer zu folgen. Es ist ziemlich schummerig dort drinnen, bis auf den Schein der Lavalampen gibt es keine Lichtquellen, und sie scheint die Nebelmaschine schon ausgiebig getestet zu haben, denn um uns herum wabern überall dichte weiße Schwaden.

»Ich bin ziemlich aufgeregt, ehrlich gesagt«, gesteht Guinevere und verknotet ihre Hände ineinander. »Und ich wollte dich fragen, ob ich vielleicht einen Testdurchlauf mit dir machen darf?«

»Einen Testdurchlauf?«, wiederhole ich verwirrt. »Was meinst du damit?«

»Nun, ich würde dir gerne zeigen, wie du deine ganz persönliche Planetenkonstellation bestimmst«, erklärt Guinevere ein wenig verlegen. »Und dann können wir daraus folgend Empfehlungen für dein Liebesleben ableiten, wenn du das möchtest.«

»Lieber nicht«, antworte ich schnell. »Mein Liebesleben ist auch so schon kompliziert genug. Außerdem hab ich wirklich wenig Zeit.«

Guinevere nickt. »Okay, dann machen wir die Minimalvariante und halten es eher allgemein. Es dauert auch wirklich nicht lange.«

Ich nicke widerstrebend, sie setzt sich hinter einen Tisch und deutet auf den Platz gegenüber. »Wenn ich dich um dein Geburtsdatum bitten dürfte …«

Zehn Minuten später hat Guinevere mir eine kompliziert aussehende Planetenkonstellation aufgemalt, während ich mich redlich bemühe, ihren Erklärungen zu folgen, und doch immer wieder mit den Gedanken abschweife.

»… wundere dich also nicht, wenn in deinem Leben gerade viel Altes gehen muss«, verkündet Guinevere und deutend auf »meinen« Saturn (einen äußerst kraftvoll-impulsiven Saturn, wenn ich das richtig mitbekommen habe) und die ominös gezackte, blutrote Linie, die ihn mit dem Mars verbindet. »Und hier sieht man ganz deutlich, dass es noch etwas Ungelöstes in deinem Leben gibt. Aus deiner Vergangenheit, etwas, das dich immer wieder einholt.« Sie betrachtet meine Planetenkonstellation noch einmal genauer. »Ich kann dir nur sagen, dass es gut wäre, wenn du mit dieser Sache abschließt. Vorher wird es schwer für dich, wirklich neu anzufangen.«

Sicher spricht Guinevere sowieso nur in Allgemeinplätzen, und doch … Ich fühle mich plötzlich betroffener, als ich es will. Meint sie etwa die Beziehung mit Giles? Oder doch die Sache mit Declan und Mum?

»Es geht dabei nicht um eine Liebesangelegenheit«, fährt sie jetzt fort, als ob sie wirklich Gedanken lesen könnte. »Es ist etwas … Familiäres.«

»Ja, doch, da gibt es wirklich etwas«, sage ich und versuche zu lächeln, doch es will mir nicht so recht gelingen. »Eine ziemlich alte Sache.«

Genau zehn Jahre alt. 3650 Tage, nein, 3653 Tage, wenn man die Schaltjahre miteinrechnet und an jedem einzelnen dieser Tage habe ich mit aller Kraft versucht, nicht daran zu denken, dass uns Mum und Declan einfach verlassen haben. Es hat so viel Energie gekostet, dieses Verdrängen. Energie, die ich, das spüre ich auf einmal ganz deutlich, nicht mehr bereit bin zu verschwenden.

Guinevere sieht mich mitfühlend an. »Oft sind es die alten Wunden, die am meisten wehtun. Aber es gibt für jede Wunde eine Heilung, egal, wie tief sie ist, Allie. Oft müssen wir das, was uns schmerzt, erst akzeptieren, um es dann endgültig loslassen zu können.«

Ich sehe sie schweigend an, wie sie vor mir sitzt, von Nebelschwaden umwabert, mit ihren wirren grauen Haaren, den Glasperlen um den Hals und dem leicht entrückten Blick. Und auch wenn ich mit Astrologie bisher wenig anfangen konnte, habe ich das Gefühl, dass Guinevere gerade etwas sehr Wahres ausgesprochen hat.

»Danke, Guinevere«, sage ich mit belegter Stimme. »Ich werde darüber nachdenken.«

»Mach das.« Sie nickt und wirkt plötzlich unsicher. »Wie fandest du den Testdurchlauf? Denkst du, dass es den Leuten gefallen wird?«

»Auf jeden Fall«, erwidere ich und muss lächeln. »Wenn du bei jedem so auf den Punkt triffst wie bei mir, kann es nur ein Erfolg werden.«

Guinevere lächelt ebenfalls und blickt mich erleichtert an. »Danke, Allie, für dein Vertrauen. Es bedeutet mir wirklich viel, dass jemand an meine Idee glaubt.«

»Ich danke dir.« Ich stehe auf. »Und es tut mir wirklich leid, aber ich muss jetzt nach oben. Ich drück dir die Daumen, dass ganz viele Leute vorbeikommen.«

Damit hätte ich wirklich nicht gerechnet, denke ich erstaunt, während ich die Treppen zur Wohnung hinaufeile. Ein bisschen Hokuspokus habe ich erwartet, ein wenig astrologisch angehauchte Wahrsagerei, aber dass Guinevere ein paar Planeten und Sternbilder aufmalt und damit in mein Innerstes schauen kann – das auf keinen Fall. Und dabei hat sie vollkommen recht: Ich muss mich meiner Vergangenheit stellen, sie akzeptieren und endgültig mit ihr abschließen – nur wie, das weiß ich im Moment noch nicht. Und es bleibt mir auch keine Zeit mehr zum Überlegen, denn als ich auf die Uhr blicke, stelle ich mit Schrecken fest, dass Rudy das Festival in einer knappen halben Stunde im Festsaal offiziell eröffnen wird.

Höchste Zeit für mich, meinen Posten in Nialls Pub zu beziehen. Als ich wieder vor der Vitrine mit dem Matchmaking-Buch stehe, werde ich noch einen Ticken nervöser, als ich es schon bin. Vorsichtig nehme ich es heraus und streiche mit den Fingern über den abgegriffenen ledernen Einband. Da unten werden gleich eine ganze Menge Leute sein und von mir erwarten, dass ich ihnen vernünftige Vorschläge liefere. Mir wird ganz anders. Was, wenn ich die Nerven verliere? Der Verantwortung nicht gerecht werde und alle enttäusche? Eine kleine Ewigkeit lang stehe ich bloß da und starre das Buch an. Was hat Dad gemeint? Das Buch wird mir helfen. Ich schicke schnell ein Stoßgebet zum Himmel, dass es auch wirklich so sein wird, greife den Einband fest mit beiden Händen und verlasse mit wummerndem Herzen die Wohnung.

»Hier steckst du, Allie!« Winnie kommt mir sichtlich aufgewühlt entgegen, als ich aus der Haustür trete. »Wo bleibst du denn?«

In meinem Magen verknotet sich alles zu einem einzigen Knäuel aus Panik und Angst. Ich umklammere das Matchmaking-Buch, als könnte es mir Halt geben. Eigentlich möchte ich nichts lieber, als wieder umzudrehen und mich in der Wohnung zu verschanzen. Vielleicht läuft eine Folge von *The Clinic* und ich müsste mich nicht der Horde Menschen stellen, die sich vor Nialls Pub angesammelt hat. Doch Winnie nimmt mich bereits am Arm und führt mich zielstrebig in Richtung Pub.

»Rudy ist mit seiner Rede längst fertig!«, sagt sie. »Und ich weiß nicht, was heute los ist, aber die ersten Leute warten schon seit über einer halben Stunde!«

Ich mache ein erschrockenes Gesicht. »Aber fängt das Matchmaking nicht erst um zwei an? Und ist es normal, dass schon so viele hier draußen anstehen?«

Winnie zuckt mit den Schultern. »Letztes Jahr war definitiv weniger los. Ich hab die Leute, die schon länger hier sind, zumindest schon mal die Fragebögen ausfüllen lassen.« Winnie verzieht das Gesicht. »Und Ernestine versucht den anderen weiszumachen, dass sie einen VIP-Platz direkt vor dem Matchmaker-Tisch gebucht hat.«

Ich stöhne auf. Das fängt ja gut an!

»Allie, da bist du ja endlich!«, ruft mir Ernestine laut entgegen, als ich wenige Augenblicke später das Pub betrete.

»Ernestine!« Ich versuche, mir ein Lächeln abzuringen, als sie sich vor mir aufbaut, mit verschränkten Armen und erwartungsvoller Miene.

»Ich warte bereits seit einer Viertelstunde auf meine Vorschläge«, sagt sie anstatt einer Begrüßung. »Und Warten ist etwas, das ich gar nicht gerne tue!«

Schnell setze ich mich auf meinen Stuhl und lege das Matchmaking-Buch auf den Tisch vor mich. »Ähm, ja. Deine Vorschläge.« Nervös gebe ich vor, im Buch nach etwas Bestimmtem zu suchen. »Wen hätten wir denn da …« Die Wahrheit ist, dass ich absolut keinen Schimmer habe, mit wem ich sie verkuppeln soll.

Ernestine beobachtet mein Tun argwöhnisch. »Hast du denn keine Vorauswahl getroffen, so wie wir es besprochen hatten?«

»Doch, doch«, schwindle ich und schlage hektisch eine Seite nach der anderen um. Es sind lauter alte Einträge darin, aus den letzten Jahren, vielleicht geschieht ein Wunder und ich finde hier jemand Passenden?

Ernestine kneift die Augen zusammen. »Hast du denn überhaupt schon irgend jemanden im Buch erfasst? Das ist doch alles Pats Handschrift und nicht deine!«

Sie hat gute Augen, das muss man ihr lassen. »Du bist ja dieses Jahr die Erste«, entgegne ich hilflos. »Wie sollte ich da bereits jemand Passenden haben? Ich wollte gerade bei den Einträgen vom letzten Jahr …«

»Und mir einen Ladenhüter andrehen?«, ruft Ernestine empört. »Na vielen Dank auch, darauf kann ich verzichten!«

»Ich habe all deine Kriterien aufgeschrieben«, bemühe ich mich, Boden wettzumachen. »Und sobald jemand Passender kommt, sag ich dir Bescheid.«

»Lass gut sein, Kindchen. Ich sehe schon, heute Abend werde ich mich selber um mein Match kümmern müssen.« Beleidigt rauscht sie hinaus. Na toll. Mein erster Versuch, und der ging gleich gründlich in die Hose. Hinter ihr hat sich eine beträchtliche Schlange gebildet.

»Der oder die Nächste, bitte!«, sage ich und bemühe mich, meine Verzweiflung zu verbergen.

Ein rotgesichtiger, vierschrötiger Mann im Karohemd tritt vor. Das Hemd erinnert mich sofort an Jake. Ich wünschte mir, er wäre jetzt hier. Plötzlich erfasst mich eine unglaubliche Sehnsucht nach ihm, eine Sehnsucht, die mir fast Angst macht.

»Wonach suchen Sie?« So gut es geht, versuche ich, mich auf mein Gegenüber zu konzentrieren und ihn einzuschätzen.

»Na, ’ne Frau wär nicht schlecht«, gibt das Karohemd zurück und die Leute um ihn herum lachen. Er legt mir seinen vollgekritzelten Fragebogen auf den Tisch und ich nehme ihn eilig an mich.

»Gut, eine Frau also …« Während ich den Fragebogen überfliege, merke ich, wie ich immer nervöser werde. Ich versuche, so schnell wie möglich die Informationen auf dem Blatt Papier zu erfassen und gleichzeitig »zwischen den Zeilen« zu lesen, wie Dad gesagt hat. Also mustere ich den Typen vor mir, aber das lässt mich nur noch angespannter werden. Es ist wahnsinnig stickig hier drinnen und meine Kehle schon ganz trocken. Durstig nehme ich einen Schluck Wasser. Was anderes bekomme ich nicht, solange ich »im Dienst« bin, wie Niall mir vorhin erklärt hat, denn »Matchmaking und Alkohol, das verträgt sich nicht«. Hat Dad anscheinend vor langer Zeit als Leitspruch ausgegeben, nach einem wohl sehr feuchtfröhlichen Abend. Es ist schon das zweite Mal heute, dass ich ihn verfluche.

Ich schlage das Buch auf. Lauter Namen, Listen, Bilder, die mir absolut nichts sagen. Ich starre auf die vollgeschriebenen Seiten, aber nichts. Verdammt, es hat immer so einfach ausgesehen bei Dad. Er war konzentriert, doch stets zum Scherzen aufgelegt und bestens gelaunt. Davon kann bei mir keine Rede sein. Und auf meine Aufgabe konzentrieren kann ich mich schon gar nicht. Ich habe bereits Kopfschmerzen von dem ganzen Rummel, dem Lärm und der stickigen Luft und gerade absolut keine Ahnung, wie ich den Rest des Abends überstehen soll.

»Was ist denn jetzt?«, fragt das Karohemd ungeduldig. »Wird das heute noch was mit meinem Match?« Gelächter von mehreren Leuten in der Schlange. Mir wird heiß und kalt zugleich, als würde jemand ein Thermostat unerbittlich nach oben drehen und gleichzeitig einen eisigen Luftzug hereinlassen. Die Band hat zu spielen begonnen, es sind tatsächlich immer noch die *Jolly Fiddlers*, mit merklich gealterten Mitgliedern.

»Also, letztes Jahr hat das aber wesentlich besser funktioniert!«, moniert der Typ vor mir gerade. »Wo ist überhaupt der *echte* Matchmaker?«

Ich würde mich am liebsten wegbeamen, als ich plötzlich eine vertraute Stimme höre.

»Allie!«

Jemand scheint sich nach vorne zu drängen, denn es ertönen empörte Stimmen.

»Na, hören Sie mal!« – »Wir stehen alle an.« – »So eine Frechheit aber auch!«

»Lassen Sie mich bitte durch! Es handelt sich um einen Notfall!«

Nein. Das kann nicht sein. Unmöglich. Irritiert recke ich

den Kopf, um einen besseren Überblick zu bekommen. Doch, ganz sicher. Ich kenne diese Stimme. Sie gehört eindeutig …

»Giles!«

Entgeistert starre ich ihn an, blinzle ein paarmal, um sicherzugehen, dass ich in meiner Panik nicht begonnen habe zu halluzinieren.

Aber Giles Letherby steht tatsächlich vor mir und sieht mich erleichtert an. »Na, das ist ja mal ein Unterfangen, dich zu finden!«

»Was machst *du* denn hier?« Ich sitze da wie versteinert und versuche, die Situation zu verstehen. Giles müsste doch in Seattle sein? Ungefähr zehntausend Kilometer weit weg. Und jetzt taucht er auf einmal auf, hier in Nialls Pub? Das ist das Letzte, womit ich gerechnet habe.

Mit einem breiten Lächeln breitet er die Arme aus. »Was bin ich froh, dich zu sehen.« Er beugt sich über den Tisch, um mich zu umarmen, aber ich erwidere seine Geste nicht, bin immer noch völlig durcheinander. Rasch richtet er sich wieder auf.

»Das hier ist also dein Arbeitsplatz«, sagt er amüsiert und deutet in die Runde. »Jetzt verstehe ich, warum du deinen Dad unbedingt ersetzen wolltest. Stell ich mir schön vor, im Pub zu arbeiten.«

»Mach dich bitte nicht lustig über mich«, entgegne ich eine Spur schärfer als beabsichtigt und fühle mich fast persönlich angegriffen. »Was willst du überhaupt hier?« Ihn zu sehen, bringt mich völlig aus dem Konzept. Es ist, als würde mich mein Leben aus London besuchen kommen, und ich merke, wie ungebeten mir dieser Besuch erscheint.

»Tut mir leid.« Giles hebt entwaffnend die Hände. »Und um deine Frage zu beantworten: Ich hatte Sehnsucht nach dir, Allie. Sehnsucht nach uns.«

Ich sehe ihn skeptisch an. Seit unserer Trennung, und als solche habe ich es definitiv empfunden, habe ich nichts mehr von ihm gehört. Und jetzt ist er plötzlich hier?

»Bei unserem letzten Gespräch klang es nicht sehr danach, als ob du Sehnsucht hättest«, antworte ich etwas unterkühlt.

»Du hast mich da auf dem falschen Fuß erwischt.« Giles seufzt. »Ich war einfach so … so fokussiert auf den neuen Job, das neue Leben in Seattle. Du kennst mich, Allie. Wenn ich mir etwas in den Kopf gesetzt habe, schieße ich manchmal übers Ziel hinaus.« Er hebt hilflos die Schultern und lässt sie wieder fallen, als ob er sich selbst nicht erklären könnte, wie es so weit kommen konnte. Es ist mir sehr vertraut, dieses Schulterzucken, und ich merke, dass ich bei diesem Anblick ins Wanken gerate.

»Können wir vielleicht kurz irgendwo hingehen, wo wir ungestört sind?« Er sieht sich um.

»Unmöglich.« Ich schüttle den Kopf. »Kann hier nicht weg.« Ich deute auf die Menschenschlange hinter ihm, allen voran das Karohemd, der Giles ungehalten mustert. »Und ich habe nicht viel Zeit.« Was mir jetzt gerade noch gefehlt hat, ist ein Krisengespräch mit meinem Ex.

»Na gut.« Giles seufzt. »Vor allem bin ich hier, um dir zu sagen, dass ich doch nicht nach Seattle gehe.«

Ich sehe ihn überrascht an. »Gehst du nicht?«

Er schüttelt den Kopf. »Ich hab wohl einige Zeit gebraucht, bis mir klar geworden ist, was ich hier alles zurücklassen würde.«

»Aber du wolltest das doch unbedingt!«, sage ich entgeistert. »Du hattest schon alles geplant! Und der Vorstand war doch so begeistert von dir!« Ich starre ihn ungläubig an. Das passt so gar nicht zu dem Giles, den ich kenne.

»Der Vorstand schon, das Präsidium etwas weniger …«, murmelt Giles in sich hinein, sodass ich ihn bei dem Lärm um uns herum beinahe nicht verstehe.

»Was hast du gesagt?« Ich werde hellhörig.

»Ach, nichts.«

Plötzlich kommt mir ein Verdacht. »Hast *du* den Job abgesagt?«, frage ich. »Oder haben sie etwa *dich* abgelehnt?«

Giles läuft rot an. »Ach, so würde ich das nicht formulieren«, wiegelt er ab, doch ich kenne ihn gut genug, um ihn zu durchschauen.

»Sag die Wahrheit, Giles.«

»Na gut.« Er hebt hilflos die Hände. »Ich hab den Job nicht bekommen. Ich hatte den Vorstand schon in der Tasche, aber es gab nicht die volle Rückendeckung vom Präsidium, und dann kam plötzlich die Weisung, dass sie den Posten doch nicht neu besetzen, sondern ein Junior-Regionalleiter von drüben eingesetzt wird.« Giles zuckt mit den Schultern. »Sparmaßnahmen des Konzerns. Hat wohl viele getroffen. Das *Fairfax* in Clerkenwell hat mich also wieder«, versucht er zu scherzen, doch sein bitterer Tonfall verrät ihn.

Stumm mustere ich ihn. Es muss ihn hart getroffen haben, ihn mit seinem unbändigen Ehrgeiz.

»Amerika ist einfach ein ganz anderes Pflaster.« Er gibt sich betont gleichgültig. »Wir Briten sind zu zurückhaltend, zu höflich für drüben.«

»Ach wirklich?« Ich ziehe eine Augenbraue hoch. Giles ist vieles, aber bestimmt nicht zurückhaltend.

Er sieht mich ernst an. »Aber versteh mich bitte nicht falsch. Ich meine es so, wie ich es gesagt habe. Ich habe dich wirklich vermisst, Allie, und ich würde gerne noch einen Versuch starten.«

»Du willst mich zurück, weil sie *dich* drüben nicht wollten«, präzisiere ich.

Giles verzieht das Gesicht. »Das ist schon sehr hart ausgedrückt, findest du nicht?«

»Aber wenn das mit der Stelle in Seattle geklappt hätte, hättest du unsere Beziehung und damit auch mich einfach so aufgegeben«, fahre ich fort und wundere mich selbst, wie wenig mich das noch berührt. »Du bist nur wieder an mir interessiert, weil du nach London zurückgehst. Damit dein altes Leben dort möglichst nahtlos weitergehen kann.«

»Das kannst du doch nicht so sagen«, sagt Giles, aber er sieht mir dabei nicht in die Augen.

Ich merke, dass die Leute hinter ihm zunehmend unruhig werden. Schon während unseres gesamten Gesprächs hat das Karohemd uns ungeduldig beäugt, und mir reicht es jetzt auch. »Seien wir ehrlich zueinander, Giles.« Mein Ton ist nüchtern. »Ich meine, was haben wir noch gemeinsam, außer unseren Jobs und die Gespräche darüber? Du liebst London, das Leben in der Großstadt, ich nicht. Du willst unbedingt eine Konzernkarriere, bleibst denen von *Fairfax* sogar noch treu, nachdem sie ihre Zusage dir gegenüber nicht eingehalten haben. Mein sehnlichster Wunsch ist es, ein eigenes B&B zu eröffnen, und zwar hier, und genau das kannst du dir nicht vorstellen.«

»Aber unser ›altes Leben‹, wie du es nennst, ist doch gerade einmal zwei Wochen her! Und es war kein schlechtes Leben!« Giles wirkt plötzlich richtig aufgebracht. »*Wir* waren nicht schlecht zusammen! Können wir nicht einfach weitermachen, wo wir aufgehört haben?«

Ich schüttle den Kopf. »Nein, das können wir nicht, und das weißt du genauso gut wie ich. Außerdem habe ich in den letzten Tagen herausgefunden, wie gerne ich hier bin. Und dass ich hierbleiben will. Ich werde in Doolinvarna bleiben.« Ich staune selbst über die Entschlossenheit, die in meinen Worten liegt. »Man sagt, wenn man sich liebt, schaut man in dieselbe Richtung. Aber ich finde, man sollte sich trotzdem auch noch gegenseitig ansehen, und das ist uns wohl irgendwo auf dem Weg verloren gegangen.«

»Das war es dann also?« Giles legt eine Frage in seinen Tonfall, aber eigentlich wissen wir beide, dass sie überflüssig ist.

»Ja, das war es dann also«, antworte ich leise.

Wir blicken uns an, und für einen kurzen Augenblick bekomme ich Panik, dass es ein riesiger Fehler ist, Giles jetzt gehen zu lassen und mit ihm mein vertrautes, sicheres Leben in London. Aber dann spüre ich, dass diese Angst unberechtigt ist. Ich bin unaufhaltsam unterwegs, ich habe in den letzten Tagen Doolinvarna, meine Heimat, wiedergefunden. Ich habe mich *selbst* wiedergefunden. Und dann entdecke ich Jake. Er steht an der Bar, in seiner Einsatzuniform, und starrt zu uns herüber. Ich freue mich, ihn zu sehen, und suche seinen Blick. Ich lächle ihm zu, doch er wirkt angespannt. Es hat keinen Sinn, jetzt zu ihm hinüberzurufen, also versuche ich, ihm zu signalisieren, dass alles gut ist. Und in genau diesem Moment wird mir klar: Auch wenn in meinem Leben noch einiges ungeklärt sein mag, bin ich mir einer Sache absolut sicher, nämlich, dass ich hierbleiben will. In Doolinvarna, und wenn möglich, mit Jake.

»Deine Entscheidung ist also endgültig?«, hakt Giles nach, und ich wende meinen Blick wieder ihm zu.

Ich nicke fest entschlossen. »Endgültig.«

Giles nickt ebenfalls, und er wirkt traurig dabei. »Und was wird aus deinem Job in London? Bei Fairfax?«

Ich zucke mit den Schultern. »Wenn ich den Bauernhof renovieren will, muss ich hier vor Ort sein. Anders wird es nicht gehen. Obwohl es zurzeit nicht danach aussieht, dass ich ihn bekomme. Aber vielleicht gibt es hier auch noch eine andere Möglichkeit für mich.« Ich sehe wieder zu Jake, der uns immer noch seltsam angespannt beobachtet. Wie gerne würde ich zu ihm hinübergehen und ihm die Situation erklären!

»Das heißt, ich nehme nicht nur eine Trennung, sondern auch gleich die Kündigung einer meiner besten Mitarbeiterinnen mit?« Giles versucht wieder scherzhaft zu klingen, aber ich sehe, dass es ihn wirklich trifft.

Ich nicke. »Natürlich reiche ich meine Kündigung auch noch auf dem offiziellen Weg ein.«

»Dann ist das hier wohl einige der wenigen Tatsachen in meinem Leben, mit denen ich mich einfach abfinden muss.« Er lächelt schief. »Wenn dein B&B fertig ist, komme ich mal vorbei und schau es mir an. Und wenn du ein paar Tipps brauchst – und du *wirst* sie brauchen: Du kannst mich jederzeit anrufen.« Er grinst übers ganze Gesicht, und in diesem Moment kann ich erkennen, was ich einmal so an ihm geliebt habe.

»Ganz sicher«, erwidere ich im selben Ton, und füge dann ernster hinzu: »Wenn ich mein eigenes B&B wirklich einmal haben sollte, bist du jederzeit herzlich willkommen.«

Er lächelt, und ich weiß, es ist das letzte Mal für lange, lange Zeit, dass wir uns sehen. Und dann, ohne dass ich auch nur im Entferntesten damit rechne, beugt er sich vor und küsst mich kurz, aber bestimmt auf den Mund.

»Giles!«, rufe ich entsetzt.

»Was hast du denn?« Erschrocken sieht er mich an.

»Was sollte denn das?«, frage ich wütend. »Warum hast du das gemacht?«

»Es war doch nur ein Abschiedskuss!« Giles hebt hilflos die Hände, und ich weiß nicht, worüber ich mich mehr ärgere, über den Kuss oder seine Begriffsstutzigkeit. »Wenn das unpassend war, tut's mir leid.«

»Das war es allerdings!«, fauche ich ihn an. Schlimm, dass ich ihm das auch noch sagen muss. Aber was noch viel schlimmer ist: Als ich wieder zur Bar blicke, ist Jake verschwunden. Mein Herz setzt für einen Schlag aus. Bestimmt hat er den Kuss gesehen und missverstanden.

»Tut mir leid, ich muss weg!«, rufe ich, springe auf und kämpfe mich durch die protestierende Menge nach draußen. Hastig schaue ich die Straße hinauf und hinunter, laufe ein paar Schritte in die eine Richtung, ohne zu wissen, wohin, aber Jake ist nirgends zu sehen. Was soll ich jetzt bloß tun? Jake ist weg und drinnen warten ungefähr hundert Leute darauf, dass ich sie verkupple! Noch einmal lasse ich meinen Blick über die Menschenmenge auf der Straße schweifen. Unmöglich, hier Jake zu finden. Und ich habe keine Zeit, muss dringend zurück.

»Da ist sie ja wieder!«, höre ich jemanden rufen, als ich das Pub betrete, und nicht gerade beifälliges Gemurmel ist die Antwort.

»Bin gleich so weit!«, rufe ich, bahne mir meinen Weg zum Tisch und versuche, mich einigermaßen zu sortieren.

»So, bin ich jetzt endlich dran?« Der Typ mit dem Karohemd steht immer noch vor dem Tisch, und er sieht ziemlich genervt aus. Niall hinter dem Tresen wirft mir einen angespannten Blick zu. Ich versuche, ihm zu signalisieren, dass alles in Ordnung ist, dann setze ich mich und will mich auf meine Aufgabe konzentrieren. Nicht nur das Karohemd steht inzwischen an meinem Tisch, von allen Seiten reden Leute auf mich ein, in allen möglichen Sprachen, und ich entdecke kein einziges vertrautes Gesicht.

»*Madame Matchmaker, est-ce c'est mon tour maintenant?*« Ein junger Mann mit Rastalocken steht mit hoffnungsvollem Gesicht vor mir. »*Je cherche une petite amie.*«

»Ähm, *un moment, monsieur, s'il vous plaît* ...«, krame ich meine spärlichen Französischkenntnisse hervor, während ich sein Formular entgegennehme. Es ist dicht beschrieben mit Kriterien und Wünschen und ich kann die krakelige Handschrift kaum entziffern.

»Hey, ich warte schon viel länger als der da!« Eine hübsche Rothaarige mit energischem Blick zeigt auf ihn.

»Sie kommen alle dran«, versuche ich sie zu besänftigen, obwohl ich selbst alles andere als ruhig bin. So schnell wie möglich checke ich ab, ob ich eine passende Kandidatin für den Franzosen habe, und versuche vergeblich ihm klarzumachen, dass er nur eine Telefonnummer bekommt, sich um ein Treffen aber selbst kümmern muss.

Giles' plötzliches Auftauchen und Jakes Abgang haben mich endgültig aus dem Konzept gebracht, und das Buch hilft mir kein bisschen, es spricht nicht zu mir, bleibt stumm. Dadurch, dass ich lähmend langsam bin, staut es sich immer mehr vor meinem Tisch, die ungelesenen Fragebögen türmen sich neben mir auf, die Leute sind inzwischen richtig genervt, und der Lärm wird immer dröhnender, bis er meinen Kopf zu zerreißen droht. Ich fühle Panik in mir aufsteigen, Furcht einflößende, beklemmende Panik, und plötzlich bin ich genau wieder da, in jenem Moment vor zehn Jahren. Ich, allein am Tisch des Matchmakers, völlig überfordert. Nur dieses Mal bin ich es, nach der alle rufen, die alle sehen wollen. Und das Einzige, was mir jetzt wirklich wichtig ist, ist Jake zu finden und ihm alles zu erklären.

Ich schaffe das nicht. Ich schaffe es einfach nicht. Also stehe ich auf und bahne mir erneut mühsam meinen Weg durch die protestierenden Menschenmassen, werde dabei von allen Seiten bedrängt, geschubst und gestoßen. Tränen stehen mir in den Augen, als ich endlich draußen bin. Genau zehn Jahre sind vergangen seit jenem Abend, wieder ist es ein lauer Spätsommerabend, wie man ihn hier in der Gegend nur selten erlebt, und wieder stehe ich hier, vollkommen verzweifelt, während lachende Menschen an mir vorbeiziehen. Es riecht nach Zuckerwatte und Hot Dogs, und genau wie damals flattern die grün-weiß-orangefarbenen Wimpel im Abendwind. Die Möwen kreischen über uns, und ich stehe erneut vor einem Scherbenhaufen.

Dad hat sich auf mich verlassen, das ganze Dorf hat sich auf mich verlassen, und jetzt lasse ich sie im Stich. Ich bin nun mal keine Matchmakerin, sondern eine einzige riesige Enttäuschung. Und Jake fühlt sich betrogen und hintergangen, nur wegen diesem blöden Kuss. Ich wünschte so sehr, Dad wäre jetzt hier, aber er ist es nicht, und ich fühle mich alleingelassen und einsam. Es ist ein unangenehm vertrautes Gefühl, diese Einsamkeit, ein ständiger Begleiter, seit Mum und Declan verschwunden sind, und ich will sie nicht mehr spüren. Überhaupt, Declan! Wäre er nicht einfach abgehauen, könnte er jetzt Dad vertreten. Mein ganzer jahrelang mühsam in Schach gehaltener Groll gegen meinen Bruder kommt mit einem Mal wieder hoch. Ich weiß, dass ich sie loslassen sollte, diese Wut, genau wie Guinevere vorhin gesagt hat, weil sie bloß mich selbst zerstört. Aber ich kann es einfach nicht. Ach, wäre ich doch bloß in London geblieben, weit weg von allem, was mich hier quält! Ich verberge mein Gesicht in den Händen und beginne zu schluchzen, so laut, dass einige

Passanten schon zu tuscheln beginnen. Plötzlich spüre ich eine Hand auf der Schulter. Durch einen Vorhang von Tränen erkenne ich eine verschwommene Gestalt.

»Allie, was machst du denn hier draußen?« Es ist Winnie, und noch nie in meinem Leben war ich so dankbar, sie neben mir zu haben.

»Es ist ein einziger Albtraum!«, schluchze ich, während sie mich mit ihren starken Armen auffängt.

»Giles war hier! Er hat mich geküsst! Und jetzt ist Jake weg!«

»Was?« Winnie schaut mich verständnislos an. »Was sagst du da?«

»Giles«, schniefe ich. »Er war da, er wollte, dass ich wieder zu ihm zurückkomme, weil er den Job in Seattle nicht bekommen hat. Und dann hat er mich einfach geküsst, und Jake hat es gesehen und alles komplett falsch verstanden!«

Winnie sieht mich erschrocken an. »Das klingt ja nach einem wahnsinnigen Durcheinander!«

»War es auch. Und Matchmakerin zu sein, ist ganz furchtbar«, bringe ich unter Tränen heraus. »Dad hätte mir sagen sollen, wie schwer es ist, jemanden zu verkuppeln. Ich meine, da stehen wildfremde Leute vor mir, einige können nicht mal richtig Englisch, und dann soll ich ihnen ihren Traumpartner vorstellen?« Verzweifelt schüttle ich den Kopf. »Ich kann da nicht mehr rein, auf gar keinen Fall!«

Winnie überlegt. »Gut, dann machen wir es jetzt folgendermaßen. Ich bringe dich nach oben, in eure Wohnung, und du siehst zu, dass du dich ausruhst. Ich sage den Leuten, dass das Matchmaking für heute vorüber ist, und dann lassen wir uns gemeinsam was einfallen, okay?«

»Aber glaub ja nicht, dass ich mich morgen wieder an diesen verdammten Tisch setze!«, schluchze ich.

Winnie streicht mir über die Wange. »Jetzt geh erst mal hoch und beruhige dich ein bisschen.«

»Bist du sicher?«, frage ich schniefend.

Winnie nickt entschlossen. »Ganz sicher. Ich habe hier alles im Griff. Geh ruhig.«

Also tue ich, was sie mir gesagt hat, trotte nach Hause und schleppe mich die Treppen hinauf. Ich schaffe es weder mich zu waschen noch mich auszuziehen und falle vollständig bekleidet ins Bett. Ich bin vollkommen erledigt, weiß weder ein noch aus, in meinem Kopf dreht sich alles, und das Letzte, was ich vor mir sehe, bevor mir die Augen zufallen, ist Jakes starrer Gesichtsausdruck, als er Giles und mich zusammen gesehen hat.

Ich schlage die Augen erst wieder auf, als ich es unten an der Wohnungstür klingeln höre. Die Mittagssonne scheint bereits grell durch das Fenster. Ich werfe einen Blick auf meinen Wecker, es ist kurz nach halb zwölf. Fred scheint nicht da zu sein, sicher ist er schon wieder an seinem Stand, und sicher steht Winnie oder jemand anderer vom Komitee vor der Tür und will mich dazu überreden, heute wieder am Matchmaker-Tisch Platz zu nehmen. Aber da können sie lange warten. Ich überlege, ob ich das Läuten nicht einfach ignorieren und mich für den Rest des Tages unter meiner Bettdecke verkriechen soll, doch es klingelt weiter, stur und ausdauernd. Also schlurfe ich widerstrebend nach unten und öffne die Wohnungstür einen Spalt weit. Doch es ist weder Winnie noch einer der anderen vom Komitee, sondern …

»Dad!«, rufe ich entgeistert, als ich erkenne, wer vor mir steht. »Was um aller Welt machst du denn hier?«

Mein Vater mustert mich mit einem besorgten Gesichtsausdruck und einmal mehr fühle ich mich in die Vergangenheit zurückversetzt. »Allie!« Er schließt mich fest in seine Arme. »Ich wollte mir gerade einen Ersatzschlüssel von Niall holen. Ist alles in Ordnung mit dir, mein Schatz?«

»Nicht wirklich.« Es gelingt mir nicht, Dad in die Augen zu sehen. Zu groß ist die Enttäuschung, die ich ihm gerade bereite.

Er tritt in die Wohnung und schließt die Tür hinter sich. »Ich habe gestern Abend einen Anruf bekommen«, beginnt er. »Von Winnie. Sie hat mir erzählt, was passiert ist, und mich gebeten, dich anzurufen. Da dachte ich mir, ich komme besser selbst vorbei.«

»Dad, du sollst dich doch nicht anstrengen!« Zu den vielen Schuldgefühlen, die mich ohnehin plagen, kommt jetzt noch hinzu, dass sich mein herzkranker Vater durch halb Irland quälen muss, um mir zu Hilfe zu eilen.

»Komm, setz dich.« Dad bugsiert mich auf unsere Couch. »Und dann erzählst du mir, was passiert ist.«

»Ach Dad, es war eine einzige Katastrophe!«, sage ich voller Kummer. »Sie standen alle vor meinem Tisch und redeten auf mich ein, ich hatte keine Ahnung, wo ich anfangen, geschweige denn, wen ich miteinander matchen soll … und ich war überhaupt nicht auf das alles vorbereitet!«

»Oh, mein liebes Allie-Kind.« Dad nimmt mich in den Arm und das tut unglaublich gut. Eine ganze Weile sitzen wir einfach nur so da, in unserem bescheidenen Wohnzimmer, auf der hässlichen Kunstledercouch. Schließlich schiebt Dad mich sanft eine Armeslänge von sich weg und sieht mir in die Augen. »Matchmaker zu sein, ist eine riesige Verantwortung, das weiß ich. Und ich will jetzt nicht groß daherreden, aber ich glaube, dass es guttut, wenn man sich seiner Verantwortung stellt. Man begegnet seiner Angst, überwindet sie und tut dann das, was richtig ist.«

»Was ist denn schon richtig?«, frage ich verzweifelt. »Sieh nur, was geschehen ist, seit ich wieder hier bin! Ich habe mich von Giles getrennt und von einer fabelhaften Karriere in den USA verabschiedet, und jetzt ist auch noch Jake stinksauer auf mich, weil er eine Situation völlig missverstanden hat. Jake, der mir wirklich etwas bedeutet!« Inzwischen kämpfe ich schon wieder mit den Tränen. »Meinen Traum von einem B&B musste ich auch wieder begraben, bevor er auch nur annähernd Realität werden konnte!« Ich sehe Dad traurig an. »Und für dich bin ich doch bloß eine riesengroße Enttäuschung.«

»Ach, Allie.« Dad seufzt. »Du bist doch keine Enttäuschung und du warst es auch niemals für mich. Immer nur meine geliebte Tochter.«

»Aber ich kann da heute nicht wieder reingehen!«, rufe ich verzweifelt. »Ich bin keine Matchmakerin, sondern eine Hochstaplerin!«

»Das bist du nicht«, erwidert Dad ruhig. »Du bist eine Malone, du bist *mein* Mädchen, und du schaffst das. Lass dir Zeit, mach alles in Ruhe und vertrau auf dich selbst. Vertrau deinem Instinkt. Du hast die Gabe, Allie, und du wirst es herausfinden, sobald du anfängst, an dich selbst zu glauben.«

Ich sehe in seine lieben Augen und langsam fühle ich mich etwas besser.

»Im Ernst, Schatz«, sagt Dad. »Ich hätte dich nie darum gebeten, diese Aufgabe zu übernehmen, wenn ich mir nicht vollkommen sicher gewesen wäre, dass du ihr gewachsen bist. Und du hast das Buch«, fährt er fort. »Versuch, wirklich darin zu lesen, dann wird es dir helfen.«

»Was meinst du damit?«, frage ich immer noch skeptisch.

Ich *habe* doch versucht, das Buch zu benutzen, aber es hat mir überhaupt nicht geholfen.

Dad zuckt mit den Achseln. »Ich weiß, es klingt komisch, aber immer, wenn ich nicht weiterwusste, habe ich einfach auf das Buch vertraut. Und es hat mich noch nie im Stich gelassen.«

»Also muss ich da heute wirklich wieder rein?«, frage ich immer noch schniefend, aber schon etwas weniger verzweifelt.

Dad kramt in seiner Hosentasche und reicht mir ein Taschentuch. »Entweder du, oder ich mache es.« Er bekommt einen sehnsüchtigen Blick. »Fühl mich eigentlich schon wieder ganz fit. Doolinvarna braucht einen Matchmaker.«

»Untersteh dich!«, rufe ich halb im Scherz, halb empört.

»Na dann, meine Kleine.« Dad nickt mir noch einmal aufmunternd zu. »Los. Du schaffst das.«

Ich schnäuze mich kräftig. »Na gut. Ich versuche es noch einmal.«

»Das ist mein Mädchen.« Dad lächelt mich liebevoll an.

»Kommst du eigentlich direkt aus der Reha?«, frage ich noch etwas verblüfft. Bis nach Munster sind es schließlich fast zwei Stunden Fahrt. »Und wie bist du überhaupt hergekommen?«

Dad grinst verschmitzt. »Die Pfleger dort sind wesentlich netter als in der Klinik. Ich habe mich mit einem angefreundet, Jonah, und ihm versprochen, ihn nächstes Jahr zum Festival einzuladen. Hatte wohl bis jetzt auch kein richtiges Glück in der Liebe.« Dad gluckst. »Dafür hat er mich hergebracht, ohne dass jemand was spitzkriegt, und meine medizinische Betreuung ist auch gleich gesichert, hat er gemeint.«

Ich muss lachen. Dad ist doch einfach unverbesserlich.

Er zwinkert mir zu. »Aber überspannen dürfen wir den Bogen nicht. Jonah dreht gerade eine Runde durchs Dorf; aber zum Nachmittagstee müssen wir wieder zurück sein.«

»Schaust du nachher noch kurz mit ins Pub?«, frage ich für einen Moment vollkommen egoistisch. Wenn Dad dabei wäre, zumindest am Anfang, würde ich mich wesentlich besser fühlen.

Er schüttelt den Kopf. »Ich glaube, es ist besser für alle, wenn ich gleich wieder verschwinde. Dieses Mal bist du an der Reihe, Schatz.«

Er legt mir die Hände auf die Schultern. »Und heute wirst du alles wunderbar hinkriegen, ganz sicher. Denk immer dran: Du bist eine Malone. Du bist dazu geboren, eine Matchmakerin zu sein.«

»Danke, Dad.« Ich drücke ihn noch einmal fest. »Für alles.«

»Keine Ursache.« Er gibt mir einen Kuss auf die Wange. »Und jetzt gehst du da runter und zeigst es ihnen.«

»Und die Sache mit Jake …«, beginne ich mutlos. Mir geht einfach nicht aus dem Kopf, wie er mich gestern angesehen hat, und ich muss ihm die Sache mit Giles unbedingt erklären.

»Auch mit ihm wird sich alles klären, ganz sicher«, sagt Dad beruhigend. »Er ist ein guter Junge.«

Ich würde ihm gerne glauben, bin aber zutiefst beunruhigt. Nachdem Dad gegangen ist, schnappe ich mir als Erstes mein Handy und versuche, Jake zu erreichen. Keine Reaktion. Er nimmt weder meine Anrufe an, noch antwortet er auf meine Nachrichten.

Schnell springe ich unter die Dusche, ziehe mich an, esse noch einen Happen und drehe dann eine rastlose Runde durchs Dorf, in der Hoffnung, Jake irgendwo zu finden. Ich schaue in der Turnhalle vorbei, aus der schon von Weitem die charakteristischen Klänge der Céilìs-Musik zu hören sind, aber keine Spur von Jake. Als Nächstes sehe ich im Festsaal des Gemeindezentrums nach, wo die Stepptanz-Aufführung auf ihren finalen Höhepunkt zuläuft. Unsere hiesige Gruppe ist wirklich gut, sie geben gerade eine anspruchsvolle Nummer, »Dowd's Favorite«, und das rhythmische Klackern der Sohlen dringt mir durch Mark und Bein. Das haben sie früher auch schon getanzt, und mir wird plötzlich ganz sentimental zumute. So lange habe ich mich gesträubt, nach Hause zu kommen und wieder Teil dieses Festivals zu sein. Habe es vermieden, an Mum und Declan erinnert zu werden, was auch immer noch wehtut. Aber jetzt, in diesem Moment, spüre ich nichts als Dankbarkeit dafür, hier sein zu dürfen. Die Tänzer legen ihr ganzes Herzblut in jede einzelne Bewegung, werden immer schneller, und als der letzte Ton verhallt, brandet tosender Beifall auf. Ich verlasse das Gemeindezentrum und überlege. Wo könnte Jake noch sein? Ich beschließe, noch dem Rugbyfeld am Ortsrand einen Besuch abzustatten. Dort ist gerade das Spiel der Mannschaft von Doolinvarna gegen Ballyvaughan in vollem Gange, und für einen Moment bleibe ich fasziniert stehen. Wie lange ist es her, dass ich ein Rugbyspiel live erlebt habe?

»Los, los, Doolinvarna! Los, los, Doolinvarna!«, ruft Kelly durch ihr Megafon und peitscht die Zuschauer auf. Ich beobachte noch einen besonders geschickten Zug unseres Mannschaftskapitäns, mit dem er gleich drei Gegenspieler umschifft, und mustere dann die Zuschauermenge. Auch hier ist Jake nirgends zu sehen, also trotte ich, schon ziemlich entmutigt, zurück Richtung Pub. Wo steckt er bloß? Ich würde ihm so gern alles erklären, das dumme Missverständnis auflösen. Und gleichzeitig darf ich jetzt nicht weiter an ihn denken.

Ich muss mich voll und ganz auf meine Aufgabe als Matchmakerin konzentrieren. Ich darf Doolinvarna nicht noch einmal im Stich lassen, dieses Amt ist jetzt wichtiger als alles andere.

Winnie hat gestern noch die Fragebögen eingesammelt und mir vorbeigebracht, also verbringe ich den restlichen Vormittag damit, die Matchprofile eingehend zu studieren. Gewissenhaft übertrage ich die Daten in das Buch und mache mir gleich ein paar Gedanken. Da gibt es eine Rinderzüchterin aus Galloway … Ich habe so eine Ahnung, dass sie gut zum Karohemd passen würde. Und hier, diese junge Biologiestudentin aus Martinique, die würde sich sicher bestens mit dem jungen Franzosen von gestern verstehen.

Als ich Nialls Pub um kurz nach zwei wieder betrete, sind noch mehr Leute dort als gestern. Ich versuche, nicht gleich wieder in Panik zu verfallen, und bahne mir meinen Weg zurück zu meinem Tisch. Niall wartet dort bereits und rückt mir meinen Stuhl zurecht.

»Viel Glück, Allie«, nuschelt er und nickt mir aufmunternd zu. »Und falls du doch was Stärkeres brauchst: Gib mir ein Zeichen.«

Ich muss lächeln, lege das Buch vor mir auf den Tisch, setze mich und atme tief durch.

Und dann geht es wieder los.

»Wer ist als Erstes dran?« Mit festem Blick schaue ich in die Menschenmenge und sehe, dass der Typ mit dem Karohemd wieder vor mir steht. Er grinst mich schief an. »Das wäre dann wohl ich. Du bist mir definitiv noch mein Match schuldig.«

Fast spüre ich wieder die bekannte Panik aufsteigen. Aber dann hebe ich den Blick und sehe zur Bar, wo Niall vor seiner sandgestrahlten Eichenvertäfelung ein Pint nach dem anderen zapft und doch kurz zu mir herüberschaut, um sicherzugehen, dass bei mir alles in Ordnung ist. Ich sehe Gwen, die sich am Eingang postiert hat und sich alle Mühe gibt, die Wartenden in einer akkuraten Schlange Aufstellung nehmen zu lassen, und ich sehe Winnie, die eifrig Fragebögen und Kugelschreiber austeilt. Sie erwidert meinen Blick, grinst und formt mit zwei Fingern das Victory-Zeichen. Ich muss an Fred denken, der mir vorhin einen Teller voller Krabbenbrötchen vorbeigebracht hat, und natürlich an Dad, der extra den weiten Weg aus der Reha auf sich genommen hat, um mir zur Seite zu stehen. Ich spüre plötzlich so viel Nähe und Verbundenheit, und mir wird klar: Beim Matchmaking-Festival geht es nicht nur um die romantische Liebe zwischen zwei Menschen. Es geht um uns alle, um unsere Gemeinschaft, darum, einander zu unterstützen und füreinander da zu sein. Die Liebe hat so viele Gesichter, und am Ende ist sie das Einzige, was wirklich zählt. Für einen Moment blende ich alles um mich herum aus. Die Menschenmassen. Den Lärm. Die fiebrigen Geigenklänge der *Jolly Fiddlers,* die auch heute wieder spielen. Den Geruch nach Bier, Heißluftfritten und hohen Erwartungen. Ich berühre die pergamentartigen Seiten des Matchmaking-Buches und lasse seine Kraft auf mich wirken. Und plötzlich spüre ich es: Das Buch spricht tatsächlich zu mir. Die Seiten werden lebendig, und für einen Moment kann ich zahllose Geschichten hören, von vergangenen Schicksalen, von Menschen, die füreinander bestimmt sind. Von der Kraft der reinen Liebe. Ich kann die Liebe in den Seiten tatsächlich spüren. Ich fühle mich, wie ich mich noch nie zuvor in meinem Leben gefühlt habe. Inspiriert. Überwältigt. Erleuchtet. Es ist einfach magisch, und ich spüre: Jetzt bin ich bereit. Also lege ich los.

Ich, Allie Malone, die Matchmakerin von Doolinvarna.

»Du suchst also eine Frau …«, nehme ich den Faden von

gestern wieder auf. Ich mustere den Mann vor mir. Er trägt immer noch dasselbe Hemd, fällt mir auf. »Na, dann wollen wir mal sehen.« Ich blättere ein paar Seiten vor, denn ich habe schon eine Idee. »Darf es denn auch ein bisschen mehr sein?«

Der Mann sieht mich erstaunt an. »Mehr?«

»Na, ein Typ wie du braucht doch jemanden, der mit anpackt, oder? Nicht zimperlich, sondern mit dem Herz auf der Zunge, jemand, der mit dir gemeinsam das Leben schultert?«

Er nickt zustimmend. »Auf alle Fälle.«

»Ich hätte da eine Rinderzüchterin aus Galloway«, erkläre ich. »Mitte vierzig, hat einen kernigen Humor und ist, was ich so mitgekriegt habe, ziemlich hart im Nehmen.«

»Na, das klingt doch richtig gut.« Er gluckst, und das erste Mal sehe ich so etwas wie Anerkennung in seinem Blick. »Auf jeden Fall, würde ich sagen.«

»Gut, dann notiere ich dir hier ihre Nummer.« Ich nehme einen Notizzettel, schreibe die Telefonnummer auf und schiebe ihm das Papier über den Tisch. »Viel Erfolg.«

»Es hat zwar 'ne ganze Weile gedauert, aber danke.« Er nickt mir zu und verschwindet.

»Keine Ursache. Der Nächste, bitte!«, rufe ich, sehe ihm einen Augenblick hinterher, nicht ohne einen Anflug von Stolz, und als hätte ich damit den Stein endlich ins Rollen gebracht, scheint es von nun an fast wie von selbst zu laufen.

»Einen Farmer aus Kerry?«, wiederhole ich den Wunsch der jungen, blassen Amerikanerin aus Oklahoma, die gerade vor mir steht, und habe sofort Dads Warnung im Kopf. »Wissen Sie, wie viele Regentage es in der Gegend dort gibt? Und dass auf einer Farm Tiere nicht nur großgezogen, sondern auch geschlachtet werden?«

Ihre schreckgeweiteten Augen verraten mir, dass ihr das nicht klar gewesen ist. Ich gebe ihr also stattdessen die Mail-Adresse eines pfiffig wirkenden Biologiestudenten aus Denver und nehme ihren überschwänglichen Dank entgegen, um mich dann ohne Umschweife dem nächsten Kandidaten zuzuwenden.

»*Hola, Miss Matchmaker!*«, begrüßt mich ein freundlicher Hüne. »*Estoy buscando el amor verdadero!*«

»*Habla inglés?*«, frage ich eilig, denn meine Spanischkenntnisse sind bei Weitem nicht gut genug, um damit ein ganzes Gespräch zu bestreiten, noch dazu ein so wichtiges. Wir verständigen uns in einem wilden Mix aus Englisch und Spanisch, mit Händen und Füßen, und am Ende meine ich halbwegs zu erraten, wonach er sucht, und schreibe ihm gleich eine Telefonnummer auf.

Noch gestern hätte ich es nicht für möglich gehalten, aber das Matchmaking fühlt sich nicht mehr wie eine Bürde an, es macht auf einmal nur noch riesigen Spaß, und ich weiß jetzt, was Dad gemeint hat. Ich lache mit den Menschen, scherze mit ihnen. Erkundige mich nach ihren Interessen, Vorlieben, Träumen, Wünschen. Mir kommt es so vor, als wäre mein Blick plötzlich geschärft für jedes kleine Detail, für das Ungesagte, für die vielen unausgesprochenen Sehnsüchte. Ich schreibe mir die Finger wund, und die Schlange vor meinem Tisch wird zwar nicht wesentlich kürzer, aber sie ist in Bewegung und ich merke, dass die Stimmung im Pub anders als gestern heiter und ausgelassen ist. Ich verteile Zettel mit Telefonnummern und E-Mail-Adressen und winke des Öfteren Leute herbei, um sie miteinander bekannt zu machen. Es läuft einfach. Ich spüre die Energie, die in der Luft liegt, höre die Musik, die mir zuvor noch unerträglich laut erschien und mich nun durch den Nachmittag trägt, der plötzlich nur so vorüberfliegt und schneller als gedacht in den Abend mündet.

Hey, Doolinvarna, ... Doolin-Doolin-Doolin-Doolinvarna! Die *Jolly Fiddlers* spielen gerade die inoffizielle Hymne des Festivals und ich singe laut mit allen zusammen den Refrain mit.

Und dann entdecke ich Winnie. Sie ist mehrmals bei mir gewesen, um nach dem Rechten zu schauen, und jetzt steht sie wieder auf der Tanzfläche, vollkommen verschwitzt, wie damals vor zehn Jahren. Nur ist es dieses Mal Helen und nicht Paul, in deren Armen sie liegt. Die zwei scheinen die Welt um sich herum völlig vergessen zu haben, bewegen sich gemeinsam im Rhythmus der Musik, wirken wie hypnotisiert voneinander. Nur schwer kann ich meinen Blick von den beiden lösen, die so glücklich, so verliebt sind, um zu schauen, wer als Nächstes vor mir steht.

»Liam!«, rufe ich überrascht. Unser Krabbenlieferant hat sich vor meinem Tisch aufgebaut, breitbeinig und sichtlich verlegen.

»Hallo, Allie. Ich hab mir gedacht, ich versuche mein Glück mal wieder.« Er kratzt sich am Hinterkopf. »Meine Partnersuche war bis jetzt nicht gerade erfolgreich. Obwohl sich Pat immer sehr bemüht hat.«

»Na, dann wollen wir mal sehen.« Beschwingt greife ich zum Matchmaking-Buch. »Dad hat für dich in den letzten Jahren ...« Ich blättere durch die vergilbten Seiten. »Ähm ... zweiundzwanzig Vorschläge gehabt?«

Liam blickt betreten zu Boden. »Na ja, es hat einfach nie gepasst.«

Etwas ratlos starre ich auf die vollgekritzelte Doppelseite, die nur Liam und den Vorschlägen für ihn gewidmet ist. Wie mir scheint, sind wirklich alle erdenklichen Frauentypen darunter gewesen.

»Und dir hat keine auch nur im Entferntesten gefallen?«, hake ich nach.

Liam schüttelt den Kopf. »Ein paar waren ganz nett, aber richtig gefunkt hat es nie.«

»Hm.« Ratlos sehe ich ihn an, starre nochmals in das Buch, sehe wieder Liam an, und plötzlich weiß ich instinktiv, was zu tun ist.

»Liam, ich suche sehr gern weiter für dich nach einem Match«, beginne ich vorsichtig. Ich glaube nicht, dass mich mein Gefühl täuscht, aber das hier kann auch richtig nach hinten losgehen. »Aber was würdest du sagen, wenn wir den Kreis der Personen, die für ein Match infrage kommen, etwas … erweitern?«

Liam schaut mich ratlos an. »Wie meinst du das? Soll ich etwa eine Achtzehnjährige daten?« Sein Mund verzieht sich zu einem Grinsen. »Oder eine *Achtzig*jährige?«

Ich schüttle den Kopf. »Ich meine damit, dass wir eventuell auch in eine andere *Richtung* denken sollten«, versuche ich, so diplomatisch wie möglich zu sein.

»Ich höre dir zu«, sagt Liam und ich kann nicht ganz deuten, ob er versteht, worauf ich hinauswill.

Rasch blättere ich einige Seiten nach vorne. »Ich glaube, ich hätte hier vielleicht jemanden, der zu dir passen könnte.«

Gespannt beugt sich Liam vor. »Schieß los.«

Ich beginne, meine Notizen vorzulesen. »Achtunddreißig, blond, ein Meter neunundsiebzig groß, arbeitet in einem Büro für Innenarchitektur in Galway. Tierlieb, sportlich und nach meinem Eindruck supersympathisch.«

»Klingt doch fantastisch.« Liam nickt zustimmend. »Wie heißt sie?«

»Marcus«, antworte ich und ergänze dann so einfühlsam wie möglich: »Er heißt Marcus.«

Liam erstarrt und ich merke, wie er um Fassung ringt. Er, der gestandene Fischer, bangt um seine Identität. In diesem kleinen Dorf, hier, wo schon sein Großvater zur See gefahren ist und wo es so gar nicht weltmännisch ist. Und doch: Vielleicht sollte man den Einwohnern mehr zutrauen. Mehr Toleranz, mehr Offenheit. Schließlich sind auch hier alle längst im neuen Jahrtausend angekommen.

»Vielleicht ist es einen Versuch wert?«, frage ich leise und sehe Liam freundlich an.

»Ich weiß nicht, Allie.« Er ist plötzlich ganz heiser. So viel liegt in seinem Blick, so viel Unausgesprochenes, so viel Sehnsucht. »Denkst du wirklich?«

»Auf jeden Fall.« Ich nicke. »Überleg es dir einfach in Ruhe. Und falls nichts daraus wird, reiht sich Marcus einfach nahtlos in die Riege deiner ›Leider Neins‹ ein und Dad startet nächstes Jahr einen neuen Versuch, in Ordnung?«

Liam muss lächeln. »In Ordnung. Ich überleg mir's.«

Schnell notiere ich etwas auf einem Post-it. »Das ist seine Nummer. Und er wollte vorhin zum Ampelspiel, soviel ich mitbekommen hab.«

Liam nimmt den Zettel zögerlich entgegen. »Na dann …«

»Na dann!« Ich nicke ihm noch einmal ermutigend zu, und schon ist er in der Menge verschwunden.

Kurz nach zwei Uhr morgens bin ich fertig – im wahrsten Sinne des Wortes. Das Buch des Matchmakers ist sicher bei Niall im Büro verstaut, wo es auf seinen morgigen, letzten

Einsatz wartet. Es war ein grandioser Nachmittag und Abend, ich habe unzählige Menschen miteinander bekannt gemacht, und ich drücke ihnen allen die Daumen, dass sie ihr Match gefunden haben.

»Und, wie ist es gelaufen?« Winnie, die sich gerade zu mir gesellt, stupst mich von der Seite an. »Ich würde mal sagen, wesentlich besser als gestern, oder?«

Ich lache. »Auf jeden Fall. Und danke, dass du Dad angerufen hast. Er ist da gewesen, weißt du.«

Winnie macht ein ungläubiges Gesicht. »Pat ist aus der Reha gekommen?«

»Ja, er ist extra hergefahren.« Ich nicke. »Und er hat mir klargemacht, dass ich hier eine unfassbar wichtige Aufgabe zu erledigen habe.«

»Und wie hast du dich beim Matchmaking gefühlt?« Winnie sieht mich prüfend an.

»Überraschend gut.« Ich lächle. »Eigentlich hat es richtig Spaß gemacht.«

Winnie nickt zufrieden. »Na, das hört sich doch wirklich besser an. Und was ich so gehört habe, waren die Leute begeistert von dir. Wir sind mit dem Austeilen der Fragebögen gar nicht mehr nachgekommen.«

Sie lässt sich auf den nächstbesten Stuhl fallen. »Puh, ich bin komplett erledigt. Und dabei ist es erst kurz nach zwei. Früher hätte ich da locker noch zwei, drei Stunden weitergefeiert.«

»Helen ist aber auch eine temperamentvolle Tanzpartnerin!« Ich zwinkere Winnie zu.

Schlagartig wird ihr Gesicht ernst. »Allie, ich habe mich jetzt entschieden. Ich habe mich heute Morgen von Paul getrennt.« Die altbekannte Entschlossenheit liegt in ihrer Stimme. »Und

Helen und ich werden es versuchen. Mit einer richtigen Beziehung, meine ich.« Winnie beginnt zu lächeln. »Sie ist einer der tollsten Menschen, die ich jemals kennengelernt habe, und ich wünsche mir, dass wir es irgendwie hinkriegen.«

»Das sind doch großartige Neuigkeiten!« Überrascht sehe ich sie an.

»Wir werden es aber langsam angehen lassen.« Winnie nickt ernst. »Es geht ja auch um Finn. Er ist nächstes Jahr in der Mittelstufe, also werde ich ihn nicht mehr unterrichten. Das macht die Dinge einfacher.«

»Ach, Winnie, ich freue mich für euch.« Ich umarme meine beste Freundin. »Euer Mut macht sich sicher bezahlt.«

Winnie lächelt zaghaft. »Den Mutigen gehört die Welt, sagt man, oder? Noch ist zwar alles kompliziert, aber ich finde, wir haben uns eine echte Chance verdient.« Sie zögert. »Und was ist mir dir und Jake? Konntest du das Missverständnis zwischen euch schon klären?«

Ich schüttle den Kopf. »Nein, noch nicht. Es war alles so viel ... Ich habe ihn heute vor dem Matchmaking gesucht, aber nirgends gefunden.«

Bekommen wir beide auch noch unsere Chance? Plötzlich ergreift mich wieder diese riesige Sehnsucht nach ihm. Ich möchte ihm so gerne alles erklären, ihm sagen, dass er die Situation mit Giles völlig missverstanden hat. Vor allem aber möchte ich ihm sagen, wie gern ich ihn habe.

»Dann suchen wir ihn jetzt. Komm!« Entschlossen springt Winnie auf, nimmt mich bei der Hand und zieht mich zum Ausgang. »Irgendwo muss er doch sein!«

Die Straßen flirren vor Menschen, es ist immer noch sehr viel los und die Besucher wirken zunehmend angeheitert. Vor unserem Haus drängt sich eine besonders große Menschenmenge, was auch Rudy, der uns gerade entgegenkommt, kritisch beäugt.

»Wisst ihr, wieso die Leute bis auf die Straße Schlange stehen?«, fragt er ungehalten. »Gibt's hier was gratis zu futtern, oder was? Sie versperren den ganzen Gehsteig.«

Winnie, die sich einen Überblick verschafft hat, deutet auf das alte Postamt. »Ich glaube, die wollen alle zu Guinevere.«

Rudy fallen fast die Augen aus dem Kopf. »Zu ihrem komischen Astronomie-Workshop?«

»Astrologie«, verbessert Winnie ihn. »Und ja, sieht ganz danach aus.«

Rudy betrachtet ungläubig die Menschentraube, die sich vor dem Eingang gebildet hat, schüttelt den Kopf und geht dann, ohne ein Wort zu sagen, weiter.

Winnie und ich sehen uns an. »Echt kaum zu glauben, oder?«

»Und, hat euch der Workshop gefallen?«, fragt Winnie ein Grüppchen von Twens, das gerade aus dem Postamt herauskommt, interessiert.

»Es war einfach genial!«, sagt eine junge Frau mit Katzenlidstrich und Undercut. Sie hat die Augen weit aufgerissen. »Guinevere ist visionär!«

»Und einfach super für TikTok!«, fügt ihre Freundin hinzu, die in ihrer High-Waist-Jeans und dem Crop Top so aussieht, als würden ihre ellenlangen Beine direkt in ihren Brustkorb übergehen. »Gucken Sie mal!« Sie streckt uns ihr Smartphone entgegen, auf dem ein Video zu sehen ist, wie Guinevere mit paillettenbesetztem Turban, entrückter Miene und von Nebel umwabert eine kompliziert wirkende Planetenkonstellation auf ein Blatt Papier zeichnet.

»Sie hat echt Style, die Alte«, tönt die Dritte im Bunde.

»Richtig cool. Ein bisschen wie diese verrückte Lehrerin aus Harry Potter!«

»Professor Trelawney«, helfe ich weiter.

»Kultig, wirklich.« Die junge Frau mit dem Handy nickt enthusiastisch. »Und total crazy, was sie mir über meine Liebesplaneten gesagt hat. Sie hat ja so recht!« Sie überschlägt sich fast vor Begeisterung. »Ich starte auf jeden Fall gleich los und suche nach meinem interkosmischen Traumpartner!«

»Wer hätte gedacht, dass die Leute gerade Guinevere die Bude einrennen?« Winnie schüttelt nachdenklich den Kopf.

Die Schlange vor dem alten Postamt ist immer länger geworden, und als Winnie und ich weitergehen, reicht sie schon fast bis zu Nialls Pub-Eingang.

»Auweia«, murmelt Winnie plötzlich und kneift mich in den Arm. »Ärger in Sicht, auf fünfzehn Uhr!«

Ich blicke in die angegebene Richtung und verstehe sofort, was sie meint: Ernestine Delroy pflügt sich gerade einen Weg durch die Menschenmenge, den Blick fest auf mich gerichtet.

Oje. Sie wird sicher noch beleidigt sein wegen des schiefgelaufenen Matchmakings gestern. Heute auf jeden Fall ist sie nicht mehr im Pub aufgetaucht. Vielleicht, wenn wir nur schnell genug um die Ecke biegen …

»Allie!«, ruft sie da schon lautstark über die Straße. »Allie, so warte doch!«

Wir bleiben stehen und ich registriere erstaunt, dass sie nicht allein unterwegs ist, sondern einen beleibten, grauhaarigen Mittsechziger besitzergreifend untergehakt hat. Beide sehen höchst zufrieden aus.

»Ich war ja immer schon ein Fan des Festivals, aber dieses Jahr habt ihr euch selbst übertroffen«, sagt sie bestens gelaunt, als sie uns erreicht haben. »Na ja, du dich als Matchmakerin vielleicht nicht gerade, aber da will ich mal Gnade vor Recht ergehen lassen.« Sie wedelt großzügig mit der Hand. »Aber diese Guinevere Defortune …« Sie verdreht schwärmerisch die Augen. »Auf genau so einen Augenblick habe ich immer gewartet! Es war einfach magisch!«

»Du warst auch bei Guinevere?«, frage ich erstaunt.

Ernestine nickt. »Wir waren beide da, Horace und ich, zufällig zur selben Zeit, und sie hat festgestellt, dass unsere interplanetare Konstellationen galaktisch gut zusammenpassen.« Sie lacht über ihr eigenes Wortspiel und ihr Begleiter stimmt dröhnend mit ein.

»Meine Liste war dann plötzlich gar nicht mehr so wichtig.« Ernestine zuckt mit den Schultern. Winnie und ich wechseln einen überraschten Blick. »Inzwischen haben wir schon herausgefunden, dass wir in gewissen Belangen wirklich hervorragend zueinander passen.«

»Wie schön!« Ich versuche geflissentlich, den anzüglichen Ton in ihrer Stimme zu überhören.

»Einen Wermutstropfen hat das Ganze aber doch.« Echtes Bedauern schwingt in ihrer Stimme mit. »Ich werde zukünftig nicht mehr zum Festival kommen. Die Sterne sagen es nämlich eindeutig: Horace ist mein nächster und hoffentlich letzter Ehemann.«

»Wie schade«, bringe ich gerade noch mit unechtem Bedauern hervor, um dann bemüht höflich anzufügen: »Aber euch beiden wünsche ich natürlich nur das Allerbeste.«

Wir gehen schnell weiter, bevor Winnie ihr Kichern nicht mehr unterdrücken kann und in lautes Gelächter ausbricht, was auch mich ansteckt.

»Das ist echt der Hammer!«, wiehert Winnie. »Jetzt hat

Guinevere auch noch ein Match für Ernestine gefunden! Das grenzt an ein Wunder!«

»Wirklich erstaunlich.« Ich lächle noch einmal, doch mit meinen Gedanken bin ich schon wieder bei Jake und sehe mich um. Wo um Himmels willen steckt er bloß?

»Jake ist einfach nirgends zu sehen«, stellt auch Winnie fest, die ebenfalls die Umgebung scannt. »Ist das zu glauben …«

Wir sind inzwischen am Hafen angekommen, wo sich vor Freds Stand ein kleiner Pulk gebildet hat.

»Komm, Allie.« Winnie kneift die Augen zusammen. »Ich glaube, da ist was passiert.« Wir eilen zum Krabbenstand, und als wir näherkommen, sehen wir, dass Kelly und Gwen auf dem Boden knien – und auf einen völlig entkräftet wirkenden Fred einreden. Er liegt auf einer notdürftig ausgebreiteten Decke und wimmert leise vor sich hin. Seine Krawatte hat sich gelockert und hängt ihm schlaff von der Brust.

»Was ist denn hier los, Mum?«, fragt Winnie erschrocken.

»Wir wissen es nicht genau …« Gwen zuckt ratlos mit den Schultern.

»Das Sushi …«, murmelt Fred und hält sich den Bauch. Er hat sichtlich Schmerzen. »Joes Irish-Sushi … Er hat es verschenkt, weil niemand es wollte … Ich hab mir gedacht, ich esse es, bevor es weggeworfen wird …« Wieder schließt er die Augen und stöhnt.

»Jemand sollte Jake holen«, sage ich besorgt. Freds Zustand gefällt mir gar nicht.

»Nicht nötig«, ertönt eine wohlbekannte Stimme direkt hinter mir. »Bin schon da.«

Jake! Er trägt noch seine Einsatzuniform. Mir fällt sofort auf, wie müde er aussieht. Sicher war es auch für ihn eine anstrengende Nacht. Ohne mich eines Blickes zu würdigen, kniet er sich neben Fred.

»Fred? Hörst du mich?« Er tastet seinen Puls, fühlt den Herzschlag. »Was ist passiert?«, fragt er dann. Ich merke, dass er es vermeidet, mich direkt anzusehen.

»Joe hat Fred vergiftet!«, ruft Kelly theatralisch. »Mit seinem widerlichen Irish-Sushi!«

»Ach, jetzt übertreib mal nicht«, tadelt Gwen sie. »Aber Fred hat anscheinend einiges von Joes Sushi gegessen, und wahrscheinlich war der Aal verdorben.«

Jake nickt. »Eine Lebensmittelvergiftung würde auf seine Symptome passen.«

»Und was machen wir jetzt mit ihm?«, fragt Kelly. »Muss er ins Krankenhaus?«

Jake schüttelt den Kopf. »Er ist schwach, und wir bringen ihn besser rasch in die Nähe einer Toilette, aber sonst scheint ihm zum Glück nichts weiter zu fehlen.« Kurz streift mich sein Blick. »Wir müssen ihn schleunigst in sein Bett verfrachten, damit er sich ausruhen kann. Ich werde ihm dann eine Infusion geben, damit er schneller wieder zu Kräften kommt.«

Ich nicke. Es tut weh, dass Jake mich nicht einmal ansehen will, und dabei möchte ich ihm die ganze Misere doch dringend erklären.

Jake berührt Fred sachte an der Schulter. »Fred, wir bringen dich jetzt nach Hause. Ich trag dich, okay?« Fred nickt schwach, und Jake hebt ihn vorsichtig hoch. Ich muss daran denken, wie Jake und ich uns kennengelernt haben, wie er mich zuerst zum Auto und dann in die Praxis getragen hat. Ich habe mich sicher bei ihm gefühlt, geborgen. Jake hat sich nach Zuhause angefühlt, von Anfang an.

»Ich begleite euch«, erkläre ich entschlossen. So leicht wird mich Jake nicht los. »Dann kann ich gleich bei Fred bleiben.«

Schweigend gehen wir zurück zu unserem Haus. Langsam steigt Jake mit Fred auf den Armen die Treppen hoch, der die ganze Zeit die Augen geschlossen hat. Wir schaffen es gerade noch, ihn ins Badezimmer zu bringen, da muss sich der Arme auch schon übergeben. Ein fischig riechender Schwall ergießt sich in die Toilettenschüssel, und gleich noch einer, aber danach ist zumindest seine Gesichtsfarbe wieder etwas normaler. Ich helfe Fred ins Bett, während Jake eine Infusion aus dem Rettungswagen holt und sie Fred bei seiner Rückkehr direkt anlegt.

»Danke, ihr beiden«, flüstert Fred. »Ich hätte dieses Sushi einfach Sushi sein lassen sollen. Nicht mal besonders geschmeckt hat es …«

Jake und ich müssen lächeln, aber Jake wird sofort wieder ernst. »Ruh dich jetzt aus, Fred.«

»Jawohl, Herr Doktor.« Fred schließt die Augen, und wenige Momente später ist er schon eingeschlafen.

»Er war vermutlich völlig erschöpft wegen dieser ganzen Krabbenbrötchen-Geschichte«, sage ich schuldbewusst. »Wir hätten Fred damit nicht ganz allein lassen dürfen. Und was er sonst noch alles gemacht hat! Den Stand, den Planetenraum für Guinevere …« Ich verstumme, denn Fred öffnet die Augen.

»Allie?« Er sucht meinen Blick. »Doris … Ich habe sie heute nirgends gesehen … falls sie doch noch kommen sollte … sagst du ihr, dass ich hier bin?«

Mir kommen beinahe die Tränen, so sehr rührt mich Freds unerschütterlicher Glaube daran, dass seine große

Liebe wirklich auftauchen könnte. »Sicher, Fred.« Sanft drücke ich seine Hand. »Ich werde es ihr ausrichten.«

»Danke. Und sag ihr, wie sehr ich mich auf sie freue.« Mit einem schwachen Lächeln schließt er wieder die Augen. Wir verlassen Freds Zimmer und ich ziehe die Tür sachte hinter mir zu.

Jetzt stehen wir uns in der Küche gegenüber, Jake und ich, und keiner von uns sagt ein Wort.

»Also dann.« Jake nickt mir kühl zu.

»Was, also dann?« Sein distanziertes Getue macht mich auf einmal wütend. Er kann mir doch mindestens eine Chance geben, alles zu erklären! »Willst du dir nicht einmal anhören, was ich zu sagen habe? Du hast wahrscheinlich Giles' Kuss gesehen und alles falsch verstanden!«

»Ich denke, ich habe schon alles richtig verstanden.« Sein Blick ist düster, und er wirkt verletzt. »Dein Ex war da, wollte dich zurück, und du bist wieder mit ihm zusammen. Der Typ gestern war doch dein Ex, oder?«

»Ja, das war Giles, aber du hast es eben *nicht* richtig verstanden!« Ich schüttle panisch den Kopf.

»Machen wir bitte kein Drama draus«, fällt mir Jake ins Wort. Er sieht mich immer noch nicht an, was mich langsam wahnsinnig macht. »Ihr habt euch versöhnt, ist doch kein Problem.«

»Wir haben uns nicht versöhnt«, sage ich mit Nachdruck. »Giles wollte mich zurück, das stimmt, aber ich *ihn* nicht.« Ich lege meine Hände auf Jakes Schultern, sodass er meinem Blick nicht länger ausweichen kann, doch er schüttelt mich ab.

»Lass gut sein. Es liegt nicht nur an deinem Ex. Oder Nicht-Ex, oder wie auch immer.«

»Ganz-sicher-Ex«, betone ich. »Wie auch immer.« Jake

schüttelt den Kopf. »Wahrscheinlich war das mit uns von Anfang an keine gute Idee.«

»Denkst du das wirklich?« Ich starre ihn entgeistert an.

Jake blickt stur an mir vorbei, was mich noch wütender macht. Ich trete einen Schritt näher an ihn heran. »Dann sag es mir jetzt ins Gesicht«, fordere ich. »Dass wir beide zusammen keine gute Idee sind. Sag es mir hier und jetzt ins Gesicht, dass ich dir egal bin. Dann lasse ich dich in Ruhe.«

Jetzt schaut mich Jake endlich an, und ich kann in seinem Blick lesen, dass ich ihm absolut *nicht* egal bin.

»Sag es!«, schreie ich nun fast, und Jake wirft einen Blick auf Freds Zimmertür.

»Na los!«, wiederhole ich, etwas leiser und blitze ihn zornig an.

Doch er redet nicht, sondern zieht mich stattdessen mit einem Ruck an sich heran.

»Weißt du, was ich wirklich denke?«, fragt er hitzig. »Wir zwei zusammen wären sogar eine verdammt gute Idee! Aber wie lange kennen wir uns schon, gerade mal seit zwei Wochen! Ich werde nicht hierbleiben, du wahrscheinlich auch nicht, und ich habe keine Ahnung, wie das mit uns funktionieren soll!«

»Also willst du uns von vorneherein keine Chance geben?«

»Was, wenn es schiefläuft, Allie?« Plötzlich bemerke ich die Furcht in Jakes Blick, die Angst, erneut verletzt zu werden.

Ich umfasse sein Gesicht mit beiden Händen und sehe ihm tief in die Augen. »Aber was, wenn es gut läuft?« Und dann küsse ich ihn. Es passiert einfach, ohne dass ich auch nur die geringste Kontrolle darüber habe. Er erwidert meinen Kuss, leidenschaftlich und wild, und wenige Augenblicke später taumeln wir wie von Sinnen in mein Kinderzimmer. Als Jake die

Tür hinter uns zugeknallt hat, gibt es kein Halten mehr. Er reißt mir mein Kleid buchstäblich vom Leib und wirft mich rücklings auf die Matratze.

»Ist mir scheißegal, wie sehr das verdammte Bett quietscht«, knurrt er.

Ich stöhne und muss zugleich kichern. »Fred schläft nach seinem Sushi-Fiasko sicher noch eine ganze Weile tief und fest, also keine Sorge.« Gleichzeitig knöpfe ich sein Hemd auf.

»Oh, Allie«, stöhnt er und lässt seine Hände quälend langsam über meine Brüste gleiten. Das fühlt sich so gut an, dass ich fast den Verstand verliere. Ich mache mich an seinem Gürtel zu schaffen, er stöhnt noch viel mehr, und dann kann uns nichts mehr aufhalten.

Also, wegen des *Sex* kann Tracy ihn nicht verlassen haben. Jake ist sagenhaft im Bett, wild und zärtlich und einfühlsam und entschlossen, alles zur selben Zeit.

»Das war …«, beginnt er, als wir endlich wieder zu Atem kommen. »Das war …«

»Einfach unglaublich«, beende ich seinen Satz.

»Ich weiß gar nicht mehr, was ich sagen soll«, bemerkt Jake völlig erledigt.

Eine Weile liegen wir nur so da, eng ineinander verschlungen, in meinem viel zu kleinen Jugendbett.

»Ein Glück, dass Fred so tief schläft«, sagt Jake.

»Hm, da muss ich dich enttäuschen.« Ich kichere. »Ich habe vorhin die Tür unten knarzen gehört.«

»Und das sagst du mir erst jetzt?« Jake verzieht das Gesicht. »Wann war das?«

»Na ja, sagen wir … ungefähr als du auf den Höhepunkt zugesteuert bist.« Ich grinse.

»Na toll«, sagt Jake in komischer Verzweiflung.

»Ach, *so* gut hört er wirklich nicht mehr«, beteuere ich und muss wieder kichern, als er theatralisch seufzt. Ich richte mich ein wenig auf, damit ich sein Gesicht sehen kann. »Bleibst du heute Nacht hier?«

»Ja klar, wenn ich darf.« Jakes Miene wird ernst. »Ich würde auch sonst gern bleiben. In Doolinvarna, meine ich. In deinem Leben. Aber ich glaube, es wird nicht gehen.«

»Warum nicht?«, frage ich, obwohl ich die Antwort schon weiß.

Er dreht sich zu mir, und nun ist sein Gesicht meinem ganz nah. »Mir ist nicht mehr aus dem Kopf gegangen, was du neulich am Strand gesagt hast. Dass man sich seine Träume nicht einfach so wegnehmen lässt. Ich hab viel darüber nachgedacht. Besonders über *meinen* Traum.«

»Über Afrika«, sage ich tonlos, und es fühlt sich an, als würde ein scharfes Messer mitten in mein Herz gerammt.

Jake nickt. »Es fühlt sich so an, als wäre ich hier in Doolinvarna, um vor mir selbst und meinen Gefühlen davonzulaufen. Und um meinen allergrößten Traum zu vergessen. Aber ist das richtig?« Die Frage schwebt über uns im Raum und hüllt uns für einen langen Moment in Schweigen.

Jake hat recht. Es ist falsch, davonzulaufen. Wie lange bin *ich* davongelaufen? Wie viel habe ich verpasst, indem ich so lange mein Zuhause gemieden habe? Seit ich hier bin, habe ich das erste Mal seit Jahren wieder das Gefühl, zu hundert Prozent ich selbst zu sein. Und Jake wird sich genauso fühlen, wenn er zu seinem Einsatz nach Afrika aufbricht, da bin ich mir sicher.

»Ich glaube, du musst es tun, Jake«, flüstere ich ins Halbdunkel. »Du musst nach Afrika gehen.« Ich habe Tränen in den Augen, weil es mir das Herz bricht, das zu sagen, aber ich weiß, dass es das einzig Richtige ist. Jake kann nicht hierbleiben und seinen Traum einfach beiseiteschieben, genauso wenig wie ich meinen Traum vom B&B aufgeben will. »Du musst es tun, sonst wirfst du es dir ewig vor.« Ich schlucke. »Oder irgendwann mir.«

»Allie.« Er wirkt plötzlich hilflos. »Wenn ich nur wüsste, was ich tun soll.«

»Geh und leb deinen Traum«, sage ich zunehmend bestimmter, auch wenn alles in mir ruft: *»Bleib! Bleib! Bleib hier, bei mir!«*

»Falls ich es mache …« Jake zögert. »Versteh das bitte nicht falsch, aber ich will keine Fernbeziehung, Allie. Ich kann mir das absolut nicht vorstellen.«

»Ich mir eigentlich auch nicht.« Meine Stimme wird zunehmend zittrig. Zwar wünsche ich mir nichts sehnlicher, als dass wir als Paar eine Chance bekommen. Aber jemanden täglich zu vermissen, den ich nicht einmal richtig bei mir hatte? In der Phase der Verliebtheit, in der man die Nähe des anderen nicht für einen einzigen Moment missen möchte? Wie unfassbar hart muss das sein?

»Wenn ich wirklich gehen sollte, ist es das Schwierigste, was ich je getan habe«, flüstert er ins Dunkel hinein. »Ich möchte, dass du das weißt.«

»Dich gehen zu lassen, ist keinen Deut einfacher«, erwidere ich und merke, wie mir die ersten Tränen die Wangen hinunterlaufen. »Aber du musst es tun, und ich werde dich auf keinen Fall bitten zu bleiben.«

»Ach, Allie.« Jake klingt tieftraurig, und ich meine im Halbdunkel zu erkennen, dass auch seine Augen feucht sind. »Wieso muss bloß alles immer so kompliziert sein?«

»Vielleicht ist unsere Planetenkonstellation derzeit noch

nicht günstig«, sage ich nur halb im Scherz und muss an Guinevere denken. »Oder unsere Liebesplaneten sind schon aneinander vorbeigezogen.«

Jake schließt mich fest in seine Arme und ich lasse meinen Tränen freien Lauf. Wir haben uns gefunden und fast im selben Moment wieder verloren, und ich finde, es ist absolut berechtigt, genau jetzt zu weinen.

»Ich glaube, es ist besser, wenn wir uns bis zu deiner Abreise nicht mehr sehen«, sage ich mit tränenerstickter Stimme. »Vielleicht macht es das ein bisschen einfacher.«

»Vielleicht, ja.« Jake nickt traurig. »Dann haben wir also nur mehr diese eine Nacht. Wie sehr wünschte ich, es wäre anders.«

»Ich auch«, antworte ich aus tiefstem Herzen. Wir sehen uns an, und dann legt er sich sachte auf mich und beginnt, mit seinen Lippen meinen Hals zu liebkosen. »Aber wenigstens *haben* wir diese eine Nacht«, murmle ich, während ich spüre, wie schon wieder glühende Hitze in meinem Körper aufsteigt.

»Ja, diese Nacht gehört uns«, flüstert er, und seine Lippen wandern zärtlich von meinem Hals zu meinem Mund und dann tiefer. »Machen wir sie also unvergesslich.«

Kapitel fünfzehn

Eine Woche später

Leute, wir haben das Ding richtig gerockt«, ruft Kelly in die Runde und wir brechen alle in begeisterten Beifall aus.

Das kann man laut sagen. Eine Woche ist vergangen, seit das Festival stattgefunden hat, und es war einfach großartig. Niemand hat mir angemerkt, dass es mir zunächst nicht leichtgefallen ist, mich mit meinem von einer Abrissbirne zertrümmerten Herzen auch am letzten Tag an den Matchmaker-Tisch zu setzen und nach künftigen Traumpaaren zu suchen. Ohne die Matchmakerin funktioniert es nun mal nicht, und ich habe mein Bestes gegeben, mein Allerbestes, für Doolinvarna und unser Festival.

Und was für ein Festival es war! Drei unvergessliche Tage, voller Trubel, Flirts, ohrenbetäubender Musik und der einmaligen Atmosphäre, wie man sie nur hier findet. Das Wetter war perfekt, die Sonne ließ sich häufiger blicken als sonst in einem ganzen Monat, es gab nur ein paar kurze Regengüsse zwischendurch und keine größeren Zwischenfälle (na gut, beim Ampelspiel gingen am letzten Tag die Aufkleber aus, sodass es zu einigen dummen Missverständnissen kam und die Stimmung auf der Teenieparty wäre zum Schluss fast gekippt, aber irgendwas ist doch immer). Kelly zumindest scheint rundum zufrieden zu sein. Und wenn Kelly zufrieden ist, dann kann es »so übel nicht sein«, wie Rudy es vorhin gut gelaunt formuliert hat. Wir haben uns ein letztes Mal im Gemeindezentrum versammelt, und Kelly hat zur Feier des Tages eine phänomenal leckere Erdbeertorte spendiert, die wir jetzt genüsslich verspeisen, während Gwen uns die Zahlen präsentiert.

»Wir sind finanziell in komplett trockenen Tüchern«, verkündet sie und zeigt uns auf einem Flipchart sämtliche Einnahmen und Ausgaben. »Besonders der Krabbenbrötchenstand lief einfach phänomenal.«

Das kann man mit Recht behaupten: Weil Fred den Stand nach seiner Sushi-Vergiftung nicht mehr übernehmen konnte, ist Tobi am letzten Festivaltag für ihn eingesprungen. So viele Krabbenbrötchen wurden noch nie zuvor verkauft, nicht mal in Joes besten Zeiten, hat uns Gwen schon vor ein paar Tagen verraten. Fred und Tobi sind vor Stolz fast geplatzt, denn Tobi hat alle Brötchen nach Freds Rezepten zubereitet, und die Leute waren mehr als begeistert.

Von Algen-Joe hingegen haben wir nichts mehr gehört; er ist anscheinend so gut wie nichts losgeworden und nach dem Sushi–Debakel von Samstag blieb der Stand leer. Zumindest hätte er sich bei Fred für die Lebensmittelvergiftung entschuldigen können, aber wahrscheinlich ist das von einem Typen wie Joe schon zu viel erwartet.

»... und Ernestine Delroy hat sich vor lauter Begeisterung über ihren potenziellen achten Ehemann noch mal zu einer Spende hinreißen lassen.« Gwen deutet auf eine beträchtliche Summe. »Einer überaus großzügigen Spende.«

»Hört, hört«, murmelt Niall.

»Das war allein Guineveres Verdienst«, schalte ich mich

ein. »Sie hat Ernestine einen Partner vermittelt, nachdem ich es ziemlich verbockt hab.«

Alle blicken Guinevere an, die verlegen auf ihr Stück Torte schielt.

»Dein Workshop war der Höhepunkt des Festivals.« Ich lächle sie an. »Ob jemand das hören will oder nicht.«

»Die Schlange vor dem alten Postamt hat auf jeden Fall gar nicht mehr aufgehört!« Rudy nickt Guinevere Beifall heischend zu, und ich erinnere ihn der guten Stimmung zuliebe nicht daran, wie entsetzt er war, als er die Menschenansammlung gesehen hat.

»Ich finde, Guinevere hat sich einen ordentlichen Beifall verdient«, sage ich warmherzig, und tatsächlich beginnen alle zu klatschen, sogar Kelly.

»Ich finde ja die Idee mit diesem Tantra-Workshop immer noch reizvoll«, hüstelt Rudy. »Vielleicht könntest du das nächstes Jahr ins Auge fassen, Guinevere?«

Gwen und Niall verdrehen synchron die Augen.

»Ich notiere mir das mal«, bemerkt Kelly hingegen vergnügt und kritzelt tatsächlich etwas auf ihren Notizblock.

»Wie geht's Fred?«, fragt Niall mich.

»Oh, ganz gut«, antworte ich. »Aber er hatte neben der Lebensmittelvergiftung auch einen Kreislaufkollaps und er soll sich noch etwas schonen, hat Jake gesagt.« Wie immer, wenn ich seinen Namen laut ausspreche, zieht sich alles in mir zusammen. Jake und ich haben uns an unsere Abmachung gehalten und sind uns bisher erfolgreich aus dem Weg gegangen. Gleichzeitig vermisse ich ihn jetzt schon fürchterlich, und ich weiß nicht, wie ich das aushalten soll. Wie kann man jemanden nach so kurzer Zeit so gernhaben?

Winnie, die neben mir sitzt, stupst mich sachte an. Ich sehe das Mitgefühl in ihren Augen und versuche zu lächeln. Das Leben geht weiter, auch ohne Jake, und genau das muss ich meinem wunden Herzen noch klarmachen.

Eine gute Stunde später ist Kellys Erdbeertorte aufgegessen und die letzte Sitzung des Festkomitees offiziell beendet. Ich werde ein wenig wehmütig, als ich zurück zu unserem Haus schlendere. Meine Mission ist vollbracht, das Matchmaking-Festival vorüber; und was jetzt? Doch viel Zeit für Melancholie bleibt mir nicht, denn vor unserer Haustür erwartet mich eine sichtlich aufgewühlte Guinevere.

»Was machst du denn hier?«, frage ich sie verwundert. »Möchtest du noch mal in das Postamt?«

Guinevere schüttelt den Kopf. »Du hattest doch vorhin gesagt, dass es Fred besser geht, oder?«

Ich nicke. »Er ist noch nicht ganz auf dem Damm, aber es wird schon wieder.«

»Meinst du …« Sie zögert. »Meinst du, ich könnte ihn sprechen?«

»Ähm … ja, klar!« Erstaunt sehe ich sie an. Was um aller Welt kann Guinevere von Fred wollen?

»Jetzt gleich?« Guinevere macht keine Anstalten zu gehen.

»Sicher«, sage ich noch erstaunter. Vielleicht will sie sich bei Fred für die tolle Deko im Planetenraum bedanken? Obwohl, wenn ich sie so betrachte, habe ich das Gefühl, dass sie etwas anderes mit ihm bereden will. Etwas Wichtigeres. Gespannt, was das wohl sein könnte, gehe ich mit ihr nach oben in die Wohnung und klopfe an Freds Zimmertür.

»Herein!«, ertönt es munter.

»Fred, du hast Besuch«, sage ich, als wir sein Zimmer betreten. Er ist schon fast wieder der Alte, aber er nimmt Jakes Anweisung ernst und ruht sich viel aus. Gerade sitzt er in seinem Bett und liest die heutige Ausgabe des *Irish Independent.*

»Guinevere, was für eine Überraschung!«, ruft er uns entgegen und legt die Zeitung beiseite. Falls Fred über ihren Besuch erstaunt ist, lässt er sich nichts anmerken.

»Darf ich?« Verlegen deutet sie auf einen Stuhl in der Zimmerecke.

Ich überlege mir kurz, ob ich sie allein lassen soll, bin dann aber zu neugierig. »Stört es dich, wenn ich hierbleibe?«, frage ich deshalb.

Guinevere schüttelt den Kopf. »Bleib ruhig, Allie.« Sie rückt den Stuhl näher an Freds Bett heran und setzt sich.

»Ich habe gehört, dein Planetenworkshop war ein riesiger Erfolg?«, erkundigt sich Fred.

»Ja, das war er in der Tat.« Guinevere nickt. »Vielen Dank noch einmal für die schöne Dekoration.«

Fred lächelt. »Freut mich, wenn ich etwas zu deinem Projekt beitragen durfte.«

»Es war erbauend zu sehen, wie viele sich für ihre kosmischen Schwingungen geöffnet haben«, fährt sie fort. »Bei dem exorbitanten Kraftfeld dieser Gegend ist das allerdings auch nicht schwer.«

»Wenn du wegen dieses Kraftfelds extra über den Atlantik gekommen bist, muss es wirklich besonders sein!« Ich lächle Guinevere an. Sie ist zwar exzentrisch, aber irgendwie mag ich ihre Begeisterung für Dinge, die anderen absurd erscheinen.

»Ehrlich gesagt, waren es nicht nur die Schwingungen, die mich hierhergeführt haben.« Sie sieht uns plötzlich ernst an. »Meine Mutter war ebenfalls einmal hier, vor sehr langer Zeit. Und als ich euch gesagt habe, dass ich auf der Suche nach einem Mann bin, meinte ich damit keinen Partner, auch wenn das viele wahrscheinlich vermutet haben«, sie wirft mir einen kurzen Seitenblick zu, und ich muss schuldbewusst an mein Gespräch mit Winnie denken, »sondern meinen Vater.«

Fred und ich schauen sie überrascht an. »Deinen Vater?«, frage ich langsam. »Stammt er denn aus Doolinvarna?«

»Nicht direkt.« Guinevere zögert. »Aber er scheint wohl jedes Jahr zum Festival herzukommen. Seit langer, langer Zeit.«

Mein Blick flackert zu Fred, der wie erstarrt wirkt.

»Vielleicht hole ich etwas weiter aus.« Guinevere wirkt so klar wie nie zuvor. »Ich habe eigentlich einen Vater, oder zumindest dachte ich das bis vor Kurzem. Bob Defortune, der Mann meiner Mutter. Er starb vor anderthalb Jahren. Herzinfarkt. Aber erst als Mum letzten Sommer krank wurde«, fährt sie fort, »hat sie mir zum ersten Mal von Doolinvarna erzählt. Dass sie dort jemanden kennengelernt hätte. Und sie sich nicht sicher sei, ob Bob wirklich mein leiblicher Vater ist.« Guineveres Worte schlagen ein wie eine Bombe.

»Hat sie auch gesagt, wer dein Vater sein könnte?« Freds Stimme klingt plötzlich ganz brüchig. »Hat sie dir einen Namen genannt?«

Guinevere blickt ihn lange schweigend an. »Ja, das hat sie«, antwortet sie schließlich. »Ich hab seitdem nach ihm gesucht, bin aber erst vor Kurzem fündig geworden. Vor zwei Wochen, genauer gesagt.«

»Wie heißt sie?« Fred starrt Guinevere gebannt an. »Wie heißt deine Mutter?«

»Doris«, antwortet Guinevere schlicht. »Doris Defortune, geborene Davy.«

Ich schlage die Hände vor dem Mund zusammen und blicke erschrocken zu Fred. Bedeutet das … Bedeutet das etwa …?

»Und sie erzählte mir von dir, Fred.« Guineveres Stimme

klingt nun ebenfalls spröde. »Von Fred Walsh aus Donegal, dem besten Discofox-Tänzer aller Zeiten.«

Das kann nicht sein! Ich spüre, wie ich Gänsehaut am ganzen Körper bekomme. Ist Guinevere … ist sie womöglich …?

»Wie alt bist du, Guinevere?«, fragt Fred verhalten.

»Ich werde nächstes Jahr neunundvierzig«, antwortet Guinevere leise. »Im Juni.«

Ich beginne augenblicklich nachzurechnen.

»Du brauchst nicht zu rechnen, Allie«, sagt Fred da, als könne er meine Gedanken lesen. Sein Gesicht ist zusammengefallen, er wirkt plötzlich erschöpft und sehr alt. »Ich bin nicht Guineveres Vater, falls du das glaubst.«

»Was macht dich so sicher?«, hake ich nach. »Ich meine, hattet ihr nicht … Seid ihr nicht …«

»Doch, schon«, unterbricht mich Fred. Es ist süß, wie rot er wird. »Aber sie kann trotzdem nicht meine Tochter sein.«

»Aber wenn sie im Juni auf die Welt gekommen ist … Neun Monate vorher … dann hätten wir September! Die Zeit des Matchmaking-Festivals!«, wende ich ein.

»Ich bin mir ganz sicher, Allie«, erklärt Fred bestimmt. »Weil ich nämlich gar keine Kinder zeugen kann. Niemals konnte, wie sich vor ein paar Jahren bei einer Routineuntersuchung herausstellte.«

Guinevere und ich starren ihn verblüfft an.

»Bist du dir ganz sicher?«

»Es besteht nicht der geringste Zweifel.« Er blickt Guinevere an. »Das heißt also … Doris war bereits schwanger, als sie hierherkam?« Ich sehe, wie viel Mühe es ihn kostet, diese Frage zu stellen. »Oder hatte sie …« Er schüttelt den Kopf. »Nein, ich kann mir beim besten Willen nicht vorstellen, dass sie während des Festivals mehrere Männer …?«

»Nein, sie hat immer nur von dir erzählt«, sagt Guinevere mit Nachdruck. »Du warst ihre große Liebe. Und sie wusste noch nichts von der Schwangerschaft, als sie hier war, definitiv nicht. Aber sie war bereits mit Bob verlobt. Sie flog also in die USA, um mit ihm Schluss zu machen, weil sie wirklich vorhatte, zu dir zurückzukommen.«

»Sie meinte, sie müsste zuerst noch etwas erledigen«, murmelt Fred, mehr zu sich selbst. »Das war es also.«

Guinevere nickt. »Du hast sie vom ersten Augenblick an umgehauen. Sie war bereit, ihr Leben für dich hinter sich zu lassen und nach Irland zu gehen.« Sie lächelt. »Genauso hat sie es mir erzählt. Aber dann fand sie heraus, dass sie ein Kind erwartete. Und es waren einfach andere Zeiten damals.« Fast wirkt es so, als wolle sie sich für ihre Mutter entschuldigen.

»Es waren wirklich andere Zeiten«, bestätigt Fred. »Sicher, es gab uneheliche Kinder allerorts, aber sowohl die Mütter als auch deren Kinder hatten es sehr schwer.«

Guinevere nickt. »Das hat Mum auch gesagt. Und ein Teil von ihr war wohl auch zu bequem. Ihre Eltern waren streng konservativ, und Bob hat uns ein komfortables Leben geboten. Sie hätte sich gegen all das behaupten müssen, und dafür hatte sie damals nicht die Kraft.«

»Wir waren auch unglaublich jung«, sagt Fred wehmütig. »Gerade mal zwanzig. Viel zu jung für solche Entscheidungen.«

Ich bewundere, wie er nach einer solchen Nachricht so verständnisvoll reagieren kann.

»Eigentlich wollte Mum mit mir zusammen herkommen«, fährt Guinevere leise fort. »Nachdem Bob gestorben war. Wir hatten schon die Flugtickets gekauft und alles. Aber dann ging es ihr immer schlechter und an eine Flugreise war nicht mehr zu denken.«

Erschüttert starre ich Guinevere an. Doris wollte tatsächlich kommen! Nach fünfzig Jahren! Wie grausam kann das Schicksal sein?

»Also ist deine Mutter … Doris …« Fred schluckt. »Ist sie …?«

»Im März, ja.« Guinevere nickt traurig. »Es ging dann ziemlich rasch.«

Ich sehe, wie sehr Fred diese Nachricht erschüttert. All die Jahre des Wartens, des Hoffens und Träumens – alles umsonst. Doris wird nicht mehr kommen. Der letzte Tanz hat schon damals stattgefunden, vor über fünfzig Jahren, auf dem Tanzboden des Grantchester.

Wir schweigen für einen langen, schmerzvollen Moment angesichts dieser unumstößlichen, unfassbar traurigen Tatsache.

»Weißt du, wir haben unseren Sommerurlaub jedes Jahr in Maine verbracht«, beginnt Guinevere schließlich wieder zu sprechen. »In Eastport. Das ist der östlichste Punkt der USA. Und jedes Jahr stand Mutter dort an der Küste und hat stundenlang auf den offenen Atlantik Richtung Europa geschaut, als würde sie von dort etwas herbeisehnen. Sie wollte mir nie verraten, was es war, aber ich denke, jetzt weiß ich es.« Guinevere nimmt Freds Hand in ihre rechte. »Mum hat dich niemals vergessen, ihr ganzes Leben lang nicht. Sie hat auch nie einen Vaterschaftstest machen lassen, und ich bin mir sicher, dass sie glauben wollte, dass ich in Wahrheit deine Tochter bin.« Guinevere zieht ein himmelblaues Kuvert aus ihrer Jackentasche. »Sie hat mir etwas für dich gegeben. Falls ich dich tatsächlich finden sollte.«

Mit zittrigen Händen nimmt Fred den Brief entgegen. »Ach, Doris, meine liebste Doris«, murmelt er mit Tränen in den Augen. Er hält den Brief fest mit beiden Händen umschlossen, als wollte er ihn nie wieder loslassen. Was wohl darin stehen mag? Ich bin mir sicher, Fred wird jedes einzelne Wort davon liebkosen. »Aber welch wunderschöne Vorstellung, dass du meine Tochter hättest sein können, meine Liebe.« Wehmütig sieht er Guinevere an.

»Das finde ich auch.« Sie seufzt. »Und unsere planetarische Konstellation ergibt auch viel mehr Sinn als bei Bob und mir.« Sie zieht einen eng beschrifteten Zettel hervor und zeigt ihn Fred. »Siehst du?«

Ich merke genau, dass Fred gar nichts erkennt, aber er nickt brav.

»Also … auch wenn du nicht mein leiblicher Vater bist, möchtest du dann vielleicht mein Vater im planetarischen Sinne sein?« Sie blickt ihn unsicher an. »Mein Sternenvater, sozusagen?«

»Das wäre ich von Herzen gern«, sagt Fred, der Gute. »Von Herzen gern, meine Liebe.«

Guinevere beugt sich zu ihm vor, und dann umarmen sich die beiden lange und innig.

Ich ziehe mich taktvoll zurück, um ihnen etwas Zeit allein zu geben und weil ich nicht weiß, was ich in der Wohnung tun soll, gehe ich wieder hinunter auf die Straße und lasse mich treiben. Die letzten Herzchengirlanden sind inzwischen abgehängt, und alles nimmt wieder seinen üblichen Lauf. Inzwischen ist es eindeutig Herbst geworden, die schönen Spätsommertage sind vorüber, der Wind ist rauer, die Luft schmeckt würziger. Ich atme tief ein. Eigentlich hätte ich Giles schon längst Bescheid geben müssen, ob ich nun zurück ins Fairfax Clerkenwell komme, aber ich konnte mich einfach noch nicht dazu durchringen. Es fällt mir unglaublich schwer, Abschied von Doolinvarna zu nehmen. Doch gibt es eine Option, hierzubleiben? In den Hotels von Alistair Desmond will ich nun wirklich nicht arbeiten, und andere Möglichkeiten sehe ich im Moment nicht. Gedankenversunken biege ich Richtung Hafen ab, wo ich jemanden an der Bushaltestelle sitzen sehe, mit dem ich absolut nicht gerechnet hätte.

Es ist Rory Desmond. Neben ihm steht ein teuer wirkender Rollkoffer aus silbrig glänzendem Edelstahl.

»Hallo, Rory«, grüße ich ihn verwundert und bleibe stehen. »Verreist du?« Es überrascht mich, ihn hier zu treffen, und noch verwunderter bin ich darüber, dass er anscheinend vorhat, mit dem Bus irgendwo hinzufahren.

»Hi, Allie.« Er lächelt mich an. »Das tue ich allerdings. Ich habe festgestellt, dass es auch ein Leben außerhalb der Hotels gibt, und das will ich mir nicht länger entgehen lassen.«

»Wie kommt das so plötzlich?« Erstaunt sehe ich ihn an.

»Ich bin während des Festivals beim alten Postamt vorbeigegangen. Wo diese Astrotante dringesessen hat.« Rory schüttelt den Kopf. »Ich weiß nicht, was mich da geritten hat, aber irgendwas hat mir gesagt, dass ich einfach reingehen soll.« Er zögert einen Moment. »Ich war ja total skeptisch, aber … dann hat sie mich echt gekriegt. Hat eine Menge Dinge über mich gewusst, die sie eigentlich gar nicht wissen *kann*. Und sie hat mir auch etwas geraten, was gar nicht so dumm war.«

»Was denn?«, frage ich interessiert. Guinevere hat wirklich einen Lauf!

Rory schweigt einen Moment lang. »Sie hat mir gesagt, dass ich mich zuallererst auf mich und meine Träume besinnen solle«, antwortet er schließlich.

»Das ist wahrscheinlich immer eine kluge Idee, oder?« Plötzlich muss ich wieder an meinen Traum denken, und es versetzt mir einen Stich ins Herz. Werde ich ihn jemals wahr machen können? Oder sitze ich in zehn Jahren noch immer an einer gesichtslosen Hotelrezeption?

»Allerdings.« Rory nickt. »Wie auch immer, ich bin dem Rat gefolgt. Hab das ganze Wochenende nichts anderes getan, als nachzudenken. Und plötzlich war alles glasklar. Es ist, als ob der Besuch bei Guinevere etwas in mir aufgemacht hätte.«

»Dann weißt du jetzt, was du machen willst?« Ich sehe ihn gespannt an.

»Ja.« Rory lächelt. »Ich werde nach Dublin gehen und mich um einen Platz am Konservatorium bewerben. Cello und Geige.«

»Also war es kein Gerücht?«, platzt es aus mir heraus. »Du hattest wirklich Unterricht bei einem Starcellisten? Als wir in der Oberstufe waren?«

Rory grinst. »Ja, das war tatsächlich so. Allerdings war es eine Cellist*in*. Sie hat mich übrigens auch entjungfert. Während einer Unterrichtsstunde.«

»Sie hat was?« Mir bleibt der Mund offen stehen.

Sein Grinsen wird breiter. »Jetzt guck nicht so. Ich mag vielleicht in der Schule nicht der große Bringer gewesen sein, aber sie fand mich echt gut. Stand wohl auf Streber.« Seine Miene wird wieder ernst. »Meine Mum war auch Profimusikerin, weißt du? Und als es ihr nicht mehr so gut ging, hat Vater ihr versprechen müssen, dass er sich um meine musikalische Ausbildung kümmert. Was er auch getan hat, widerwillig zwar, aber Vater macht keine halben Sachen. Also hat mich unser Fahrer Alfie jede Woche nach Dublin gefahren.« Rory lächelt. »Und ich mache ab jetzt auch keine halben Sachen mehr. Ich hab ihm schon gesagt, was ich vorhabe, und er war zwar nicht begeistert, aber ich glaube, es hat ihm gefallen, dass ich endlich weiß, was ich will. Dass ich für etwas eintrete.«

»Das klingt großartig, Rory, ich freue mich für dich«, sage ich aufrichtig.

»Obwohl ich natürlich nicht weiß, ob mich Vater jetzt tatsächlich enterbt«, scherzt er. »Die Chancen dafür stehen nicht schlecht, fürchte ich.«

Der Bus hält vor uns und die Türen öffnen sich mit einem lauten Quietschen. Rory steht auf. »Ich wollte mich bei dir bedanken, Allie. Ohne dich wäre ich nie auf das Festival gegangen und würde wahrscheinlich immer noch unzufrieden oben im Hotel sitzen.«

»Wirklich sehr gerne, Rory.« Ich lächle ihn an. »Und danke noch mal, dass du uns mit den Zimmern geholfen hast.«

»Ich wünsche dir alles Gute.« Er nickt mir kurz zu, steigt dann in den Bus, und mit einem ebenso lauten Quietschen schließen sich die Türen hinter ihm.

Als ich eine halbe Stunde später zurück in die Wohnung komme, ist Fred weg, aber es liegt eine Notiz auf dem Küchentisch. *»Bin eine kleine Runde mit Guinevere nach draußen gegangen«,* steht da in Freds ordentlicher Handschrift. Er wird Guinevere jetzt wahrscheinlich löchern mit Fragen über Doris, und ich gönne es ihm von Herzen, dass zumindest ein Teil seiner großen Liebe tatsächlich nach Doolinvarna zurückgekehrt ist.

Ich lasse mich in Dads Sessel fallen und schalte den Fernseher ein. Es läuft *The Clinic.* Kann es wirklich sein, dass es nicht einmal einen Monat her ist, seit ich hierhergekommen bin? Doch die Sendung erinnert mich zu sehr an Jake, und deshalb mache ich den Fernseher schnell wieder aus und bin erleichtert, als es an der Haustür klingelt. Ich öffne die Tür und weiche überrascht zurück. Ein runzliges, gebücktes, aber durchaus agil wirkendes Weiblein steht vor mir.

»Allie?«, fragt sie in Respekt heischendem Ton. »Allie Malone?« Sie trägt ein furchtbar altmodisches Set aus einem verfilzten rostbraunen Aran-Pullover und dazu passendem Wollrock, eine Hornbrille mit dicken Gläsern, die das letzte Mal wohl in den 1970ern in Mode war, und ihre grauen Strähnen werden von einer moosgrünen Haarnadel zusammengehalten, mit der sie problemlos auch jemanden erdolchen könnte.

»Ja, das bin ich«, antworte ich verwirrt. »Und wer sind Sie?«

»Kann ich nicht erst mal reinkommen?«, entgegnet mein Überraschungsgast ungerührt. »Möchte mir hier draußen ungern die Füße plattstehen, und die Anfahrt war schon unangenehm genug. Ich habe etwas mit dir zu besprechen.«

Völlig überrumpelt lasse ich sie eintreten. Was ist hier bloß los, dass ständig ein anderer unbekannter Senior vor meiner Tür steht und etwas von mir will? Ohne zu fragen, lässt sie sich ächzend auf dem Sofa nieder und streckt die Füße von sich.

»Hast du vielleicht ein Glas Wasser für mich?« Neugierig lässt sie ihren Blick durch den Raum wandern. »Na, da hat Pat aber nicht gerade viel verändert, seit deine Mutter auf und davon ist, oder?« Sie kichert.

Ich reiche ihr ein Glas Wasser und mustere sie verstohlen. Wer um alles in der Welt ist das? Und was will sie hier? Sie scheint meine Gedanken zu erraten, denn endlich rückt sie raus mit der Sprache.

»Ich bin Lorna Macintosh. Josephs Mutter.«

Verständnislos starre ich sie an.

»Nun guck doch nicht so dämlich aus der Wäsche.« Ungeduldig wedelt sie mit der Hand. »Die Mutter von Joe. Krabben-Joe.«

»Aha!«, mache ich und fühle mich wie im falschen Film. Was um aller Welt will Algen-Joes *Mutter* hier?

»Mir ist zu Ohren gekommen, dass dieser Hornochse so getan hat, als ob der Hof ihm gehört.« Sie blickt mich streng durch ihre dicken Brillengläser an. »Hettys Hof. Über der Bucht. Ist das wahr?«

»Ja, schon.« Ich habe absolut keine Ahnung, worauf dieses Gespräch hinauslaufen soll.

»Nun, dann solltest du wissen, dass das nicht ganz der Wahrheit entspricht.« Lorna lässt ihren Blick in Richtung Küche schweifen. »Du hast nicht zufällig ein paar Kekse oder was zu knabbern? Mein Blutzucker ist im Keller, und ich hab dummerweise meinen Traubenzucker vergessen.«

Wortlos hole ich eine Packung Hobnobs, öffne sie und stelle sie ihr hin. Sie schnappt sich einen Keks und verputzt ihn in Windeseile. »Genau genommen stimmt es überhaupt nicht, was er dir gesagt hat. Der Hof gehört nämlich mir.«

»Ihnen?« Die Überraschung muss mir ins Gesicht geschrieben stehen, denn mein Gast kichert.

»Ganz genau. Und alles andere, was dieser Bengel behauptet, ist nicht wahr.«

»Woher wissen Sie überhaupt, dass ich mit Joe über den Hof gesprochen habe?«

»Er hat mich unlängst besucht. Das tut er sonst bloß an Weihnachten und zu meinem Geburtstag«, sagt sie abschätzig. »Es hat mich also gleich misstrauisch gemacht. Und er hat dich am Rande erwähnt.« Sie verdreht die Augen. »Er wollte auch wissen, wo ich denn meine wichtigen Dokumente aufbewahre und so weiter. Wollte wohl die Besitzurkunde mitgehen lassen. Aber natürlich hab ich ihm genau gar nichts verraten.« Sie nimmt einen ordentlichen Schluck Wasser. »Hetty Lancaster war meine Schwester«, erklärt sie. »Und als sie gestorben ist, hat sie *mir* den Hof vermacht. Nicht Joe.«

Ich kann gar nicht glauben, was sie da sagt.

»Joe ist mein einziges Kind, und natürlich spekuliert er darauf, dass er ihn mal von mir erbt«, fährt Lorna fort. »Das wäre wahrscheinlich auch so gekommen, obwohl ich leider sagen muss, dass ich nicht sehr viel für ihn übrighabe.« Sie mustert mich neugierig. »Und ich wusste auch nicht, dass sich jemand für den Hof interessiert. Du willst ihn also renovieren und ein Hotel daraus machen? Diese Bruchbude?«

»Das wäre der Plan, ja, also genauer gesagt, ein Bed and Breakfast«, erwidere ich unsicher.

»Hast du Erfahrung mit solchen Sachen?«

»Nicht direkt, nein«, antworte ich zögerlich. »Aber ich arbeite seit Langem in einem Hotel und es war immer mein Traum, irgendwann mal ein eigenes zu haben.«

»Du hast also keine Ahnung vom Handwerken und traust es dir zu, einen verfallenen Bauernhof zu einem B&B umzubauen.« Es ist eine Feststellung, keine Frage.

»Ja«, sage ich, dieses Mal entschlossener. Zwar habe ich keine Ahnung, wie man ein Haus in Stand setzt, und trotzdem spüre ich, dass es genau das ist, was ich will.

Lorna mustert mich eingehend. »Du bist eine Abenteurerin, genau wie Hetty eine war«, stellt sie schließlich fest.

»Eine Abenteurerin? Ich glaube, nicht wirklich«, sage ich verlegen.

»Doch, das bist du«, sagt sie entschieden. »Mir ist zu Ohren gekommen, wie du das mit dem Matchmaking-Festival hingekriegt und deinem Vater den Hintern gerettet hast.« Sie nickt beifällig. »Guter Mann übrigens, dein Vater. Vom alten Schlag. Hat nie Briefe verschusselt oder Pakete beiseitegeschafft, wie man das heute so oft liest. Aber zurück zu dir: Wer so eine Bruchbude kaufen und sanieren will, ohne irgendeine Ahnung zu haben, bringt eine ordentliche Portion Abenteuergeist mit. Und das hätte Hetty gefallen.« Für einen Moment wird ihr Gesicht ganz wehmütig. »Wir hatten immer einen Mordsspaß zusammen. Nur zum Schluss wurde sie ein wenig gaga, aber wer wird das nicht, sobald er über achtzig ist.« Sie macht eine wegwerfende Geste. »Achtzig ist die Grenze, sage ich immer. Danach sollen einem die Leute gefälligst die Blumen auf den Friedhof bringen und sich dann auch selbst darum kümmern.«

Ich verkneife mir zu fragen, wie alt *sie* denn ist, denn weit von den Achtzig entfernt wirkt sie nicht.

»Gut, dann reden wir jetzt Tacheles. Wie viel kannst du zahlen?«

Mir fallen fast die Augen aus dem Kopf. Mit allem hätte ich gerechnet, aber nicht damit.

»Nun schau doch nicht wie eine Kuh, wenn's donnert«, sagt sie ungerührt. »Willst du den Hof nun oder nicht?«

»Ähm, ja, doch«, stammele ich.

»Ja, dann, also, wie viel kannst du zahlen?« Sie wippt ungeduldig mit den Füßen. »Hör zu, Kleine. Lorna Macintosh hat in ihrem ganzen Leben noch nie jemanden übers Ohr gehauen, und du wirst noch eine ganze Stange Geld brauchen, um die alte Bude wieder in Schuss zu bringen. Deswegen sollst du mir einfach den Preis nennen, den du zahlen kannst.«

Immer noch nicht sicher, ob sie das wirklich alles ernst meint, überlege ich in Windeseile. Klar habe ich mir vage

Gedanken gemacht, was alles kosten dürfte, und natürlich setze ich die Summe eher niedrig an. Ich nenne ihr den Betrag.

Lorna nickt. »In Ordnung. Aber ich möchte alles in bar.«

»Sie meinen, Sie verkaufen mir den Hof?«, wage ich nachzuhaken, denn es kommt mir alles völlig surreal vor.

»Na, hab ich doch grade gesagt!« Lorna schüttelt den Kopf ob meiner Begriffsstutzigkeit. »Aber wie gesagt, alles in cash, oder zumindest den Großteil. Nicht, dass die mir noch mit dem Finanzamt daherkommen, das ist so ziemlich das Letzte, womit ich meine verbleibenden paar Jährchen verschwenden will.«

»Das wird irgendwie zu machen sein, denke ich.« Ich kann einfach nicht fassen, was hier gerade geschieht.

»Sehr gut.« Lorna nickt zufrieden. »Dann wäre das geklärt, und ich mach mich mal wieder auf die Socken.« Sie erhebt sich überraschend behände. »Die werden sicher schon die Krise kriegen.«

»Wer denn?«, frage ich verdutzt.

»Na, die von der Haftanstalt. Die Pflegerinnen. Ich wohne im Seniorenheim in Ballyvaughan.« Sie kichert über mein verdutztes Gesicht. »Und ich bin mit dem Drei-Uhr-Bus ausgebüxt. Wenn ich Bescheid gesagt hätte, wäre bloß alles unnötig kompliziert geworden.«

»Soll ich Sie vielleicht zurückfahren?«, biete ich leicht besorgt an.

Lorna winkt ab. »Ach was, so eine Busfahrt werde ich wohl grade noch schaffen. Und ein kleines Abenteuer hie und da hält einen in Schwung.« Sie bekommt plötzlich einen wehmütigen Blick. »Wenn man so steinalt ist wie ich, erlebt man viel zu wenig.«

Ich begleite sie zur Tür, immer noch völlig verdattert.

»Eines noch, Schätzchen.« Lorna dreht sich noch einmal um. »Der alte Hof ist ein ganz besonderer Ort, genauso, wie Hetty besonders war. Wundere dich also nicht, wenn du noch was von ihr im Haus findest.« Sie kichert und ist wenige Momente später verschwunden.

Ich schließe die Tür und sinke auf einen der Stühle in der Küche. War das gerade ein Traum? Hatte ich Besuch von einer guten Fee? Oder eher einer Hexe? »Einer cailleach«, murmle ich. »Sicher war das eine cailleach.«

Ich sitze eine gefühlte Ewigkeit auf dem Stuhl, regungslos, so lange, bis ich höre, wie sich ein Schlüssel im Schloss umdreht. Kurz darauf kommt Fred in die Küche, mit bewegter Miene.

»Allie, ich weiß gar nicht, was ich sagen soll. Guinevere hat mir so viel von Doris erzählt, und ich denke …«, er hält inne und mustert mich besorgt. »Was ist los?«

Wahrscheinlich sehe ich so aus, als wäre mir gerade ein Geist erschienen. »Hier war eben eine Frau namens Lorna Macintosh«, sage ich langsam. »Algen-Joes Mutter. Ihr gehört der Bauernhof über der Bucht. Nicht Joe.«

Fred sieht mich überrascht an.

»Und sie würde ihn mir verkaufen.«

»Aber das ist doch großartig, Allie!« Freds Gesicht erhellt sich. »Was für wunderbare Neuigkeiten!«

»Ach, das Ganze ist doch eine Nummer zu groß für mich«, sage ich entmutigt. »So einen Hof zu renovieren … das kann ich unmöglich schaffen.« Jetzt, wo mein Traum zum Greifen nahe ist, verlässt mich plötzlich der Mut.

»Nicht, wenn dir jemand dabei helfen würde«, wendet Fred ein.

»Aber wer sollte das sein?« Ich hebe hilflos die Hände.

»Dad hat handwerklich einiges drauf, aber das Letzte, was er jetzt braucht, ist ein nervenaufreibendes, anstrengendes Großprojekt.«

»Und sonst?«, fragt Fred. »Keine Freunde, die Handwerker sind? Sich auf dem Bau auskennen?«

Ich überlege, aber schüttle dann den Kopf. »Mir fällt niemand ein.«

»Wirklich nicht?« Fred legt den Kopf schief.

»Worauf willst du hinaus?«, frage ich.

»Ich glaube, du kennst sehr wohl jemanden, der dir etwas unter die Arme greifen könnte«, erklärt Fred verschmitzt.

Ich zermartere mir den Kopf, aber mir fällt beim besten Willen niemand ein. »Wen denn?«

»Na, mich, Allie!« Die Lachfältchen um seinen Mund graben sich noch tiefer ein.

»Du?«, frage ich überrascht. »Ich dachte, du warst Buchhalter?« Das hat er mir mal bei einer Honigmilch erzählt.

Fred schüttelt den Kopf. »Eigentlich bin ich gelernter Maurer. War auf dem Bau, über zwanzig Jahre lang, bis mein Rücken nicht mehr mitgemacht hat. Deshalb hab ich dann umgesattelt, zu einem Schreibtischjob. Aber ich weiß noch eine ganze Menge. Einmal Bau, immer Bau.« Fred bekommt ganz glänzende Augen. »Und ich würde dir wahnsinnig gerne behilflich sein, weißt du. Sicher, wir würden jemanden brauchen, der richtig anpacken kann, aber ich könnte dich dabei unterstützen, den Umbau zu koordinieren und sicher das eine oder andere Handwerkliche übernehmen.«

»Oh, Fred, das ist wirklich lieb von dir.« Ich bin richtig gerührt von seinem Angebot.

»Weißt du, Allie, ich hab mir was überlegt.« Fred nimmt sich einen Stuhl und setzt sich zu mir an den Küchentisch.

»Ich fühle mich so wohl hier in Doolinvarna, die Seeluft tut mir gut, und eigentlich hält mich absolut nichts in Donegal, außer einer muffigen Zweizimmerwohnung mit Blick auf eine Konservenfabrik. Ich würde gern bleiben. Für immer.«

Jetzt sehe ich Fred überrascht an. »Im Ernst?«

Er nickt. »Pat hat mir angeboten, dass ich dauerhaft hier einziehen kann. Wenn es dir recht ist, natürlich.« Er lächelt verschmitzt. »Denn dass du ebenfalls hier in Doolinvarna bleibst, ist inzwischen für jeden sonnenklar, oder nicht?«

»Aber natürlich ist mir das recht«, erwidere ich herzlich. »Unsere WG funktioniert doch jetzt schon so gut, und falls ich den Bauernhof wirklich kaufen sollte, dann werde ich früher oder später wohl auch hinziehen.«

Fred und ich blicken uns an, wie zwei Verbündete, und ich bekomme eine Gänsehaut. Hat mein Traum jetzt wirklich eine Chance, wahr zu werden?

Kapitel sechzehn

Hat er nicht.

Seit dem Besuch von Algen-Joes Mutter sind zwei Tage vergangen.

Ich bin noch einmal hergekommen, zum Hof über der Bucht, sitze auf dem grünen, verwilderten Fleck, der einmal mein schöner Rasen-Picknickplatz hätte werden sollen, und starre hinaus aufs Meer. Es ist ruhig heute, das Wasser fast spiegelglatt, weil es einer dieser seltenen Tage ist, an denen kein Wind landeinwärts bläst. Es ist die pure Idylle, aber ich spüre einfach nur unglaubliche Wehmut. So schön ist dieser Platz, und ich fühle mich jetzt schon hier zu Hause, obwohl hinter mir nur ein abbruchreifes Gebäude steht, doch wird es mir niemals gehören.

Ich habe gestern mit Michael Flattery, meinem Bankberater, telefoniert, und er hat mir sehr einfühlsam, aber bestimmt klargemacht, dass die Summen, die ich für Kauf und Renovierung veranschlagt habe, beim derzeitigen Baukostenniveau völlig unrealistisch sind. Dass ein Hotelprojekt in einer derart abgelegenen Gegend ein unkalkulierbares Risiko bedeutet. Und dass ich deshalb wahrscheinlich niemals einen Kredit in der Höhe, in der ich ihn bräuchte, bekomme – nicht bei ihm und auch bei keiner anderen Bank.

Da war mein Traum schon zum Greifen nahe – und jetzt das.

Es heißt nicht umsonst *Luftschlösser bauen*, denke ich mir verbittert.

»Da bist du ja«, sagt plötzlich jemand hinter mir. Es ist Dad, der wie aus dem Nichts aufgetaucht ist. Er lächelt mich verschmitzt an.

»Dad!« Erstaunt blicke ich ihn an. »Woher weißt du, dass ich hier bin?« Ich habe niemandem erzählt, was ich vorhabe. Ich wollte mich allein verabschieden, von meinem Bauernhof, meinem Traum.

Dad setzt sich neben mich ins Gras. »Fred hat vermutet, wo du steckst.«

»Und du bist allein hergekommen?«, frage ich und kann einen leisen Tadel in meiner Stimme nicht verbergen. »Dad, du weißt doch ganz genau, dass du sowas nicht machen sollst. Was, wenn du wieder einen Infarkt hast? Kein Mensch würde dich hier draußen finden!«

Doch er ignoriert mich und blickt sich stattdessen beeindruckt um. »Ich hab ganz vergessen, dass dieses Fleckchen so schön ist. So ruhig! Und dieser Ausblick!«

»Du warst schon öfter hier?«, frage ich überrascht.

»Natürlich, ich hab doch Hetty immer die Post gebracht«, erklärt Dad. »Ich bin immer gern hergekommen. Auch wenn die Zufahrt mit den Jahren etwas abenteuerlich wurde und Hetty ein klein wenig wunderlich.«

»Das hat Lorna auch gesagt«, sage ich. »Algen-Joes Mutter. Ihr hat Hetty den Hof vermacht. Und sie würde ihn mir verkaufen. Für eine vernünftige Summe.«

»Aber das ist doch großartig!« Dad sieht mich begeistert an. »Wieso machst du dann so ein Gesicht?«

Ich seufze. Eigentlich wollte ich bei Dad gar nicht damit anfangen.

»Weil ich sehr wahrscheinlich niemals einen Kredit in der Höhe, in der ich ihn bräuchte, bekomme«, erkläre ich schließlich doch. »Und damit ist mein Plan gestorben.«

»Um welche Summe handelt es sich denn?«, fragt Dad in einem Tonfall, den ich nicht ganz deuten kann. »Ich meine, wie viel müsstest du in etwa für den Kauf und die Renovierung kalkulieren?«

Ich nenne ihm den für mich schrecklich hohen Betrag, den Michael vorhin in den Raum gestellt hat.

Dad nickt nachdenklich. »Was wäre, wenn du einen sehr viel kleineren Kredit bräuchtest? Sagen wir mal, nur die Hälfte?«

»Und was ist mit der anderen Hälfte?« Verständnislos sehe ich ihn an. »Ich werde sie mir wohl kaum aus dem Hut zaubern können.«

»Ich glaube, es ist an der Zeit, dir etwas zu erzählen.« Dad klingt plötzlich sehr entschlossen. »Ich habe gespart, eine Lebensversicherung. Es ist kein Vermögen, aber es würde reichen, damit du den Hof kaufen und herrichten kannst.« Er sieht mich verschmitzt an. »Genauer gesagt, es wäre die fehlende Hälfte. Damit du sie dir nicht aus dem Hut zaubern musst.«

Ich blicke ihn überrascht an. »Aber das *ist* ein kleines Vermögen! Wie hast du denn bloß so viel sparen können?«

»Ach, Schatz, du kennst mich doch. Ich brauche nicht viel zum Leben«, entgegnet er freimütig.

»Aber brauchst du das Geld nicht für deinen Ruhestand?«, hake ich nach. »Dafür ist es doch sicher gedacht gewesen!«

Jetzt lacht er. »Ich bin gerade dem Sensenmann von der Schippe gesprungen! Da werde ich jetzt sicher nicht in den Ruhestand gehen. Ich arbeite gerne, auch wenn ich es langsamer angehen werde, und wenn ich einmal keine Briefe und Päckchen mehr austragen will oder kann, dann helfe ich Niall im Pub aus. Haben wir schon besprochen.« Er zwinkert mir zu. »Nein, ehrlich, ich habe mir schon lange vorgenommen, dich zu unterstützen. Es hat sich bloß nie ein vernünftiger Anlass geboten, du warst immer so selbstständig. Aber jetzt wäre ich sehr gerne für dich da. Deine Idee mit dem Bed and Breakfast ist einfach großartig.« Er sieht mich liebevoll an. »Und gäbe es eine bessere Pensionsvorsorge, als die eigene Tochter im Ort zu haben?«

Wir müssen beide lachen. Dann wird Dad ernst. »Außerdem würde ich alles Geld der Welt dafür hergeben, wenn ich dafür dich wieder zu Hause hätte«, sagt er mit weicher Stimme und nimmt mich in den Arm. So, wie er es schon seit Jahren nicht mehr getan hat.

»Oh, Dad.« Ich vergrabe mein Gesicht an seiner tröstlichen Schulter, und das tut unglaublich gut.

»Nein, ich meine das vollkommen ernst. Weißt du, ich hatte in der Klinik viel Zeit zum Nachdenken.« Seine Stimme klingt rau. »Und es mag sich albern anhören, aber ich glaube, ich habe die Trennung von deiner Mutter nie richtig überwunden.« Dad kämpft mit den Tränen. »Das ist natürlich lächerlich, nach so langer Zeit, aber tief in meinem Herzen war ich immer davon überzeugt, dass sie irgendwann ihren Fehler bereuen und zurückkommen würde.« Dad muss ein paarmal schlucken, bevor er weitersprechen kann. »Vielleicht hatte ich deshalb den Infarkt. Mein Herz war gebrochen, die ganze Zeit, und jetzt hat es einfach mal ein Warnsignal gegeben, mir klargemacht, dass damit Schluss sein muss. Mit der Wut, der Traurigkeit, dem Kummer.« Er wischt sich mit der Hand über die Augen. »Aber weißt du, was mir den größten Kummer bereitet hat? Dass sie nie wirklich erfahren hat, was für eine tolle, kluge und starke Frau ihre einzige Tochter geworden ist.«

Jetzt habe auch ich Tränen in den Augen. »Ach, Dad.«

Er kramt in seiner Hosentasche herum und zieht sein Portemonnaie heraus. In einem kleinen Fach an der Rückseite steckt ein Foto. Das wird doch nicht etwa …? Langsam faltet er es auseinander. »Ich muss deine Mutter endlich loslassen.« Traurig blickt er auf das Bild. »Hab es bis heute nicht geschafft.«

»Ich hab es auch noch«, flüstere ich, hole mein Foto heraus und halte es neben das von Dad. Es ist dasselbe, nur dass Dads noch etwas vergilbter und zerknitterter ist. Ich möchte gar nicht wissen, wie oft er es herausgenommen und angesehen hat, hundertmal, tausendmal. Stumm betrachten wir die hübsche, junge Frau, die uns entgegenlacht, mit ihrer wilden Lockenpracht, dem bestimmten Zug um den geschwungenen Mund, den Declan geerbt hat, und meinen graublauen Augen.

»Sie war hier nie wirklich zufrieden, oder?«, frage ich leise und spreche damit zum ersten Mal laut aus, was ich in meinem Unterbewusstsein schon lange wusste: Dass Mum unglücklich in Doolinvarna war. Dass sie sich ein anderes Leben gewünscht hat, an einem anderen Ort als diesem winzigen, langweiligen Fischerdorf an der Westküste Irlands. Dem winzigen, langweiligen Fischerdorf, das Dad immer die Welt bedeutet hat. Das *mir* ebenfalls die Welt bedeutet. Ich liebe Doolinvarna, ich liebe alles an diesem Ort, und es war ein Fehler, zu denken, dass ich nur, wenn ich weggehe, richtig frei sein kann. Meine wahre Freiheit habe ich erst hier wiedergefunden.

Dad schüttelt den Kopf. »Vermutlich war sie das nicht. Aber das ist nicht unsere Schuld, Allie. Wahrscheinlich musste sie einfach gehen.«

»Wahrscheinlich«, wiederhole ich. Sicher hat sie Dad einmal geliebt und mich auch, aber ihr Wunsch nach einem anderen Leben, einer anderen Zukunft, war am Ende stärker als diese Liebe. »Und jetzt müssen *wir* sie gehen lassen, Dad.« Ich nehme das Foto, werfe einen letzten langen Blick darauf. Es ist das erste Mal, dass ich es ansehen kann, ohne Verbitterung, Wut oder Trauer zu spüren. Und es ist das erste Mal, dass ich der jungen Frau auf dem Bild wünsche, dass sie glücklich geworden ist.

»Aber weißt du was?« Ich blicke auf, betrachte meinen lieben herzkranken, tapferen Dad und lächle ihn an. »Wir zwei, wir bekommen das hin. Ganz sicher.« Dann zerreiße ich das Foto, bis es nur mehr eine Handvoll bunter Fitzel ist. Dad macht dasselbe mit seinem Foto. Gerade kommt ein leichter Windstoß, doch er reicht, um die Fitzel aus unseren Händen davonwehen zu lassen Richtung Atlantik.

Wir sehen uns an, und ich weiß: Von Dads Herz ist gerade dieselbe Last abgefallen wie von meinem.

»Bei all dem Kummer, den uns dein Herzinfarkt gebracht hat, hatte er so zumindest etwas Gutes, wenn ich das so sagen darf.« Ich muss lächeln.

»Du hast recht.« Dad legt wieder einen Arm um mich. »Sein größtes Verdienst, wenn man so will, war allerdings, dass er dich hierher zurückgebracht hat. Dafür würde ich glatt noch einmal einen Infarkt in Kauf nehmen.«

»Bitte nicht!« Ich hebe in komischer Verzweiflung die Hände.

»Und sieh bloß, wie großartig du alles gemeistert hast.« Sein

Gesicht leuchtet vor Stolz auf. »Meine Tochter, die beste Matchmakerin aller Zeiten!«

Ich muss lächeln, werde aber gleich wieder ernst. Sicher, ich habe es geschafft, Dad während des Festivals halbwegs anständig zu vertreten. Aber was ist mit meinem eigenen Herz? Wenn ich bloß an Jake denke, tut mir buchstäblich alles weh. Es ist schmerzhaft, eine reine Qual, von ihm getrennt zu sein. Seit unserer gemeinsamen Nacht sind wir uns erfolgreich aus dem Weg gegangen, aber in meinem Kopf spielen sich alle unsere Begegnungen, die gewechselten Worte, unser gemeinsames Lachen, unsere Blicke, unsere Berührungen in Dauerschleife ab. Und jede Nacht träume ich von ihm. Von uns.

»Also, mein Schatz. Wir haben Dinge zu planen«, sagt Dad entschlossen. »Wir machen es folgendermaßen: Nimm das Geld und kauf deinen Bauernhof.« Er sieht mich mit festem Blick an. »Und wenn wir ihn fertig renoviert haben und du dein Bed and Breakfast eröffnet hast, dann freue ich mich schon darauf, hier mit einem frisch gezapften Pint von der Hausbar zu sitzen und aufs Meer zu schauen.«

»Welche Hausbar?«, sage ich verdutzt.

»Na, die Bar für die Gäste! Du hast doch sicher eine eingeplant? In ein ordentliches Gästehaus gehört eine Hausbar.« Dad nickt bestimmt. »Hab schon mit Niall geredet, er weiß, woher wir einen gebrauchten Tresen bekommen …«

»Dad, hör auf, schon wieder Pläne zu machen«, unterbreche ich ihn halb belustigt, halb verzweifelt. »Und dein Anteil beim Umbau muss sich sowieso auf ein Minimum beschränken.«

Dad verschränkt die Arme vor der Brust. »Das werde ich noch mit Dr. Sharif klären.«

»Sie wird dir genau das bestätigen«, sage ich resolut und nehme mir gleich vor, mit ihr zu telefonieren.

»Das glaube ich allerdings auch«, stimmt mir Dad trocken zu. »Ihr beide scheint da ganz auf einer Wellenlänge zu sein.«

Wir lachen, Dad nimmt mich noch einmal in den Arm, und mir laufen schon wieder die Tränen übers Gesicht. Energisch wische ich sie weg.

»Aber jetzt im Ernst, Dad«, sage ich streng. »Du hättest nicht allein herkommen sollen. Für solche Touren ist es einfach noch zu früh!«

»Ich habe mir schon gedacht, dass du das sagen würdest.« Dad grinst verschmitzt. »Und deshalb bin ich auch nicht ohne ärztlichen Beistand gekommen.«

»Ist etwa wieder dein Krankenpfleger dabei? Jonah?« Ich runzle die Stirn.

»Nicht ganz.« Dad dreht sich um. »Du kannst jetzt kommen, Junge«, ruft er, und einen Moment später tritt tatsächlich jemand hinter einem Felsen hervor.

»Jake!«, entfährt es mir überrascht. Mit jedem hätte ich gerechnet, aber nicht mit ihm. Es ist beinahe Furcht einflößend, wie mein Körper auf seinen Anblick reagiert. Ich fühle Freude, Spannung, Panik, Glück – alles zugleich.

»Ich habe ihn gebeten, uns ein paar Minuten zu geben«, erklärt Dad. »Und jetzt gebe ich *euch* ein paar Minuten.« Er nickt mir zu und läuft dann ein Stück Richtung Bauernhof, während Jake zögernd näherkommt.

»Was machst du hier?«, frage ich, weil ich total nervös bin und nicht weiß, was ich sonst sagen soll.

»Hat dein Dad doch gerade gesagt, ich bin seine ärztliche Betreuung«, versucht Jake zu scherzen, aber ich erkenne in seinen Augen, dass er ebenfalls aufgeregt ist. Er blickt an mir vorbei auf das Hofgebäude. »Das ist also dein Prachtstück. Es sieht wirklich wüst aus, noch schlimmer als von unten. Aber die Lage …« Er hebt beeindruckt die Augenbrauen. »Du hattest recht, es ist wirklich traumhaft hier.«

»Jake, warum bist du hier?«, frage ich leise. »Wirklich nur wegen Dad?«

Jake blickt mich einen langen Moment an. »Nein, natürlich nicht.« Er lässt die Schultern fallen und seufzt. »Allie, ich musste einfach kommen und noch einmal mit dir sprechen. Ich weiß, wir haben das mieseste Timing aller Zeiten.«

»Da hast du allerdings recht«, erwidere ich trocken. »Ich kaufe einen gottverlassenen Bauernhof in einem kleinen Kaff just in dem Moment …«

»… in dem ich dieses kleine Kaff verlasse«, vollendet er meinen Satz.

»Dann ist es jetzt sicher? Mit Afrika?«, frage ich, obwohl ich die Antwort längst kenne. Winnie hat mir erzählt, dass Jake schon nach einer Vertretung für die Praxis sucht; erst mal für ein Jahr, aber mit der Option auf Verlängerung.

Jake nickt. »Es sieht ganz danach aus. Ärzte ohne Grenzen suchen ständig Leute, und es scheint so, als würde ich auch hier rasch Ersatz für mich finden.«

Wieder schaut er mich an, mit seinem lieben Jake-Blick, und mir wird ganz anders. Warum muss er mich immer noch so ansehen? Will er mein Herz auch mit nach Afrika nehmen? Wobei, das tut er sowieso.

Er nimmt meine Hände in seine. Sie sind kalt, und trotzdem wird mir ganz heiß. »Allie, ich weiß, dass ich gesagt habe, ich will keine Fernbeziehung. Und du auch nicht.«

Ich schüttle den Kopf.

»Aber dann ist mir eines klargeworden«, fährt er fort. »So etwas wie das zwischen uns, das findet man nicht oft.« Er blickt mich ernst an. »Vielleicht nur einmal in jedem Leben.«

Ich muss sofort an Fred denken, den lieben Fred, der seine große Liebe gefunden und gleich wieder verloren hat.

»Und damit ist es viel zu kostbar …«

»… um es aus der Hand zu geben«, übernehme ich. »Wir ergänzen sogar schon gegenseitig unsere Sätze.«

Jake lacht. »Na, wenn das kein Zeichen ist.« Er sieht mich zärtlich an. »Ich kann mir einfach nicht vorstellen, *nicht* mit dir zusammen zu sein, Allie Malone. Weil ich es auch gar nicht aushalten würde. Und wenn das bedeutet, dass wir die erste Zeit eine Fernbeziehung haben – dann bin ich absolut bereit dazu.«

»Es wird schwer werden«, gebe ich zu bedenken, halb verzagt, doch auch hoffnungsvoll. Es *wird* schwer werden, Jake ein ganzes Jahr lang nur über ein kleines Display zu Gesicht zu kriegen, ihn nicht zu spüren. »Aber es ist nur ein Jahr, und wir werden beide in dieser Zeit ziemlich beschäftigt sein.«

Jake nickt. »Es ist ein Jahr, und auch wenn es wahnsinnig kitschig klingt, ich nehme dich einfach in meinem Herzen mit.«

»Und ich behalte dich hier.« Inzwischen laufen mir schon wieder die Tränen über die Wangen.

Jake nimmt mein Gesicht in seine Hände. »Eines verspreche ich dir: Ich werde jede freie Minute, jede Sekunde, jeden Augenblick an dich denken.«

»Und ich an dich«, sage ich unter Tränen. »Bei jedem einzelnen Ziegelstein, den ich abtrage.«

Jake blickt mich liebevoll an, ebenfalls mit feuchten Augen. »Bei jeder Infusion, die ich jemandem verabreiche.«

»Bei jeder morschen Wand, die ich verstärke.«

»Jedem Bein, das ich eingipse.«

»Ob wir überhaupt noch zum Arbeiten kommen?«, frage ich, und wir müssen beide mit unseren nassen Gesichtern lachen.

»Wir telefonieren«, sage ich, und wische ihm zärtlich die Tränen von der Wange.

»Und facetimen.« Jake sieht mich entschlossen an. »Ich halte es auf keinen Fall ein Jahr aus, ohne dich mindestens einmal täglich zu Gesicht zu bekommen.«

»Mit FaceTime kann man noch ganz andere Sachen machen.« Ich grinse anzüglich. »Das werde ich dir dann zeigen.«

Jake hebt eine Augenbraue. »Unbedingt! Und du musst mir jeden einzelnen Schritt zeigen, den du hier machst. Und dann, in einem Jahr, bin ich rechtzeitig zur Eröffnung wieder hier.«

»Wenn ich bis dahin fertig bin«, sage ich, und mir wird für einen Augenblick ganz anders, bei dem Gedanken daran, wie viel Arbeit nun vor mir liegt, bevor ich die ersten Gäste begrüßen kann.

»Dein Baumeister in spe ist auf jeden Fall fest überzeugt davon.« Jake grinst und deutet hinüber zu Dad, der sich taktvoll abgewandt hat und eingehend das Stallgebäude inspiziert. »In einem Jahr, spätestens.«

Wir müssen beide lachen, und dann nimmt mich Jake in den Arm und küsst mich. Es liegt so viel Abschied darin, in diesem Kuss, so viel Wehmut, aber auch so viel Innigkeit und … – ob es zu früh ist, von Liebe zu sprechen?

Der Kuss dauert lange. Sehr lange. Eine kleine Ewigkeit. Als wir uns wieder voneinander lösen, sehe ich, dass Dad sich umdreht, als hätte er nur darauf gewartet, und zu uns zurückkommt. Ich lege meinen rechten Arm um ihn, denn den linken habe ich schon um Jake geschlungen, und wir schauen alle drei hinaus aufs Meer, das sich immer noch spiegelglatt vor uns erstreckt. Es werden wieder andere Zeiten kommen, gigantische Wellen, Unwetter, sicher auch der ein oder andere Sturm – aber noch nie zuvor habe ich mich so sicher, so im

Reinen mit mir gefühlt wie in diesem Moment und an diesem Ort, mit den beiden wichtigsten Männern an meiner Seite. An der Küste meiner Heimat, die weite Irische See vor mir, meinen Traum im Rücken.

Ich, Allie Malone. Wiedergefundene Tochter. Hotelbesitzerin in spe. Und letzte Matchmakerin von ganz Irland.

ENDE

Danksagung

Diesen Roman endlich schreiben zu dürfen, war etwas ganz Besonderes für mich: Schon vor Jahren las ich einen Artikel über Willie Daly, den letzten Matchmaker Irlands. Seitdem hat mich die Idee der Geschichte einer jungen Frau, die diese einzigartige Aufgabe während des Matchmaking-Festivals von ihrem Vater übernehmen muss, nicht mehr losgelassen.

Unbedingt wollte ich auch den echten Matchmaker und das Festival besuchen, was dann im Herbst 2023, nach mehreren Anläufen, endlich geschehen ist.

Deswegen geht mein besonderer Dank an Vanessa Lindner von Hansmann PR/Visit Ireland, die mir ein ganz spezielles Treffen mit Willie Daly ermöglicht hat. Ebenfalls danken möchte ich in diesem Zusammenhang Julie Carr, die sich in Irland sehr lieb um uns gekümmert hat, und natürlich dem Matchmaker himself, der uns zu sich nach Hause eingeladen und sich unglaublich viel Zeit genommen hat, um alle meine Fragen zu beantworten.

Willie, it was an honour and a pleasure to meet you!

Danken möchte ich auch von Herzen:

- meinem Agenten Niclas Schmoll für den Beistand von Anfang an und für deine immer hilfreichen Anregungen!
- meiner Lektorin Frederike Labahn. Ich bin so froh, dass du gleich begeistert von Allies Geschichte warst und meine Figuren so ins Herz geschlossen hast!
- meiner Redakteurin Eva Jaeschke. Mit dir an meinem Text zu arbeiten, war wirklich ein Vergnügen!
- dem Presseteam von Heyne, allen voran Daniela Neuper, für die gute Zusammenarbeit.
- Ella Thompson für das schöne Quote, vielen Dank!
- »meinen« Tiroler Buchbloggerinnen und auch allen anderen, die dieses Buch herzlich aufgenommen haben. Eure Arbeit ist für Autor*innen unglaublich wertvoll und ich weiß sehr zu schätzen, wie viel Mühe und Liebe ihr in eure Beiträge und Posts steckt!

Was täte ich ohne meine treuen Testleserinnen Nicole, Christine, Katharina und Theresa, die kritisch und manchmal auch eine Spur pingelig sind, aber trotzdem immer sehr nett in ihren Anmerkungen bleiben?

Christine, danke für dein unglaubliches medizinisches Fachwissen – ohne dich würde ich wahrscheinlich immer noch nicht wissen, wie man einen Wundverband richtig anlegt und dass nur Profisportler*innen Akutverletzungen mit Eisspray behandeln …

Besonders danke ich auch meiner Familie dafür, dass sie stets an mich und meine Geschichten glaubt und Verständnis dafür aufbringt, wenn ich mal im Alltag neben den Schuhen stehe, weil mein Kopf schon wieder woanders ist … Ich wüsste nicht, was ich ohne euch täte.

Ein letzter, riesiger Dank geht an euch, liebe Leserinnen: Denn ohne euch würde es meine Bücher nicht geben. Big cheers to you!

Freds liebste Rezepte

Krabbenbrötchen à la Mexicana

Zutaten (für zwei Portionen)

- 2 Brötchen
- 2 Blätter Salat
- 125 g Krabben, fertig gepult (alternativ gehen auch Shrimps oder Garnelen)
- 1 Zwiebel
- 1 Knoblauchzehe
- 2 mittelgroße Tomaten
- 1 Avocado
- 100 g Frischkäse
- etwas Orangen- oder Limettensaft
- 2 EL Olivenöl
- Salz
- Pfeffer
- Chilischote oder -pulver
- Nach Belieben etwas Koriander

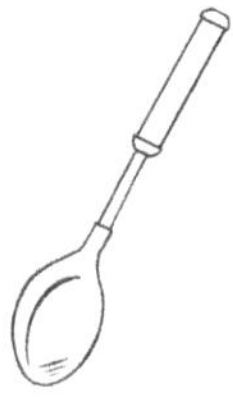

Zubereitung

1. Das Krabbenfleisch abtropfen lassen.
2. Zwiebel sehr fein hacken, Knoblauchzehe pressen.

3. Die Tomaten und Avocado in kleine Stücke schneiden, mit Saft beträufeln.
4. Alle Zutaten behutsam miteinander vermengen.
5. Frischkäse mit Salz, Pfeffer, Olivenöl und Chilipulver glattrühren.
6. Die Brötchen aufschneiden und toasten, evtl. etwas Inhalt aus der Mitte entfernen.
7. Die Unterseite mit der Frischkäse-Mischung bestreichen und dann mit der restlichen Füllung belegen.
8. Mit der oberen Brötchenhälfte abdecken – fertig!

Freds Kartoffelgratin

Zutaten (für zwei Portionen)

- 400 g festkochende Kartoffeln
- 1 kleine Zwiebel
- 1 Knoblauchzehe
- 250 g Sahne
- 200 g Cheddar gerieben
- Eine Prise frisch geriebene Muskatnuss
- 1 Schuss Olivenöl
- 1 Prise Thymian
- Salz und Pfeffer
- Etwas Butter zum Einfetten

Zubereitung

1. Ofen auf 180 Grad vorheizen (Ober- und Unterhitze).
2. Auflaufform einfetten, Kartoffeln waschen, schälen und in sehr dünne Scheiben schneiden (geht am besten mit Küchenmaschine).

3. In einer Pfanne fein geschnittene Zwiebel, gepressten Knoblauch und Thymian mit Olivenöl andünsten. Dann Sahne dazugeben und kurz aufkochen lassen.
4. Die Hälfte der Kartoffeln in die Auflaufform schichten, mit der Hälfte des Sahnegemischs übergießen und die Hälfte des Cheddars darüberstreuen. Das Ganze wiederholen.
5. Etwa eine Stunde im Backofen backen, die Oberfläche sollte goldbraun sein.

Wahlweise kann man auch kross gebratene Speckwürfelchen darüberstreuen.

Freds Rezept für die Seele: Honigmilch (für eine Person)

¼ l Milch erwärmen,
einen Esslöffel Honig darin verrühren –
fertig!